Thilo Corzilius

Ravinia

Roman

Piper München Zürich

Entdecke die Welt der Piper Fantasy:

Piper-Fantasy.de

Das Zitat auf Seite 34 stammt aus dem Song »Sternschnuppen« von Dota Kehr und ihrer Band »Dota und die Stadtpiraten«.
Das Zitat auf Seite 60 stammt aus dem Song »Lass uns verschwinden« von Judith Holofernes und ihrer Band »Wir sind Helden«.
Das Zitat auf Seite 236 stammt aus Oliver Plaschka, »Fairwater oder Die Spiegel des Herrn Bartholomew«. Mit freundlicher Genehmigung des Verlags Feder & Schwert

Originalausgabe
März 2011

Umschlagkonzeption: semper smile, München
Umschlaggestaltung: Guter Punkt, München | www.guter-punkt.de
Umschlagabbildung: Markus Weber / Guter Punkt unter Verwendung von Motiven von shutterstock
Autorenfoto: Christoph Martsch
Karte: Daniel Ernle
Satz: Fotosatz Amann, Leutkirch
Druck und Bindung: CPI – Clausen & Bosse, Leck
Printed in Germany ISBN 978-3-492-26761-8

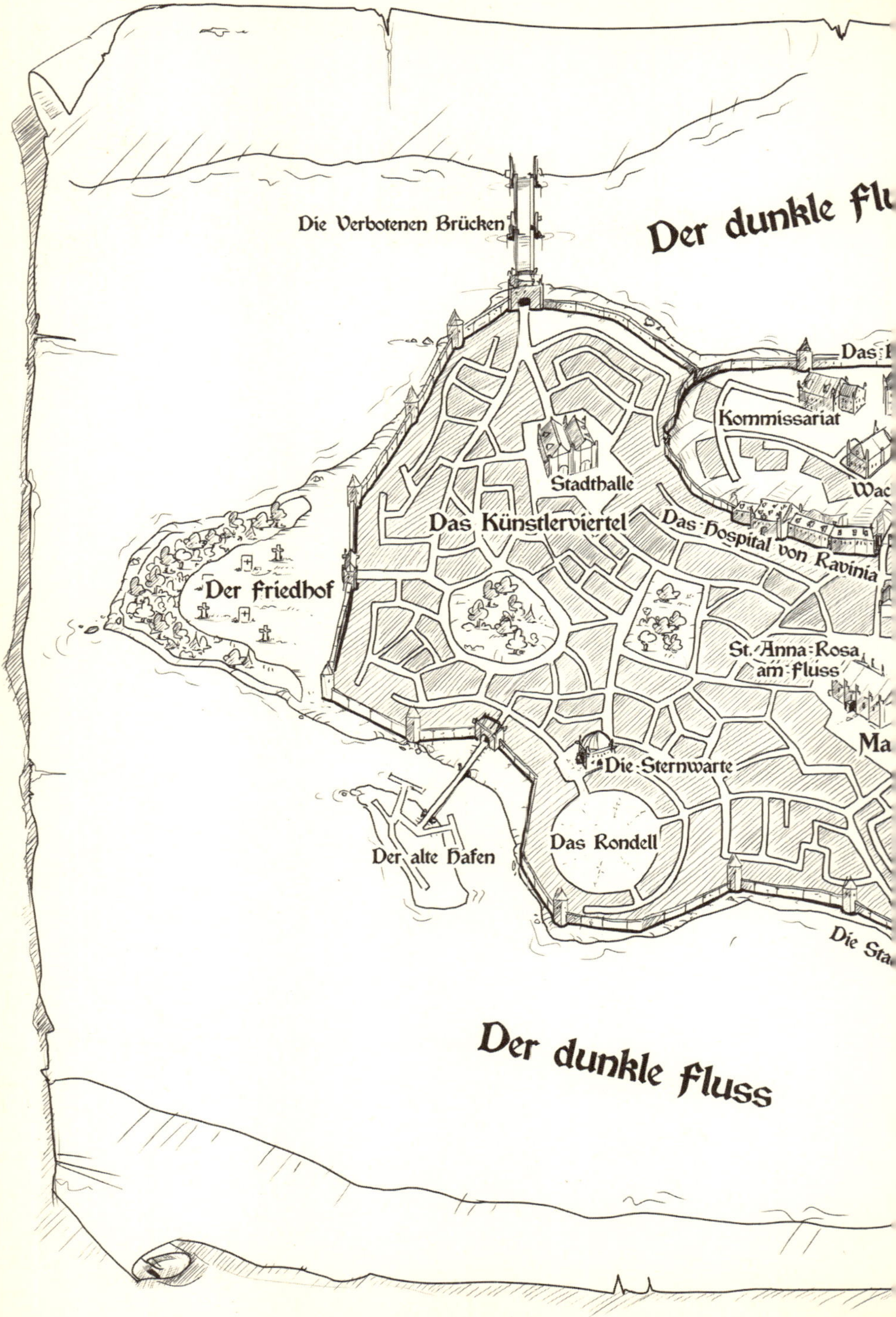
Die Verbotenen Brücken
Der dunkle Fl
Das
Kommissariat
Stadthalle
Wac
Das Künstlerviertel
Das Hospital von Ravinia
Der friedhof
St. Anna-Rosa
am fluss
Ma
Die Sternwarte
Das Rondell
Der alte Hafen
Die Sta
Der dunkle fluss

Ravinia
ebäude
Die Burg Ravinia
Die Oberstadt und das Villenviertel
alte Kino
Die botanischen Gärten
atz
Der Uhrenturm
Die Bibliothek
as Handwerkerviertel
Jacobs-Synagoge
N
W
O
S
Die Verbotenen Brücken

1. Kapitel, *in dem Lara bei einer Tasse Kakao herausfindet, dass ein Schlüssel nicht immer gleich ein Schlüssel ist.*

Leben, das ist das Allerseltenste in der Welt – die meisten Menschen existieren nur.

Oscar Wilde

Das Wetter ist ein Verräter.

Genau das dachte Lara, als sie zum ersten Mal an diesem Tag aus dem Fenster auf den tiefgrauen Himmel über Edinburgh sah. Aber was wollte man erwarten, wenn man im Januar Geburtstag hatte?

Ruhig lag sie da, die Stadt der Treppen. Das Athen des Nordens. Die Stadt der sieben Hügel, auf deren höchstem das Castle thronte. Mit ihren Giebeln und Schornsteinen, ihren Gassen und Treppen. Ja, vor allem mit ihren Treppen, denn davon gab es mehr als genug in dieser Stadt.

Lara hasste dieses Wetter. Konnte nicht ein Mal, ein einziges Mal in sechzehn langen Jahren die Sonne an ihrem Geburtstag scheinen? Natürlich nicht. Was wäre das denn auch für ein schottischer Neujahrstag, wenn nicht wenigstens das Wetter dem Ruf des Landes alle Ehre machen würde! Es musste rau sein, wie es sich gehörte.

Sie setzte sich auf, schwang ihre Füße aus dem Bett, hinein in die flauschigen blauen Pantoffeln, mit denen es auf dem Holzboden in ihrem Zimmer nicht ganz so kalt war, und schlurfte zu ihrer Fensterbank unter der Dachgaube. Abgestützt auf beide Hände seufzte sie. Ja, sie hatte es schon vom Bett aus richtig gesehen. Der Himmel war grau. Grelles, furchtbar grelles Winterhimmelgrau. Sie schüttelte sich, stellte fest, dass sie Durst hatte, und sah auf die Uhr. Punkt zwölf. Kein Wunder, war doch gestern Hogmanay – das schottische Silvester – gewesen. Außerdem meinte ihr Großvater andauernd, solange sie jung sei, habe sie die Verpflichtung, lange zu schlafen. Früh aufstehen könne man, wenn man müsse oder wenn das Alter einen nicht mehr lange schlafen ließe.

Es klopfte. Lara verfluchte sich im Stillen, da sie das Knarren der Stufen zu ihrem Dachzimmer nicht gehört hatte. Hätte sie es gehört, hätte sie sich schnell wieder ins Bett legen können, um ihrem Großvater das Vergnügen zu lassen, sie mit dem obligatorischen Geburtstagsfrühstückstablett zu wecken.

Die Tür ging langsam auf und ein vielsagender Duft streckte sich diebisch nach Laras Nase aus. Verstohlen spähte das hagere Gesicht von Henry McLane über ein randvolles Tablett hinweg durch den Türspalt. Als er Lara nicht in ihrem Bett liegen sah, war es aus mit der Vorsicht. Die Tür bekam einen leichten Tritt und schwang vollständig auf.

»Nanu«, verschaffte sich die Verwunderung des alten Mannes Raum. »Bist du so aufgeregt, dass du das Schlafen vergessen hast?«

Lara musste schmunzeln.

»Nein, ich habe es nur nicht mehr rechtzeitig zurück ins Bett geschafft.«

Er grinste.

»Soll ich wieder rausgehen? Ich gebe dir zwei Minuten, sonst wird der Kakao kalt.«

Mit einem Satz sprang Lara ins Bett, die Pantoffeln schleuderte sie im Flug gekonnt von sich.

»Nicht nötig«, strahlte sie.

Henry McLane trat ein und stellte das Tablett auf der zerwühlten Bettdecke ab, beugte sich vor und umarmte seine Enkeltochter behutsam.

»Herzlichen Glückwunsch zum Geburtstag.«

»Sagtest du heute Nacht schon.«

»Und ein frohes neues Jahr«, setzte er hinzu. »Ich weiß, das habe ich heute Nacht auch schon gesagt. Dennoch halte ich den doppelten Glückwunsch nicht für verschwendet.«

Lara beäugte gespannt das Tablett. Dort war alles aufgehäuft, was zu einem ausführlichen schottischen Frühstück gehörte: Eier, Speck, gegrillte Tomaten, gebackene Bohnen, Toastbrot, Pilze, Black Pudding und eine Portion des schottischen Nationalgerichts Haggis – scharf angebratene Schafsinnereien –, auf der eine kleine Kerze thronte.

Sie verzog das Gesicht.

»Hätte es nicht ein Stückchen Kuchen getan? Für die Kerze?«

»Kuchen gibt es erst heute Nachmittag«, sagte ihr Großvater. »Aber wieso interessiert dich eigentlich das Essen? Ich dachte, du würdest zuerst die Geschenke an dich reißen.«

Lara warf ihm einen gespielt vorwurfsvollen Blick zu.

»Ich bin sechzehn. Ich denke, in diesem Alter sollte die Vernunft anfangen, den Verstand zu lenken.«

Henry zog die Augenbrauen hoch. »So intellektuell am frühen Morgen? Ich dachte, du bist immer schon vernünftig gewesen?«

»Weder ist es früher Morgen, noch bin ich vernünftig«, protestierte Lara und rieb sich die Schläfe. »Ich hatte wohl nur etwas zu viel Sekt heute Nacht.«

Wieder stahl sich ein vielsagendes Lächeln auf Henry McLanes Gesicht.

»Dann ist dieses Frühstück ja genau das Richtige. Trotzdem gibt's das hier zuerst!«

Ein dünnes Päckchen mit Schleife flog über das Tablett in Laras Schoß.

Sie nahm es hoch, drehte und wendete es, schüttelte es und riss schließlich das Geschenkpapier mit einer geübten Bewegung herunter, um einen MP3-Player in den Händen zu halten. Fragend sah Lara ihren Großvater an.

Der zuckte mit den Schultern und wies in die Ecke mit den CD-Ständern, denn dort stapelte sich Laras Leidenschaft: Musik. Von Alanis Morissette bis Led Zeppelin türmten sich dort die Silberscheiben, für deren Bezahlung Lara Stunde um Stunde im Touristenbüro auf der Royal Mile ausgeholfen hatte. Sie wusste nicht, wie viele es waren, aber sie schätzte ihre Zahl auf zwei- bis dreihundert Stück.

»Ich dachte, es ist sicher lästig, immer einen Haufen davon mit dir herumzuschleppen, und im Laden sagte man mir, das sei eine elegante Lösung.«

Lara dachte kurz nach. Eigentlich hatte es bis jetzt irgendwie zu ihrem persönlichen Stil gehört, immer und überall einen Stapel CDs mitzuschleppen. Es gehörte dazu, genau wie der lange rote Schal, die abgenutzte Jeanstasche und die Mütze, aus der immer akkurat-chaotisch auf der rechten Seite ein paar Strähnen des bernsteinfarbenen Haars hervorlugen mussten, das ansonsten in Korkenzieherlocken von ihrem Kopf herabfiel. Auf der anderen Seite war ein MP3-Player so verdammt praktisch. Immerhin lief ihr in die Jahre gekommener tragbarer CD-Player nur noch mit diversen Tricks. Man musste ihn zum Beispiel auf den Kopf stellen.

»Ich kann dir nicht um den Hals fallen«, meinte sie schließlich übertrieben theatralisch. »Das Frühstück trennt uns. Aber wie soll ich denn überhaupt meine CDs da draufbekommen?«

Henry McLane zuckte wieder bloß mit den Schultern.

»Mit dem Computer geht's«, meinte er und deutete in Richtung Tür und Holztreppe, unter der er einen Schreibtisch eingebaut hatte, auf dem tatsächlich ein Computer stand. In manchen Dingen, hatte Lara den Eindruck, war ihr eigener Großvater trotz seines Alters erheblich fitter als manch weitaus jüngerer Vater ihrer Schulkameraden.

»Probier's doch mal aus!«, forderte er ungeduldig. Ein wenig fühlte Lara sich an einen kleinen Jungen erinnert, wobei sich der schelmische Humor von Henry McLane von einem solchen wahrscheinlich auch gar nicht so sehr unterschied.

Lara setzte sich also die Kopfhörer auf und drückte auf *On*. Ein Orchester dröhnte in ihrem Kopf, mit Bläsern und Streichern und viel Enthusiasmus. Reflexartig riss sie die Hörer herunter und starrte auf das Display. *Beethovens 9. Symphonie* stand dort. Sie sah ihren Großvater an, der wieder nur unschuldig mit den Schultern zuckte.

»Du hast doch nicht gedacht, ich geh an deine Schätze, oder? Also musste ich es mit einer eigenen CD ausprobieren.«

Beide mussten lachen. Lachen, dass der Kakao gefährlich nahe an den Rand seiner Tasse schwappte.

Als sie sich beruhigt hatten, warf Henry McLane seiner Enkelin ein weiteres Päckchen von ähnlicher Größe zu.

»Das«, sagte er in verschwörerischem Ton, »ist ein Test. Sieh, ob du etwas damit anfangen kannst.«

Der Tonfall irritierte Lara, denn entgegen seiner sonst so humorvollen Art, schimmerte diesmal etwas hindurch, das nicht so ganz zu dem gut gelaunten alten Mann zu passen schien. Aber Lara hätte nicht sagen können, was es war. Vielleicht täuschte sie sich auch.

Doch auch in ihren chaotischsten Träumen hätte Lara nicht zu vermuten gewagt, was sich hinter dem harmlosen Päckchen mit der roten Schleife verbarg. Nicht geahnt, nicht gewusst, nicht ausgemalt, dass in diesem Päckchen der Wendepunkt ihres jungen Lebens lag. Eines Lebens, das glücklich gewesen war. Glücklich auf eine Weise, die Lara oft mit einem Herbstregen im Oktober verglich: Wenn man das Falsche anzog, wurde man nass, aber wenn man hinein ins Trockene kam, war es warm und gemütlich.

Lara war eine Waise. Schon seit jeher. Ein unglückliches Schicksal hatte das damals noch winzige Mädchen und den freundlichen und gewitzten älteren Herrn zusammengeführt, als sowohl Laras Eltern als auch ihre Großmutter von einem Abend im Theater nicht zurückgekehrt waren. Sie selbst erinnerte sich an gar nichts. Ihr Großvater dagegen an alles, und insgeheim war Lara schon oft der Gedanke gekommen, dass dessen unbändige Lebensfreude in gewisser Weise von diesem Abend – an dem er die schwersten Verluste seines Lebens hatte hinnehmen müssen – herrührte. Nur Lara war geblieben, denn Henry McLane hasste sowohl Theater als auch Kino und begründete dies auch sehr genau: »Weißt du Lara, einen Film oder ein Bühnenstück kann ich auch auf dem heimischen Fernseher sehen«, sagte er immer. »Dazu muss ich nicht raus in das verdammte Mistwetter. Und geselliger ist es auch nicht, denn währenddessen müssen ja doch alle die Klappe halten. Außerdem muss ich mich bei einem Video nicht an Anfangszeiten halten. Und gemütlich etwas essen gehen kann man danach auch noch. Gesellig ist es auch im Pub. Oder man kocht sich etwas, wenn das Wetter schlecht ist – wie es in Schottland nun mal meistens ist.«

So war ihm die Aufgabe damals zugefallen, auf die kleine Lara aufzupassen, damit sich der Rest der Familie einen netten Abend machen konnte.

Seit jenen verhängnisvollen Stunden war seine Liebe zu Theater und Kino gewiss auch nicht mehr gewachsen. Doch sorgte er nun für seine kleine Enkeltochter, der er als Touristenführer zwar kein luxuriöses, dafür aber ein umso schöneres Leben bieten konnte. Und wer konnte schon von sich behaupten, in einem Haus an der Royal Mile in Edinburgh zu wohnen? Denn dort lag sie, die kleine Wohnung der McLanes. Verwinkelt, mit altem Holz ausgekleidet, in einem grauen Bruchsteinhaus mit vielen Schornsteinen, so wie wohl alle Häuser in Schottland viele Schornsteine haben.

Zwar hatte Lara sich häufig gewünscht, sie hätte ihre Eltern kennengelernt, aber letztlich hatte sie sich damit arrangieren müssen, nur ihr Grab von Zeit zu Zeit aufsuchen zu können. Dann stand sie vor dem dunklen Grabstein und beobachtete, welchen Fortschritt der Efeu bei dessen Eroberung machte. Sie mochte den Efeu. Efeu vermittelte ihr seit jeher ein Gefühl von Geborgenheit. Nur den Schriftzug mit den Namen durfte er nie besetzt halten, dann griff Lara zur Schere und verbannte ihn von den geschwungenen Lettern, deren Linien für alle Ewigkeit *Arthur und Layla McLane* bilden würden.

Ihr Großvater hatte ihr vorbehaltlos alles erzählt, was sie über ihre Eltern hatte wissen wollen, doch eine Verbindung zu ihnen wollte sich in Laras Herz nicht herstellen lassen. Sie hatte einfach nie die Chance gehabt, das herzliche Lachen ihres Vaters oder die kastanienbraunen Augen ihrer Mutter zu erleben. So zu erleben, dass sich die Erinnerung tief auf den Boden ihres Herzens eingebrannt hätte. Dazu war es einfach nie gekommen, denn sie war schlichtweg zu jung gewesen damals, zu klein für große Erinnerungen. Und Lara hatte dies akzeptiert. Doch die verschmitzt fröhliche Art, mit der Henry McLane sie durch ihre bisher sechzehn Jahre begleitet hatte (trotz des Verlustes von Sohn und Frau – und von noch so viel mehr, wovon Lara noch nichts wusste), hatte sie gelehrt, dem Leben all jene Schönheiten abzugewinnen, die es einem jeden Tag bot.

Und hätte Lara zu jenem Zeitpunkt alles gewusst – über Tom und Baltasar, Marcion und die Vaganten, über Lee, über Flüche und Raben, über Schlüssel und Uhren, über wahre Künste und über das alles vereinnahmende, düstergoldene Ravinia – und natürlich über Winter, Winter, verdammter Winter! –, dann hätte sie vielleicht niemals das rote Band von dem kleinen, länglichen Päckchen gelöst, niemals das Papier mit einer beschwingten Bewegung heruntergerissen und niemals den Inhalt bestaunt, der alles verändern würde.

Einen Schlüssel.

Das Leben ist ein Verräter.

Es zeigt einem so häufig erst die schöne Seite, bevor es in verzweifelte Düsternis umschlägt.

Ja, er war schön. Ausgesprochen schön. Einmalig. Sofern man das von einem Schlüssel überhaupt sagen konnte. Er hatte goldene Ränder und einen mit winzigen, schillernden Ornamenten verzierten Kopf, in den *Victoria Street, Edinburgh* eingraviert war.

Lara staunte und sagte – nichts.

Was hätte sie auch sagen sollen? Schließlich hatte man ihr zum Geburtstag noch nie einen Schlüssel geschenkt.

Stattdessen machte sie bloß: »Äh.«

»Du hast mir davon erzählt, wie man euch in der Schule darauf vorbereiten will, später einen Beruf zu wählen«, meinte Henry. »Betrachte das hier einfach als Möglichkeit.«

Die Fragen verschwanden nicht aus Laras Augen. Im Gegenteil, sie vermehrten sich nur noch. Aber das war es offenbar, was Henry McLane beabsichtigte.

»Wie gesagt, das ist ein Test«, wiederholte er. »Ob du die Möglichkeit ergreifst oder nicht. Ich für meinen Teil finde, du hast ein Recht darauf. Das mögen andere anders sehen. Sei's drum, du wirst schon herausfinden, zu was der Schlüssel taugt!«

Er schlug die Hände auf die Oberschenkel und stand auf.

»Ich muss langsam los. Den größten Teil des Tages habe ich zwar frei bekommen, aber den Vormittag hast du ja bereits verschlafen. Ich bin zu Kaffee und Kuchen wieder da.«

Er hob bedauernd die Schultern. »Touristen gibt es auch am ersten Januar.«

Und damit ließ er seine – zu Recht völlig verdutzte – Enkeltochter in ihrem Bett sitzen. Vor ihr ein großes Frühstück, ein dampfender Kakao und jede Menge zerfetztes Geschenkpapier.

Wie seltsam einem manche Augenblicke doch erscheinen, wenn man noch nicht weiß, ob sie magisch oder lächerlich sein wollen.

Lara schüttete den Schlüssel aus dem Päckchen in ihre Hand und legte verwundert den Kopf schief, denn der Schlüssel fühlte sich warm an. Es war keine direkte Wärme, die er abstrahlte, es war mehr ein Gefühl, das auf Laras Haut prickelte. Nein, es prickelte nicht, das war nicht ganz das richtige Wort.

Komisch, dachte Lara. Vielleicht reagierte das Metall irgendwie mit ihrer Haut?

Sie schüttelte den Kopf, legte den Schlüssel auf das Nachttischchen und schlürfte den Kakao. Unten hörte sie die Wohnungstür ins Schloss fallen.

Als Erstes galt es also herauszufinden, wofür dieser seltsame Schlüssel gut sein sollte. Irgendetwas musste er ja aufschließen. Eine Tür, einen Schrank, ein Kästchen?

Definitiv leichter gesagt als getan.

Der Größe nach zu urteilen, war der Schlüssel eher für eine Tür gedacht. Oder einen Schrank mit einem großen Schloss. Auf keinen Fall konnte ein Schlüssel dieser Größe für eine Schatulle oder eine kleine Kommode gut sein.

Lara kramte ihren eigenen Schlüsselbund aus der Nachttischschublade und verglich die Schlüssel. Ja, am nächsten kam der goldene Schlüssel ihrem Haustürschlüssel.

Seltsam.

Ihr Großvater musste also ein Geschenk hinter einer Tür versteckt haben. Vermutlich in der Victoria Street. Nein, Victoria Street konnte auch nur ein Verweis auf den Schlüsselmacher sein. Denn warum sollte ihr Großvater etwas in der Victoria Street verstecken? Das war absurd.

Grübelnd fiel ihr Blick auf das immer noch volle Tablett. Gut, dann würde also erstmal gefrühstückt, geduscht, angezogen. Nachdenklich schlürfte Lara weiter an ihrem Kakao. Was für ein seltsames Rätsel hatte der alte Henry ihr da wohl gestellt?

Der Gedanke war dumm. Eigentlich so dumm, dass er schon beinahe wieder lustig war. Nachdem Lara das Bad in Jeans und grauem Wollpullover verlassen hatte, stand sie schließlich vor der Wohnungsstür. Schal, Mütze und Mantel hatte sie schon angezogen (nebst der sorgfältig drapierten, bernsteinfarbenen Locke). Den neuen Schlüssel in der Hand blickte sie unentschlossen auf die Haustür. Sollte ihr Großvater ihr lediglich einen neuen, schönen Haustürschlüssel geschenkt haben? Manchmal konnte Henry McLane ganz unvermittelt von den Wertvorstellungen einer alten – für Lara antiken – Zeit angefallen werden. Dann tat er Dinge, die er meistens mit Sätzen erklärte, die mit »Ein ordentliches Mädchen« anfingen: *Ein ordentliches Mädchen sollte wenigstens ein gutes Kleid besitzen. Ein ordentliches Mädchen sollte wenigstens etwas mehr als gar nicht kochen können. Ein ordentliches Mädchen sollte die grundlegendsten Regeln von Anstand kennen. Ein ordentliches Mädchen sollte …* und so weiter. So etwas kam nicht oft vor. Wahrscheinlich noch nicht einmal jedes Jahr. Dennoch hatte es dazu geführt, dass Lara ein schickes Abendkleid besaß, einen Tanzkurs besucht hatte – der wiederum dazu geführt hatte, dass das Kleid wenigstens ein Mal in Gebrauch gewesen war – , dass sie einige Kochbücher im Regal stehen hatte, dass sie ein Mal piekfein für viele, viele Pfund und in eleganter Garderobe mit ihrem Großvater essen gewesen war, um alle nur erdenklichen Benimmregeln zu erproben, und dass sie außerdem noch ein paar andere Dinge besaß oder getan hatte, die ihr Großvater ab und an als notwendig erachtete.

Gehörte es vielleicht auch zu einem ordentlichen Mädchen, einen ordentlichen Haustürschlüssel zu besitzen? Aber warum war dann nicht die typische Floskel gefallen?

Oder aber ihr Vater hatte diesen Schlüssel gefertigt. Das war nämlich sein Beruf gewesen, soviel wusste sie. Aber wieso sollte er einen so wundervollen Schlüssel für eine kleine Wohnung irgendwo in Edinburgh gemacht haben? Mit diesem goldenen Schlüssel sollte man angemessenerweise einen Palast aufschließen können.

Aber es wäre zumindest ein schönes Andenken. Mal etwas anderes als Fotos.

Mit einer Handbewegung wischte sie die Gedanken zur Seite und steckte den Schlüssel ins Schloss.

Es ging erstaunlich einfach. Und drehen ließ er sich obendrein auch noch. Also doch. Ein neuer Haustürschlüssel. Lara verdrehte die Augen. Wartete auf das Klacken im Schloss, drückte die Klinke hinunter und öffnete die Tür.

Laras Herz blieb für einige Sekunden stehen. Fing sich dann aber wieder und klopfte stattdessen schnell und ungläubig weiter.

Vor der Tür konnte keine Straße sein. Niemals! Die McLanes wohnten im zweiten und dritten Stock, und vor der Tür erstreckten sich – zumindest bis gestern noch – der Hausflur samt Treppenhaus und gegenüber die Wohnungstür von Patty, die den Toffeeladen, der die Royal Mile weiter unten lag, betrieb.

Jetzt aber lag dort ein kleines Sträßchen, das in einer weiten Kurve steil abfiel. Mit Kopfsteinpflaster und Häusern aus grauem Bruchstein, so wie es sich für schottische Häuser gehörte. Schlimmer noch, Lara kannte die Gasse. Es war die Victoria Street, die lediglich zwei Häuserecken weiter lag, ebenfalls mitten in Edinburghs Zentrum. Und dort gehörte sie eigentlich auch hin. Zwei Häuserecken weiter und nicht vor die Wohnungstür der McLanes.

Lara machte die Tür wieder zu und kniete sich auf den Boden, um unter dem Türspalt hindurchzuspähen: Kein Zweifel, hinter der Wohnungstür lag die Victoria Street. Wie auch immer sie dort hingekommen war. Über Nacht hätte das Haus die Straße gewechselt haben müssen. Völlig verrückt. Vielleicht war ihr Großvater selbst überrascht, hatte bloß nichts erzählt. Kein Wunder, Lara hätte ihm wahrscheinlich erwidert, dass er langsam wirklich alt werde. Die Wohnung, die sich im neuen Jahr vorgenommen hatte, in eine neue Straße zu ziehen? Wie irre war das denn? Und sie musste lachen. Ein kurzes, knurriges, hilfloses Lachen. Dann stand sie auf, griff an die Klinke und trat hinaus auf die Victoria Street.

Kein Zweifel, es war die echte Victoria Street. Es roch genauso grau wie in Edinburgh, die Geräusche waren dieselben, und man konnte das Castle über den Dächerspitzen thronen sehen. Aber was hatte sie auch erwartet? Irgendwie kam Lara jedoch nicht von dem Gedanken los, das alles müsse ein Traum sein. Ein seltsam realer Traum. Sie bekam einen Schreck. Vielleicht lag sie im Koma? Hatte sich am Alkohol vergriffen, war aus einem Fenster gestürzt oder … Nein.

Die Tür, die Lara hinter sich zuzog, sah von dieser Seite auch überhaupt nicht aus wie die Haustür zu der Wohnung an der Royal Mile. Sie untersuchte die Klingelschilder. Nichts. Dann kam ihr die vermeintliche Lösung in den Sinn: Sie müsste nur einfach wieder hineingehen.

Doch der Schlüssel weigerte sich von dieser Seite sehr beharrlich, sich im Schloss zu drehen, ja ihn überhaupt hineinzuzwängen war beinahe unmöglich. Sie stöhnte entnervt. Was sollte denn das jetzt wieder?

Und dann plötzlich sah sie es. So, als ob es der Zufall gewollt hätte. Aber sagt man zum Zufall nicht bisweilen auch Schicksal? Das Schild gehörte zu einem Laden auf der gegenüberliegenden Straßenseite:

Schlüssel, Uhren, Feinmechanik. Inhaber B. Quibbes.

Na immerhin! Dort würde ihr sicherlich jemand erklären können, warum der Schlüssel plötzlich den Dienst verweigerte. Sie ging über die Straße und schlug sich vor die Stirn. Es war der erste Januar. Bestimmt hatte der Schlüsselmacher geschlossen. Aber klare Gedanken waren sowieso ein Gut, mit dem Lara zurzeit nicht dienen konnte. Sie schalt sich leise einen Dummkopf.

Doch da bemerkte sie, dass sich im Inneren des Ladens jemand bewegte.

Schicksal? Zufall? Unwichtig! Lara brauchte eine Erklärung für ihren Schlüssel.

Beim Näherkommen wurde Lara erhobener, streitender Stimmen gewahr, die aus dem Ladeninneren kamen. Durch die verschmierten Scheiben konnte sie jedoch nicht viel erkennen. Der Ladenbesitzer musste sich mit jemandem in den Haaren liegen, doch durch das Fenster war nur eine Person auszumachen. Lara presste ihre Nase gegen die Schaufensterscheibe. Nun sah sie mehr. Drinnen stand ein genervt wirkender Mann – Lara schätzte ihn auf etwa dreißig – mit schwarzen, zerzausten Haaren und dunklem Pullover, was nicht dazu beitrug, dass sein ohnehin schon blasses Gesicht an Farbe gewann. Er machte eine abwehrende Geste mit beiden Händen und sagte etwas, das Lara nicht verstand. Sein Gegenüber, das in der anderen Ecke des Ladens stehen musste, erwiderte etwas. Aber weder verstand Lara, was dieser Jemand sagte, noch konnte sie ihn sehen. Womöglich saß er oder war kleinwüchsig oder – egal.

Sie öffnete die Tür und löste bimmelnde Blechglocken aus, die offenbar Kundschaft ankündigen sollten. Der Mann mit dem zerzausten Haar blickte sie an.

»Krah«, machte es aus der Ecke. Ein Rabe saß dort auf einer Art Werkbank und legte den Kopf schief. Ein großer, pechschwarzer Kolkrabe.

War der Rabe der Streitpartner des blassen Mannes gewesen? Unmöglich. Mit Raben konnte man sich nicht unterhalten, obwohl Lara schon davon gehört hatte, dass Raben sprechen lernen konnten – wie Papageien oder Wellensittiche. Möglicherweise hatte der Mann einfach nur eine blühende Phantasie und vertrieb sich so die Zeit, da er ja am ersten Januar sowieso nicht mit Kundschaft zu rechnen brauchte.

Der Laden war urig. Nicht besonders groß. Dort, wo es keine schweren Eichenregale, Ecktischchen oder Werkbänke gab, lugten Reste einer alten Holzvertäfelung hervor. Der Raum wirkte zweigeteilt. Auf der linken Seite hingen mehrere Dutzend Uhren in allen Größen und Formen an der Wand. In den Regalen lagen Zahnräder, Ziffernblätter, Federn und auch sonst alles, was man zum Bau oder zur Reparatur einer Uhr brauchte. Ähnlich verhielt es sich mit der rechten Ladenhälfte, bloß dass diese den Schlüsseln und Schlössern gehörte. Ein riesiges Schlüsselbrett, das voller Schlüssel hing, schmückte einen großen Teil der Wand. Große, kleine, breite, lange, silberne, bronzene, solche mit komischen Formen und langen Griffen, solche mit –

»Hey, junge Miss!«, kam es da vom Tresen, der genau die Mitte zwischen beiden Ladenhälften ausfüllte. Lang, schwer und dick mit einer alten Registrierkasse und – was gar nicht ins Bild des Ladens passen wollte – einem Laptop daneben. Der blasse Mann mit dem dunklen Haar hatte eine Augenbraue hochgezogen und Lara mit einer Stimme angesprochen, die viel zu tief für sein Alter klang. Offenbar war ihm nicht entgangen, dass Lara vor Staunen erstarrt war.

Lara indes schüttelte ihre Erstarrung ab und trat zu dem Mann an den Tresen heran.

»Ich habe da einen Schlüssel, der nicht funktioniert«, meinte sie und legte den goldenen Schlüssel auf den Ladentisch.

Die Augen des Mannes weiteten sich kurz. Aber nur kurz, wie ein flüchtiger Schatten. Dann nahm er den Schlüssel in eine Hand und beäugte ihn gezielt und fachmännisch.

»Wo hast du es denn versucht?«, wollte er wissen.

»An unserer Haustür natürlich. Von innen ging er, nur von außen nicht mehr.«

Der Blick wanderte vom Schlüssel zu Lara.

»Aber wir sind doch schon in der Victoria Street in Edinburgh«, stellte der Mann fest und tippte mit dem Finger auf den Schriftzug am Schlüssel. »Ein Schlüssel kann dich doch nicht von der Victoria Street in die Victoria Street bringen, das funktioniert nicht.«

Lara blieb stumm. Er hätte ebenso gut sagen können, dass Elefanten selbstverständlich nicht auf Palmen kletterten, schon gar nicht in Sibirien.

»Wollen Sie mich verschaukeln?«, fragte sie und überlegte,

ob sie beleidigt sein sollte. Waren denn im neuen Jahr auf einmal alle Leute komisch?

»Krah, sie weiß nichts«, schallte es aus der Ecke. »Sie hat keine Ahnung von Schlüsseln.«

»Halt den Schnabel, Dexter«, kam die Antwort. »Warum bist du überhaupt noch hier?«

»Du hast Schlüssel«, erwiderte der Rabe, als ob das die ultimative Erklärung sei.

Schlimmer aber war, dass der Mann tatsächlich mit dem Raben sprach. Nein, eigentlich war es noch viel schlimmer, dass der Rabe mit dem Mann sprach.

Lara starrte auf den Vogel.

»Wie heißt du?«, erkundigte sich der Rabe neugierig.

»Lara«, stammelte Lara. Verwundert darüber, dass sie überhaupt einen Ton herausbrachte.

»Pst!«, machte der Mann zu ihr. »Das muss er nicht wissen. Hau ab, Dexter!«

»Willst du mich zwingen? Das könnte sich negativ auf deine Post auswirken.«

»Vielleicht, aber dafür hätte ich das einmalige Vergnügen, dich mit einem funkelnigelnagelneuen Schlüssel einzusperren und ihn wegzuwerfen. Du weißt sicher, dass ich das kann.«

Der Rabe hüstelte verlegen.

»Warte hier«, sagte der Mann, wieder zu Lara gewandt. »Ich hole jemanden, der dir sicher weiterhelfen kann.«

»Krah, gut, dann kannst du mich gleich mitnehmen«, freute sich der Rabe.

»Nein, verflucht, flieg doch dort wieder in die Stadt rein, wo du rausgekommen bist!«

»Geht nicht.«

»Warum nicht?«

»Geht dich nichts an.«

»Dann sehe ich auch keinen Bedarf, dir zu helfen. Wahrscheinlich würde ich mir nur die Finger dreckig machen an irgendeinem Mist, in dem ihr Raben wieder steckt.«

»Blödmann. Krah.«

»Tja, Schicksal.«

Schulterzuckend wandte sich der Mann mit einem weiteren flüchtigen Blick auf Lara ab und verschwand im Hinterzimmer. Lara hörte ihn eine Treppe hinaufgehen und wartete. Der Rabe hielt den Schnabel.

Ab und zu kommt man sich unheimlich lächerlich vor. Zum Beispiel, wenn man zusammen mit einem sprechenden Raben in einem Raum darauf wartet, dass jemand kommt, der einen verrückt gewordenen Schlüssel repariert.

Nach einer Weile kam der Mann wieder. Tatsächlich in Begleitung. Ein älterer Mann – vielleicht im Alter von Henry McLane – mit längst schon ergrautem Haar, einer kleinen Brille, fröhlichen Augen und einem gemütlichen Bauch betrat den Laden durch das Hinterzimmer.

»Krah, Mr Quibbes, na endlich! Darf ich jetzt endlich zurück?«, krakeelte der Rabe frech.

»Verflucht, ich hab dir doch –«, setzte der blasse Mann an, doch der Alte unterbrach ihn mit einer Handbewegung.

»Lass ihn«, meinte er in freundlichem, beschwichtigendem Tonfall. »Der stellt nichts an, was zu unserem Nachteil wäre. Und wenn doch, dann denken wir uns irgendetwas aus.«

Er machte einen vielversprechenden Gesichtsausdruck. Hätte der Rabe die Zunge herausstrecken können, hätte er es in diesem Moment wahrscheinlich getan.

»Wenn du so freundlich wärst, Tom.«

Der Rabe flatterte auf die Schulter des blassen Mannes, der offensichtlich Tom hieß, wobei dieser erst Mr Quibbes und dann den Raben zornig anfunkelte, aber den Vogel dann ohne zu murren ins Hinterzimmer brachte.

Mr Quibbes indes lächelte Lara an, mit einem gütigen, beinahe großväterlichen Lächeln. Er wirkte wie von einer inneren

Ruhe beseelt, so, als wäre die Welt ein vergnügliches Theaterstück, das man sich in einem bequemen Sessel zu Gemüte führt.

»Lara McLane, richtig?«, fragte er.

»Richtig.«

Lara war platt.

»Woher wissen Sie das?«

»Ich dachte mir, dass du noch heute vorbeikommst, wenn du auch nur halb so neugierig bist wie dein Vater es einmal war.«

»Sie kannten meinen Vater?« Jetzt gab es kein Halten mehr. Da war jemand, der Laras Eltern gekannt hatte. Jemand, der nicht Henry McLane hieß und ihr immer dieselben Eindrücke sowie ein paar angestaubte Fotos zu bieten hatte.

»Und deinen Großvater kenne ich auch«, bestätigte Mr Quibbes mit einem Zwinkern. »Was hältst du von einem Ausflug ins Starbucks? Ich war noch nie da, aber es steht auf der langen Liste der Dinge, die ich immer schon einmal tun wollte.«

Lara konnte nur nicken.

»Dort reden wir dann«, entschied Mr Quibbes.

Er schob Lara mit einer Hand Richtung Tür. Kurz drehte er sich noch einmal um, fischte den goldenen Schlüssel von der Ladentheke, legte ihn sanft in Laras Hand und schloss ihre Finger darum.

»So einen sollte man nicht einfach liegen lassen. Das wäre Verschwendung«, sagte er.

Draußen vor der Tür schüttelte Mr Quibbes eine schwarze, ägyptische Zigarette aus einer flachen Blechschachtel, klopfte mit dem Ende der Zigarette auf die Handfläche, zündete sie an und stapfte mit hochgeschlagenem Kragen voran. Eine verdutzte Lara folgte ihm automatisch.

Hätte irgendjemand Lara später gefragt, welcher der seltsamste Moment ihres Lebens gewesen sei, hätte sie es nicht mit Bestimmtheit beantworten können. Sie hätte wohl etwas gesagt wie: »Ich weiß nicht, aber er begann, als ich damals an meinem Geburtstag aufwachte.«

Und so bekam die Kette der seltsamen Begebenheiten im Leben der Lara McLane ein neues Glied, während sie mit Mr Baltasar Quibbes – wie dieser sich mittlerweile vorgestellt hatte – an einem kleinen runden Tisch in einem Starbucks Coffee House in Edinburgh saß, eine Tasse heißen Kakao trank und ein paar traumwandlerische Dinge zu hören bekam.

»Du hast wahrscheinlich bemerkt, dass dein Geburtstagsgeschenk kein gewöhnlicher Schlüssel ist«, sagte Mr Quibbes, nachdem Lara ihm ihren Tagesverlauf geschildert hatte.

»Sie wollen mich auf den Arm nehmen«, antwortete Lara leicht gereizt. »Ja, verdammt nochmal, das habe ich gemerkt! Wollen Sie mir nun vielleicht endlich erklären, was das alles zu bedeuten hat? Glauben Sie mir, ich hasse Rätsel!«

Doch Mr Quibbes zeigte sich unbeeindruckt.

»Dein Vater war ein Schlüsselmacher«, fuhr er fort.

»Ich weiß.«

»Was du aber sicherlich nicht weißt, ist, dass dein Vater kein gewöhnlicher Schlüsselmacher war.«

Lara zog die Augenbrauen hoch.

»War er nicht?«

»Nein«, stellte Mr Quibbes entschieden fest. »Genauso wenig wie ich einer bin oder Tom, der junge Mann, der bei mir arbeitet.«

»Derjenige, der nichts von sprechenden Raben hält?«

Es war eigentlich egal, wie viel verrückte Dinge heute noch geschehen mochten. Nur sollte dieser Mr Quibbes endlich mit dem rausrücken, was er wusste.

»Genau der«, bestätigte Mr Quibbes mit einem Lächeln. »Überleg doch einmal, Lara. Der Schlüssel hat dich in der Victoria Street abgesetzt.«

»Was heißt hier abgesetzt? Meinen Sie etwa …?«

»Genau das meine ich. Denk mal darüber nach, was wäre, wenn nicht die Tür bestimmt, wohin es geht, sondern der Schlüssel, den man hineinsteckt.«

Lara glotzte. Der ältere Herr vor ihr wollte ihr tatsächlich erzählen, dass es magische Schlüssel gäbe.

»Sie sind verrückt«, sagte sie schließlich.

Mr Quibbes' Lächeln wurde zu einem breiten Schmunzeln.

»Nun, das würde ich vielleicht so nicht sagen. Ich bin eher etwas, mhm, unkonventionell.«

Lara wollte aufstehen, aber Mr Quibbes legte rasch eine Hand auf ihren Arm, woraufhin er ein wildes Funkeln von Laras Seite erntete.

»Bitte!«, begann er. »Lass mich dir das erklären. Dann liegt es bei dir, mir zu glauben oder mich für verrückt zu erklären.«

Schnaubend ließ sich Lara zurück in den Stuhl sinken.

»Also«, setzte Mr Quibbes an. »Es gibt einige Berufe, die anders sind als die anderen. Ihnen haftet etwas Mystisches, etwas Verwegenes an. Mit ihnen kann man interessante, aber auch grässliche Dinge anstellen.«

»Sie meinen das völlig ernst, oder?«, vergewisserte Lara sich.

»Dein Vater hatte so einen Beruf. Und ich habe ihn auch. Schlüssel- und Uhrmacher. Mechaniker.«

Die erneute Erwähnung von Laras Vater zeigte ihre Wirkung. Eine leichte Entspannung, ein Funke Neugierde machte sich auf Laras Gesicht breit, als sie daran erinnert wurde, warum sie eigentlich mitgekommen war. Richtig, der Mann auf der anderen Seite des Tisches wusste etwas über ihren Vater.

Mr Quibbes beugte sich verschwörerisch zu ihr hinüber.

»Manche Schlüssel, die wir machen«, erklärte er in einem geheimnisvollen Ton, »führen dich an andere Orte. Nach London, Paris, Köln, Danzig. Wir bewahren die letzten Funken uralter Weisheiten auf. Manche Uhren lassen die Zeit Purzelbäume schlagen. Es gibt Bilder und Gemälde, die mit dir sprechen können, und Leute, die dir bis auf den Grund der Seele zu blicken vermögen.«

Laras Augen hatten sich geweitet.

»Und Sie meinen wohl, ich könnte so etwas?«

Mr Quibbes nickte.

»Was hast du gespürt, als du den Schlüssel zum ersten Mal berührt hast?«, wollte er wissen.

»Er war«, Lara suchte das richtige Wort, »irgendwie warm.«

Mr Quibbes nickte wieder nur.

»Ja, ich denke, du kannst so etwas.«

Einen Augenblick lang war Lara drauf und dran, ihm zu glauben. Was für eine phantastische Idee. Magische Schlüssel. Doch ...

Wie verrückt.

Lara stand auf.

»Du glaubst mir nicht«, stellte Mr Quibbes fest.

»Na ja, Sie erzählen aber auch ziemlichen Mumpitz«, brachte Lara es auf den Punkt.

Mr Quibbes schüttelte nur andeutungsweise den Kopf und sagte leise: »Keinen Mumpitz, Lara. Deine Eltern wüssten das.«

Lara beugte sich über den Tisch.

»Hören Sie verdammt nochmal auf mit meinen Eltern. Beweisen Sie diesen Blödsinn. Niemand würde Ihnen das glauben.«

Plötzlich beugte Mr Quibbes sich vor. Mit einer schnellen Bewegung hatte er Lara den Schlüssel entrissen und marschierte so in Richtung Toilette.

»Hey!«, protestierte Lara. »Das ist meiner! Wo wollen Sie denn hin?«

Und sie eilte ihm hinterher.

Hinter der Ecke, dort, wo es zu den Toiletten ging, blieb sie stehen. Wie Mr Quibbes. Der stand nämlich vor dem Damenklo und deutete mit dem Finger auf das 00-Schild.

»Was, denkst du, ist dahinter?«, fragte er seelenruhig.

»Das Klo, was glauben Sie denn? Und jetzt geben Sie mir den Schlüssel, Sie alter ...!«

Lara machte einige Schritte auf Mr Quibbes zu. Der wiederum steckte schnell den Schlüssel ins Schlüsselloch, schloss auf und drückte die Tür nach innen auf, in das vermeintliche Klo hinein. Und Lara vergaß alles, was sie zu tun im Begriff gewesen war. Dort, hinter der Tür der Damentoilette, lag die Victoria Street. Dieselbe Straße wie die heute Morgen vor ihrer Haustür. Gegenüber war der Laden von Mr Quibbes, und darin bewegte sich die Gestalt des blassen Mannes namens Tom.

»Ich würde mich beeilen, denn wenn uns jemand sieht, stellt er unangenehme Fragen«, meinte Mr Quibbes lächelnd.

Lara nickte nur stumm und trat durch die Tür, hinaus auf die Victoria Street. Nein. Kein Traum. Lara überlegte, ob ihr nicht schwindelig sein müsste. Sie wusste es nicht.

Das Schicksal war der größte Verräter überhaupt.

Es konnte keine magischen Schlüssel geben. Nein, nein, nein. Das war einfach unmöglich. Absolut absurd!

Aber schließlich hatte Lara es jetzt zum zweiten Mal mit eigenen Augen gesehen.

Sie standen wieder auf der Victoria Street. Baltasar hatte die vermeintliche Toilettentür hinter ihnen zugezogen und einer völlig fassungslosen Lara den kleinen, goldenen Schlüssel in die Hand gedrückt.

Wäre ihr Leben ein Cartoon und kein Herbstregen gewesen, überlegte Lara insgeheim, wäre dies der Moment, in dem ihr die Kinnlade heruntergefallen wäre.

Doch was sollte sie jetzt tun?

Nach Hause gehen und sich darüber freuen, den seltsamsten Schlüssel der Welt zu besitzen?

»Was hältst du von dem Gedanken, Schlüsselmacherin zu werden?«, fragte Baltasar ganz unvermittelt. »Du hast ganz ohne Frage das Talent dazu, wenn du deinen besonderen Schlüssel nur durch eine Berührung erkennst.«

»Wie... wieso fragen Sie das?«

Baltasar zwinkerte.

»Dein Großvater hat mir erzählt, dass ihr in der Schule langsam dazu gedrängt werdet, euch Gedanken über eure Zukunft zu machen.«

Lara nickte nur.

»Und da du das Talent hast, würde es doch naheliegen, eine ganz besondere Schlüsselmacherin zu werden«, fuhr er fort.

Später würde Lara nicht mehr daran denken, dass sie diese Entscheidung ganz unbefangen, ja beinahe beiläufig getroffen hatte. Diese Entscheidung, die ihr ganzes Leben verändern sollte. Unwiderruflich.

Und Mr Baltasar Quibbes hielt das Zünglein an der Waage, als er sagte: »Du könntest bei mir in die Lehre gehen. Und schließlich hättest du denselben Beruf wie dein Vater.«

Da sagte Lara McLane einfach und ohne zu überlegen: »Ja«.

2. Kapitel, *in dem Lara drei überraschende Begegnungen widerfahren. Zwei düstere und eine sehr kurze, aber umso hellere.*

Von wo ich sitze und das Leben in Augenschein nehm,
seh ich den Hinterhof, vom schwarzen Himmel überdacht,
wie gegenüber gerade jemand Licht ausmacht.
Seh die hell erleuchteten Fenster
auf der anderen Seite der Nacht.

Dota Kehr

– Szenenwechsel.

Manchmal lässt eine Nacht seltsame Dinge geschehen. Dinge, die randvoll sind mit Schicksal, mit Glück und mit Verderben. Man müsste Angst haben, sie zu berühren. Angst davor, sie überschwappen zu lassen.

»Jeder hat ein Recht auf sein Leben«, stellte Henry McLane fest. »Ungeteilt, eigennützig und nur ihm selbst gegeben. Und niemand darf die Schuld auf sich laden, ihm dieses Recht zu verwehren.«

Er hatte die Hände hinter dem Rücken gefaltet und lief unruhig auf und ab, während Baltasar Quibbes ruhig dastand und auf die Güterzüge hinunterblickte, die sich in scheinbar endlosen Schlangen durch die Princes Gardens unter ihnen in den unterirdischen Bahnhof der Waverley Station schoben. Beleuchtet vom gelben Licht der Streckenlaternen. Grell gegen die schwarze Nacht.

Die beiden Männer befanden sich auf der Waverley Bridge, unter der jeder Zug hindurchfuhr, der aus Richtung Glasgow kam, denn wenn sie sich schon trafen – was wohlgemerkt selten genug der Fall war –, dann taten sie es nachts, so wie alle wichtigen Treffen in und um Ravinia meistens nachts stattfanden. Sie waren sich beide nicht sicher, wie sie die Entwicklung der Dinge beurteilen sollten, denn auch ein großes Maß an Lebenserfahrung muss nicht unbedingt vor Ratlosigkeit bewahren.

Während Henry unruhig hin- und herschritt, rauchte Baltasar eine seiner schwarzen, ägyptischen Zigaretten und pustete den Qualm zwischen den hochgeschlagenen Kragenenden seines Mantels hindurch.

»Du hättest mit den Leuten reden sollen«, meinte er schließlich, ohne den Blick von dem langen Güterzug zu nehmen.

Henry fuhr herum.

»Zu welchem Zweck, Baltasar? Ich hatte mich entschieden. Das Mädchen hat ein Recht darauf, alles zu erfahren – wenn auch mit Bedacht.«

»Kannst du die Folgen ertragen?«, fragte Baltasar, ohne ihn anzusehen.

»Könnte ich die Schuld auf mich nehmen, ein Leben lang geschwiegen zu haben?«

Baltasar seufzte und drückte den Stummel seiner Zigarette aus.

»Nein«, sagte er schließlich. »Du hast recht. Jeder hat ein Recht auf sein Leben. Aber die Methode, die du gewählt hast, mag nicht unbedingt die behutsamste sein.«

Er stützte sich mit beiden Armen auf der Brüstung aus Sandstein ab, der im sauren Regen seine helle Farbe eingebüßt hatte.

»Menschen haben immer Angst«, fügte er hinzu. »Angst vor den Schatten der Vergangenheit und Angst vor Veränderung.«

Seine Augen sahen weg von den Schienen, und ihr Blick traf Henrys durch die Brille mit den kleinen Gläsern hindurch.

»Und du hast uns mit deiner einsamen Entscheidung beides gebracht: Veränderung und Erinnerungen an grausame Zeiten.«

Henry hielt seinem Blick stand. Zuckte mit den Schultern und meinte: »Begrabt endlich eure Angst. So wie ihr die Ursachen im wahrsten Sinne des Wortes begraben habt!«

Baltasar stieß sich vom Geländer ab, starrte Henry tief in die Augen.

*»*Uns *schließt dich ein, mein Lieber«, sagte er bedrohlich, beinahe im Flüsterton. »Begraben sagst du. Ja.* Lebendig *begraben.*

Das trifft es eher. Und lebendig begraben sind so auch die Schatten auf dem Gewissen aller, die davon wissen oder ahnen.«

Für einen kurzen Moment flackerte eine Spur Unsicherheit in Henrys Augen.

»Denkst du, es könnte gefährlich sein? Denkst du, jemand – vielleicht verborgene Anhänger Winters oder wer auch immer noch da draußen sein mag – könnte ihr etwas anhaben wollen?«

Baltasar legte den Kopf schief, als ob er die Möglichkeiten abwöge. Doch schließlich meinte er: »Eigentlich nicht. Die Zeiten von Roland Winter sind vorbei. Endgültig! Aber es ist moralisch *bedenklich.«*

Sie schwiegen.

Lange.

Länger.

»Jeder hat das Recht auf sein Leben«, resümierte Baltasar schließlich. »Vielleicht machen wir uns tatsächlich unnötige Sorgen. Lass uns stattdessen Freude an dem haben, was unsere kleine, angehende Schlüsselmacherin vollbringen wird. Denn sie hat nicht nur schimmerndes Haar wie ein Bernstein. Nein, sie hat auch ein schimmerndes Herz.«

So standen sie noch eine Weile still da und hörten dem Rauschen der Eisenbahn zu.

Dann flanierten sie zurück in Richtung Royal Mile. Dorthin, wo ein Mädchen mit bernsteinfarbenen Haaren und kastanienbraunen Augen von den Unglaublichkeiten der letzten Tage träumte.

»Hallo Tom«, rief Lara beschwingt, als sie am Nachmittag durch die Ladentür stürzte. Tom sah kurz von seiner Arbeit auf und registrierte sie. Er war skeptisch, was Lara anging. Niemand hatte ihm jemals alles erzählt von dem, was vor all den Jahren geschehen war, aber er war nicht dumm. Es gab sogar solche, die behaupteten, Tom sei ein Genie, doch davon wollte er wiederum nichts wissen. Genies waren diejenigen, die von überall her umworben wurden, um selbstsüchtigen Projekten ihre Einzigartigkeit zu verleihen. So jemand war Tom nicht und somit wahrscheinlich auch kein Genie.

Er hob die Hand zu einem Gruß über die Schulter hinweg, als sich seine Augen schon längst wieder auf das winzige Zahnrad hinter seiner Lupe konzentrierten.

Baltasar kam die Treppe herunter. (Er hatte Lara sehr schnell das Du angeboten. Er hatte gemeint, er halte nichts davon, Leute zu siezen und von Titulierungen wie Meister, Lehrer oder sonstigen schon gar nichts.)

»Hallo Lara«, begrüßte er sie mit einem Lächeln.

An Tom gewandt fragte er: »Und? Wie steht's um den Schlüssel für Nicolaes?«

»Seit gestern Abend fertig«, murmelte der Gefragte, ohne aufzusehen.

»Gut«, meinte Baltasar. »Dann liefern wir am besten gleich heute. Ich möchte, dass du Lara mitnimmst.«

Klirrend fiel die Zange auf den Holzfußboden. Rasch hob Tom sie wieder auf und blickte Baltasar an.

»Wozu?«, fragte er.

»Um ihr zu zeigen, worin unsere Arbeit besteht, anstatt sie nur Metalle und Rohlinge sortieren zu lassen?«

»Hm«, machte Tom.

Dann legte er die Zange weg, stand auf und ging ins Hinterzimmer.

»Bin gleich zurück, brauche nur etwas Warmes«, murmelte er.

Etwas unsicher erlaubte sich Lara eine Frage.

»Mag er mich nicht? Ich meine, wenn nicht, könnte er es sagen.«

Baltasar zog eine Augenbraue nach oben, dann schmunzelte er.

»Ich denke nicht, dass er dich nicht leiden kann«, sagte er. »Aber Tom ist, na ja, sagen wir, nicht immer ganz durchschaubar. Dafür hat er seine Gründe. Aber sei so gut, und frag ihn nicht danach.«

Lara nickte.

»Aber ich finde auch«, führte Baltasar seine Erklärung weiter, »dass er es einem nicht immer einfach macht, ihn zu mögen. Doch glaub mir, ich möchte ihn nicht missen. Er ist einfach sagenhaft geschickt!«

Aus dem Hinterzimmer kam Tom zurück, in einen langen, dunklen Lodenmantel gehüllt. Irgendwie machte er einen imposanten Eindruck auf Lara. Groß, blass, mit dem zerzausten schwarzen Haar und dem Dreitagebart. Dunkel gekleidet von Kopf bis Fuß. Er sah Lara an. Nicht freundlich, nicht unfreundlich. Vielleicht etwas abschätzig.

»Komm«, meinte er.

Und Lara, die immer noch Mantel, Schal und ihre sorgfältig drapierte Mütze trug, legte ihren Schulrucksack in eine Ecke und folgte Tom eilig zurück ins Hinterzimmer. Dorthin, wo von nun an viele Reisen beginnen würden. Aber das wusste Lara McLane nicht. *Noch* nicht.

Ob die Menschen irgendwann aufhören, an Wunder zu glauben, wenn sie ihnen jeden Tag widerfahren? Ein wenig seltsam war es nämlich schon. Tom trat einfach so durch die Tür in die Gasse mit den schmalen Häusern hinaus, als ob es nichts Normaleres auf der Welt gäbe. Ein paar Menschen gingen vorbei, schienen ihn aber nicht zu bemerken. Lara zögerte. Zwar hatte ihr die Praxisstunde mit Baltasar im Starbucks vor ein paar Tagen unmissverständlich klargemacht, dass das alles kein Schabernack war, aber dennoch war es einfach unglaublich.

»Nun komm schon«, drängelte Tom.

Er hatte sich umgedreht und die Arme vor der Brust verschränkt. Lächeln oder gar lachen hatte sie Tom in den wenigen Tagen ihrer Bekanntschaft noch nicht gesehen. Sie hatte schon einige Überlegungen dazu angestellt, doch keine wollte passen, sobald sie sein Gesicht vor sich sah. Tom wirkte nicht wie jemand, der das Lächeln verlernt hatte. Eher wie jemand, der ein Lächeln wie den kostbarsten aller Schätze hütete.

Sie schüttelte einmal kurz den Kopf, riss sich zusammen und machte die entscheidenden Schritte durch die Tür, nur um dahinter ebenso sprachlos wieder stehen zu bleiben.

Eine Straße verlief vor ihren Augen. Das war an und für sich nichts Besonderes. Besonders machte die Straße erst die Tatsache, dass sie aus Wasser war.

Sie selbst stand auf einer Art breitem Gehweg. Hinter ihrem Rücken und auf der anderen Seite der Wasserstraße ragten seltsame Häuser in die Höhe. Sie waren alt wie diejenigen in Edinburgh, aber nicht grau, sondern aus rotem Backstein. Und sie waren bedeutend schmaler als die Häuser in Edinburgh. Sicherlich hatte man sie höher gebaut, um den fehlenden Platz im Inneren wieder wettzumachen, dachte Lara.

Tom hatte sich an ihr vorbeigeschlängelt und zog mit einem energischen Ruck die Tür zu.

»Lektion Nummer eins: Wenn du durch Türen gehst, die nicht dorthin führen, wohin der Architekt es wollte«, maßregelte Tom sie, »mach sie hinter dir wieder zu!«

Lara nickte stumm, hörte aber kaum zu und blickte immer noch fasziniert um sich. Denn das hier konnte doch alles gar nicht wahr sein. Und die Vorstellung, dass man einfach so durch eine Tür an einen völlig anderen Ort treten könnte, war ja auch ein wenig absurd.

»Wo sind wir?«, wollte sie wissen und klang dabei etwas atemloser, als sie beabsichtigt hatte.

»In Amsterdam«, sagte Tom.

»Und jetzt komm! Wir haben nicht den ganzen Tag Zeit. Na ja, eigentlich hätten wir das schon, aber ich mag diese Stadt nicht. Baltasar hätte dich auch selbst mitschleifen können. Aber das spart er sich wahrscheinlich für Ravinia auf. Er liebt Überraschungseffekte.«

Eilig stapfte Lara hinter ihm her.

»Was ist Ravinia?«, rief sie.

»Das kriegst du schon noch raus.«

»Aber du weißt es doch.«

»Ja.«

»Und du sagst es mir nicht?«

»Genau.«

»Hmpf«, machte Lara, verlangsamte ihren Schritt – wobei sie immer noch beinahe zwei für jeden von Toms Schritten brauchte – und stiefelte neben ihm her an der Wasserstraße entlang.

»Ich hasse Überraschungen!«

Lara biss sich auf die Zunge. Das war ja wohl der dümmste Versuch gewesen, an eine Information heranzukommen, den sie jemals unternommen hatte. Seit ihrem achten Geburtstag. Mindestens!

»Schicksal«, murmelte Tom und bog abrupt ab, sodass Lara hektisch hinter ihm herstolpern musste.

Sie überquerten einen großen Platz mit vielen Menschen, und Lara bemerkte, dass sie hier alle Sprachen zu sprechen schienen – nur kein Englisch. Tom musste also recht haben. Sie waren in Amsterdam. Verflucht, natürlich hatte Tom recht!

Sie würde sich wohl oder übel an die ganzen Unglaublichkeiten gewöhnen müssen als Lehrling bei Baltasar Quibbes.

On a Tuesday in Amsterdam long ago.

Das hatte Adam F. Duritz vor einiger Zeit gesungen und eine regenreiche Melancholie damit heraufbeschworen.

Nun war es Freitag und nicht Dienstag, aber Amsterdam machte dem Song alle Ehre. Trist, so wie wahrscheinlich jede Stadt in diesen Breiten im frühen Januar. Das neue Jahr kam mit dem Wetter des Novembers daher, seitdem es weiße Winter nur noch in Geschichten zu geben schien. Nur das Licht war ein anderes. Oder auch nicht. Wenn nicht das Licht, dann war es die Stimmung, die ein Januarnachmittag mit einem so dreckigen Grau verbreitete. Das neue Jahr war noch beinahe unschuldig. Und schon durch Melancholie beschmutzt.

Doch Melancholie hatte auch ihre schönen Seiten, das

wusste Lara McLane, deren Leben wie ein Herbstregen war. Und Amsterdam besaß viel von jener eigentümlichen Schönheit in diesen Tagen.

Im Sommer würde diese Schönheit vielleicht durch eine andere verdrängt. Jene unbeschwerte, sommerlich hitzige Schönheit mit keuchend heißen Tagen und warmen Abenden, an denen man der Glühwürmchen gedachte, die die großen Städte schon vor Jahrzehnten verlassen hatten.

Doch Tom eilte davon, während Lara über Schönheit und Melancholie nachdachte und darüber hinaus auch noch aufpassen musste, nicht aus Versehen jemanden umzurempeln.

Schubsend und drängelnd gelang es ihr, wieder Anschluss an Tom zu finden, der seinerseits schnurstracks auf den Turm im Zentrum des Platzes zusteuerte. Er ließ sich scheinbar nicht beirren von dem Gewusel, das es in Edinburgh höchstens gäbe, wenn Weihnachten und Ostern zusammenfielen und obendrein noch mehrere Tausend Liter Freibier zur Verfügung stünden.

»Du darfst ihnen nicht in die Augen sehen«, meinte Tom nur, als sie ihn wieder eingeholt hatte. »Wenn du ihnen nicht in die Augen siehst, gehen sie einfach an dir vorbei und nehmen dich vielleicht noch nicht einmal wahr.«

»Leicht gesagt«, entgegnete Lara.

Tom zuckte mit den Schultern und stapfte weiter durch die Menge, als gäbe es die Menschenmassen gar nicht, die mit Geschnatter und Einkaufstüten durch die Stadt eilten.

Als sie am Fuß des Turms angekommen waren, nutzte Lara die Verschnaufpause, um das Gebäude eines Blickes zu würdigen. Es war achteckig, aus Backstein und wirkte furchtbar alt. Zumindest die untere Hälfte. Auf diesem Unterbau befand sich eine ebenfalls achteckige Verlängerung des Turms aus irgendeinem Metall, die sich nach oben etwas verjüngte. Am Dachansatz prangte eine große, runde Uhr mit goldenen Ziffern und Zeigern.

»Wo sind wir?«

»Du stellst häufig dieselben Fragen, oder?«

Lara schnappte nach Luft. Tom verkaufte sie für dumm. Sie wollte sich gerade darüber empören, da fiel ihr ein, dass Tom sie vielleicht nur provozieren wollte.

»Das war keine Antwort«, stellte sie also stattdessen fest.

»Stimmt«, meinte Tom trocken.

»Also?«

»Das ist der Münzturm von Amsterdam.«

Er trat an eine kleine eisenbeschlagene Tür heran und klopfte mit dem Handknöchel einen bestimmten Rhythmus dagegen. Alten Morsezeichen nicht unähnlich.

Lara machte sich mit einem unzufriedenen »Aha« Luft.

Tom schien auf etwas zu warten und verschränkte wieder die Arme.

»Der Turm ist ein Überbleibsel der alten Stadtmauer«, erklärte er, während er sich in Geduld übte. »Es gab einmal zwei von ihnen. Auf jeder Seite des Wachhauses einen. Dann brannten sie ab. Diesem hier haben sie anschließend dieses seltsame eiserne Konstrukt aufgesetzt.«

Lara blickte nach oben. Wie die goldenen Zeiger blendeten, obwohl der Himmel doch durch und durch grau war!

»Es ist doch gar nicht so hässlich«, überlegte sie laut.

»Nein«, stellte Tom klar. »Aber es passt nicht zum Charakter des Turms. Weißt du, warum er Münzturm –«

Es klackte, und das Türchen sprang einige Zentimeter weit auf.

»Ah«, machte Tom und ging hinein, ohne sich auch nur umzusehen.

Lara hastete ihm nach. Hinein in ein enges Treppenhaus. Gemeinsam bestiegen sie eine Wendeltreppe, erhellt von billigen Glühbirnen, die schon viele Jahre alt sein mochten. Ab und zu liefen sie an einem Fenster vorbei, bedeckt mit einer dicken Staubschicht, sodass man nichts von dem sah, was sich auf der anderen Seite befand.

»Dürfen wir hier einfach so rein?«

Irgendwie schien es ihr, als wäre der Turm so etwas wie ein Denkmal. Etwas, das man nicht einfach so betrat.

»Keine Ahnung«, antwortete Tom. Dabei klang er, als sei es ihm tatsächlich egal. So egal, wie es jemandem nur irgendwie sein konnte.

Lara schnaubte.

»Und wenn uns jemand sieht?«, hakte sie nach.

Tom drehte sich noch nicht einmal zu ihr um, sondern zuckte nur erneut mit den Schultern.

»Die Menschen sehen nur, was sie sehen wollen«, meinte er, als ob es ein Gesetz wäre, das jeder zu kennen habe.

»Aber –«

Tom blieb stehen und hob die Hand, um Lara zum Schweigen zu bringen.

»Bitte«, sagte er. »Hör für einen Moment auf, Fragen zu stellen! Niemand wird uns folgen oder uns überhaupt bemerken. Wirklich. Niemand glaubt, dass man einfach so in den Münzturm gehen kann, deshalb wird uns auch niemand sehen. Menschen sind so. Aber bitte sei nun einen Moment ruhig! Unser Kunde ist kein Freund der vielen Worte. Ich rede, du hörst zu! Verstanden?«

Ein kleines Kind. Das war es, was Tom in ihr sah. Ein kleines, dummes Kind. Na toll. Was konnte Baltasar eigentlich an so einem Griesgram finden, dass er ihn eingestellt hatte?

Mit düsterem Blick folgte sie Tom die letzten Stufen hinauf, bevor sie die Tür zu einer alten Kammer erreichten. Tom klopfte behutsam an und trat ein, ohne auf eine Antwort zu warten.

Drinnen war es staubig.

Fahles Licht drang durch Fenster, an denen womöglich noch mehr Staub haftete, als an denen im Treppenhaus. Verhalten klang der Trubel von draußen herauf. Gedämpft durch Scheiben und Staub, Spinnweben und Papier. Unmengen von Papier. Blätter hingen an den Wänden, lagen verstreut über dem alten Dielenboden und stapelten sich in den Ecken. Sie schienen jegliches Geräusch aufzusaugen. Selbst die Schritte auf dem Boden klangen gedämpft. Wie durch Watte.

In einer Ecke des Raumes stand ein schwerer Eichenschreibtisch, überhäuft mit Kerzenstummeln.

Davor saß ein Mann mit einem Buckel.

Er sah alt aus.

Furchtbar alt.

Schütteres weißes Haar fiel ihm in einzelnen Strähnen über die Schultern.

Zwei Armlängen entfernt stand eine Staffelei mit einer strahlend weißen Leinwand.

Der Alte schien beschäftigt und machte sich nicht die geringste Mühe aufzublicken. Er war unheimlich. Er strahlte etwas Beklemmendes aus.

Tom spazierte unbeirrt durch den Raum. Mit langen, bedächtigen Schritten, wobei er aber penibel darauf achtete, nicht auf ein einziges der herumliegenden Blätter zu treten.

Auf dem Papier sah man alles. Einfach alles. Menschen, Häuser, Straßen, Tiere, Obst – ja selbst Sonnenstrahlen oder Schneeflocken. Die ganze Wirklichkeit der Welt schien in Bleistift- und Kohlestrichen hier in diesem Raum abgebildet zu sein. Doch waren es keine hellen Zeichnungen, sondern düstere.

Hell dagegen war der Raum. Auf unangenehme Weise hell, denn die Berge weißen oder vergilbten Papiers bestimmten ihn ebenso, wie das schmutzig staubige Nachmittagslicht, das hereinfiel. Bedrohliche Helligkeit. Triste Helligkeit.

Doch durch die Zeichnungen sprang einem ein dunkler Geist entgegen. Geprägt durch niedere Gefühle wie Machtgier und Rachsucht und durch ihre Perfektion. Es war, als würde man jede Abbildung durch ein finsteres Glas betrachten. Nicht unbedingt durch eine Sonnenbrille, sondern eher durch eine

Brille, die den Tag zur Nacht werden ließ. Wirklich zur Nacht. Nicht durch verdunkelte Brillengläser, sondern durch Gefühle, die einem durch jedes der Bilder in die Augen strömten.

»Lass dich nicht von den Bildern in Besitz nehmen!«, raunte Tom. »Du wärst nicht die erste Unglückliche.«

Lara fuhr zusammen.

Sie wusste sofort, was Tom meinte.

Oder sie konnte es erahnen. Wie einen Geruch oder einen Geschmack, den man vergeblich versucht zu erkennen, so wusste Lara, dass Tom mehr als recht hatte. Sie musste auf der Hut sein. Dieser Ort zeigte sich unverhohlen boshaft. Denn manche Orte sind so.

Der buckelige Mann indes hatte sich noch immer nicht umgedreht.

Doch bildeten sich dunkle Flecken auf der Leinwand. Ganz von allein. Mehr und mehr. Nach wenigen Sekunden begann die Farbe, Worte zu formen.

Guten Tag, stand dort.

»Hallo«, entgegnete Tom in Richtung des Mannes, der gerade seine Arbeit beendet zu haben schien und sich endlich zu ihnen umwandte.

Lara sog die Luft scharf ein, beherrschte sich aber. Zusammengekniffene, nachtschwarze Augen starrten sie an. Umgeben von Falten, die wie altes, ausgetrocknetes Papier waren. Unter einer hakenförmigen Nase war ein zusammengepresster Schlitz, der einmal ein Mund gewesen sein mochte.

Ah. Tom Truska. Baltasar schickt also seinen Handlanger, ängstlich wie er ist?, schrieb die Leinwand.

Laras Herz raste bis zum Hals. Das war nicht nur unheimlich, nein, das war einfach nur irre. Hatte sie bis heute geglaubt, King oder Barker seien Meister des Horrors und besäßen eine blühende Phantasie, wurde sie spätestens jetzt eines Besseren belehrt.

Nur auf Tom schien die gruselige Erscheinung keinen Einfluss zu haben.

»Ich würde es eher *vorsichtig* nennen, Nicolaes.«

Aber, aber. Wovor sollte er sich fürchten? Wir haben doch sogar schon zusammengearbeitet. Und unsere Arbeit war gut, will ich meinen. Vielleicht die beste aller Zeiten.

»Darüber kann man sicherlich geteilter Meinung sein.«

Der Alte stand auf. Langsam, als wären seine Knochen aus Glas, schlurfte er – zu Boden gedrückt von seinem Buckel – zu einer seiner Schreibtischschubladen, zog sie weit auf und begann, darin herumzukramen.

Du bist wirklich ein bemerkenswerter junger Mann, Tom, dass du dir solche Frechheiten erlauben kannst. Du hättest Maler werden sollen, nicht so ein verlauster Mechaniker.

»Ich hätte es nicht gekonnt, das weißt du«, erwiderte Tom und fügte noch etwas hinzu, vielleicht, um seinen Worten einen Hauch von Endgültigkeit zu verleihen: »und auch niemals gewollt.«

Eine Hand von Nicolaes winkte ab, während die andere weiter in der Schublade wühlte.

Ich weiß, ich weiß. Du bist stolz. Und stolz wirst du sicherlich auch einst sterben. Indes, wer ist die junge Miss dort bei dir?

»Das erfährst du sicherlich bald«, hörte Lara Tom sagen, und eine gewisse Befriedigung, die in seiner Stimme lag, blieb auch ihr nicht verborgen.

Schließlich fand Nicolaes, was er gesucht hatte. Er wankte langsam zu Tom herüber, bis er ganz nah war. Lara war unmerklich einen halben Schritt hinter Tom gerückt. Alte, boshafte Augen musterten sie.

Kommen wir zum Geschäft, verkündete die Leinwand schließlich.

Eine runzelige, von Altersflecken übersäte Hand wurde auffordernd vor Toms Gesicht gehalten. Dieser zog einen Schlüssel, der schlank und aus einem matten Metall gefertigt war, an einem feinen Kettchen aus seiner Tasche und legte ihn – unter Laras angewiderten Blicken – in die Hand.

Nicolaes hielt den Schlüssel an dem Kettchen dicht vor sein

Gesicht und betrachtete ihn eine Weile voll nachdenklichem Interesse.

Wirklich ein Jammer, dass du Schlüsselmacher geworden bist, Tom. Die Welt hätte dir gehören können.

»Das Stückchen, das ich von ihr will, gehört mir bereits«, antwortete Tom. »Ein Jammer ist nur, dass es immer wieder Leute gibt, die das nicht verstehen. Doch das ist nicht mein Problem.«

Der Greis rümpfte die Nase, schnaubte verächtlich. Dann hielt er Tom ein in dreckiges Papier gewickeltes Päckchen hin. Tom nahm es ohne Zögern, deutete eine Verbeugung an, drehte sich um und ging, mit Lara im Schlepptau.

»Gutes Gelingen«, raunte er Nicolaes zum Abschied zu.

Die Leinwand schrieb noch eine Zeile.

Weder Tom noch Lara beachteten sie.

Sie verschwanden einfach aus dem Turm.

Draußen atmete Lara auf. Staub hatte sich auf ihre Stirn gelegt. Festgeklebt von Schweiß.

»Wer war das denn?«, fragte sie verstört.

»Nicolaes.«

»Ja, ich weiß.«

Lara wusste, dass sie diese furchtbar ernüchternde Art von Tom irgendwann zur Weißglut treiben würde.

»Aber wer – zum Donnerwetter nochmal – *ist* Nicolaes?! Warum ist er so unheimlich? Und wieso spricht er nicht, sondern besitzt diese unheimliche Staffelei?«

»Das sind schon wieder ziemlich viele Fragen«, bemerkte Tom.

Lara funkelte ihn an.

»Die hättest du an meiner Stelle auch.«

Tom legte den Kopf schief. Überlegte eine Sekunde.

Schließlich sagte er: »Stimmt.«

Er überlegte eine weitere Sekunde.

»Weißt du«, meinte er schließlich, »ich bin manchmal nicht sehr geschickt im Umgang mit Menschen. Lass uns einen Kakao trinken gehen. Das ist vielleicht das einzig Gute in dieser verdammten Stadt. Dann beantworte ich dir ein paar von deinen Fragen.«

Lara war verblüfft. Hatte sie der griesgrämige, blasse Mann mit den rabenschwarzen Haaren gerade zum Kakao eingeladen? Und ihr angeboten, mit ihr zu *reden*? Freiwillig?

»Also gut«, willigte sie ein, und Tom wies mit einer Hand quer über den Platz in Richtung eines Cafés mit großen Fenstern. Viel zu großen Fenstern für so ein schmales, altes Haus.

»Tom, mein Guter«, schnitt eine Männerstimme durch die Luft wie ein scharfes Messer durch ein Blatt Papier. Eine Hand klopfte Tom freundschaftlich auf die Schulter.

Hinter ihnen war ein Mann in Toms Alter aufgetaucht. Er trug seine langen, braunen Haare offen, und sie hingen auf einen Ledermantel herab, der nur aus Flicken zu bestehen schien. Aus den Ärmeln ragten Hände in Handschuhen, denen die Fingerkuppen fehlten.

Tom schien indes alles andere als hocherfreut zu sein, seinem Gegenüber zu begegnen.

»Was willst du?«, zischte er.

»Hey, nicht unfreundlich werden, ja?«

Der Flickenmantelmann hob abwehrend die Hände.

»Ich wollte nur zwei Dinge wissen«, sagte er schließlich, während er Tom und Lara umtänzelte.

Toms Augen waren kühl. Es sah nicht so aus, als ob er den anderen hassen würde. Aber das, was seine Augen ausstrahlten, hatte etwa soviel mit Sympathie zu tun wie helle Mittagssonne mit einer tiefen Neumondnacht.

»Lässt du uns in Ruhe, wenn ich dir sage, was du wissen willst?«, fragte Tom.

»Möglich wär's«, entgegnete der Mann mit dem Flickenmantel.

»Also schieß los, die Zeit wird knapp!«

»Ich dachte, ihr wolltet noch einen Kakao trinken gehen?«, fragte der Mann in gespieltem Erstaunen. »So viel Zeit scheint ihr also doch zu haben.«

Tom wirkte genervt. Entsetzlich genervt.

»Stell deine Fragen, Marcion. Jetzt. Oder lass uns in Ruhe!«

»Okay, Okay.«

Wieder die abwehrende Handbewegung.

»Also«, unterbrach der Langhaarige seinen Tänzelschritt. »Ich habe mich zuerst gefragt, was du wohl bei dem alten Nicolaes zu suchen hattest. Und zum anderen dachte ich, ich frage dich, wer die junge Lady neben dir ist. Vielleicht jemand, der euer Handwerk lernen möchte?«

Tom musterte sein Gegenüber mit scharfen Blicken.

»Das kann ich dir sagen. Sogar beides und freiwillig.«

Marcion hob die Augenbrauen, als habe er in jedem Fall mit einer anderen Antwort gerechnet.

»Zum einen: Bei Nicolaes gab es ein Geschäft zu erledigen. Ein ganz gewöhnliches Geschäft. Jeder gibt dem anderen etwas von Wert, so läuft das bei ehrlichen Leuten, Marcion. Ihr Vaganten solltet euch das auch einmal angewöhnen.«

Dann blickte er zu Lara hinab, die beinahe anderthalb Köpfe kleiner war als er.

»Zum anderen: Das ist Lara.«

»Hallo«, murmelte Lara, nicht sicher, was sie sonst sagen sollte. Sie streckte Marcion eine Hand entgegen. »Lara Mc...«

Tom presste ihr die Hand auf den Mund.

»Das darf er selbst herausfinden«, erklärte er schlicht.

Zu Marcion gewandt sagte er: »Und nun verschwinde!«

»Hey, ich habe nichts versprochen. Ich habe gesagt, *möglich wär's.*«

Tom straffte sich und trat an Marcion heran.

»Verschwinde«, knurrte er.

Ein weiteres Mal hoben sich Marcions Hände abwehrend.

»Okay, okay. Nichts für ungut, Mann.«

Damit wollte er sich umdrehen und in der Masse verschwinden, aber Tom war schneller.

»Marcion«, rief er ihm hinterher.

Der Angesprochene drehte sich mit breitem Grinsen noch einmal um.

»Du schuldest mir zwei Antworten.«

Das Grinsen auf Marcions Gesicht verschwand nicht.

»Gerne«, meinte er. »Ich freue mich auf deine Miene, wenn sie ebenso unbefriedigend ausfallen werden wie die deinigen, Tom Truska.«

Damit verbeugte er sich wie ein Akrobat nach einer gelungenen Vorstellung und huschte zwischen mehreren Leuten hindurch, so geschickt, dass er in Windeseile im Gedränge unsichtbar geworden war.

Lara konnte wieder einmal nur staunen.

»Und wer war das jetzt?«, fragte sie vorsichtig, beinahe behutsam, denn sie fürchtete, Toms Laune könnte in den Keller gesunken sein.

»Marcion de Huhl«, bekam sie die schnaubende Antwort. »Ein Stadtvagant. Jemand, der anderer Leute Arbeit nicht wertschätzt.«

Er stapfte durch die Menschenmengen, erneut ohne viel Rücksicht auf Lara.

Vor der nächstbesten Tür – einem Hauseingang zwischen zwei Souvenirgeschäften – blieb er stehen und zog einen großen Schlüsselbund aus seiner Manteltasche. Lara hätte nicht sagen können, wie viele unterschiedliche Schlüssel daran hingen. Große, kleine, lange, dünne und viele mehr.

Tom schloss blitzschnell auf und schob Lara mit einer einzigen Bewegung hindurch. Hinter ihnen knallte die Tür zu.

Sie standen wieder auf der Victoria Street in Edinburgh. Gegenüber von Baltasars Laden.

»Entschuldige«, meinte Tom, doch es klang nicht, als käme es von Herzen. »Mir ist der Appetit auf Schokolade gerade vergangen.«

Schlechte Laune konnte Menschen im Handumdrehen verändern, das hatte Lara schon so manches Mal festgestellt.

Tom stieß die Tür auf und fegte mit wehendem Mantel hinein. Lara stolperte hinterher.

»Was ist denn mit euch los?«, fragte ein erstaunter Baltasar, der mit einem so ungestümen Auftritt offenbar ganz und gar nicht gerechnet hatte.

Tom blieb abrupt stehen, warf ihm einen bitterbösen Blick zu.

»Ich hatte gerade eine Begegnung mit Nicolaes«, setzte er an.

Baltasar legte sein Werkzeug auf den Tisch und machte die Tür hinter Lara zu, um die Kälte auszusperren.

»Ja und?«, fragte er. »Du hast ihm einen Schlüssel gemacht und ihn ausgeliefert. Das wussten wir vorher.«

Tom warf mit einer lockeren Bewegung das in Papier gewickelte Bündel zu dem überraschten Baltasar hinüber, der es gerade noch mit der linken Hand auffangen konnte.

»Dann habe ich Marcion getroffen«, fuhr Tom fort.

»Oha«, machte Baltasar. Nicht ganz unbeeindruckt.

»Und zu guter Letzt stellt die junge Miss mir ständig alle möglichen Fragen, die ihr in den letzten Tagen schon längst jemand hätte beantworten können. Zum Beispiel derjenige, der sie eingestellt hat.«

»Ach«, kam es von Baltasar. »Ich sollte ihr also einfach so alles erzählen, was es mit hoher Kunst und Handwerk und Ravinia auf sich hat?«

»Das bleibt dir überlassen«, meinte Tom gereizt. »Aber wieso sollte *ich* das tun? *Ich* habe sie schließlich auch nicht eingestellt!«

Bevor Baltasar antworten konnte, hob Tom die Hand und wimmelte ihn ab.

»Spar's dir! Ich mache Schluss für heute. Sucht mich nicht!«

Damit wandte er sich um, stiefelte eiligen Schrittes ins Hinterzimmer. Man hörte die Tür knallen, und Tom war weg.

»Seltsam«, überlegte Baltasar und kratzte sich am Bart. »So aufgebracht hab ich ihn nur ganz selten gesehen.«

Lara sagte nichts. Was hätte sie auch sagen sollen? Sie war vor ein paar Tagen hier hineingeraten. Baltasar hatte ihr erzählt und eindrucksvoll bewiesen, dass es besondere Schlüssel gab, solche, die ihrerseits die Türen beeinflussten, die man mit ihnen öffnete. Doch noch viel wichtiger war die Tatsache, dass ihre Eltern davon gewusst haben mussten. Baltasar hatte nicht damit hinterm Berg gehalten, dass ihre Eltern beide jenes besondere Geschick besessen hatten, mit dem man einen Beruf wie den des Schlüsselmachers ergreifen konnte. Und Lara habe es vermutlich geerbt. So etwas kam vor. Gar nicht so selten, wie Baltasar erklärt hatte.

Auf die Frage, warum man dann nie von solchen Schlüsseln hörte, hatte Baltasar geantwortet, dass es letztlich gar nicht so viele gab. Darüber hinaus lag es aber auch an einer Welt, deren Sinn für Absonderlichkeiten verloren gegangen war. Verloren in den wirbelnden Tiefen von Wissenschaft und Beweissucht.

Jetzt war Lara also seit einigen Tagen Lehrling bei Baltasar. Ihr Großvater hatte auf die empörte Frage, warum er nichts gesagt hatte, nur milde gelächelt und erwidert, er habe ihr doch immer erzählt, dass ihr Vater Schlüsselmacher gewesen sei. Alles Weitere hätte sie ihm sowieso nicht geglaubt. Sie hatten darüber hinaus nicht viel miteinander gesprochen in den letzten Tagen. Bis in den Nachmittag hinein hatte Lara Schule. Danach verbrachte sie viel Zeit in Baltasars Laden. Vornehmlich damit, Schlüsselrohlinge zu sortieren und etwas über die Eigenschaften bestimmter Werkzeuge und Metalle zu lernen. Nichts schien daran magisch, aber Baltasar meinte, man müsse erst einmal wirkliche Schlüssel und Schlösser zu fertigen gelernt haben, ehe man sich an die unwirklichen begeben könne.

Abends machte sie häufig die vom Nachmittag liegen

gebliebenen Hausaufgaben. Nur kurz unterbrochen von einem schweigsamen Abendessen.

Sie sahen sich einfach zu selten, ihr Großvater und sie. Und wenn, ja, was hatten sie sich zu erzählen? Lara fühlte sich verraten. Nicht vollkommen, nicht zutiefst, und sie hätte mit Worten noch nicht einmal erklären können, warum. Denn die Erklärungen, die sie bekam, klangen logisch und vernünftig. Dennoch fühlte sie sich verraten und war froh um die Zeit in Baltasars Laden, damit sie weniger zu Hause sein musste. Dort, wo sie dieses beklemmende Gefühl von eiskaltem Wasser, das durch die Fassade aus Argumenten und Vernunft drang, quälte.

Fühlte sie sich nur so, oder war es wirklich der Fall?

Und jetzt das. Man hatte ihr einige Brotkrumen hingestreut, auf deren Fährte sie sich nun begeben hatte. Und dann hielt man sie hin. Baltasar gab nicht mehr als nötig preis, und Tom, der mürrische Tom, der kein Mann großer Worte oder gar Emotionen war, wurde ungehalten, dass man ihm plötzlich diese Aufgaben überließ. Ein wenig konnte Lara ihn sogar verstehen. Und sie war sich sicher: Hätten sie nicht diesen komischen Vogel Marcion getroffen, hätte sie einige Antworten von Tom bekommen. Denn Tom – das wusste sie jetzt – hielt nicht viel von Geheimniskrämerei. Zumindest nicht, wenn kein Grund dafür sprach. Wenigstens hoffte Lara, dass es so war.

»Du schuldest mir ein paar Antworten, Baltasar Quibbes«, sagte sie schroff zu dem Mann vor ihr.

Dieser nickte etwas betroffen.

»Ja, wahrscheinlich«, murmelte er. »Aber nicht hier.«

»Wer ist dieser Nicolaes? Wer ist Marcion? Warum schlägt Toms Laune Purzelbäume?«, platzte es dennoch aus Lara heraus.

Er wollte sie schon wieder trösten! Vertrösten, das hatte sie durchschaut. Und es machte sie wütend.

Etwas erstickt flüsterte sie: »Antworte mir, ich bin kein kleines Kind mehr! Verflucht!«

Ihr Leben war wieder einmal wie Herbstregen. Ihr ganzes Leben war wie Herbstregen. Nur hatte sie diesmal eindeutig die falschen Sachen angezogen.

Baltasar seufzte. Resigniert. Irgendwie traurig.

Er holte tief Luft.

»Nicolaes ist ein Maler. Maler, Zeichner, Bilderkünstler. Nenn sie, wie du willst«, sagte er schließlich.

Er hob den Blick, sah Lara in die Augen.

»Du musst nämlich wissen, dass es nicht nur die Mechaniker sind, die aus Zahnrädern, Drähten und Schrauben wunderbare Schlüssel, Uhren und Ähnliches bauen können.«

Seine Augen bekamen wieder diesen verschwörerischen Glanz, der ihr schon letzte Woche im Starbucks aufgelauert hatte.

»Es gibt noch die anderen Zünfte, in denen Dinge erschaffen werden, die *anders* sind. Die Maler stellen ebenfalls eine Zunft, so wie wir Mechaniker.«

Er seufzte.

»Marcion de Huhl ist ein Vagant. Oder besser gesagt der König der Vaganten. Vaganten sind – auch das ist schwer zu erklären.«

Er machte wieder eine kurze Pause.

»Und warum Tom still, manchmal etwas griesgrämig, aber brillant ist, nun, das ist etwas, was ich dir sagen könnte, aber niemals sagen werde. Denn solche Dinge preiszugeben, steht mir nicht zu.«

Stille.

Totenstille.

»Und jetzt Lara, geh! Geh nach Hause, genieße den Freitagabend! Wir treffen uns morgen früh um neun. Und dann – das verspreche ich dir – bekommst du ein paar Antworten.«

Lara nickte ihm zu. Enttäuscht. Langsam löste sie ihre Schuhsohlen vom Boden und bewegte sich in Richtung Tür, als Baltasar sie ein letztes Mal aufhielt.

»Lara«, sagte er, und es lag etwas in seiner Stimme, das den

Balanceakt zwischen Fürsorge, Trauer und Zuversicht versuchte.

»Lara. Es gibt Dinge im Leben – viele Dinge –, die muss man selbst herausfinden. Denn es bringt nur Zweifel und Verdruss mit sich, wenn ein anderer sie einem abnehmen will. Bitte Lara, geh nicht so hart mit mir oder deinem Großvater ins Gericht, wenn wir von Zeit zu Zeit nicht alles preisgeben, was wir wissen. Irgendwann – und ich weiß, dass du diese Worte in deinem Alter so satt hast, dass sie dir beinahe aus den Ohren wieder herausquellen –, irgendwann, wenn du alt genug bist, wirst du alles erfahren, und du wirst alles wissen.

Und jetzt hab eine gute Nacht!«

Und Lara ging.

Wortlos.

Nicht nach Hause. Nein, nach Hause konnte sie jetzt nicht. Nicht direkt. Stattdessen ging sie durch die Straßen und Gassen Edinburghs und über viele, viele Treppen. Stufe um Stufe, hinauf und hinab. Durch eine Stadt, die keine große Metropole war und dennoch niemals schlafen konnte.

Und so sehr das bunte Treiben der jungen und alten Menschen und das der wenigen Touristen im Januar, die allesamt ihr wohlverdientes Wochenende begossen, die Straßen der Stadt mit Leben füllte, so sehr ging ebendies an Lara vorbei.

Sie versank in Gedanken und hörte für den Rest der Welt auf zu existieren. Ein einsames, gedankenverlorenes Mädchen, das sich nicht der Ausgelassenheit des Freitagabends hingab, existierte in den Köpfen der Menschen nicht. Und was die Menschen nicht glauben wollen, das sehen sie auch nicht.

So huschte sie mit schnellen Schritten über die Brücken am Park auf die Princes Street, ging in Schlangenlinien um Castle und Royal Mile und stand schließlich vor der Waverley Station und auf der gleichnamigen Brücke über den Gleisen.

Mit hochgeschlagenem Kragen starrte sie zwischen Schal und Mütze – unter der keine Locke hervorlugte – auf die Gleise und die Güterwaggons.

Sie war allein.

Nicht dass sie sich nicht an irgendwen hätte wenden können. Sie konnte jederzeit nach Hause. Auch Mary oder Stew oder Marten aus der Schule beziehungsweise der Bücherei anzurufen, wäre kein Problem gewesen.

Doch ihre Seele war allein, und es gab niemanden, der sie verstehen konnte. Niemand auf dieser riesigen Welt konnte Lara McLane verstehen. Und wenn man ihr auch noch so lange zuhören würde.

Sie war allein.

Allein, allein, allein.

Sie wollte schreien, doch sie wusste, dass sie dies in ihrem Innern bereits tat.

Wieso wussten alle etwas über ihre Eltern? Über Layla und Arthur McLane? Nur sie nicht? Wieso besaß sie offenbar Fähigkeiten, über die nur andere Bescheid wussten? Warum erzählte ihr niemand irgendetwas? Warum bloß?

Eine Träne wurde vom scharfen, kalten Wind an ihrer Wange entlanggeschoben. Beschienen von einem großen, gelben Mond. Doch heute war er nicht ockerfarben. Nicht golden und beruhigend, wie er in manchen Nächten durch das Fenster schien, auf die Decke, unter der man sicher geborgen war. Nein. Heute schien er zitronengelb. Giftgelb. Und er tauchte die Stadt in ein bedrohliches Licht, machte aus ihr ein Monster, das Schicksale wie das von Lara gebar.

»Schicksal«, sagte eine Stimme im richtigen Moment. Sie kam aus dem Nichts, genau wie die Hand, die sich auf Laras Schulter legte.

Sie schrak zusammen, beruhigte sich aber wieder, als sie sah, wem diese Hand gehörte.

Ein blasses, ernstes Gesicht mit Dreitagebart und zerzaustem, schwarzem Haar blickte in das ihre. Tom Truska.

»Ich weiß, wie du dich fühlst«, sagte er nur. »Ich weiß, wie es ist, wenn das Kartenhaus, in dem die Seele ein junges Leben lang gewohnt hat, vom Wind davongetragen wird. Ich weiß, wie es ist, wenn andere Leute Dinge über einen wissen und den Geheimniskrämer spielen. Ich weiß, ich weiß, ich weiß.«

Lara sagte nichts, Tom sah zu Boden.

»Ich …«, begann er. »Ich bin kein guter Redner. Aber ich dachte, ein paar Worte bin ich dir schuldig.«

Er sah auf und blickte sie ernst an.

»Reden. Wirkliches Reden. Ich habe das viel zu lange nicht getan«, murmelte er. Es hörte sich an wie ein Geständnis vor sich selbst.

»Aber wenn du wirklich einmal meinst, dich in all dem, was vor dir liegt, zu verlieren«, fuhr er fort, »dann biete ich dir an, dir zuzuhören.«

Er ließ ihre Schulter los.

»Ich habe das schon lange – viel zu lange vielleicht – niemandem mehr angeboten, aber ich denke, es ist Zeit und ich bin es dir schuldig. Wegen vorhin.«

Lara sagte nichts.

Tom auch nicht. Er drückte nur kurz mit der einen Hand ihre Schulter, dann drehte er sich um und schritt davon.

Nach ein paar Metern drehte er sich noch einmal kurz um und rief: »Solltest du diese Hilfe einmal wirklich dringend brauchen, ich wohne im Torhaus der Burg von Ravinia.«

Dann schlug er den Kragen hoch und verschwand. Er huschte die Brücke entlang, steuerte auf den nächsten Hauseingang zu, fummelte ein wenig an seinem großen Schlüsselbund herum und schloss auf.

Dahinter konnte Lara auf die Entfernung hin eine kleine, alte Gasse erkennen, beschienen von einem gelben Mond. Ein düstergoldener Mond. Nicht giftgelb. Dort verschwand Tom mit wehendem Mantel. Besonnen, düster, schlagfertig und blass.

Und auf einmal, ganz plötzlich, wusste Lara, dass sie nicht allein war.

Nicht so unendlich allein, wie es den Anschein hatte. Da war noch jemand, dem die Welt Grund gegeben hatte, sich verraten zu fühlen. Und dieser jemand ertrug es. Vielleicht schon seit fünfzehn oder zwanzig Jahren. Und plötzlich verstand Lara McLane zumindest teilweise, wie man besonnen, düster, schlagfertig und blass wurde.

Die Farbe des Mondes schlug um. Er wurde heller.

Vielleicht, weil er nun höher am Himmel stand und die Atmosphäre ihn nicht mehr gelb und riesig erscheinen ließ. Vielleicht auch, weil das Fleckchen Welt, das er beschien, nun keine giftgelbe Farbe mehr brauchte. Zumindest vorläufig nicht. Wer wusste das schon?

Lara hingegen ging nach Hause. Besonnen und düster, blass – vielleicht auch etwas schlagfertiger. Aber nicht verloren.

3. Kapitel, *in dem der Begriff düstergolden zum Leben erwacht.*

Denkst du nicht auch, die Welt – und ich meine
natürlich die Eine – dreht sich längst von alleine
Denkst du nicht auch, wenn wir verschwänden
dass sich genug andere zum Drehen fänden

Judith Holofernes

Die Zeit gehört bisweilen nicht zu den besten Freunden der Menschen. Besonders, wenn es zu wenig von ihr gibt, um wichtige Dinge zu tun. Schlafen zum Beispiel.

Nun war neun Uhr nicht unbedingt eine unmenschliche Zeit. Immerhin saß Lara werktags zu diesem Zeitpunkt in den kalten Klassenzimmern der Boroughmuir High School. Doch samstags war neun Uhr unerträglich für eine sechzehnjährige junge Frau. Vor allem, wenn sie die halbe Nacht wach gelegen und nachgedacht hatte.

Gedacht, gedacht, gedacht.

Sicher gab es ein Gesetz, das Teenagern verbot, am Wochenende früh aufzustehen. Und wenn nicht, dann sollte es dringend eingeführt werden. Denn hatten Teenager nicht die Pflicht, lange zu schlafen? Die schlaflosen Nächte des Älterwerdens würden doch ohnehin kommen und das – wenn man den Leuten jenen Alters Glauben schenkte – schneller, als jeder Sechzehnjährigen lieb sein konnte.

Lara schnaubte die klirrend kalte Januarluft aus und wunderte sich, warum ihre sorgsam unter der Mütze hervorspitzende Locke nicht schon längst zu Eis erstarrt und im ständigen Geschaukel ihrer schnellen Schritte abgebrochen war.

Als sie die Ladentür hinter sich geschlossen hatte, schüttelte sie sich die Kälte vom Körper. Sehr zur Belustigung von Baltasar Quibbes.

»Was tust du da?«, fragte er.

»Ich friere«, kam die Antwort postwendend und genauso unterkühlt wie Laras puterrote Wangen.

Edinburgh hatte sich offenbar eine neue Kältewelle eingefangen, die mit klarem Himmel, Sonnenschein und knackigen Minusgraden daherkam. Und wenn es etwas gab, das Lara noch mehr hasste als graues Januarwetter, dann war es *kaltes* Januarwetter.

Ja, sie wünschte sich immer einen Geburtstag mit Sonnenschein, aber eigentlich meinte sie damit *Sonnenschein.* Richtigen Sonnenschein, der die Haut und das Herz wärmte. Nicht diese Farce von Tageslicht, die nicht einmal den Raureif verscheuchen konnte, der alles bedeckte.

Außerdem hatte sich ihre Laune auch nicht dadurch gebessert, dass es immer noch einen himmelhohen Berg von Antworten gab, die Baltasar Quibbes ihr schuldete. Lara hoffte nur, dass er nicht so steil war, dass man seinen Abhang wieder hinunterrutschte.

»Wieso benutzt du nicht deinen Schlüssel?«

Lara legte vorwurfsvoll den Kopf schief.

»Weil ich dazu etwas darüber *wissen* möchte«, brachte sie es auf den Punkt. »Zumindest mehr, als dass er mich von irgendwoher in die Victoria Street bringt, wann immer ich will.«

»Okay«, meinte Baltasar. Es klang entschlossen. »Dann mal los.«

»Wo ist Tom?«

»Der wird in Ravinia dazustoßen.«

»Was ist Ravinia?«

»Das, meine Liebe, ist wahrscheinlich der Ausgangspunkt all meiner heutigen Erklärungen und ein gutes Stichwort, um damit anzufangen, dir die Seele etwas leichter zu machen.«

Er zwinkerte.

»Aber zuerst gehen wir dorthin.«

»Wohin?«

»Nach Ravinia.«

Es klang, als spräche er über das Wetter und nicht über sonderbare Schlüssel.

Baltasar schnappte sich seinen Mantel vom Haken und schloss die Ladentür ab – offenbar mit einem ganz normalen Schlüssel. Wie kurios, dachte Lara.

Während er den Mantel überwarf, ging er ins Hinterzimmer.

»Komm schon«, rief er der verdutzten Lara über die Schulter zu.

Diese ließ sich nicht lange bitten und sputete sich.

Was für Streiche einem das Leben doch spielen konnte.

Sie waren durch die Tür an einen anderen Ort getreten. Nein, nicht an einen anderen Ort, wie Lara später feststellen sollte, sondern an *jenen* anderen Ort. Jener Ort voller Merkwürdigkeiten, der von nun an ein unumgänglicher Bestandteil ihres Lebens sein würde.

»*Das* ist Ravinia«, stellte Baltasar fest, als er die Tür hinter sich geschlossen hatte. Er breitete die Arme aus und machte eine ausladende Bewegung, die alles einschloss, was vor ihnen lag. Häuser, Straßen, Menschen.

Sie standen in einer verwinkelten Straße. Bedeckt mit holprigem Kopfsteinpflaster. Weit und breit fehlte jede Spur eines Autos. Kein Blech, kein Lärm, kein Gestank.

Dennoch waren sie zweifelsfrei an einem bewohnten Ort.

Links und rechts drängten sich alte Häuser dicht an dicht. Mit ihnen war es ein wenig wie mit Menschen. Man sah ihnen ihr Alter tatsächlich an. Sie bekamen zwar keine Falten, aber sie wisperten Geschichten aus einer anderen Zeit. Uralte Bausubstanz, Konstruktionen, für die ein heutiger Architekt wahrscheinlich seine Zulassung verlieren würde. Abgenutzte, helle Backsteine türmten sich zu Mauern, Zimmern, Häusern. Versteckt hinter gelblichem Putz, der an zu vielen Stellen schon offenbarte, was er verbergen sollte.

Dachschindeln aus Schiefer. Gehalten von Balken, deren Bäume ebenso gut das Holz zum Bau der Santa Maria oder des Schreibtischs von William Shakespeare hätten liefern können.

Lang, schmal, breit, schief vom Wind oder vom Alter. Diese Häuser beheimateten soviel mehr als nur Menschen. In ihnen wohnten die Erinnerungen alter Zeiten.

»*Staunen ist einer der Wege zur Weisheit*, lautet ein Sprichwort von hier«, kommentierte Baltasar, als könne er Gedanken lesen und wisse, was Lara gerade dachte und fühlte. »Denn Staunen macht uns demütig.«

Lara konnte einen Augenblick nicht anders, als einfach nur zu nicken. Ja, staunen. Wo war sie hier? Wo lag dieser Ort, an dem die Geschichten in der Luft hingen wie reife Trauben am Rebstock des Lebens?

»Wo sind wir?«, stammelte Lara.

»Ich sagte doch schon: Das ist Ravinia.«

Lara sah ihn an.

»Ja. Verstanden. Aber *wo* sind wir?«

Ein Grinsen zog sich über Baltasars Gesicht, von einem Ohr zum anderen.

»Überall und nirgends«, sagte er vollkommen ernst.

Lara verzog ihr Gesicht.

»Geht's etwas genauer?«, fragte sie genervt.

Baltasar grinste immer noch.

»Lass uns ein Stück gehen. Am besten Richtung Markt, damit du aus dem Staunen gar nicht mehr herauskommst«, sagte er. »Derweil erzähle ich dir alles. Aber hab etwas Geduld, die Geschichte ist lang, und ich fange am besten ganz vorne an.«

Sie gingen eine Weile schweigend durch die Straßen und Gassen zwischen den uralten Häusern, während Baltasar genüsslich eine seiner schwarzen, ägyptischen Zigaretten rauchte und kleine Kringel in die Luft blies. Die interessantesten Geschäfte, Läden und Werkstätten befanden sich hier. *Isaakson's Schuhwerk für alle Fälle* oder *Staffeleien nach Maß* oder *Maverick's Farben – Alles von Azurblau bis Zinnoberrot.*

Nur wenige Menschen begegneten ihnen. Und wenn, dann hatten sie es furchtbar eilig.

»Heute ist Markt. Dort sind alle. Wundere dich also nicht, dass hier nichts los ist«, meinte Baltasar zwischen zwei Rauchkringeln.

»Hm«, machte Lara nur.

Schließlich schien Baltasar einen Anfang gefunden zu haben für das, was er sagen wollte, denn er holte einmal tief Luft.

»Es ist so«, begann er. »Es ist so – oder sagen wir, es ist schon immer so gewesen –, dass wir Menschen Dinge erschaffen konnten. Und damit meine ich nicht, dass wir uns Häuser bauen oder Kleidung nähen können. Nein, ich meine, wir Menschen haben seit jeher die Möglichkeit, Dinge in unserem Kopf entstehen zu lassen.

Brauchen wir ein Werkzeug, so können wir uns vorher ausmalen, was es können muss und wie es wohl auszusehen hat, um damit arbeiten zu können.«

Lara nickte im Gehen.

»Nun ist es aber seit alters her immer schon so gewesen, dass wir Menschen – oder zumindest einige von uns – darüber hinaus noch mehr zu tun vermögen, als einfach nur ein Werkzeug herzustellen.«

Einen Moment schien Baltasar erneut seine Gedanken zu sortieren, dann fuhr er fort.

»Schon seit Urzeiten wird uns von Menschen berichtet, die ihr Können in einer Weise perfektioniert haben, dass es an ein Wunder zu grenzen scheint. Seit Menschen ihre Geschichte aufschreiben, kann man darüber lesen.«

Lara sah hoch.

»Schon immer?« Lara machte keinen Hehl aus ihrer Skepsis. Die letzten Tage waren so voll abstruser Informationen gewesen, dass ihr eine gesunde Skepsis angebracht schien.

»Na ja«, sagte Baltasar. »Nehmen wir zum Beispiel die Geschichte von Kain und Abel aus der Bibel. Abel tut, was er tut, aus ganzem Herzen – anders als Kain. Und laut der Erzählung steigt der Rauch von seiner Opferstätte auf zum Himmel, obwohl die Witterungsbedingungen dies doch eigentlich gar nicht erlaubt haben dürften.«

»Aber in der Geschichte ist es doch Gott, der den Rauch aufsteigen lässt«, wandte Lara ein.

»Macht das einen Unterschied?«

Baltasar zwinkerte erneut.

Lara überlegte. Machte es wirklich einen Unterschied? Abel hatte sein Werk aus vollem Herzen geschaffen.

»Was er tut, bezahlt er mit dem Leben«, gab sie schließlich zu bedenken.

»Ja«, sagte Baltasar. »Er ruft Neid auf den Plan. Einer der Gründe, warum man das Besondere nicht einfach so zur Schau stellen sollte. Das lernt man, während man die Geschichte liest.

Alleine die Bibel ist voll von solchen Geschichten. Stäbe, die Meere teilen und Flüsse blutig färben, Geisterbeschwörer, Wunderheiler, Bilder und Amulette zum Schutz vor Schaden, wundersame Waffen und Werkzeuge.«

Sie blieben stehen.

»Und das ist nicht alles. Überall auf der Welt drängen seit ewigen Zeiten Geschichten über seltsame Werkzeuge oder Personen an uns heran, die nur aufgrund von ungeheurem Wissen Erstaunliches vollbringen können.

Denke nur an das Schwert Caliburn – oder wie wir es häufig nennen: Excalibur –, das König Artus unverwundbar machte. Derartige Geschichten gibt es viele. Zum Beispiel die von Gram, dem Schwert von Siegfried dem Drachentöter, das der im Schmiedefeuer Gestalt gewordene Hass gewesen sein soll. Oder an das Schwert Tyrfing, geschmiedet von Zwergen, das angeblich nie rostete und durch Metall schnitt wie durch Butter.

Oder denk an all die Geschichten über fliegende Teppiche, die einen woanders hinbringen, über Kristallkugeln, die einem andere Orte zeigen. An den Stein der Weisen, der einen Menschen für immer jung halten soll. An die Minnegesänge, die Herzen schmelzen ließen wie Schnee. An Knochen, die einem die Zukunft weissagen. An Musikinstrumente, die Trauer und Stolz hervorrufen, wenn sie erklingen. An –«

»An Schlüssel, die an andere Orte führen?«, brachte Lara es auf den Punkt.

»Äh, ja.«

»Schon gut, ich hab verstanden. Aber das erklärt immer noch nicht, wo ich hier bin und was ich hier tue.«

Baltasar seufzte.

»Tja«, meinte er. »Ich sage ja nicht, dass es all diese Dinge wirklich gegeben hat. Aber irgendetwas muss die Menschen veranlasst haben, an diese Geschichten zu glauben.

Und ein Teil der Wahrheit ist, dass es natürlich Leute gibt, die fähig sind, bestimmte Dinge zu tun, die anderen im Traum nicht eingefallen wären.«

Sein Blick wurde ein wenig düsterer.

»Letztlich erkannten viele von ihnen aber, dass sie sich durch ihre Talente von anderen Menschen unterscheiden, und sie begannen, sich zu organisieren. Denn wie du so schön festgestellt hast: Neid bringt nur Tod und Verderben. Und neidisch werden die Menschen immer. Sie missgönnen einem alles. Und wenn sie nicht neidisch werden, bekommen sie es mit der Angst zu tun. Mit der Furcht vor den Dingen, die sie nicht kennen.

Am schlimmsten wird es aber, wenn Neid und Furcht aufeinandertreffen.

Schon Augustinus schlussfolgerte im vierten Jahrhundert, dass alles physikalisch Unmögliche mit dem Teufel im Bund stehen müsse.«

Sein Blick wanderte und blieb an Laras kastanienbraunen Augen hängen.

»Du siehst, die Furcht vor dem Unbekannten ist allgegenwärtig.

Deshalb taten sich nach und nach viele Handwerker, Krieger, Heiler oder andere, die ihre Kunst in besonderer Weise beherrschten, zusammen. Sie gründeten geheime Gilden, Zünfte und Verbindungen, in denen sie sich ungestört austauschen konnten. In denen sie weitergeben und perfektionieren konnten, was ihnen an Talenten in die Wiege gelegt worden war.«

Baltasar seufzte leise.

»Irgendwann müssen wohl auch die Schlüsselmacher entdeckt haben, wie viel mehr ein Schlüssel noch zu tun vermag. Außer eine Tür oder ein Kästchen zu öffnen.«

Laras Patzigkeit wich ganz allmählich einer Faszination, die auf sie übersprang wie ein Funke auf trockenes Stroh.

»Aber das erklärt immer noch nicht, wo wir hier sind.«

»Geduld, Lara. Ich hatte doch um Geduld gebeten.«

»Jaja, schon gut«, murrte Lara. »Was geschah dann?«

»Dann kamen die Hexen«, ertönte plötzlich eine Stimme rechts neben ihr. Eine Stimme, die eigentlich zu jung war, um derart dunkel zu klingen.

»Tom.«

Lara und Baltasar wandten sich um, und Tom schlenderte seelenruhig auf sie zu. Die Hände in den Manteltaschen, den Kragen hochgeschlagen.

Erst jetzt fiel Lara auf, dass es überhaupt nicht kalt war an diesem Ort. Zumindest erfror man nicht gleich, so wie in Edinburgh derzeit. Kein klirrender Januar, der einen nahezu dafür bestrafte, dass man zu atmen wagte.

»Also ich an eurer Stelle würde ja wenigstens irgendwo anders hingehen, statt auf offener Straße die großen Zusammenhänge zu erklären«, meinte Tom schulterzuckend.

Baltasar verzog den Mund zu einem dünnen Strich.

»Hm, du hast ja recht«, gestand er, dachte eine Sekunde nach. »Was ist mit Melvin?«

Tom nickte kurz und knapp.

»Gut«, meinte er. »Gehen wir zu Melvin. Der dürfte zu Hause sein. Der Markt ist ihm zuwider.«

Tom machte kehrt, die anderen folgten ihm.

»Ihr seid zu spät«, bemerkte er auf dem Weg.

»Pardon«, sagte Baltasar nur, kratzte sich am Kopf und fragte dann: »Aber woher wusstest du, wo wir stecken?«

Tom zuckte erneut nur mit den Schultern.

»Schicksal«, sagte er bloß.

Ein verschmitztes Grinsen huschte über Laras Gesicht.

»Was ist jetzt mit den Hexen?«, wollte sie wissen.

»Na ja, mit ihnen hat alles angefangen«, gab Tom zurück. »Zumindest erzählt man sich das. Beweisen kann es jedoch niemand. Es ist nie etwas aufgeschrieben worden.«

»Was ja nicht heißt, dass es unwahr sein muss«, führte Baltasar den Gedanken zu Ende.

»Immerhin ist es sehr wahrscheinlich, dass in dem, was sich die Leute erzählen, ein großer Funke Wahrheit steckt.«

Und dann zwinkerte er erneut.

Es war wahrscheinlich die beste Schokolade, die Lara jemals getrunken hatte. Ja, ganz unbestreitbar. Sie schmeckte wie Winter. Nicht grau, kalt und nach Dunkelheit, sondern wie jene Stunden, die man bei wolkenverhangenem Himmel mit einer Decke auf einer Fensterbank sitzen konnte, um ein langes und spannendes Buch zu lesen.

Dieses Getränk verursachte Geborgenheit. Wie auch immer der kleine, dicke Mann mit dem frechen Grinsen (Baltasar und Tom nannten ihn Melvin, obwohl der Name irgendwie nicht zu ihm zu passen schien) das bewerkstelligte. Er war freundlich, fröhlich und hatte einen leicht federnden Gang. Sehr beredt war er außerdem. Doch nachdem Baltasar Lara als neuen Lehrling im Schlüsselladen vorgestellt hatte, war Melvin in ein eigenartig andächtiges Schweigen verfallen und begnügte sich nun damit, den Holztresen seiner kleinen Chocolateria mit einem Tuch zu polieren – obwohl sich eigentlich gar kein Schmutz darauf befand.

Ohne ein Wort tranken die drei ihre Schokolade. Sich über andere Dinge als die Schokolade Gedanken zu machen, wäre frevelhafter Verschwendung gleichgekommen.

Als der leere Becher vor Lara auf dem Tisch stand, sah sie aus dem großen Schaufenster auf die Straße. Ihr Blick glitt hindurch zwischen allerlei Pralinen, Schokoladentrüffeln und -keksen. Auf ein kleines, beschauliches Gässchen.

Was für ein seltsamer Ort dieses Ravinia doch war. Sie brannte insgeheim darauf, noch mehr Leute von hier kennenzulernen. Jeder Einzelne von ihnen war ein wenig seltsam. Aber etwas schien sie auch zu verbinden, und das machte sie in Laras Augen sympathisch – mit Ausnahme von Nicolaes vielleicht.

Den Markt würde sie noch zu sehen bekommen, das hatte Baltasar versprochen. Aber nun waren erst einmal wichtigere Dinge zu besprechen. Dinge, die noch etwas mehr von alldem hier erklären würden. Warum es sonderbare Schlüssel gab, warum es garstige alte Männer mit unheimlichen Staffeleien gab, warum es Schokolade gab, die nach Winter schmeckte.

»Die Hexen«, begann Lara nun.

Tom sah bedeutungsvoll zu Baltasar hinüber und nickte ihm zu. Dieser räusperte sich, als ob es ihm nicht ganz leicht fiele zu sprechen. Vielleicht tat er es auch einfach nur zu selten.

»Ja, die Hexen«, wiederholte er schließlich. Dann begann er endlich: »Im Mittelalter kam es zu einer dramatischen Wendung der Dinge. Wie gesagt, Menschen haben Angst vor allem, was anders ist. Große Sympathien für jemanden mit einem besonderen Talent gab es leider so gut wie nie.«

Er zuckte mit den Achseln.

»Doch seit etwa dem zwölften Jahrhundert wurde die Verfolgung jener, die anders dachten, sich anders gaben oder einfach anders waren, systematisch betrieben. Zumindest in Europa.

Vor allem in Glaubensfragen begann die Kirche, sich mit eiserner Hand durchzusetzen. War sie früher noch auf den Handlungswillen von Herrschern und Despoten angewiesen, bekam die Kirche mit der Gründung der Inquisition eine eigene Exekutive. Einen langen Arm, der diejenigen überall erreichen konnte, die von dem Bild abwichen, das die Kirche sich wünschte.

Ich will niemandem eine generelle Schuld zusprechen, denn Menschen reagieren nun einmal so. Es ist menschlich. So sind wir veranlagt. Irgendjemand strebt immer nach Macht. Irgendjemand verfolgt immer die Minderheiten. So war es, und so wird es wohl immer bleiben.«

Traurigkeit stahl sich in Baltasars ansonsten so fröhliche Augen wie ein Wolkenschatten. Flüchtig. Da und – ehe man sich's versah – schon wieder fort.

»Opfer der Inquisition wurden zunächst diejenigen, die sich zu Glaubensfragen kritisch äußerten oder einfach anders dachten.

Aber es waren vor allem die Hexen, die immer mehr darunter litten. Der Hass der Massen richtete sich gegen diejenigen, die anders waren. Und natürlich gegen die Schwachen unter denen, die anders waren – zum Beispiel gegen die Frauen. Denn sich gegen die Schwachen zu wenden, ist einfach.

Deshalb sprechen wir oft von der *Sache mit den Hexen.*«

Baltasars Blick wanderte zum Schaufenster. Er räusperte sich einmal kräftig. Dann fuhr er fort.

»Die großen Zünfte und Gilden sahen ihre Künste bedroht. Zumindest die einzigartigen.«

»Wie die Kunst, Schlüssel zu machen, die an andere Orte führen?«, folgerte Lara.

Baltasar nickte bedauernd.

»Wie zum Beispiel das Schlüsselmachen«, bestätigte er matt.

»Die großen Meister der Alten Zeit reagierten und hielten

Rat. Ironischerweise ausgerechnet in Köln, also quasi direkt unter den Augen der Kirche. Aber Köln war eine der größten Städte im mittelalterlichen Europa und außerdem Dreh- und Angelpunkt von Handwerkern und Künstlern aus der ganzen Welt. Vermutlich fiel es also nicht einmal besonders auf.

Nach langen Überlegungen beschloss man, mithilfe aller besonderen Talente, über welche die Gilden und Zünfte verfügten, einen Ort zu schaffen, der vor dem Neid und der Furcht der Menschen sicher wäre. Einen Ort, der ihren Augen verborgen bliebe.

Das ist Ravinia.«

Er schwieg.

»Und wir sind jetzt in Ravinia?«, fragte Lara. Überflüssigerweise.

Baltasar und Tom nickten.

»Das heißt, hier gibt es noch andere Schlüsselmacher?«

In Lara wuchs langsam die um sich greifende Flamme der Begeisterung für das heran, was hier geschah.

Es war Tom, der mit den Erklärungen fortfuhr.

»Ravinia ist eine Stadt. Eine alte Stadt. Sie liegt in einem Fluss, wenn auch niemand genau weiß, wo sich dieser befindet.

Ja, es gibt hier noch mehr Schlüsselmacher. Und noch viele andere Talente und Dinge, die über die Vorstellungskraft mancher Menschen hinausgehen.«

Lara zog mit Erstaunen die Augenbrauen hoch.

»Was heißt, niemand weiß, wo die Stadt liegt?«

»Das heißt«, sagte Tom, »dass es niemand weiß. Ravinia existiert nicht auf Karten, nicht auf Satellitenbildern, nicht in Büchern und Aufsätzen, nicht im Internet. Ravinia liegt an keinem Wegesrand, und von hier aus führt der Weg nirgendwohin.«

Lara sah ihn durchdringend an.

»Aber irgendetwas muss es doch geben«, protestierte sie.

Tom hielt dem herausfordernden Blick stand. Mühelos.

»Es gibt nichts. Es gibt den Fluss. Ravinia liegt auf einer Insel darin. Natürlich hat man Brücken ans andere Ufer gebaut. Aber niemand, der sich je an einen Ort außerhalb der Sichtweite der Stadt begeben hat, ist jemals wieder zurückgekommen. Niemals. Zumindest kein Mensch.

Heute nennen wir sie die *Verbotenen Brücken.* Man hat sie abgesperrt.«

»Aber wie ist das möglich?«

»Schicksal?«

»Hey!«

Sie begann langsam, diese Antwort zu hassen. »Ich meine das ernst.«

»Ich auch«, sagte Tom und blickte nach draußen.

Also eine Stadt, dachte Lara. Eine Stadt im Nirgendwo. Ein Ort abseits dessen, was Menschen sich vorstellen können. Damit niemand diejenigen verfolgen kann, die anders sind. Der perfekte Ort, um sich zu verstecken.

»Aber wie kommt man hierher?«, fragte Lara.

»Mit Schlüsseln«, meinte Baltasar.

»Nur mit Schlüsseln?«

»Es gibt keinen anderen Weg.«

Natürlich. Wenn man nur mit den Schlüsseln hierherkam, konnte man die Zahl der unerwünschten Besucher in Grenzen halten. Außerdem war es schwer, jemanden von der Existenz Ravinias zu überzeugen. Denn welcher Uneingeweihte würde einem schon glauben?

Baltasar trank den letzten Schluck aus seiner Tasse und stellte sie auf den Tisch.

»Lasst uns auf den Markt gehen«, schlug er vor. »Unsere liebe Lara kann durchaus einen Kulturschock vertragen.«

Er zwinkerte.

So sah Lara zum ersten Mal die Stadt Ravinia.

Nicht ihre Straßen und Gassen mit den uralten wispernden Häusern. Darauf hatte sie im Laufe des Vormittags den einen oder anderen Blick erhaschen können. Nein, diesmal sah sie die Seele der Stadt. Das Sonderbare, das Magische, das Zauberhafte. Das Ulkige, das Urige, das unendlich Schöne. Und natürlich das Verrückte, das Irre und das Düstere.

Die Seele einer Stadt.

Sie ist das, was wir atmen, wenn wir uns auf sie einlassen. Sie haucht Edinburgh mit ihrer Urtümlichkeit an, macht Paris zu einem romantischen Flüstern im Frühling und verleiht New York die stählerne Herrschaft über Häuser, die niemals zu wachsen aufhören wollen.

Und jene Seele war es, die Ravinia wie eine Schatztruhe aus Schmuck und Schatten wirken ließ. Majestät – eines Königshauses würdig – gepaart mit abblätterndem Putz und vom Wind geschliffenen Steinen. Als sei sie einem Gemälde Rembrandts entsprungen. Das war die düstergoldene Stadt am dunklen Fluss. Keine Beschreibung hätte es besser treffen können.

So viel Geist.

Schon vor einigen Straßenbiegungen hatte der Trubel zugenommen. Menschen waren vorbeigeeilt, hatten gegrüßt oder auch nicht, waren stehen geblieben, um Baltasar und Tom nach dem Befinden zu fragen, hatten in Grüppchen beieinandergestanden und geredet oder an den Tischen von Straßenbistros gesessen und Wasserpfeifen geraucht. Manche waren durchaus normal gekleidet dahergekommen, andere hatten Umhänge oder viktorianisch anmutende Gehröcke getragen. Hatten lange, helle, dunkle, violette oder gar keine Haare. Mal mit Zylinder, mal ohne.

Es war Lara, als würde sie durch einen Strudel schwimmen, der die Zeitalter durcheinandergebracht hatte.

Dann betraten sie den Marktplatz. Er war gesäumt mit Ständen. Dicht an dicht, chaotisch, wie auf einem Jahrmarkt. Auch hier wirkte alles ein wenig angestaubt. Schiefe Stangen hielten löchriges Leinen, und manche Stände – da war Lara sich beinahe sicher – hielten sich nur aufrecht, da der angrenzende Stand zur Stabilisierung mit einbezogen wurde.

Es wurde lauter, das Gedränge nahm zu. Baltasar, Tom und Lara schlängelten sich an vielen Rücken, Schultern und Hintern vorbei. Von allen Seiten drangen die Anpreisungen der Händler an sie heran. Verkauft wurde anscheinend alles: Werkzeug, Spielzeug, Blumen, Obst, Räucherwerk und Keramik. Aber auch Teppiche, seltsame Jagdtrophäen, sich bewegende Bilder, lebendige Katzen, polierte Steine, getrocknete Dinge, von denen Lara lieber nicht wissen wollte, was sie waren oder gewesen sein mochten.

Seltsame Gerichte und Speisen wurden zubereitet und taten ihr Bestes, Laras Nase mit fremdländischen Gewürzfahnen zu traktieren. Sie musste niesen und husten und stützte sich auf einer Auslage ab.

Als sie die stechenden Tränen fortgewischt hatte und blinzelte, blickte sie in zwei runde, traurige Augen. Lara erschrak. Das kleine Gesicht sah beschämt weg. Es gehörte einem winzigen Männchen. Vielleicht wäre es Lara bis zum Knie gegangen. Es hatte braune, ledrige Haut, große Füße und ebenso große, fledermausartige Ohren. Es trug zerschlissene Kleider und polierte mit einem Küchentuch und hängenden Schultern einen metallenen Becher auf der Auslage des Händlers.

Lara hatte beschlossen, sich für heute über nichts mehr zu wundern.

»Wer bist du?«, fragte sie deshalb.

Der Kleine blickte mit seinen großen Augen zu ihr auf, als sei er erstaunt, angesprochen zu werden.

Dann sagte er mit einem dünnen Stimmchen zögernd: »Lipdidl«.

Lara hielt ihm eine Hand hin.

»Lara«, stellte sie sich vor.

Der komische kleine Wicht hob langsam die Hand und legte sie in Laras, die sie daraufhin sanft schüttelte.

»Lipdidl!«, tönte es gleich darauf von der anderen Seite des Standes. »Hab ich dir befohlen, dass du mit den Kunden plaudern sollst?«

Der stämmige Mann mit dem schwarzen Vollbart, in dem eine ganze Kompanie Schwalben hätte nisten können, trat einen Schritt auf den Kleinen zu und zog ruppig an einer langen, dünnen Kette, die Lara bis jetzt nicht aufgefallen und die an Lipdidls Fuß befestigt war. Dem Kleinen wurde der Fuß weggerissen, er stolperte und schlug mit der Stirn auf den Tresen.

»Hey!«, schrie Lara. »Sie Blödmann!«

Der Mann sah sie an und zog die Augenbrauen zusammen.

Da legte sich eine Hand auf Laras Mund und zog sie ins Gedränge zurück.

Sie sah auf und bemerkte Tom.

»Lass mich«, rief sie und versuchte, sich aus seinem Griff zu befreien. Tom hielt ihren Arm jedoch weiterhin fest und zog sie ein Stück mit sich.

»Das war Dimitri Nuenko«, erklärte Tom ruhig. »Lass ihn.«

»Aber er tut dem Kleinen weh«, protestierte Lara.

Tom zuckte mit den Schultern.

»Das ist Ravinia«, sagte er.

»Findest du das etwa gut?«

Tom blieb stehen und sah ihr in die Augen. Lange. Ernst.

»Lipdidl ist ein Lutin«, sagte er schließlich. »Es gilt die Abmachung, dass sie in den Bergen und im Wald am anderen Ufer leben dürfen. Lipdidl war unvorsichtig, hat Ravinia betreten, und Dimitri oder jemand anderes hat ihn gefangen. Wir können nichts dagegen tun.«

Lara stampfte wütend auf.

»Verflucht!«, spie sie.

»Schicksal«, meinte Tom.

Sie funkelte ihn böse an.

»Ravinia hat seine zauberhaften Seiten, aber es ist nicht das

Paradies«, fügte er schließlich hinzu. »Man hat den Lutins Zuflucht gewährt, weil die Menschen sie nicht mögen. So wie alles, was anders ist. Lipdidl hat sich nicht an die Abmachungen gehalten. Punkt.«

»Das ist nicht fair!«, empörte sich Lara. »Wir sind größer und stärker!«

»Die Menschen«, meinte Tom nur, »mögen übrigens auch keine Schlüsselmacher mit sonderbaren Schlüsseln, wie du dir sicher denken kannst.«

Damit wandte er sich um und stiefelte durch die Menge, hinter Baltasar her. Lara schnaubte und folgte ihm.

Das war also Ravinia. Ein stinkender Moloch wie der Rest der Welt. Und dabei hatte Lara für einen Moment gedacht, es sei vielleicht ein Ort, an dem es ein paar Idealisten mehr gab als anderswo. Plötzlich war es hier eng, drückend, ekelhaft und ... atemberaubend.

Baltasar packte sie an der Hand und zog sie aus dem Gewimmel heraus auf eine Fläche, die vom Markt unberührt schien.

Dort stand ein Turm. Hoch und höher, mit einer riesigen Uhr unter dem Dach. Wuchtig und dennoch schlank und elegant auf seine eigene Art.

Er wirkte ein wenig wie eine größere Ausgabe des Big Ben. Aber dunkler. Düster, aber nicht unfreundlich.

»Das ist der Uhrenturm von Ravinia«, erklärte Baltasar feierlich.

Lara staunte (wollte sie das nicht eigentlich sein lassen für heute?).

Zufrieden stellte Baltasar fest, dass er Lara beeindruckt hatte. Dass es ihr die Sprache verschlagen hatte.

»Es gibt sieben Zünfte beziehungsweise Gilden in Ravinia«, setzte er an. »Sieben Richtungen, in die sich die Talente und Künste der einzelnen Bewohner einteilen lassen. Sie alle sind in Ravinia beheimatet.

Willkommen bei den Mechanikern, Lara.«

Er schob sie vorwärts, auf das Tor am Eingang des Turms zu.

Lara sah ihn an.

»Ja, wir gehen hinein«, beantwortete Baltasar die unausgesprochene Frage in ihren Augen. »Was dachtest du denn?«

Schließlich ragte das hohe gotische Tor direkt vor ihnen auf.

Baltasar sah sich um und flüsterte: »*Zweifel ist der Anfang der Weisheit*«, woraufhin das Tor zu klacken begann. Es säuselte und klickte, ratterte und ploppte, und Lara bemerkte erst jetzt, dass es aussah, als würde das Tor aus Tausenden – ach was, Millionen! – von Zahnrädern, Sprungfedern, Gelenken, Riegeln, Achsen und Stangen in allen möglichen Größen bestehen.

Langsam ratternd schwang ein Flügel des Tores auf.

Nein, das war falsch.

Er faltete sich quasi zusammen und gab den Blick in eine Halle frei, die – wie das Tor – nur aus ineinander verschachtelten Mechaniken zu bestehen schien.

Ein mit Grünspan überzogener Brunnen drehte sich in der Mitte des Raumes langsam um seine eigene Achse. Ein Vogel aus Draht und Speichen saß auf dem Brunnenrand und trillerte ein Lied, während Baltasar, dicht gefolgt von Tom und einer sehr ehrfürchtig dreinblickenden Lara, eintrat.

Die Halle im Innern war hoch, mit Gaslaternen beleuchtet und machte stetig Geräusche. Ratterte, klickte und klackte leise. Überall in den Wänden ließen sich winzige Bewegungen erkennen. Türen schien es keine zu geben.

Lara drehte sich um. Selbst das Tor nach draußen schien verschwunden zu sein. Es bildete nun eine Einheit mit dem gesamten klickenden Rest des Turms.

Sie gingen zu einer Art Rezeption, hinter deren Tresen eine blonde Frau mittleren Alters mit einer ziemlich dicken Brille mit kreisrunden Gläsern saß und mit einem Kugelschreiber herumspielte.

»Hallo Baltasar«, sagte sie offenbar erfreut. »Du bist lange nicht mehr hier gewesen.«

Dann schaute sie an Baltasar vorbei, und ihre Augen verloren ein wenig von ihrer Begeisterung, während ihr Mund jedoch weiterlächelte.

»Hallo Tom«, meinte sie.

»Hallo Victoria«, grüßte Baltasar zurück. »Wir müssen zu Eusebius.«

Victoria zog die Augenbrauen hoch.

»So wichtig?«, fragte sie.

Baltasar trat einen Schritt zur Seite, sodass Victorias Blick auf Lara fiel, deutete mit der Hand auf diese und erklärte:

»Es geht um diese junge Miss hier. Lara McLane.«

Victorias Hand mit dem Kugelschreiber verlangsamte sichtlich ihre Bewegung.

»McLane?«, fragte sie mit einer Mischung aus Anerkennung und Spott, aber sichtlich überrascht. »Das ist ungewöhnlich. Weißt du, junge Frau, es gab einmal zwei äußerst begabte Mechaniker deines Namens unter uns.«

Lara zuckte mit den Schultern.

»Tja, Zufälle gibt's«, murmelte Victoria daraufhin nur und betätigte einige kleine Hebelchen auf ihrem Tresen.

Der Teil des Bodens, auf dem Baltasar, Tom und Lara standen, hob sich plötzlich in die Höhe, von einer Art mechanischem Arm bewegt.

»Keine Zufälle«, rief Baltasar strahlend nach unten, während sie an Höhe gewannen.

»Das kann nicht sein!«, gab Victoria zurück.

Lara fühlte sich unbehaglich.

»Sie meint meine Eltern, oder?«, hakte sie nach.

Tom nickte.

Dann wurde die Bodenplatte von einem weiteren Maschinenarm, der an einer der Wände befestigt schien, aufgenommen und weiter quer durch den Raum befördert.

Lara ging auf die Knie. Sie fühlte sich im Stehen zu unsicher, obwohl die Platte in perfekter Horizontale in der Luft gehalten wurde.

»Viele, unheimlich viele Mechaniker – Schlosser, Uhrmacher, Schlüsselmacher, Ingenieure, Maschinisten und viele andere – haben all die Jahrhunderte an diesem Turm gebaut«, sagte Baltasar voller Begeisterung. »Und es wird immer noch an ihm gearbeitet. Wenn auch nicht mehr so viel wie früher. Hauptsächlich wird ausgebessert.«

Lara nickte stumm und etwas blass, während sie die Finger um den Rand der Platte krallte und ihre verrückte Fahrt durch die Höhen des Uhrenturms genoss.

Schließlich hielten sie ganz sanft vor einem Abschnitt in der Wand, der aussah wie alle anderen. Doch im nächsten Augenblick begannen all die Zahnräder und Scharniere zu klacken und zu quietschen und eine Türöffnung freizugeben. Baltasar schritt hindurch, während Lara sich erst einen Schubs von Tom gefallen lassen musste, ehe sie sich durch die neu entstandene Tür wagte.

Der Raum dahinter war groß. Groß wie das Büro eines Firmenbosses. Doch im nächsten Moment sollte Lara herausfinden, dass der Vergleich gar nicht so abwegig war.

Ein großer Schreibtisch aus dunklem Holz stand in der Raummitte, erhellt von einer Gaslaterne, die an einem Zweig aus pneumatischen Ärmchen hing. Dahinter saß ein Mann mit schulterlangem grauem Haar.

Er blickte auf, und ein Lächeln legte sich sanft über das konzentrierte Gesicht.

»Baltasar«, strahlte er.

»Und Tom«, fügte er hinzu, wobei es nicht so halbherzig klang wie noch bei Victoria.

»Welch eine Seltenheit, euch beide hier im Uhrenturm zu haben.«

Er stand auf, eilte auf die drei zu, umarmte Baltasar und schüttelte Tom herzlich die Hand.

»Von Zeit zu Zeit sollte man sich auf seine Wurzeln besinnen«, grinste Baltasar. »Aber deshalb sind wir nicht hier.«

Der Mann mit der grauen Mähne richtete seine Aufmerksamkeit auf Lara. Er war groß. Bestimmt noch einen halben Kopf größer als Tom.

»Ich denke, es hat mit dieser jungen Lady hier zu tun?«

Baltasar nickte.

»Richtig. Lara, darf ich dir Eusebius Lanchester vorstellen? Er ist unser Gildemeister. Unser Geschäftsleiter, wenn du so willst. Eusebius, das ist Lara McLane.«

Eusebius' Augen wurden groß. Er nahm die Lesebrille ab und blinzelte.

»Nicht möglich«, staunte er unverhohlen.

Lara reagierte schneller – immerhin war dies die zweite ungewöhnliche Reaktion auf ihren Namen – und schüttelte einfach Eusebius' Hand.

»Hallo«, sagte sie.

»Äh, ja, hallo«, fasste der Gildemeister sich wieder und fuhr in seinem herzlichen Tonfall fort: »Es freut mich wirklich ganz außerordentlich, dich zu sehen. Bist du wirklich Arthurs Tochter?«

Lara nickte.

»Zumindest erzählt man mir das, seit ich klein bin.«

Eusebius nickte und starrte Baltasar nachdenklich an.

»Aber wie ist das möglich?«

Baltasar zuckte bloß mit den Schultern und blinzelte ihm zu.

»Es wusste niemand von ihr«, klärte er den Gildemeister auf. »Du kannst dir sicherlich denken, warum.«

Sein Gegenüber nickte.

»Jaja. Natürlich«, und wandte sich wieder Lara zu.

»Und du willst tatsächlich Schlüsselmacherin werden?«, vergewisserte er sich.

Lara nickte. Weshalb war sie denn sonst hier? Natürlich wollte sie. Sonst hätte sie während des seltsamen Gesprächs im Starbucks sicherlich Nein gesagt. Was sollte die Frage?

»Wer war mein Vater?«, platzte es aus ihr heraus.

»Ein Schlüsselmacher, das weißt du doch schon«, meinte Baltasar.

»Ja, verflucht! Aber wer war er wirklich? Ich meine, warum kennen ihn so viele Leute? Warum soll ich nicht jedem meinen Namen nennen? Spinnt ihr alle miteinander, oder erzählt mir vielleicht endlich einmal jemand, was hier los ist?!«

Die letzten Worte hatten einen ungeduldigen, zornigen Unterton gehabt. Sie konnte es immer noch nicht fassen. Erzählte man ihr hier immer nur das, was man nicht vor ihr geheim halten konnte? Wie lange sollte das denn noch so weitergehen?

Eusebius sah Baltasar fragend an.

»Sie weiß es nicht, oder?«

Baltasar schüttelte den Kopf.

Der Gildemeister schritt zur Wand hinter seinem Schreibtisch und betätigte einen Hebel, worauf sich die Wand klickend zusammenfaltete und an der Außenseite des Turms als großer Balkon wieder ausbreitete. Der Raum war schlagartig von frischer Luft erfüllt, und auch die Temperatur sank auf das Maß von draußen herab.

Mit einer einladenden Bewegung holte Eusebius Lara auf den Balkon. Der atemberaubende Ausblick ließ Laras Zorn um ein Haar in neuerlichem Erstaunen ertrinken.

Die ganze Stadt lag vor ihnen. Mit den wispernden Häusern und verwinkelten Gassen. Unter ihnen wuselte der Markt.

Zum ersten Mal sah Lara die Stadtmauer. Ein dickes, klobiges Mauerwerk, das die gesamte Stadt umspannte, unterbrochen von kleinen Türmen. Ravinia wirkte wie eine Stadt aus dem Mittelalter. Schief und krumm und knorrig wie ein alter Baum. Weiter weg gab es eine Anhöhe mit größeren Gebäuden. Noch weiter dahinter lag eine große Festung auf einem Felsen mitten in einem reißenden, dunklen Fluss. Als sie nach links sah, entdeckte sie eine Kathedrale. Groß wie ein Dom und mit dem Uhrenturm etwa auf Augenhöhe. Alles erstrahlte in einer Art goldenem Glanz, der von innen zu kommen schien.

Ein Rabe schoss auf Lara zu und zwang sie, sich zu ducken.

»Post für Mr Eusebius Lanchester«, krakeelte er lauthals.

Eusebius streckte eine Hand aus und griff nach dem Briefumschlag, den der Vogel trug.

Sobald ihm Eusebius den Umschlag abgenommen hatte, zischte der Rabe erneut an Lara vorbei und wieder hinaus in Richtung Stadt.

»Mistviecher«, fluchte Tom. »Die wissen genau, dass sie die Post unten abgeben sollen.«

Lara stützte sich auf das Geländer und sog die Luft ein.

Was für seltsame Tage es doch gibt, dachte sie. Da wacht man auf und tritt mit dem Fuß in eine andere Welt. Schlüsselmacher, Papiermänner, Lutins, Rabenpostboten. Wo das alles hinführen mochte, überlegte sie. Ihre Eltern hatten von alldem offenbar gewusst. Ja, nicht nur gewusst. Wenn ihr Vater hier ein bekannter Mann gewesen war, dann musste er in Ravinia ein- und ausgegangen sein.

»Warum hat mir niemals jemand etwas gesagt?«, fragte sie leise.

Es war Eusebius, der ihr die Hand auf die Schulter legte. Erst jetzt bemerkte Lara, dass er einen mechanischen Finger hatte.

»Die Erklärung ist so simpel wie unfair«, sagte er mit ruhiger Stimme.

»Besondere Talente vererben sich nicht immer, musst du wissen. Es kommt oft genug vor, dass unsere Kinder nicht das zu tun vermögen, was wir können. Manchmal entwickeln sie andere Talente. So kann das Kind eines Schreibers ein Talent für die Alchemie besitzen oder zu den Malern gehen. Aber es kommt ebenso von Zeit zu Zeit vor, dass ein Kind überhaupt kein besonderes Talent besitzt.«

Etwas Unergründliches schwamm in seinen Augen. Doch Lara hätte aus seinem Blick nicht zu lesen vermocht, wie Eusebius über all das dachte.

»Ravinia ist ein Ort für all diejenigen, die anders sind als andere Menschen.

Deshalb gilt hier die ungeschriebene Regel, dass man Ravinia seinen Kindern – und selbst seinen Partnern, solange diese nicht von selbst etwas von Ravinia und den besonderen Talenten wissen – verschweigt.

Mehr noch. Man zieht sich selbst so weit es geht aus Ravinia zurück, kehrt hier nur ein, um das Nötigste zu regeln. Man übernimmt keine Aufgaben und Pflichten mehr.

So bleibt Ravinia, was es ist. Ein Ort für diejenigen, die anders sind.«

Diese Erklärung sprach für sich, das musste Lara ihm zugestehen.

»Aber gibt es denn gar keine Kinder in Ravinia?«

»Doch, schon. Aber meistens nur beim alten Stadtadel. Leuten, die nur Verbindungen untereinander eingehen. Ein Kind ohne besonderes Talent zur Welt zu bringen, gilt bei ihnen als Schande. Aber von Zeit zu Zeit passiert auch das.«

Eusebius verzog das Gesicht.

»Tja, die Hochmütigen sind überall gleich. Auch hier in Ravinia. Siehst du die Anhöhe, dort, wo die Brücke zur Burg führt?«

Lara nickte.

»Dort befinden sich die großen Villen des Adelsviertels. Fremde sind dort selten gern gesehen.«

Er blickte Lara in die Augen. Räusperte sich und sprach weiter.

»Meistens findet man relativ schnell heraus, ob Kinder eine Begabung haben oder nicht. Vor allem in Adelskreisen drängt man immerzu darauf, schnell eine Antwort auf die Ungewissheit zu bekommen.«

Baltasar trat nun an Laras Seite.

»In deinem Fall ist es etwas schwieriger«, gestand er. »Da deine Eltern nicht mehr leben, konnte man niemals mit Gewissheit sagen, ob du nach Ravinia gehörst oder nicht. Du bist bei einem Mann groß geworden, der Ravinia aus Liebe zu einer Frau schon lange entsagt hatte.«

»Großvater hatte mit Ravinia zu tun?«

Natürlich, es musste so sein. Schließlich hatte sie den Schlüssel von ihm bekommen. Und Henry McLane wusste immerzu, was er tat.

Baltasar nickte.

Dann fuhr er fort.

»Henrys nüchterner Blick auf die Dinge führte unter anderem dazu, dass er dich erst eine gewisse Reife erreichen lassen wollte. Er wollte, dass du selbst entscheiden kannst, ob du mit Ravinia zu tun haben möchtest oder nicht. Deshalb weiß auch niemand hier etwas von deiner Existenz. Henry hat es niemals die Runde machen lassen.«

Wieder spürte Lara, dass dies nicht die ganze Wahrheit war.

Sie blickte zu Tom hinüber, dessen vielsagender Blick Lara durchbohrte. Er nickte ihr zu. Nicht aufmunternd. Eher anerkennend. Aber da war noch etwas anderes in seinem Blick.

Sie würde ihn später einmal allein aufsuchen und sein Angebot der gestrigen Nacht annehmen. Er würde ihr wenigstens Gehör schenken und sie nicht gleich wieder mit neuen Facetten dieses Spiels ersticken.

»Ich muss dich hiermit also offiziell fragen«, unterbrach Eusebius Laras Grübeln, »dich fragen, ob du die dir angebotene Lehrstelle als Mechanikerin bei Mr Baltasar Quibbes in Edinburgh und somit auch bei uns in der Gilde offiziell annimmst?«

Lara nickte.

»Ja«, sagte sie.

Die Antwort hätte – schon aus einem anderen Grund – gar nicht anders ausfallen können: Endlich. Endlich nach all den Jahren hatte sie eine Möglichkeit, mehr über ihre Eltern herauszufinden. Wer sie wirklich gewesen waren, abseits der Straßen und Gassen Edinburghs, einer Stadt, in die man nicht mit seltsamen Schlüsseln reisen musste. Wer waren sie – oder zumindest ihr Vater – gewesen, hier in Ravinia? Was hatte das alles mit ihrem Leben gemacht?

Ein dünner mechanischer Arm, an dem eine Rabenfeder befestigt war, tauchte diese auf dem Schreibtisch in ein Töpfchen Tinte und schrieb ihren Namen auf ein Formular. Ratternd und knackend und quietschend.

Es war später Nachmittag, als sie wieder in der Victoria Street standen. Tom war in Ravinia geblieben, er wohnte dort.

Baltasar hatte ihr erklärt, dass sie nun ganz offiziell Teil von Ravinia war. Teil der düstergoldenen Stadt am dunklen Fluss.

Er hatte erklärt, dass der Stadtrat dem Antrag der Gilde, Lara als Lehrling anzustellen, in den nächsten Tagen zustimmen würde. Es gab keinen festen Lehrplan für eine Mechanikerausbildung, stattdessen würden Baltasar und Tom ihr alles beibringen, was sie wissen musste, damit sie schließlich, eines fernen Tages, ein Gesellenstück oder vielleicht sogar ein Meisterstück vor den Rat bringen konnte.

Sie verabschiedeten sich deutlich versöhnlicher als am Vortag, und Lara schlurfte nach Hause. Unbeeindruckt von der Eiseskälte in Edinburgh. Überwältigt von den Eindrücken eines weiteren seltsamen Tages.

Als sie die Wohnungstür schließlich hinter sich zuzog, stieg Henry McLane gerade die Treppe hinunter, und es kam zu einem unausweichlichen Treffen. Verlegen auf dem hölzernen Dielenboden ihrer Wohnung.

Nun hätte vielleicht jeder Mensch, der seine Welt nicht ganz verstand, die Frage aller Fragen gestellt. Die Frage, auf die es nur selten eine umfassende Antwort gab und die selbst Götter bisweilen in Verlegenheit bringen konnte: Warum?

Aber Lara war schon immer anders gewesen. Und das Anderssein begann seit einigen Tagen Gestalt anzunehmen. Es kann beflügeln und enttäuschen, sich auf die Suche nach seiner wahren Identität zu machen. Bei Lara war es wohl eine Mischung aus beidem.

»Ravinia«, war alles, was sie sagte. Bedeutungsvoll und schwer, wie die weihrauchgeschwängerte Luft alter Kirchen schob sich das Wort durch den Raum, hinüber zu Henry McLane.

Und dieser nickte stumm. Stieß die Tür zu seinem Arbeitszimmer auf und bedeutete Lara, ihm zu folgen.

Drinnen nahm er seufzend, aber ohne ein Wort, die staubige Mandoline von ihrer Wandhalterung und betrachtete sie. Die Lackierung war ausgeblichen von der Sonne, die seit langen Jahren durch das Fenster schien.

Er zupfte eine rostige Saite und drehte an den Wirbeln. Drehte und zwirbelte und zupfte, bis er offenbar halbwegs zufrieden mit seinem Ergebnis war.

Dann setzte er sich und griff vorsichtig mit den Fingern in die Saiten. Es wirkte wie jemand, der seine Beine nach Jahren im Rollstuhl zum ersten Mal wieder gebrauchte.

Henry McLane griff hierhin und dorthin und war sich nach einer kleinen Weile offenbar endlich sicher mit dem, was er tun wollte. Aus der obersten Schreibtischschublade kramte er ein uraltes Plektron aus Horn hervor und begann zu spielen.

Melodien erklangen und beschworen von einer Sekunde zur anderen die unterschiedlichsten Bilder in Laras Kopf. Die Kälte des Himalajas, die Hitze der Sahara. Die Ehrfurcht in einer Kirche, die kindliche Ausgelassenheit, die eine große Wiese im Sommer hervorrufen kann.

Nach einigen Takten wechselte er die Tonart und begann mit seiner rauen, großväterlichen Stimme zu singen.

»*I'll be damned, here comes your ghost again, but that's not unusual, it's just that the moon is full …*«

Die Welt begann sich um Lara zu drehen. Ein rostiges Karussell aus Emotionen löste sich aus seinem öligen Stillstand und setzte sich langsam knirschend in Bewegung. Sie kannte diesen Song.

Diamonds and Rust von Joan Baez. Ein Song, der sowohl Lara als auch Henry McLane ein Stück des Weges begleitet hatte. Wenn auch in völlig unterschiedlichen und weit voneinander entfernten Jahrzehnten.

Und auf einmal wusste Lara McLane, was ihr Großvater in Ravinia getan hatte. Was er gelernt hatte, wozu er imstande war.

Die letzte große Erkenntnis eines düstergoldenen Tages.

4. Kapitel, *in dem sich Laras Welt plötzlich überschlägt.*

Doch eh ein Mensch vermag zu sagen: schaut!
Schlingt gierig ihn die Finsternis hinab:
So schnell verdunkelt sich des Glückes Schein!

William Shakespeare

Zeit ist eine seltsame Sache. Oftmals kann sie einem gar nicht schnell genug vergehen, doch genau dann fließt sie bloß wie dicker, zuckersüßer Sirup, der sich schon vor Jahren entschieden hat, sich nur langsam vom Boden des Siruptopfes zu lösen. Elendig langsam.

Und manchmal, da löst sich ein dicker Klumpen aus dem Topf und rutscht heraus, ehe man sich's versieht.

Ein solcher Klumpen Zeit purzelte gerade durch Lara McLanes Leben.

Aus einem kalten Januar waren ein noch kälterer Februar und schließlich ein März mit nassem, schottischem Wetter geworden. Schwer von grauen Wolken und Frühjahrsstürmen.

Doch wogen gewisse Dinge nicht mehr ganz so schwer wie noch vor ein paar Wochen.

Lara und Henry McLane hatten wieder angefangen, miteinander zu lachen. Jenes Lachen, das nur Großväter und Enkel teilen können, wenn die Sonne sich zwischen altem und jungem Leben bricht. Und Lara war froh. Nicht nur weil sie nicht mehr das – zu Recht – verstimmte Mädchen bleiben musste, das von ihren neuen Freunden keinerlei Auskünfte zu erwarten hatte. Sondern auch weil es das Leben nur schwerer gemacht hätte, wenn sie nachtragend gewesen wäre.

Auch wenn Lara sich sicher war, noch lange nicht hinter alle Wahrheiten gekommen zu sein, so bewahrte sie doch zumindest die Ruhe.

Zeit ist eine seltsame Sache, überlegte sie. Sie würde noch genug Zeit haben, auch in die letzten Winkel ihrer neuen Welt zu blicken. Irgendwann würde sie schon alles herausbekommen. Wirklich *alles.* Doch wusste Lara McLane zu diesem Zeitpunkt noch nicht, wie schmerzhaft Wahrheiten bisweilen zu sein pflegen. Aber es stimmte: Jeder hat das Recht auf seine eigenen Wahrheiten und auch auf seinen eigenen Schmerz.

Zeit ist eine seltsame Sache.

Vorübergeflogen war sie in den letzten Wochen, in denen Lara bei Baltasar gearbeitet hatte.

Sie hatte lernen müssen in dieser Zeit. Nicht nur für die Schule, sondern vor allem alles über Schlüssel. Handwerk war Handwerk und musste gelernt werden. Schlüssel mit besonderen Eigenschaften zu machen, stand erst einmal gar nicht auf dem Programm. Und wie sie befürchtete, würde das auch eine lange Weile so bleiben. Schließlich musste sie zunächst alles über Schlüssel und Schlösser lernen und verinnerlichen. Später würde auch das Uhrmachen hinzukommen. Wie schnell sie vorankam, hing laut Baltasar davon ab, wie schnell sie von Begriff war.

Für Mechaniker aus Ravinia gab es keine Lehrpläne. Niemand hatte jemals festgeschrieben, was ein Mechaniker zu lernen hatte. Lediglich an ihre Gesellen- und Meisterstücke wurde ein gewisser Anspruch gestellt. Doch ein Meisterstück anzufertigen und vor dem Stadtrat von Ravinia damit zu bestehen, war etwas ganz Besonderes.

Auch gab es keine vorgeschriebene Richtung, in der man sich mit Mechanik auseinanderzusetzen hatte. Da gab es Schlüsselmacher und Schlosser, Uhrmacher, Spielzeugmacher, Werkzeugmacher und viele andere. Vereinzelt gab es sogar Waffenbauer. (Von denen hielt Baltasar allerdings ganz und gar nichts. Er war der Auffassung, dass jemand, der seine Talente zum Zwecke der Zerstörung einsetzte, in Ravinia nichts verloren hatte. Offenbar wurde das nicht allerorts so eng gesehen.)

Es war wie in uralten, längst vergessenen Zeiten. Ein Lehrling war von dem Gutdünken seines Meisters abhängig.

So lernte Lara, und lernte. Alles über Buntbart- und Zylinderschloss-Schlüssel, Berliner Schlüssel, Bohrmuldenschlüssel und andere Methoden, Schlösser zu öffnen und zu verschließen. Sie übte, mit Federn und Stiften umzugehen und Schlüssel zu kopieren. Einfache und schwere. Sie erfuhr alles über Schließtechniken und Gravuren, über fälschungssichere Schlüssel und Rohlinge.

Vor allem aber lernte sie etwas über Metalle und Legierungen. Metalle waren nicht nur der Rohstoff eines jeden Schlüssels, sondern ein Teil seiner Seele. So sagte Baltasar zumindest.

Wer besondere Schlüssel schaffen wollte, kam nicht darum herum, sich mit Metallen auseinanderzusetzen, um zu lernen, wie sich verschiedene verbinden und in Schlüssel einarbeiten ließen.

So waren Laras Tage gefüllt bis an den Rand, und manchmal, wenn sie wieder lange im Laden gewesen war, musste sie sich den Tadel ihres Großvaters für ihren Übereifer anhören.

In dieser Zeit begann sie, sich auch über Tom zu wundern, dessen Leben aus Schlüsseln und Uhren zu bestehen schien. Tom war immer da. Wenn Lara morgens vor der Schule kurz in der Victoria Street vorbeischaute, war Tom ebenso schon da wie abends, wenn es mal wieder viel zu lang für sie geworden war. Dann war Tom immer noch da, auch wenn sich Baltasar schon lange ins obere Stockwerk zurückgezogen hatte.

Tom war Baltasars Geselle. Etwas, das ihr ebenfalls seltsam erschien. Soweit ihre erst langsam geübten Augen es zu beurteilen vermochten, konnte Tom noch erheblich geschickter mit Werkzeugen, Metallen und Zahnrädern umgehen als Baltasar. Tom schwamm praktisch in einem Strom aus mechanischem Talent. Sie bezweifelte bisweilen, ob sie es jemals so weit bringen würde.

Brachte jemand eine defekte Uhr, so brauchte Tom meistens

nur einen kurzen Blick darauf zu werfen und schon wusste er, wo es hakte.

Warum Tom Truska allerdings kein Meister war, wusste Lara nicht. Und sie würde ihn auch nicht fragen. Denn so still und mürrisch Tom auch häufig war, so mochte sie ihn doch gern, und sie würde sich hüten, ihm unangenehme Fragen zu stellen.

Manchmal – allerdings sehr selten – durfte sie Tom oder Baltasar nach Ravinia begleiten, um ein Geschäft abzuwickeln oder bei einem der skurrilen Händler ein besonderes Metall wie Wolfram, Wismut oder Kobalt zu erstehen. Um selbst nach Ravinia gelangen zu können, hatte Baltasar ihr aufgetragen, einen Schlüssel anzufertigen, der sie dorthin bringen würde. Auf Laras Protest hin, dass ein Malerlehrling, der nach Ravinia wollte, wohl kaum einen eigenen Schlüssel anzufertigen bräuchte, meinte Baltasar nur, dass sie ja schließlich auch keine Malerin werden wolle. Außerdem würde es sie anspornen.

Lara war dies ganz und gar nicht recht gewesen, und sie hatte ihren Großvater nach einem Schlüssel gefragt. Doch der hatte sein Exemplar schon vor langer Zeit verkauft. Henry McLane hatte Ravinia für sich selbst tatsächlich aufgegeben. Der Liebe wegen hatte er Ravinia den Rücken gekehrt, so hatte er erklärt, und war den Rest des Abends in eine stille Melancholie verfallen.

Ravinia sei wunderschön, hatte er Lara ein anderes Mal erzählt. Es sei magisch, auf eine gewisse Art geborgen, aber auch unheimlich. Eigenschaften, die Edinburgh schließlich auch alle habe.

So blieb Laras Eindruck von Ravinia eher klein, aber das würde sich ändern, sobald sie endlich ihren eigenen Schlüssel hatte.

Zeit ist eine seltsame Sache.

Wäre die Zeit eine Künstlerin, so würde sie Bilder voll Farben malen, so warm wie die des Herbstlaubs. Doch dann würde sie beginnen, störende, hässliche Flecken hineinzusprenkeln. Immer dort, wo es dem Betrachter gerade am wenigsten passt. Und manchmal würde sie auch über die schönsten Stellen literweise hässliche, kalte Farbe gießen.

Aber es begann immer zuerst mit kleinen Klecksen.

Zuallererst für Tom, der die unverschämten Raben nicht leiden konnte. Dennoch waren sie nun einmal die Postboten und Überbringer von Nachrichten für alle, die mit Ravinia in Zusammenhang standen. Lara hatte sich erst daran gewöhnen müssen, dass Raben tatsächlich sprechen und denken konnten. Und zwar mindestens so gewitzt und frech wie mancher Mensch. Doch sprachen die Raben nur mit denjenigen, die ihnen auch zuhören wollten.

»Die Menschen sehen nicht, was sie nicht sehen wollen, und sie hören nicht, was sie nicht hören wollen«, hatte Tom zum wiederholten Male gesagt. Es schien für ihn eine Art Mantra zu sein, aber es stimmte offenbar.

Und es war ausgerechnet der freche Rabe Dexter, der an jenem Abend zur Tür hereingeschossen kam, als Baltasar sie kurz öffnete, um vor dem Laden eine seiner schwarzen ägyptischen Zigaretten zu rauchen.

Er schoss im Sturzflug heran, machte eine halbe Drehung und schlitterte zur Landung über die gesamte Uhrenwerkbank – wobei er diverse Zahnräder und Federn hinfortfegte –, bevor er anhalten konnte. Toms Auffassungsgabe war bemerkenswert, denn ehe die erschrockene Lara oder der verdutzte Baltasar den zerzausten Raben als solchen erkannt hatten, ließ Tom bereits ein entnervtes Schnauben vernehmen.

»'tschuldigung«, krächzte Dexter, während er sich aufrappelte.

Er versuchte, mit dem Schnabel sein Gefieder zurechtzuzupfen, schüttelte sich und baute sich stolz auf der Werkbank auf.

Tom hob missbilligend eine Augenbraue.

»Ich habe eine Nachricht für Mr Quibbes und Mr Truska«, erklärte der Rabe mit so viel Würde, wie es einem zerzausten Vogel nur irgend möglich war.

»Ich würde die junge Miss also bitten, den Raum kurz zu verlassen.«

Baltasar schüttelte den Kopf.

»Kommt nicht infrage. Sie bleibt. Wenn es etwas aus Ravinia gibt, was uns betrifft, tja, sie gehört nun zum Betrieb. Also schieß los.«

»Es betrifft sie wirklich nicht.«

»Egal.«

»Also gut.«

Der Rabe tat, als müsse er sich räuspern.

»Vom Kommissariat in Ravinia«, begann er.

Tom und Baltasar tauschten einen unsicheren Blick aus, sagten aber nichts.

»Es wurde vom Stadtrat verfügt, dass – betreffend der Morde der vergangenen Nacht – ein Untersuchungsausschuss gebildet wird. Man bittet Sie beide nun um Unterstützung in dieser Angelegenheit.«

Tom hob die Hände, um den Raben in seiner Rede zu bremsen.

»Moment, stop, stop stop! Wovon sprichst du, Dexter? Wer wurde ermordet?«

»Zwei Nachtwächter und ein Stadtvagant. Krah.«

Baltasar und Tom sahen sich erneut an. Diesmal wirkten sie alarmiert.

»Und weshalb genau möchte man *uns* im Untersuchungsausschuss haben?«, fragte Baltasar.

»Krah. Man beruft Sie quasi präventiv ein. Der Stadtrat hat den Leitern des Ausschusses jeglichen Handlungsspielraum gewährt. Sie beide gelten dieser Tage als die Besten Ihres Fachs, und deshalb benötigt man Sie. Krah!«

Baltasar hatte die unangezündete Zigarette wieder in die

kleine blecherne Schachtel gesteckt und ließ diese mit einem lauten Klacken zuschnappen. Der Rabe blickte erschrocken in seine Richtung, sofern ein Rabe überhaupt in der Lage ist, erschrocken dreinzublicken.

»Um wen geht es?«, fragte Baltasar knapp.

»Die Nachtwächter waren Ms Anita Gomez und Mr Ludovic Peters, der Stadtvagant hieß Bails. Kein Vor-, kein Nachname. Nur Bails. Krah. Bekannte?«

Baltasar nickte betroffen.

»Flüchtig.«

»Mein Beileid. Krah.«

Tom ergriff wieder das Wort.

»Hat man dir gesagt, wo wir erwartet werden?«

Er machte keinen Hehl daraus, dass er die Raben nicht mochte. Dexter schon gar nicht. Und er bevorzugte es offenbar, wenn sie sich kurzfassten.

»Krah. Man wird sich im Laufe des morgigen Vormittags hier in der Victoria Street einfinden.«

Das war offenbar eine Überraschung, wie sich unschwer aus den Gesichtern der beiden Schlüsselmacher ablesen ließ.

»Ich würde dann gerne zurück auf die Burg. Krah. Wenn es den Herrschaften wenigstens dieses Mal nichts ausmachen würde. Immerhin war ich Ihretwegen unterwegs.«

Tom grummelte und ging ins Hinterzimmer. Der vorlaute Rabe empfahl sich, hüpfte von der Tischplatte und segelte durch die Tür ebenfalls ins Hinterzimmer, aus dem man kurze Zeit später die Tür zuschlagen hörte. Dann war Tom wieder da.

»Zwei Nachtwächter?«, überlegte Baltasar laut, als Tom wieder in der Nähe war. »Wer um Himmels willen tut denn so etwas?«

Tom blickte düster drein, antwortete aber nicht auf die Frage.

»Woran denkst du?«

Mit einem Kopfschütteln befreite sich Tom aus seiner Gedankenversunkenheit.

»Nichts Besonderes. Ist nur so ein Gefühl.«

Er rieb sich das blasse Kinn mit den Bartstoppeln.

»Ich bin dann weg«, murmelte er.

Nur diesen kurzen Satz. Dann machte er kehrt, Richtung Hinterzimmer.

»Ich muss mit einigen Leuten reden«, sagte er noch im Gehen über die Schulter. »Ich bin morgen rechtzeitig da.«

Und damit war er verschwunden. Wohin, das wusste Lara nicht.

Ein ungewisses Gefühl machte sich in ihr breit. Langsam, unmerklich. Sie hätte es nicht in Worte fassen können, aber irgendetwas stimmte nicht. Oder besser gesagt, nicht mehr.

Dieses flaue Gefühl war die unbestimmte Ahnung, dass alles anders werden würde. Doch hätte Lara es in diesem Moment nicht zu beschreiben gewusst, denn Vorahnungen treffen die Menschen selten, und erst mit der Zeit und mit wachsender Erfahrung beginnen sie, sie deutlicher wahrzunehmen. Dann reden sie von Zufall oder Schicksal und meinen letztlich dasselbe.

Sie spürte eine Hand auf ihrer Schulter.

»Es ist besser, wenn du jetzt gehst«, meinte Baltasar sanft zu ihr.

»Und was tut ihr?«

Baltasar legte den Kopf schief.

»Wahrscheinlich werde ich den Laden für ein paar Tage schließen müssen.«

Er kratzte sich am Kopf.

»Aber das macht nichts, der Stadtrat wird mich entschädigen. Ich fürchte, ich muss dich nach Hause schicken. Solche schaurigen Angelegenheiten sollten jungen Herzen wie dir erspart bleiben.«

»Hör auf, so geschwollen zu reden, ich bin sechzehn!«

»Entschuldige.«

Er zwinkerte.

»Ich wollte dich nicht bevormunden, aber du hast es ja selbst gehört. Tom und ich werden wohl bei der Aufklärung dieser merkwürdigen Ereignisse mitwirken müssen. Ob wir wollen oder nicht. Eine Bitte dieser Art schlägt man nicht ab. Das wäre unhöflich und unmoralisch.«

Er zog an der Ladentür, die unter dem lauten Gebimmel der Blechglöckchen aufschwang.

»Wir sagen dir Bescheid, wenn diese Angelegenheit bereinigt ist. Versprochen!«

Kein Schlüsselladen in den nächsten Tagen? Schade.

Doch vielleicht war es an der Zeit, mal wieder etwas Gewöhnliches zu tun. Möglicherweise mit Mary und Stew aus der Schule Tee zu trinken und oberflächliche Gespräche über Jungs und andere Belanglosigkeiten zu führen.

Dabei ging es Lara gut in ihrem Leben, so wie es zurzeit war. Endlich hatte sie etwas gefunden, was ihren Neigungen entsprach. Sinnvoll, magisch und irgendwie nicht von dieser Welt. Sie mochte, was sie hier tat.

Schweren Herzens nahm Lara ihren Mantel von der Garderobe, setzte die Mütze auf und zwirbelte die bernsteinfarbene Locke darunter hervor.

»Bis dann«, murmelte sie. »Und viel Erfolg!«

Mit diesen Worten tauchte sie in das Grau der Treppenstadt ein. Grau wie das Leben war, wenn es keine zauberhaften Momente bereithielt. Grau wie die Welt hinter einem Schleier aus Gedanken manchmal werden konnte.

Lara nahm die Kopfhörer ihres MP3-Players aus der Tasche und setzte sie auf.

The Clash erklang.

London calling to the faraway towns. Now war is declared and battle come down.

War dies das richtige Lied?

Aber irgendwie passten die Lieder doch immer.

After all this, won't you give me a smile?

Die Nacht hält manchmal Überraschungen bereit. Besonders für diejenigen, die Ravinia kennen. Oder für diejenigen, die es noch kennenlernen und feststellen werden, dass die Nacht dort eine wichtige Tageszeit ist.

Das Abendessen war still verlaufen. Henry und Lara McLane hatten wenig miteinander gesprochen, was allerdings nicht nur an Laras etwas zurückhaltender Laune lag, sondern auch daran, dass jeder von ihnen etwas zu lesen gehabt hatte.

Lara hatte in der *Schatzinsel* von Stevenson gelesen, während ihr Großvater durch die Tagesausgabe von *The Scotsman* blätterte. Beide hatten langsam erkaltenden Tee geschlürft.

Später war dann jeder in seinem Zimmer verschwunden.

Inzwischen war es tiefe Nacht geworden. Das Gepolter hätte Lara eigentlich gar nicht gestört. Ihr Großvater schlief weniger als sie, das wusste sie. Eine Eigenschaft, die das Alter offenbar mit sich brachte. Wahrscheinlich hatte er sich einen Tee gekocht und ihm war etwas in der Küche heruntergefallen.

Doch dann polterte es erneut, gefolgt von einem Scheppern. Etwas klirrte, dann ertönte ein Schrei. Laut und von Schmerz erfüllt.

Großvater!

Vielleicht hatte er sich gestoßen oder geschnitten oder …

Egal, er war nicht mehr der Jüngste, es konnte alles passiert sein!

Lara schlüpfte eilig in ihre Hausschuhe und riss die Tür auf, nur um gleich darauf aufzuschreien.

Ein großer, düsterer Mann in einem schwarzen Ledermantel und mit langen, schwarzen Haaren blickte sie an. Er war offenbar im selben Moment im Begriff gewesen, die Tür zu öffnen.

Lara wich zurück.

»Wa-was wollen Sie?«

Der Mann machte einen Schritt ins Zimmer hinein, dabei wirkte er auf eine ungeheuerliche Weise elegant. Es war eine

Bewegung, in der jeder Muskel genau das tat, was er tun musste. Nicht zu viel, nicht zu wenig. Effizient, präzise, tödlich. Dabei war es nur ein Schritt. Ein einziger Schritt. Aber schon begann die Welt um Lara herum zu gefrieren.

»Lara McLane?«, fragte er. Es hörte sich an, als würde jemand sprechen, der mehrere Nächte nicht geschlafen und nun endlich, endlich ein Bett gefunden hatte.

Lara riss sich zusammen. Der Kerl hatte irgendetwas mit ihrem Großvater gemacht.

Henry McLane war nirgends zu sehen. Nirgends zu hören.

»Was haben Sie getan?«, fauchte sie, während sie zurückwich; verwirrt, irgendwo zwischen Wut und Tränen, wie ein verängstigtes Tier.

»Wer denn sonst?«, murmelte der düstere Mann zu sich selbst und packte Lara grob am Arm. Sie wollte ihm reflexartig gegen das Schienbein treten, doch irgendwie schaffte er es, dass sein Schienbein nicht mehr dort war, wo Lara instinktiv hingetreten hatte.

»Hey!«, hallte es da von der Treppe her.

Der Mann machte eine schnelle Bewegung, wischte mit dem Arm durch den Raum ohne hinzusehen. Etwas metallenes zischte durch die Luft und blieb in der Holzvertäfelung des Flurs stecken. Offenbar hatte er nicht getroffen.

»Da musst du schon etwas früher aufstehen, verräterischer Hund!«

Das war das Letzte, was Lara hörte, bevor sich für einen kurzen Moment alles zu drehen schien. Sie wurde weggerissen. Die Welt wirbelte an ihr vorbei und machte ebenso plötzlich wieder halt.

Tom hielt sie an einem Arm. Sie standen auf der Straße vor einer Haustür, und Tom fingerte an seinem großen Schlüsselbund herum.

»Wie … Was tust du?«, fragte Lara, die nicht begreifen konnte, woher Tom so schnell gekommen war.

»Abhauen«, meinte Tom nervös.

Dann fand er offenbar den richtigen Schlüssel und steckte ihn in das Schloss.

Flink und behände wie ein Wiesel schoss der düstere Mann um die Häuserecke. Er bewegte sich unglaublich schnell für einen Menschen, und seine Augen funkelten wie die eines Raubtiers.

Tom stieß Lara durch die Tür und zog sie hinter sich zu. Doch der Mann mit dem Ledermantel war schneller und bekam eine Hand zwischen Tür und Rahmen. Tom holte Schwung und knallte die Tür erneut zu. Ein schmerzerfülltes Brüllen war zu hören.

Tom ließ los. Der wütende Unbekannte zog sie langsam wieder auf, und sein Gesicht kündete von Schmerz. Doch Tom hatte Lara bereits in Windeseile am Arm mit sich fortgerissen, hinein in eine von Neonlicht erhellte Halle.

»Wo sind wir?«

Lara war außer Atem, verstand überhaupt nicht, was hier eigentlich vor sich ging.

»London, Underground«, rief Tom im Rennen.

Etwas flog dicht an seinem Ohr vorbei und bohrte sich mit Wucht in einen Betonpfeiler.

Ein Zug fuhr ein, Tom blickte zum Himmel und murmelte ein leises »Danke«, dann zerrte er Lara in die U-Bahn, blieb atemlos stehen.

Wartete.

Wartete darauf, dass die U-Bahn endlich anfuhr, während sie den düsteren Mann heranrauschen sahen.

Dann gingen die Türen ihres Waggons zu. Doch die Türen im anschließenden Waggon waren nicht so schnell, und mit einem sagenhaften Hechtsprung schaffte ihr Verfolger es zwischen den sich schließenden Türen hindurch.

»Verdammt!«, entfuhr es Tom. »So hatte ich mir das eigentlich ganz und gar nicht vorgestellt!«

Er wippte ungeduldig mit dem Fuß auf dem Boden, während der Zug sich in Bewegung setzte.

Lara rappelte sich indes auf. Es war seltsam. Alles war seltsam. Die Welt schien vor lauter sich überschlagenden Ereignissen zu explodieren. Sie hätte schwören können, vor wenigen Augenblicken einem unheimlichen Mann in ihrer Wohnung begegnet zu sein, und nun saß sie in Pyjama und Hausschuhen in einer Londoner U-Bahn. Im Waggon hinter ihnen ein raubtierhafter Unbekannter.

So viel stand fest: Bei ihrem nächsten Halt würden sie unweigerlich in die Hände des Mannes fallen. Durch die Heckscheibe des Waggons sah er sie unverwandt an. Rieb sich die verletzte Hand. Schätzte seine Chancen ab.

Außer ihnen befand sich niemand in diesem Teil des Zuges. Um drei Uhr nachts durchaus verständlich. Doch das war egal. Sie brauchten dringend eine Idee, wie sie mit heiler Haut aus dieser Sache herauskommen konnten. Tom schritt nervös zwischen den Sitzreihen auf und ab, während die elektronische Ansage die Station Knightsbridge als ihren nächsten Halt bekannt gab. Schweißperlen bildeten sich auf seiner Stirn.

Schließlich zog er seinen Schlüsselbund erneut hervor und ging eifrig die vielen Schlüssel durch. Die U-Bahn bremste. Wurde langsamer.

»Komm her«, forderte er Lara unvermittelt auf und stellte sie dicht neben die Tür.

»Egal, was passiert«, beschwor er sie eindringlich. »Bleib cool! Keine Panik!«

Leicht gesagt.

Tom steckte einen speziellen Schlüssel in die Vorrichtung zur manuellen Türöffnung und hielt ihn mit beiden Händen fest.

Sie erreichten Knightsbridge, und eine Gruppe angetrunkener Yuppies steuerte auf die vordere Wagentür zu, während Toms und Laras Verfolger eilends seinen Waggon verließ und auf den Türknopf genau vor Lara drückte.

Nichts geschah.

Der Mann stockte, dann bemerkte er Tom, der seinen Schlüssel mit aller Kraft festhielt.

Fluchend trat er gegen die Tür und machte sich auf zum vorderen Ende des Wagens, dort, wo die grölenden Yuppies eingestiegen waren. Er geriet in den Pulk hinein und stieß die pöbelnden Yuppies einfach zur Seite.

In diesem Moment riss Tom seinen Schlüssel aus der Vorrichtung. Die Tür glitt auf. Schnell sprang er hindurch und riss Lara mit sich, während sich die Tür zur Weiterfahrt schloss. Direkt vor den Augen ihres Verfolgers, der sich wütend dagegenwarf. Doch es half nichts, die U-Bahn setzte ihren Weg durch den Untergrund Londons fort.

Lara und Tom stolperten übereinander und wären leichte Beute gewesen, wenn sie nicht diesen goldrichtigen Moment abgepasst hätten.

So lagen sie einige Herzschläge lang auf den kalten Fliesen der Underground Station, bis Tom sich schließlich keuchend aufrappelte.

»Das war mehr als knapp«, stöhnte er. Die Anstrengung stand ihm ins Gesicht geschrieben.

»Wer war das?«, wollte Lara wissen, als sie sich endlich beruhigt hatte.

Tom setzte sich auf und reichte ihr eine Hand, um sie hochzuziehen.

»Gleich, Lara. Gleich. Lass uns erst ein sicheres Fleckchen suchen. Noch sind wir mit dem Kerl in derselben Stadt. Wir müssen weg, dann weiß er nicht mehr, wo er zu suchen hat.«

Lara nickte. Sie musste an ihren Großvater denken. Hoffentlich war ihm nichts Ernstes zugestoßen. Doch was hatte der düstere Mann gewollt? Und warum war Tom da gewesen, um sie zu retten?

Fragen über Fragen.

Antworten würde es, wie üblich, wohl erst später geben.

»Zieh das an«, forderte Tom sie auf.

Sie sah hin und bemerkte, dass er ihr seinen langen, dunklen Mantel hinhielt.

»Nun mach schon«, drängelte er. »Du hast nur deinen Pyjama an. So fällst du auf.«

Er hatte recht, dachte Lara und streifte missmutig die zu langen Ärmel über.

Währenddessen sah Tom sich um und entdeckte – sehr zu seiner Freude – einen verschlossenen Kiosk. Er steckte einen Schlüssel in die Tür und machte sie auf.

»Aber was ist mit den Überwachungskameras?«, warf Lara ein.

»Es wird kein Einbruch gemeldet werden, wieso sollte sich also jemand die Überwachungsbänder ansehen?«

Tom zuckte mit den Schultern, und Lara musste einsehen, dass er mit diesem Argument recht hatte.

So traten sie durch die Tür hinaus auf eine lange Promenade. Es roch nach Meer. Die Temperaturen lagen deutlich höher als im stürmischen Edinburgh, selbst um diese Tageszeit. Zwar war es nicht wirklich warm, aber erträglich. Eine Palme ragte ihnen gegenüber auf, und ein warmer, salziger Wind wehte Lara ins Gesicht, während irgendwo in der Ferne eine Möwe schrie.

»Wo sind wir denn nun schon wieder?«

»In Lissabon.«

Tom hatte die Tür hinter sich zugezogen, die eigentlich zu einem kleinen Schuhgeschäft gehörte.

»Ich dachte mir, hier ist es nicht so kalt. Nach Ravinia können wir im Moment nicht, das ist zu gefährlich. Ich fürchte, wir müssen ein paar Stunden hierbleiben.«

»Hast du ein Handy?«

»Warum?«

»Ich muss wissen, wie es Großvater geht«

»Beruhige dich, er sah nicht sehr lädiert aus. Kommt sicher mit ein paar blauen Flecken davon.«

Das war erst mal gut zu wissen. Lara holte Luft, jetzt kamen die Fragen, doch Tom wehrte ab.

»Lass uns ans Wasser gehen«, meinte er. »Dort reden wir.«

Dunkelheit ist wie Eis, das wusste Lara. Man fror. Doch im Gegensatz zu Eis konnte man gegen die Dunkelheit nichts anziehen.

Sie stiegen einige Treppen hinab, zwischen den eng aneinanderstehenden Häusern, auf denen der sonnengebleichte Kalkputz im Schein der Straßenlaternen gelblich wirkte. Wie Stufen einer überdimensional großen Treppe lag Lissabon um den Fuß eines Hügels herum.

Die letzten Touristen des vergangenen Tages wankten grölend aus den Bars über die leeren Straßen und ließen die Anwohner unruhig schlafen.

Schließlich gelangten sie zu einer großen Hafenmauer. Tom stieg die Stufen ohne Zögern hinauf, Lara folgte ihm. Es war frisch hier oben, aber nicht so schneidend kalt. Toms Mantel reichte ihr bis zu den Füßen. Er war aus altem, abgetragenem Loden, aber nicht sehr schwer. Dennoch hielt er warm. Tom hingegen verschränkte die Arme vor dem Körper, als der Wind aufheulte und durch die Maschen seines Wollpullovers pfiff.

Sie blickten auf den alten Hafen, der auch zu dieser Stunde unruhig wirkte. Grüne und rote Tonnen wiesen den vielen Schiffen ihren Weg durch die Mündung des Tejos. Außerdem gab es ein Leuchtfeuer, weiter draußen, dort, wo die Bucht in den offenen Atlantik überging.

Der Charme war ein wenig vergleichbar mit dem des Firth of Forth, jener riesigen Bucht, an der Edinburgh liegt. Nur wirkte die See hier nicht so rau, nicht so bissig, sondern zahmer. Wie ein sanftmütiger Riese. Doch Lara wusste, dass das nicht stimmen konnte. Das Meer war immer und überall ein Gefährte, dem man mit Respekt zu begegnen hatte. Vor allem, da es sich hier nicht um die Nordsee, sondern den großen, offenen Atlantischen Ozean handelte, in den der Tejo mündete.

Trotzdem überkam Lara eine gewisse Ruhe. Sie war in Sicherheit, ihr Großvater ebenfalls, hatte Tom gesagt. Das Adrenalin klang langsam ab, und Erleichterung machte sich in ihrem Herzen breit.

Tom sog die milde Luft in langen Zügen ein.

»Früher bin ich oft hergekommen«, sagte er schließlich. Er sah Lara nicht an, sah auf die See hinaus.

»Früher, bevor ich aufgegeben habe, Fragen an die Leute zu stellen, die sie auf jeden Fall hätten beantworten können, es aber nicht taten.«

Mit den Füßen scharrte er über die sandigen Steinplatten des Gehwegs.

»Ich habe resigniert«, meinte er. Es klang, als würde er sich selbst etwas eingestehen. »Es ist nicht leicht, Baltasars Lehrling zu sein. Diesen Mann umgibt ein Nebel von Geheimnissen, die er nur ungern preisgibt. Auch wenn er weiß, dass ich mir meine Antworten zum größten Teil selbst zusammengesammelt habe in den letzten Jahren. Wenn es jemanden gibt, der ein Geheimnis hüten kann bis ins Grab, dann ist es Baltasar Quibbes. Leider ist er auf der anderen Seite sehr schlecht darin, Geheimnisse im richtigen Augenblick preiszugeben.«

Möwen sandten leise ihre Klagerufe in die Nacht. In der Ferne erklang das Horn eines Frachters.

»Wieso warst du heute Nacht da?«

Jetzt, wo sie sich sicherer fühlte, kamen die Fragen zurück zu Lara und klopften leise, aber beharrlich an die Türen ihres Bewusstseins.

»Ich hatte befürchtet, dass die jüngsten Ereignisse irgendetwas mit dir zu tun haben.«

»Aber wieso?«

»Ich habe einigen Leuten einige Fragen gestellt und mich schließlich entschlossen, heute Nacht in Edinburgh Wache zu halten.«

»Wer ist das eben gewesen?«

»Ein verräterischer Nachtwächter. Einer, der seinen Stolz offenbar vergessen hat. Ich weiß nur nicht, warum.«

»Aber wie konntest du das wissen?«

»Dass es ein Nachtwächter ist? Das sieht man ihnen oft an. Die Art, wie sie gehen, wie sie sich bewegen. Hast du ihn beobachtet? Jeder Schritt ist voll tödlicher Präzision.«

Ja, ihr Verfolger hatte sich in der Tat unheimlich raubtierhaft bewegt, das war Lara ganz und gar nicht entgangen.

Sie nickte.

»Das hört sich nicht gut an. Und was genau ist jetzt ein Nachtwächter?«

Tom beäugte sie zweifelnd.

»Also, dass du *das* weißt, hätte ich einfach erwartet. Aber gut, macht ja nichts.«

Er überlegte, wo er anfangen sollte.

»Nachtwächter sind ... ja, Nachtwächter eben. Sie bewachen Ravinia, sind wie Überbleibsel aus alter Zeit. Damals, als Nachtwächter ihre nächtlichen Gänge durch die Städte machten, um die Menschen ruhig schlafen zu lassen. Außerdem haben sie die Stunden ausgerufen und die Straßenlaternen entfacht und morgens wieder gelöscht.

Aber in Ravinia wurden sie zu mehr. Sie sind wie Kinder der Nacht geworden, denn die Nacht ist ihre Freundin. Ein Nachtwächter kann Dinge mit der Nacht anstellen, die wir uns nicht einmal zu erträumen wagen. Was wir an Wundern mit Uhren, Schlüsseln, Spielzeugen und Ähnlichem vollbringen, das können sie mit der Nacht.

Und außerdem«, fügte er hinzu, »sind sie blitzgefährlich. Wer einen Nachtwächter zum Feind hat, der sollte sich ziemlich warm anziehen.«

Lara sah an sich herunter. Sie trug einen Pyjama und Hausschuhe, darüber den abgewetzten Mantel, den Tom ihr geliehen hatte. Dieser wiederum trug nur noch seinen Pullover und Jeans, während er mit Lara hier draußen im Wind des Lissabonner Hafens stand.

»Wir sind nicht besonders warm angezogen«, murmelte sie, wohl wissend, dass Tom die Frage dahinter verstanden hatte.

»Ich weiß es nicht«, seufzte Tom. »Ich weiß es nicht.«

»Aber warum war er hinter mir her?«

»Er braucht dich vermutlich, um ein Gedicht zu lesen.«

»Ein Gedicht?«

Lara glaubte es nicht. Ein Gedicht, na wunderbar, dann sollte er sein Gedicht doch bekommen. Wenn er sie dafür bloß in Ruhe ließ.

Tom schien das Ganze indes durchaus ernst zu nehmen.

»Ein Gedicht, ja. Und zwar nicht irgendein Gedicht, sondern eines, das deine Großmutter geschrieben hat.«

Wie das Bimmeln einer kleinen Alarmglocke stach die Erwähnung ihrer Großmutter in ihren Verstand.

»Was weißt du über meine Großmutter?«, fragte sie hastig. Ein wenig Enttäuschung klang auch mit. Trieb etwa auch Tom seine Spielchen mit ihr? Obwohl er doch gesagt hatte, er würde solche Geheimniskrämereien hassen?

»Behältst du also auch alles für dich?«, fuhr sie ihn an, als er ihr nicht sofort antwortete.

Doch Tom packte sie ruhig und fest an den Schultern und blickte sie mit diesen traurigen Augen an, die sie noch niemals wirklich hatte lachen sehen.

»Hör mir zu«, meinte er. »Ich weiß es selbst erst seit ein paar Stunden.«

»Von wem?«

»Das ist das Einzige, was ich dir nicht sagen werde. Ganz einfach weil es manche Leute nicht wünschen, dass man ihre Namen weitergibt.«

Er überlegte kurz, dann wandte er sich von Laras kastanienbraunen Augen ab und blickte wieder hinunter zum Hafen.

»Früher, als du noch nicht geboren warst und ich Ravinia noch nicht kannte, gab es einen Mann. Sein Name war Winter. Roland Winter. Obwohl er sich zuletzt wohl nur noch *Lord Winter* hatte nennen lassen.

Roland Winter war in Ravinia Schreiber geworden. Ein Schreiber mit einem düster düsteren Herzen. Er war so außerordentlich talentiert, dass er mit dem, was er schrieb, die unglaublichsten Dinge bewirken konnte. Und er bewirkte eine Menge. Vor allem eine Menge schrecklicher Dinge.«

Tom atmete die salzige Hafenluft ein, in der sich Meer und Öl zu einem melancholischen Duft mischten.

»Es muss eine Zeit voll von finsterem Schrecken und unglaublicher Angst in Ravinia gewesen sein. Die Leute schweigen bis heute darüber, wenn sie können.«

»Was ist mit ihm geschehen?«

»Einige kluge und verzweifelte Köpfe stellten Roland Winter eine Falle. Eine grausame Falle. Sie sperrten ihn in ein Bild.«

»In ein Bild?«

Lara klang skeptisch.

»Zweifle nicht so viel! Wir sind schließlich erst vorhin durch eine Kiosktür aus einer Londoner U-Bahn-Station nach Lissabon gekommen.«

Schweigen.

»Dieses Bild«, erklärte Tom schließlich weiter, »hängte man in einen Raum, der nur mit einem einzigen, fälschungssicheren Schlüssel zu öffnen ist. Dieser Schlüssel wurde den Nachtwächtern überantwortet, da man der Meinung war, er sei dort am sichersten.

Das war er auch. Bis gestern Nacht.«

Langsam fügte sich in Laras Kopf ein Bild zusammen. Ein Bild mit dunklen Farben. Verzweifelt und grausam. Aber auch die finstersten Puzzleteile helfen, ein Bild zu komplettieren.

»Er hat ihn. Der düstere Mann mit den langen Haaren.«

Tom nickte.

»So sieht es wohl aus. Diejenigen Nachtwächter, die Dienst hatten dort im Herzen der Wache, an jenem Ort, den außer den Nachtwächtern selbst niemand kennt – und selbst von ihnen wissen lange nicht alle darum –, diese beiden Nachtwächter wurden gestern Nacht ermordet. Anita Gomez und Ludovic Peters.

Nun hat unser dunkler Freund vermutlich den Schlüssel, was nur eines heißen kann:

Er will Roland Winter aus seinem gemalten Gefängnis befreien.«

»Aber was hat das Gedicht damit zu tun?«

»Das Gedicht ist wiederum eine Art Schlüssel zu dem Bild. Es wurde von deiner Großmutter geschrieben und gelesen. Nur sie könnte Winter jemals wieder aus seinem Kerker aus Farbe entlassen –«

»Aber was soll ich dann –«

»– oder ein Nachkomme.«

Damit war es ausgesprochen. Lara schwieg. Sie wusste nichts zu sagen. Der Strudel der Ereignisse und Geschichten hatte begonnen, sich loszureißen, und an Kraft und Größe derart zugenommen, dass er nicht mehr aufzuhalten war. Er konnte nur noch alles verschlucken, was seinen Weg kreuzte.

»Du siehst, junge Miss McLane, der abtrünnige Nachtwächter hatte allen Grund dazu, nach dir zu suchen.«

Kalt. Es wurde kalt in Lara. Sie war nicht nur etwas zu dünn angezogen, sondern viel zu dünn, als dass all diese Dunkelheit nicht doch eine Ritze oder einen Spalt, ja vielleicht auch nur eine zu weite Masche in ihrer Kleidung hätte finden können. Und dort drängte sie gnadenlos hinein und breitete sich aus. Denn Dunkelheit ist wie Eis. Es setzt an einer Stelle an und breitet sich von dort aus wie eine Krankheit.

»Lass uns ein Stück gehen«, sagte Tom sanft. So sanft er konnte, bei all dem, was in seinen Augen lag. Es sollte aufmunternd wirken oder beruhigend. Aber es klang verlegen. Wie eine Floskel statt eines guten Rates.

»Wie konnte mir all das nur passieren?«, hauchte Lara in den Wind. Mehr zu sich selbst als zu Tom.

Und dennoch bekam sie eine Antwort.

»Schicksal«, flüsterte Tom.

Und es hallte nach in Laras Kopf. Denn es war nicht so leicht dahergesagt. Es war aufrichtig gemeint und Toms voller Ernst.

Sie setzten einen Schritt vor den nächsten und legten eine lange Strecke über die alte Hafenmauer zurück, an deren Ende eine weitere Treppe lag. So wie Edinburgh eine Stadt der Treppen war, so schien Lissabon eine Treppe von Stadt zu sein.

Schließlich setzten sie sich in einen McDonald's und tranken in aller Herrgottsfrühe heißen Kakao oder das, was man ihnen dafür verkaufte. Ganz egal, es half gegen die Kälte. Und kalt war es, denn es war März. Früher, unsagbar junger Frühling. Auch hier in Portugal.

Sie redeten nicht viel, aber Lara fühlte sich nicht schlecht dabei. Mit Tom konnte man gut schweigen. Sie wusste noch nicht, dass sie genau das noch lange an ihm schätzen würde, denn dieser frühe Morgen war erst der Anfang einer langen, gemeinsamen Reise, an deren Ende jeder von ihnen ein anderer sein sollte.

5. Kapitel, *in dem Lara sich nicht mehr sicher ist, was sie denken soll.*

When I'm asleep in Cascade Street
I don't, I don't
See anything

Yann Tiersen

– Szenenwechsel.

Die Straße gehört den Träumern.

So lautet ein altes Sprichwort in Ravinia.

Doch davon wusste Lee noch nichts an diesem bitterkalten Morgen im Bundesstaat Rhode Island.

Hätte er von Ravinia gewusst – von seinen Sprichwörtern, von seinen Möglichkeiten, von seiner Magie –, so hätte er seine Träume sicherlich zuzuordnen gewusst. Doch so konnte er sie nicht recht fassen, denn es waren immer nur Schnipsel, kleine Fetzen, die ihm nach dem Aufwachen blieben.

Sie wurden ihm jedoch zusehends unheimlicher, da die Menschen aus seinen Träumen wiederzukehren schienen. Es tauchten immer häufiger dieselben Personen darin auf. Das Mädchen mit bernsteinfarbenem Haar kam immer wieder vor. Ebenso ein großer Mann mit langen Haaren und düsterem Gesicht, soweit sich das von Gesichtern überhaupt sagen ließ. Es war zumindest das, was Lee in dem farbigen Nebel der nächtlichen Träume zu erkennen glaubte. Auch andere Männer und Frauen waren dort, aber die Erinnerungen daran wurden meist schon mit dem ersten Aufschlagen der Augenlider schwächer.

In den letzten Tagen und Wochen kamen die Träume häufiger, und Lee fragte sich allmählich, ob das normal war. Ob er wohl jemanden darauf ansprechen sollte? Doch wer im Waisenhaus würde ihm zuhören, ohne ihn direkt zu Mrs Carter, der Psychologin, zu schicken?

Vielleicht hatten alle Menschen mit fünfzehn verrückte Träume? Vielleicht war Fünfzehn eine Unglückszahl? Herrje. Wurde er jetzt sogar schon abergläubisch?

Er war wütend. Wütend auf sich selbst, auf seinen Kopf, der ihm Streiche spielte.

Es war nicht so, dass das Leben im Waisenhaus ihm etwas ausgemacht hätte. Im Gegenteil, er kannte es ja gar nicht anders. Zwar war er nie der Stärkste gewesen, aber ebenso wenig ein Außenseiter oder ein Gejagter. Dennoch war es immer Lee gewesen, der sich seine Freunde ausgesucht hatte. Niemals umgekehrt.

Gedankenverloren spielte er mit seinem Zippo-Feuerzeug. Neben der kleinen Mundharmonika in G-Dur war es das Einzige gewesen, was ihm von seinem Vater geblieben war. Auf beidem war in feiner Schrift William Crooks *eingraviert. Beides benutzte er häufig.*

Mrs Anderson, eine der Betreuerinnen – und vielleicht war sie die einzige Betreuerin, die Lee mochte –, hatte es für unbedenklich gehalten, ihm letztes Jahr das Feuerzeug auszuhändigen.

»Sie haben gesagt, ich solle damit warten, bis du alt genug wärst zum Rauchen. Aber wenn du mich fragst, ist das Quatsch. Du weißt, wie ungesund das Rauchen ist, und wenn du es trotzdem tust, dann würde es dich sicherlich nicht hindern, wenn ich dir das Feuerzeug deines Vaters vorenthalte.«

Und sie hatte es ihm gegeben. Einfach so. Ein weiteres Puzzleteil auf der Suche nach seinen Eltern, die zwar tot, aber anscheinend ohne Grab geblieben waren. Lee hatte sämtliche Leute und Stellen bemüht, die ihm eingefallen waren und an die man ihn herangelassen hatte. Zwar hatte man den Unfalltod seiner Eltern bestätigt, aber Hinweise auf ein Grab hatten sich nirgends gefunden. Ebenso wenig auf ein Bestattungsunternehmen Doracee & Son, *das damals angeblich die Leichen abgeholt hatte. Seitdem suchte Lee verzweifelt aber vergebens nach seinen Wurzeln. Wer waren seine Großeltern? Lebten sie noch? Fehlanzeige. Wenn es sie gab, hatten seine Eltern ihn dort wohl niemals vorgestellt.*

Da offensichtlich auch andere Leute vor dem Problem gestanden hatten, dass keine Angehörigen zu dem kleinen Lee Crooks zu finden gewesen waren, hatte man ihn kurzerhand ins Waisenhaus St. Mary – Mother of Hope in Garden's End, Rhode Island, gesteckt, ein Kaff am Ende der Welt.

So war sein Leben von vornherein davon bestimmt gewesen, in einem Gerangel aus immerwährenden Machtkämpfen seine Position gegenüber den anderen Kindern zu wahren. Lee war dies immer gelungen, vielleicht gerade weil er gedankenverloren und geheimnisvoll war. Der Junge, der aus dem Nirgendwo kam.

Offenbar fanden ihn die anderen Heimkinder manchmal ein wenig unheimlich.

Kein Wunder, dachte Lee. Gab es doch kaum jemanden auf dieser Welt – gleichgültig ob Erwachsener oder Kind –, dem es völlig egal war, was der Rest der Welt von ihm dachte.

Den Leuten ist das, was sie nicht verstehen, unheimlich. Das hatte Lee schon früh eingesehen.

»Dein Vater hätte sicherlich nicht gewollt, dass du rauchst«, hatte Mrs Anderson ihm noch gesagt. Dann hatte sie ihm das Zippo-Feuerzeug einfach so in die Hand gedrückt.

Und tatsächlich. Lee hatte niemals eine Zigarette damit angezündet. Rauchen war etwas, das er ohnehin nicht ganz verstand. Es war ungesund, schmeckte und roch schlecht und war teuer. Wieso in aller Welt hielten sich Jungs, die rauchten, für cool? Er verstand es nicht. Hatte es schon nach seiner ersten Zigarette, ja nach dem ersten Zug nicht mehr verstanden.

Doch dass er solche Dinge nicht verstand, sorgte wiederum nur dafür, dass die Welt ihn nicht verstand.

Er zuckte mit den Schultern, ließ das Zippo-Feuerzeug einen Purzelbaum über seinen Handrücken schlagen und steckte es wieder in die Tasche seiner speckigen Lederjacke.

Wenn nur diese wiederkehrenden Träume nicht wären.

Wurde er sich am Ende schließlich selbst unheimlich?

Er begann, auf der Unterlippe zu kauen, wie er es immer tat, wenn er angestrengt über etwas nachdachte, und stapfte weiter durch die Dunkelheit des frühen Morgens und den eiskalten Wind Neuenglands in Richtung Schulbus.

Der Vormittag schleppte sich dahin. Wie zäher Sirup.

Warten.

Warten war etwas, das Lara noch nie gut gekonnt hatte.

Was würde jetzt geschehen, wo sie mitten in einem, nein drei Mordfällen steckte? Tom hatte ihr erklärt, dass man in Ravinia irgendwann ein Kommissariat eingerichtet hatte, um den Stadtrat zu entlasten. Früher hätten alle Angelegenheiten dieser Art vor den Rat gebracht werden müssen, dessen Mitglieder oftmals gar nicht dafür ausgebildet waren, sondern einfach nur Meister ihres Fachs, ihres Handwerks waren.

Eusebius Lanchester – so erfuhr Lara auf diese Weise – gehörte ebenfalls dem Stadtrat an.

Jede Zunft in Ravinia stellte einen Rat ab. Meistens war es der Zunftvorsteher selbst. Darüber hinaus gab es noch einige andere Ratsmitglieder, die aufgrund ihrer Bedeutung oder ihres Verdiensts um die Stadt eine Ratsmitgliedschaft auf Zeit innehatten.

Heutzutage gab es auf jeden Fall die Kommissare von Ravinia. Und obgleich sie selbst keine besonderen Talente mitbrachten, wie es in Ravinia üblich war, so galten sie doch allesamt als außerordentlich begabt, was das Lösen von Fällen anging.

Auf die Frage, woher die Kommissare denn kämen, erklärte Tom, dass dies alleine der Rat zu hundert Prozent wüsste. Aber im Allgemeinen würde davon ausgegangen, dass die Kommissare ihren Beruf schon ausgeübt hatten, bevor sie nach Ravinia gekommen waren.

Schließlich hatten sie einen Haufen ausgetrunkener Kakaobecher in die Ablage gestellt und waren in den Straßen eines vormittäglichen Lissabons verschwunden.

Sie hatten sich eine stille Gasse gesucht, weit ab von den großen Hauptstraßen oder jenen Teilen der Stadt, in denen Touristen auf die Jagd nach Schnappschüssen und Souvenirs gingen.

Nun standen sie vor der kleinen Tür eines Schuppens, deren Lack schon immer abzublättern schien und deren Besitzer sich womöglich nicht an den Zustand davor erinnern konnte.

Tom erläuterte den Plan. Es klang ein wenig wie ein Detektivspiel für Kinder.

»Ich gehe vor in den Laden. Wenn die Übrigen schon da sind, winke ich, und du kannst nachkommen. Sollte uns der Nachtwächter oder sonst wer auflauern, hast du genug Zeit, um die Tür zuzuziehen.«

»Und was mache ich in dem Fall?«

Tom kratzte sich am Kopf. Richtig. Dann war Lara alleine in Lissabon. Ohne Geld, ohne Fahrkarte, nur mit einem Schlüssel, der sie in die Falle locken würde.

Er zog seinen Schlüsselbund hervor und machte zwei Schlüssel ab.

»Charlton Hill«, meinte er. »Und London Underground, dort, wo wir schon waren.«

Er steckte sie in die Taschen seines Mantels, den Lara im Augenblick trug und sagte: »Zum Charlton Hill kannst du, wenn du unbedingt nach Edinburgh willst. Das ist praktisch, weil damit niemand rechnen würde und du trotzdem einen Schulfreund oder jemanden, den du kennst, aufsuchen könntest. Und der Untergrund von London ist praktisch, wenn man vor jemandem fliehen muss.«

Dann klopfte er Lara auf die Schulter.

»Bereit?«

Sie nickte und schloss auf.

Vor ihnen lag die Victoria Street. Raues Kopfsteinpflaster, Häuser aus grobem Stein. Unsagbar viele Schornsteine sowie ein schier unendliches Meer aus Treppen. Also eigentlich alles wie immer.

Gegenüber lag der Schlüsselladen, hinter dessen staubigen Fenstern man einige Gestalten erkennen konnte.

»Scheint, als hätten wir Glück«, murmelte Tom, huschte über die Straße, öffnete die Tür des Ladens und nickte zufrieden. Dann bedeutete er Lara, ihm zu folgen.

Unwohl.

So fühlte sich Lara. Und so würde sie es auch jedem beschreiben, der sie fragen würde, wie man sich fühlt, wenn man in Pyjama und Hausschuhen unter wildfremde Menschen kommt.

Menschen, die obendrein auch noch beim Tee saßen.

Es schien keine besonders fröhliche Runde zu sein – wer konnte es ihnen verdenken –, aber schlechte Laune schienen sie zumindest auch nicht mitgebracht zu haben. Ob fröhlich oder nicht, war Lara allerdings auch egal, denn es änderte nichts daran, dass alle Augenpaare auf ihr ruhten und die lebhafte Diskussion verstummt war.

»Hallo«, stammelte Lara unbeholfen.

Auf Stühlen und Hockern saßen um den Tresen herum Baltasar, eine dicke Frau mittleren Alters und eine junge, sehr schlanke Frau mit einem spitzen Gesicht und wallendem, blondem Haar, das von einer grünen Strähne geziert wurde. Gekleidet war sie in pechschwarzes Leder. Außerdem saßen dort zwei Herren in Trenchcoats. Der eine schien ein wenig älter als Tom zu sein und sah sehr englisch aus mit seinem peniblen Schnurrbart und einem Zwicker. Der zweite war vielleicht zwanzig Jahre älter, ergraut und hatte zotteliges Haar und einen ebenso zotteligen Schnauzbart und sah irgendwie aus wie ein alter Wolf.

Baltasar stand auf und eilte auf Tom und Lara zu.

»Was um alles in der Welt machst du denn hier? Ich dachte, wir hätten abgemacht, dass du zu Hause bleibst.«

Doch Tom packte Baltasar noch im Gehen an der Schulter.

»Das ging nicht«, meinte er nur.

»Wieso?«

Baltasar stutzte. Besorgt fragte er:

»Ist etwas mit Henry?«

Tom erklärte es ihm. Lang und ausführlich, während der Rest der Gesellschaft beinahe andächtig schwieg.

Schließlich erhob der Mann mit dem zotteligen Schnauzbart das Wort.

»Das ist nicht gut. Gar nicht gut. Meine Herren, was schlagen wir vor, was mit der jungen Ms McLane zu tun ist? Ich denke, wir sollten sie dringend unter Schutz stellen.«

Die anderen nickten.

»Wie sieht es aus, Geneva?«, fragte er die blonde Frau mit der seltsamen Frisur. »Würden die Nachtwächter dafür Sorge tragen?«

Die junge Frau in den Ledersachen nickte nur.

»Moment mal.«

Lara hob den Finger wie jemand, der sich in der Schule melden musste.

Erneut ruhten alle Blicke auf ihr. Gott, war das peinlich.

»Aber dürfte ich vielleicht meinen Großvater sehen und mir etwas anziehen? Und können Sie *dann* darüber diskutieren, was mit mir geschehen soll?«

Schweigen.

Ein Punkt, den offenbar niemand bedacht hatte.

»Ähm ja!«, räusperte sich der Schnauzbart. »Natürlich. Ähm, wo sagten Sie gleich, wohnen Sie?«

»Zwei Ecken weiter«, kam Tom ihr zuvor.

»Oh ja, äh, gut.«

Er sah sich um.

»Geneva, würden Sie die junge Miss eventuell nach Hause begleiten und für ihre Sicherheit sorgen?«

Die Frau nickte erneut wortlos und erhob sich. Sie blinzelte Lara zu. Dann schulterte sie eine Art langen Köcher – einen, in dem man für gewöhnlich ein Billardqueue aufbewahrte – und schritt elegant zur Tür.

Lara blickte zu Tom. Der nickte ihr zu, bedeutete ihr, dass alles in Ordnung sei.

Die Frau in den Ledersachen hielt Lara die Tür auf und verließ nach ihr den Laden.

Sie musste ebenfalls eine Nachtwächterin sein. Ihre Bewegungen sahen ähnlich fließend aus wie die des Schattenmannes von letzter Nacht. Lara wurde mulmig.

»Ich bin Geneva.«

Ganz unvermittelt streckte die Frau Lara die Hand entgegen.

»Lara«, meinte diese vorsichtig und schüttelte die dargebotene Hand zaghaft.

Sie sahen sich einen Moment in die Augen. Von Frau zu Frau. Geneva war vielleicht zehn Jahre älter als Lara. Grüne Smaragdaugen blickten ihr entgegen, in denen ein Gemisch aus ernster Heiterkeit und verwaschener Traurigkeit schwamm.

Die traurigen Blicke hätten auch die von Tom sein können, dachte Lara.

Sie waren beide etwa gleich groß, doch Lara kam sich neben der selbstbewussten Frau irgendwie furchtbar klein vor.

»Ich hasse diese Jobs«, meinte Geneva. »Ich mag es nicht, mit den Kommissaren zusammenzuarbeiten. Und die beiden da drinnen mag ich schon gar nicht.«

Sie seufzte und zuckte mit den Schultern.

»Aber man schickt mich einfach zu oft mit ihnen mit. Wahrscheinlich, weil das Ergebnis stimmt.«

Lara fiel ein Stein vom Herzen. Geneva schien sogar richtig nett zu sein. Sie hasste den gleichen gesellschaftlichen Umgang wie Lara selbst, damit hatten sie schon etwas gemeinsam.

Es war ein greller Morgen in Edinburgh. Lara hasste grelle Morgen. Das Licht stieß einem mit einer blassgrauen Wolkenwand ins Gesicht und ließ einen trostlos aussehen.

Den Rest des Weges schwieg Geneva höflich, denn Lara war sichtlich nicht in der richtigen Laune für ein Pläuschchen.

Ganz im Gegenteil.

Lara war hochgradig durcheinander. Und es wurde nicht besser, als sie die Wohnungstür aufschloss und in die Stille hineinging.

Denn Henry McLane war nicht da.

»Aber da hängt doch sein Mantel ...«

Laras Stimme zitterte. Nein, das durfte nicht wahr sein. Auch der Schlüsselbund hing an dem dafür vorgesehenen Brett neben der Tür. *Nein. Nein. Nein.*

Sie hastete in alle Zimmer, hoffte, dass ihr Großvater schlief oder mit Kopfhörern laut Beethoven hörte und deshalb nicht antwortete.

Nichts.

Henry McLane war fort.

Geneva, die im Hausflur geblieben war, hatte den seltsamen Köcher von der Schulter genommen und einen wachsamen Blick aufgesetzt. Sie legte den Arm um Lara, als sie zurückkam und gegen die Wand im Flur sackte.

Tränen liefen ihr über das Gesicht, verfingen sich in zerwühlten Strähnen aus bernsteinfarbenem Haar. Stille, dunkle Tränen voller Verzweiflung.

Es durfte einfach nicht sein, doch es war so. Henry McLane war fort. Verschluckt von einer grausamen Geschichte.

Geneva drückte den Kopf der schluchzenden Lara gegen ihre Schulter. Warmherzig, nett und hilfsbereit. Doch Lara hatte keine Zweifel daran, dass die Frau jederzeit zu einer tödlichen Waffe werden konnte. Ein wenig wie eine große Raubkatze, elegant und gefährlich, aber trotzdem fürsorglich.

Es war alles so verrückt.

»Ist ja gut«, drang Genevas Stimme zwischen die Schluchzer.

Und so saßen sie da.

Zehn Minuten. Eine halbe Stunde. Ein ganze.

Lara wusste es am Ende nicht mehr.

Sie wusste nur noch, dass Geneva sie irgendwann zum Duschen ins Bad geschickt hatte. Und sie hatte unter dem laufenden Wasserstrahl gestanden und gewartet, dass das Wasser diese Geschichte, diese elende Geschichte, die ihr anhaftete wie Dreck, vom Körper spülte.

Vergebens.

»Wir werden ihn finden!«

Es war ein Versprechen gewesen, das Geneva der verzweifelten Lara ins Ohr geflüstert hatte. Und es war das Einzige, woran Lara sich klammern konnte.

Als sie schließlich aus dem Bad kam, saß Geneva auf der Holztreppe, die in den zweiten Stock der Wohnung führte und starrte nachdenklich in den Raum.

»Was nun?«, fragte Lara mit nassen Haaren, eingehüllt in den dicken Frotteebademantel, den ihr Henry McLane vor Jahren geschenkt hatte. Dicke Decken und warme Kleidung seien wichtig, hatte er erklärt. Egal in welcher Situation.

»Wir werden ihn finden«, meinte Geneva. Es klang immer noch vollkommen ernst.

»Der Einbruch bei euch ist ohnehin die einzige Spur, die die Kommissare zurzeit haben. Zumindest sieht es so aus.«

Sie musterte die in den Bademantel gehüllte Lara.

»Geh nach oben, zieh dir etwas an! Du kommst mit uns!«

»Mit euch?«

Geneva nickte.

»Auf dich haben es die Kerle oder wer auch immer abgesehen. Du bist erst einmal am sichersten, wenn du bei uns bist.«

Also huschte Lara nach oben, zog Jeans und Pullover an. Als sie wieder auf dem Treppenabsatz erschien, reichte Geneva ihr einen zerknüllten Briefbogen.

Henry McLanes Handschrift war darauf zu sehen. Furchtbar krakelig, ganz und gar nicht die Art ihres Großvaters. Zudem auch noch mit einem Kugelschreiber oder etwas Ähnlichem geschrieben, aber die Buchstaben waren zweifelsohne von ihm.

»Das lag im Papierkorb im Arbeitszimmer. Ein zerschnittener Kabelbinder war ebenfalls dort. Wahrscheinlich hat dein Großvater es geschafft, die Zeilen zu verfassen, bevor er verschleppt wurde.«

Wortlos nahm Lara das Papier aus Genevas Fingern und las, was quer darüber gekritzelt war.

Telefoniert mit Ruben.
Ruben Goldstein?
Es geht um Lara.
Hilfe.

Lara schluckte.

»Das ist tatsächlich das Beste, was wir haben«, meinte Geneva. Es klang zuversichtlicher, als es Laras Meinung nach angebracht war. Immerhin war ihr Großvater entführt worden.

»Entschuldige!«

Geneva hatte Laras finsteren Blick bemerkt.

»Ich ... ich mache diese Jobs schon zu lange. Irgendwann beginnt man, sich über die Fortschritte zu freuen und vergisst, dass es sich eigentlich um schreckliche Dinge handelt.«

Sie kniete sich vor das junge Mädchen und legte ihre Hand auf Laras.

Zwar sträubte Lara sich innerlich dagegen, aber sie musste sich letztlich eingestehen, dass sie Geneva mochte. Sie kannten sich erst seit einer, vielleicht zwei Stunden. Zu schnell Vertrauen zu fassen, war normalerweise ungesund. Zumindest ging Lara davon aus.

»Lass uns gehen«, schlug Geneva sanft vor. »Wir bringen Licht in die Sache und deinen Großvater wieder zu dir zurück. Alles wird gut.«

Zu gerne hätte Lara es ihr geglaubt. Zu verlockend war die gute Aussicht. Aber es war wie der Schatten einer Ahnung, dass diese Geschichte noch sehr viel mehr bewegen würde. Und hätte Lara gewusst, dass ihr Bauchgefühl nicht nur recht hatte, sondern viel mehr als das, hätte sie gewusst wie viel tiefere Spuren die nächsten Tage bei ihr hinterlassen würden, dann wären wahrscheinlich wieder die stillen Tränen der Verzweiflung geflossen.

Doch noch konnte sie sich in die Illusion retten, dass alles gut werden mochte. Noch.

»Wir nehmen sie mit.«

Nur diese Worte. Sie schienen im Raum nachzuhallen und ein vielfaches Echo zu erzeugen. In Wirklichkeit jedoch hatte Baltasar mit dieser Feststellung ein schlagartiges Schweigen hervorgerufen.

Eine unangenehme Stille herrschte im Raum.

Die beiden Kommissare im Trenchcoat sahen sich an. Erstaunt? Entsetzt? Lara konnte es nicht deuten. Der jüngere von beiden, der mit dem peniblen Bärtchen, hatte sich als Charles Cooper vorgestellt und kam hörbar – aber er betonte es auch nur zu gerne – aus London. Der ältere, der Wolf, der mit dem grauen Schnauzbart, hieß Hermann Falter und kam aus einer Stadt in Deutschland, deren Namen Lara schon wieder vergessen hatte.

»Kommt gar nicht infrage«, schaltete sich die dicke Frau ein. »Sie ist doch noch ein Kind.«

Eine Glucke. Ja, so hätte Lara sie beschrieben. Die anderen nannten sie Mama Zamora, wobei das »Mama« in diesem Fall wohl ins Schwarze traf. Sie sah aus wie eine Zigeunerin. Ihr Teint war mediterran, ihre Augen nussbraun. Sie trug ein Kopftuch und große Ohrringe, die auch locker als Armreifen hätten durchgehen können. Vielerlei bunte Kleidungsstücke bedeckten ihren fülligen Leib.

Sie gehörte zu den Wahrsagern. Jener Zunft, die bei den Übrigen nicht unbedingt wohlgelitten schien. Warum, das wusste Lara nicht.

»Ich muss auch sagen, dass ich es für in höchstem Maße unprofessionell halte, das Mädchen mitzunehmen«, pflichtete Kommissar Cooper der Wahrsagerin bei.

»Ach«, machte Baltasar. »Und wo soll sie sonst hin?«

»Wir könnten sie bei den Nachtwächtern lassen, dort ist sie in jedem Fall sicher.«

»Hervorragende Idee. Und wie kommen wir dann weiter? Ich denke doch, es geht hier um Miss Lara McLane? Irgendwann wird man Forderungen an sie stellen wegen ihres Großvaters. Was denken Sie also, ist dann zu tun? Die Entführer freundlich auf die Wache nach Ravinia einzuladen? Ich bitte Sie.«

»Er hat recht«, mischte sich nun erstmals der Schnauzbart ein. Er sah wirklich aus wie ein Wolf, fand Lara. Und genauso sprach er auch. Rau, durch die Zähne gepresst. Aber dennoch bestimmt, ohne Widerspruch zu dulden. Wie ein alter, erfahrener Leitwolf.

»Wie bitte?«

Offenbar hatte Kommissar Cooper etwas anderes von seinem Kollegen erwartet.

»Er hat recht«, wiederholte dieser. »Wir nehmen das Mädchen mit. Bei uns ist sie sicher, und so bleiben wir flexibel und müssen uns nicht ständig Sorgen machen.«

»Aber …«

Kommissar Falter funkelte seinen Kollegen entnervt an.

»Also gut«, meinte er. »Stimmen wir ab. Wer ist dafür, Miss Lara McLane mitzunehmen?«

Baltasar, Geneva und er hoben die Hand.

»Wer ist dagegen?«

Mama Zamora und Kommissar Cooper meldeten sich.

»Sie enthalten sich?«, ging die Frage an Tom.

Der nickte.

»Keine Entscheidung, nicht sehr mutig«, murmelte Falter mehr zu sich selbst.

»Aber immerhin nicht vorschnell«, gab Tom zurück.

Falter schnäuzte sich kurz, dann fuhr er fort.

»Das wäre also geklärt. Bliebe die Frage, wo wir ansetzen. Was ist mit diesem Ruben. Denken Sie dasselbe wie ich, meine Herren?«

Er blickte in die Runde.

Stilles Nicken von allen Seiten.

»Ruben Goldstein«, sagte Baltasar. »Sollte er wirklich damit zu tun haben, ist das eine große Schande für unsere Zunft.«

»Ach kommen Sie«, meckerte Falter. »Das kann Ihnen egal sein. Sehen wir zu, dass wir ihn zur Rede stellen. Wo hält er sich auf? Oder besser gesagt: Wohin hat er sich nach dem Rummel vor fünfzehn Jahren zurückgezogen?«

»Tschechien«, antwortete Tom.

Fragende Blicke.

»Das war das Letzte, was ich gehört habe. Irgendeine Kleinstadt in Tschechien.«

Falter rollte mit den Augen.

»Genauer geht's wohl nicht?«

»Nein. Seien Sie froh, dass ich überhaupt so viel weiß.«

»Das hilft uns nicht.«

»Allerdings«, fügte Tom hinzu, »kenne ich jemanden, der es wissen könnte.«

Falter klatschte in seine dicken alten Hände, die wie Pranken wirkten.

»Hervorragend«, meinte er und stand auf. »Wohin geht's?«

»Ähm, ich würde gern alleine …«

»Ach«, Falter winkte ab. »Papperlapapp, das hier ist ernst, mein Junge.«

Tom sah finster drein. Das »mein Junge« hatte gesessen.

»Prag«, sagte er. »Wir gehen nach Prag.«

»Also gut, meine Damen und Herren, auf nach Prag!«, rief Mr Falter. Es klang wie die Ansage in einer Straßenbahn oder einem Flugzeug. »Wer nochmal muss, der geht jetzt. Und Sie«, er deutete auf die beiden Schlüsselmacher, »suchen uns einen passenden Schlüssel heraus.«

Alles erhob sich und zog sich Mäntel, Schals und Mützen an. Tom bekam seinen schwarzen Lodenmantel zurück und sah nun wieder aus wie Tom, während Lara in ihren eigenen Mantel schlüpfte. Stühle wurden zurechtgerückt, Teetassen weggeräumt.

Dann gingen sie ins Hinterzimmer. Dorthin, von wo aus Baltasar und Tom so oft zu anderen Orten aufbrachen.

6. Kapitel, *in dem ein ohnehin schon unheimliches Haus wirklich so richtig gruselig wird.*

Prag lässt nicht los ... Dieses Mütterchen hat Krallen.

Franz Kafka

Würde man zu dieser Jahreszeit auch Winter sagen, wenn sie gar nicht kalt wäre?

Bald war Frühlingsbeginn, und danach blieb es erfahrungsgemäß immer noch kalt in den meisten Ländern Europas – zumindest in denjenigen, die nördlich des alpinen Walls aus Bergen lagen. In manchen sogar eiskalt, zum Beispiel in Russland oder Norwegen. Aber auch in Tschechien waren die Temperaturen mitten im März nicht dazu gemacht, Eis zu verkaufen oder ins Freibad zu gehen.

Es war einfach nur bitterkalt.

Und mitten durch diese Eiseskälte stapfte eine kleine Gemeinschaft über den Altstädter Ring durch ein tiefgekühltes Prag.

Die goldene Stadt an der Moldau lag – ähnlich wie Edinburgh – noch unberührt von den Touristenströmen Europas da und verbreitete einen milden Glanz. Helle, alte Häuser, soweit das Auge reichte, und vor allem rote Dächer. Niemand hier schien im Laufe all der Jahre auf die Idee gekommen zu sein, man könne ein Hausdach mit etwas anderem decken als mit roten Dachpfannen.

Über das breit getretene und abgenutzte Kopfsteinpflaster der Gehwege eilten sie dahin. Sieben dick eingemummelte Gestalten: Die zwei Schlüsselmacher, einer mit einer schwarzen Zigarette im Mund, der zweite missmutig mit den Händen in den Taschen seines dunklen Mantels. Die zwei Kommissare in ihren grauen Trenchcoats mit hochgeschlagenen Kragen.

Die dicke Wahrsagerin, deren Bedeutung für die Ermittlungen Lara noch nicht in Erfahrung gebracht hatte. Die schlanke Nachtwächterin mit der grünen Locke, deren Schritte, jeder für sich, eine eigene Welt voll Anmut und tödlicher Präzision bildeten.

Und Lara.

Lara McLane mit eingezogenem Kopf, die Ohren unter der Mütze und zwischen dem roten Schal versteckt. Kopfhörer aufzusetzen wagte sie nicht. Kommissar Cooper schien sich alles andere als zu freuen, sie dabeizuhaben. Er hielt es offenbar für ein notwendiges Übel, und Lara hatte keinen Bedarf, sich mit ihm anzulegen.

Trotzdem wäre ihr nach Musik der *Ramones* gewesen oder etwas Ähnlichem. Irgendetwas, was den ständig faden Geschmack von unsagbaren Sorgen fortwischte – zumindest für einige Augenblicke.

Henry McLane war fort. Und egal, was die Leute, die ihn verschleppt hatten, von ihr wollten, es konnte nichts Gutes sein.

Nein. Entschieden nicht.

Diese grässlichen Mistkerle.

Sie seufzte und sah hoch, die Straße entlang. Über der Prager Altstadt hielten dicke Türme Wacht. Teyn-Kirche, Pulverturm, Karlsbrücke. Und über diesen wiederum lag majestätisch der Hradschin, die große Burg.

Geneva wandte im Gehen den Kopf und lächelte Lara aufmunternd an. Sie schien alles irgendwie mit der richtigen Mischung aus tödlichem Ernst und heiterer Gelassenheit zu nehmen. Lara wünschte sich, sie könnte doch nur ein wenig von dieser gelassenen Seite abbekommen. Es ging um ihren Großvater, ihren einzigen Verwandten, den sie jemals kennen- und lieben gelernt hatte. Diese Welt war ein Schlund. Einmal aufgetan, sog sie alles in sich hinein und zermalmte es zwischen Bollwerken aus ohnmächtiger Wut und Verzweiflung und nannte das Ganze obendrein auch noch Leben. Das war nicht fair. Sie war doch noch so jung.

Geneva stieß sie an.

»Das ist die Josefstadt«, raunte sie Lara zu.

Lara blickte auf. Tatsächlich hatte sich ihre Umgebung unmerklich verändert. Die Steine der Häuser wirkten plötzlich schattiger. Überhaupt schien es hier ein wenig ruhiger zu sein als im Rest der Stadt. Alles wirkte auf eine seltsame Art und Weise ineinander verwoben. Häuser, Straßen, Mauern, Bäume. Sie formten seltsame Knoten und Gebilde.

Lara dachte darüber nach, dass es hier im Sommer – wenn Laub an den Bäumen hing – bestimmt das ein oder andere lauschige Plätzchen geben musste. Aber sie verwarf den Gedanken, denn auch ihr fiel es nicht schwer, das leise, melancholische Flüstern zwischen den Steinen zu hören. So, als würde dieser Teil der Stadt trauern. Seit uralter Zeit.

»Warum ist dieser Ort so traurig?«

Lara konnte diese Frage nicht zurückhalten, doch sie stellte sie leise, und so bekam zumindest Mr Cooper nichts davon mit – oder er ließ es sich wenigstens nicht anmerken.

»Dies ist das jüdische Viertel von Prag«, erklärte Geneva. »An diesem Ort stehen noch viele uralte Gebäude, Mauern und Erinnerungen der Juden. Vielleicht mehr als sonst an einem Ort in Europa. Und die Juden sind ein von Schmerz durchsetztes Volk. Das waren sie immer schon.

Außerdem waren sie schon immer sehr begabt in handwerklichen Dingen. So ist es kein Wunder, dass ihre Werke zeit ihres Bestehens von ihren traurigen Geschichten künden.«

»Es fühlt sich ein wenig an wie auf einem Friedhof«, überlegte Lara laut.

Dann verbesserte sie sich.

»Nein, nicht ganz.«

Sie folgten einander im Gänsemarsch. Vorneweg Tom, mit hochgeschlagenem Kragen, die Hände in den Taschen. Er führte sie zu einem höheren Gebäude, ganz in Weiß mit kleinen Türmchen und spitzen Fenstern, umrandet von einem schwarzen Eisenzaun.

Es sah geschlossen aus, aber Tom steckte unbeirrt einen seiner Schlüssel in ein Gatter im Eisenzaun, schloss auf und ging hindurch.

Als Lara das Gatter hinter sich wieder zuzog, hatte Tom bereits an der Holzpforte geklopft, woraufhin nach einer kurzen Zeit des Wartens ein hagerer Mann mit weißem Bart und einer Kippa öffnete.

Unglaube zeichnete sich auf seinem Gesicht ab, als Tom eine Verbeugung andeutete und »Schalom« sagte.

»Tom?«

Der Mann im Türrahmen zögerte. Wirkte unsicher, als ob er nicht recht wüsste, ob er seinen Augen trauen konnte. Dann riss er sich plötzlich zusammen, tat einen wankenden Schritt auf Tom zu und umarmte ihn. Tom wirkte steif, als sei ihm die Umarmung unangenehm.

Nach einigen Momenten lösten sie sich voneinander, und der Mann mit der Kippa musterte Tom von oben bis unten.

»Was, um alles in der Welt, tust du hier?«, wollte er wissen.

»Schicksal«, meinte Tom.

»Na ja, dein freches Mundwerk hat offenbar nicht nachgelassen. Komm rein! Kommt alle rein!«

Der Mann winkte sie freundlich durch die Tür.

So betraten sie die hellen, runden Gewölbe, die einen seltsamen Spagat zwischen Kargheit und üppigem Zierwerk schafften. Ihre Schritte hallten von den Bodenfliesen wider.

Laras Blick fiel auf die Wände. Dort gab es ganze Abschnitte, die über und über beschrieben waren.

»Was steht dort?«, fragte sie Geneva leise, doch diese legte nur den Finger an die Lippen.

»Namen«, antwortete stattdessen der Mann mit der Kippa, ohne den Kopf zu wenden.

»Die Namen unserer Brüder und Schwestern, die den Tod in der Zeit des großen Krieges fanden.«

Lara schluckte.

»Achtzigtausend.«

Es wurde kalt. Diese Wände schrien einem den Schmerz von Generationen entgegen. Lara schauderte. War die Josefstadt wirklich die Stadt des Schmerzes?

Sie folgten dem Mann mit der Kippa weiter, eine Treppe hinunter, durch ein Türchen und kamen in eine geräumige Stube mit einem schweren Eichentisch und einigen Stühlen.

»Setzen Sie sich! Setzen Sie sich!«, forderte er alle auf. Er selbst setzte sich an den Kopf des Tisches und bedeutete Tom, sich zu seiner Rechten zu setzen.

Anschließend stellte Tom alle seine Begleiter vor, einschließlich Lara.

»Und das ist Rabbi Friedmann«, schloss er mit einem Blick auf den Kippaträger.

»Angenehm«, brummte Mr Falter.

»Sehr erfreut«, meinte Mr Cooper.

»Möchten die Herrschaften einen Tee?«, fragte der Rabbi, doch alle verneinten. Sie hatten ja vor Kurzem noch beim Tee zusammengesessen.

»Dann bestehe ich nun allerdings darauf, den Grund dieses seltsamen Besuches zu erfahren. Tom?«

Dieser nickte nur und bedeutete Mr Falter, das Wort zu ergreifen. Dieser räusperte sich und begann mit seiner Wolfsstimme zu erklären. Er erzählte lange nicht alles, was er wusste, so viel bekam Lara sehr wohl mit. Es kam ihm ganz darauf an, dem Rabbi die Dringlichkeit ihres Anliegens vor Augen zu führen. Falters ganze Erscheinung ließ an keiner Stelle einen Zweifel daran, dass er ein absoluter Profi war.

Als er geendet hatte, legte sich ein nachdenkliches Schweigen über den Raum. Rabbi Friedmann blickte über den Rand seiner Brille hinweg in die Runde.

»Das sind schwere Verdächtigungen, die Sie da hegen, Mr Falter«, überlegte er schließlich laut.

»Um ehrlich zu sein, werter Rabbi, es ist die einzige Spur, die wir haben.«

Offenbar kostete es Falter etwas Überwindung, dies einzugestehen, denn er presste es zwischen den Zähnen hervor.

Der Rabbi stand auf und begann, mit hinter dem Rücken verschränkten Armen auf und ab zu wandern.

»Und nur weil Sie nichts Besseres haben, dem sie nachgehen können, möchten Sie von mir wissen, wo sich Ruben aufhält? Das ist etwas dürftig. Ich fürchte, das kann ich nicht verantworten.«

Er warf der niedergeschmetterten Lara einen Blick zu.

»So leid es mir auch tut, meine Schweigepflicht verbietet es.«

Seine Arme ruhten nun auf der mit Schnitzereien verzierten Lehne seines Stuhls.

»Das kann nicht dein Ernst sein, Malcolm!«

Es war Tom. Er war aufgestanden, und einen Moment schien es, als würden die Augen der beiden Stehenden einen stummen Kampf austragen.

»Ich bin nicht hierher zurückgekommen, um einfach nur Guten Tag zu sagen. Du kannst uns das nicht verschweigen, so kurzsichtig kannst nicht einmal du in deinem gekränkten Stolz sein.«

»Was weißt du denn schon von Stolz, Junge?«, herrschte der Rabbi ihn an. »Wessen Stolz und Selbstachtung einmal zwischen die Bestien gerät, der trägt sie fortan hoch. Und es ist sein gutes Recht, es zu tun.«

»Warum hängt ihr immer noch in alten Zeiten fest? Warum? Ist es so erstrebenswert, sich im eigenen Leid zu suhlen? Macht es euch so blind?«

Und dann erzählte er aufgebracht von seinen Verdächtigungen in Bezug auf den abtrünnigen Nachtwächter, Ruben Goldstein und Roland Winter. Mr Falter ließ sich nicht anmerken, ob er es guthieß, was Tom alles erzählte. Er schwieg.

Zwischendurch musste sich der Rabbi setzen und wurde kreidebleich. Immer wieder schüttelte er den Kopf, als würden dort ungebetene Lieder um die Wette singen, die es zu verscheuchen galt.

Am Ende seiner Ausführungen fasste Tom den Rabbi am Arm.

»Und selbst wenn es nur ein falscher Verdacht ist, Malcolm. Wir *müssen* ihm nachgehen.«

Rabbi Friedmann riss seinen Arm los und stützte seinen Kopf darin ab. Er sah aus, als habe er soeben vom Tod eines geliebten Menschen erfahren.

»Und ... und du bist sicher, dass man *ihn* zurückholen will?«, stammelte er.

Tom legte den Kopf schief.

»Ich hoffe, um Ravinias willen, dass ich mich irre.«

Der Rabbi nickte still.

Schließlich drehte er müde den Kopf.

»Also gut«, hauchte er. »Das überschreitet meine Kompetenzen bei Weitem, aber wenn es Schlimmeres verhüten kann, möge der Herr mir verzeihen.«

Eine zweite Traurigkeit hatte sich in die Augen des Rabbi gestohlen. Frischer als jene, die die ganze Zeit schon dort weilte. Ein Schatten, wie ihn der Mond bei einer Sonnenfinsternis wirft, und Lara musste daran denken, dass das Leben wie ein Herbstregen sein kann. Rabbi Friedmann tapste gerade barfüßig durch die bitterkalten Pfützen.

»Böhmisch Krumau«, sagte er leise. »Oder Český Krumlov, wie wir hier sagen. Dort wohnt er. Wartet, ich hole die genaue Adresse aus meinem Arbeitszimmer.«

So erhob er sich und schlurfte davon.

Tom war nicht anzusehen, inwiefern ihn der Streit mit dem Rabbi getroffen hatte. Seine Augen sagten wie üblich nichts über seine Gedanken oder Gefühle aus. Lara fragte sich, was Tom wohl mit diesem seltsamen, traurigen Ort verband und warum er eigentlich nicht hatte herkommen wollen.

Hermann Falter wandte sich an Tom. Seine Stimme nahm einen verhörartigen Ton an.

»Wer ist dieser Friedmann, und wieso kennt er Ravinia?«

Tom zog eine Augenbraue hoch.

»Mein lieber Mr Falter, Sie müssen nicht alles wissen. Aber ich werde es Ihnen sagen – sonst stehe ich womöglich bald selbst unter Verdacht.«

Falter schnaubte verächtlich.

»Nun haben Sie sich nicht so«, fuhr Tom auf. »Sie sollten mal ein wenig Gelassenheit tanken. Rabbi Friedmann hat vor vielen Jahrzehnten in der Synagoge von Ravinia gearbeitet. Nicht als Rabbi. Einfach nur so. Und bevor Sie fragen: Nein, er hat keinerlei besondere Talente. Die haben *Sie* im Übrigen ja auch nicht. Malcolm Friedmann ist einfach nur ein guter Seelsorger.«

Der Besagte war gerade im Begriff gewesen, an den Tisch zurückzukehren, stockte kurz und sah Tom fragend an.

»Oh, ich habe nur kurz deine früheren Beziehungen zur düstergoldenen Stadt erklärt. Jemand war misstrauisch.«

Friedmann nickte, offenbar genügte ihm die Antwort, und schob Tom einen Zettel über den Tisch, den dieser sorgfältig studierte, um dann Baltasar anzusehen.

»Du hast nicht zufällig einen Schlüssel in die böhmische Provinz?«

Baltasar schüttelte den Kopf.

»Dann, meine Damen und Herren«, verkündete Tom tonlos, »sieht es wohl so aus, als müssten wir zum *hlavní nádraží.*«

»Wohin?«

»Zum Hauptbahnhof.«

»Schön«, murrte Mr Charles Cooper. »Wozu haben wir *Sie* eigentlich dabei, wenn wir trotzdem Zug fahren?«

Tom sah ihn unverwandt an.

»Bisher haben wir *Ihre* Arbeit gemacht, beklagen Sie sich also nicht!«

Cooper stieß verächtlich die Luft aus.

Es sah ein wenig wie Herbstregen aus.

Das Wasser klatschte nur so an die Scheiben des Regionalzuges nach Südböhmen. Tiefgrau rauschte der Himmel vorbei, die blätterlosen Bäume standen wie Narben davor. Ab und an wirbelte der Zug etwas Laub auf, das ebenfalls an den Fensterscheiben kleben blieb und nur langsam vom nachfolgenden Regen wieder abgespült wurde.

Geneva, Baltasar und Lara besetzten zusammen mit Mama Zamora eine Vierer-Sitzgruppe um einen kleinen, klapprigen Tisch. In den zwei Sitzen hinter ihnen saßen die beiden Kommissare. Tom hatte sich einige Sitzreihen weiter nach hinten zurückgezogen.

Schweigend fuhren sie so durch ein regnerisches Tschechien.

Im historischen Hauptbahnhof von Prag hatte Mr Falter Geld gewechselt. Er war der Einzige gewesen, der Euro dabeigehabt hatte, die der tschechische Wechsler mit leuchtenden Augen entgegengenommen hatte. Lara hätte gewettet, dass es ihn einiges an Beherrschung gekostet haben musste, sich nicht auch noch diebisch die Hände zu reiben. Auf die Frage von Mama Zamora, ob sich Mr Falter sicher sei, nicht hereingelegt worden zu sein, murrte dieser nur: »Und wenn schon. Wird mir doch sowieso erstattet.«

So hatte er mit den eingetauschten Kronen und unter den zweifelnden Blicken von Mama Zamora sieben Fahrkarten nach Krumau gelöst und zu Laras völligem Erstaunen danach alle in ein uraltes Bahnhofscafé eingeladen, über dem ein schweres, gusseisernes Schild prangte, auf dem in großen Buchstaben »PRAGA – mater urbium« geschrieben stand.

»Ist, um die Wartezeit zu überbrücken«, hatte Falter gemurmelt, als sich Geneva und Lara artig bedankten. »Man muss die Stimmung durch stummes Warten ja nicht noch mehr strapazieren.«

Und für den Bruchteil einer Sekunde glaubte Lara, eine flüchtige Andeutung von Gutmütigkeit in den Zügen des wolfartigen alten Kommissars zu entdecken.

Dann hatte er sich einen doppelten Espresso bestellt. Cooper hatte sich mit schwarzem Kaffee abgegeben, ebenso wie Baltasar und Mama Zamora. Der Rest hatte heiße Schokolade getrunken.

Geneva unternahm einmal den unmerklichen Versuch, Tom in ein Gespräch zu verwickeln. Nur scheiterte dies – natürlich – am düster dreinblickenden Tom, der Worte als ein knappes Gut anzusehen schien. Der Rest hielt ein wenig Small Talk miteinander. Über Filme und Bücher und Musik. So ergab sich wenigstens etwas Kurzweil, wenn Lara sich auch nicht so richtig auf ein Gespräch zu konzentrieren vermochte.

Schweigend gewartet hatten sie dann allerdings doch noch. Und zwar auf ihren Anschlusszug in Budweis.

Schließlich hatte es Lara nicht mehr ausgehalten:

»Warum sind *Sie* eigentlich mit von der Partie?«, fragte sie Mama Zamora ganz ungeniert.

Die Angesprochene hatte offenbar mit dieser Frage absolut nicht gerechnet und schüttelte verdutzt den Kopf.

»Wie meinst du das?«

»Na ja, jeder hier – abgesehen von mir – hat eine Aufgabe bei den Ermittlungen zu erfüllen. Die beiden Kommissare ermitteln (ein *mehr oder weniger* verkniff sie sich), die Schlüsselmacher verschaffen ihnen Zutritt, wohin sie wollen, und kürzen Reisewege ab und Geneva sorgt für die Sicherheit. Aber wozu sind *Sie* da?«

Jetzt begann Mama Zamora zu grinsen. Ganz breit, so wie es zu ihrem Gesicht passte. Dabei enthüllte sie eine Reihe von Goldzähnen, die das Bild einer alten Zigeunerin mitsamt den bunten Sachen, den großen Ohrringen und dem Kopftuch abrundeten.

»Dies und das«, sagte sie geheimnisvoll. Dann bewegte sie ihr Gesicht ganz nah an Laras heran, was sich etwas schwieriger gestaltete, da Mama Zamora zwar erheblich mehr wog als Lara, aber gut einen halben Kopf kleiner war.

»Hauptsächlich aber«, raunte sie, »damit uns niemand belügt.«

»Wie, belügt?«

Dumme Frage. Das merkte Lara allerdings erst an der Antwort.

»Ganz einfach, wenn uns jemand eine Tomate hinhält und behauptet, es sei ein Ei, dann ist das eine Lüge.«

Geneva musste unwillkürlich lachen. Auch auf Mr Coopers Gesicht stahl sich ein verschmitztes, kaum zu übersehendes Grinsen, und Lara kam sich mit einem Mal wieder sehr klein vor.

»Das meinte ich nicht«, protestierte sie, als sie merkte, wie plump ihre Frage gewesen war.

»Ich weiß.«

Mama Zamora lächelte ihr Goldzahngrinsen.

»Ich bin quasi der Lügendetektor hier«, sagte sie schließlich.

»Sie meinen, Sie können den Leuten ansehen, wenn sie lügen?«

»Ay.«

Unfassbar. Was Ravinia nicht alles für seltsame Gestalten ausspuckte. Aber natürlich, so musste es sich wohl mit der Zunft der Wahrsager verhalten. Immerhin nannte man sie ja *Wahr*sager.

»Ist es das, was Wahrsager tun können?«, erkundigte Lara sich schließlich. »Ich meine, Entschuldigung. Ich habe noch nicht sehr lange mit Ravinia zu tun. Und Baltasar und Tom, na ja, sie sind nicht sehr gut darin, einem sonderbare Dinge zu erklären.«

Mama Zamora warf einen Blick in Richtung der beiden Schlüsselmacher. Der eine rauchte, der andere stand etwas abseits und starrte in die Leere der Bahnhofshalle, während der Regen von oben in einer Mischung aus Prasseln und Knirschen auf das Dach strömte. Ob einer von ihnen zugehört hatte, konnte ihnen niemand ansehen.

»Oh ja«, meinte sie schließlich. »Das kann ich mir wahrlich

gut vorstellen. Mr Quibbes ist für seine Geheimnistuereien bekannt. Und Tom, nun ja, sagen wir mal, er ist selbst in den Augen eines Wahrsagers sehr eigen.«

Baltasar zwinkerte zu Mama Zamora herüber. Er hatte sie also verstanden.

Mama Zamora streckte ihm die breite, fleckige Zunge raus, und Baltasar wandte sich schmunzelnd ab.

»Also«, kehrte sie zum Thema zurück. »Was uns Wahrsager betrifft: Nein, das ist nicht alles, was wir können. Viele von uns können viele seltsame Dinge. Es ist vielleicht nicht ganz so einfach zu begreifen wie bei Malern oder Mechanikern. Manche von uns haben Visionen. Manche können mit Erinnerungen herumspielen. Manche können an andere Orte sehen. Es gibt vieles mehr, was Wahrsager zu tun vermögen. Es lässt sich nur schwerlich unter einen Hut bringen. Tja, so ist das mit uns.«

Lara nickte verwirrt.

»Ravinia hat unendlich viele Facetten«, fuhr Geneva anstelle von Mama Zamora fort. »Man kann Jahre, sicher sogar Jahrzehnte dort verbringen und kennt sie doch nicht alle.«

»Nicht einmal Lord Hester kennt alle Geheimnisse der Stadt«, raunte Mama Zamora. Es klang verschwörerisch, als ob sie Angst habe, gehört zu werden.

»Obwohl er vielleicht mehr kennt, als jeder andere«, bestätigte Geneva.

»Lord *Wer*?«

Schon wieder ein neuer Name. Würde das denn niemals aufhören? Es war tatsächlich so, als existiere eine ganze Welt, von der Lara noch nie zuvor gehört hatte.

»Lord Hester«, meinte Geneva. »Er ist der Herr von der Burg Ravinia.«

»Die Burg habe ich schon einmal gesehen«, erinnerte sich Lara an jenen Moment auf Eusebius Lanchesters Balkon mit dem wunderbaren Blick über die Stadt.

»Lord Hester wohnt dort«, fuhr Geneva fort. »Er ist der Herr der Raben. Er gebietet über sie und sieht und hört auf diese Weise viele, viele Dinge in und um Ravinia. Er ist zwar nicht der Herr der Stadt, aber er ist eine, wenn nicht gar *die* Autorität in Ravinia.«

»Und er wohnt auf der Burg?«, vergewisserte sich Lara.

Geneva nickte.

»Wohnt sonst noch jemand dort?«

Nachtwächterin und Wahrsagerin sahen sich kurz an.

»Nicht dass ich wüsste.«

»Seltsam«, meinte Lara. »Tom meinte kürzlich, er würde dort im Torhaus wohnen.«

Ihre Gegenüber bekamen große Augen.

Geneva lachte kurz, besann sich aber, als sie merkte, dass Lara es völlig ernst meinte.

»Tatsächlich?«

Lara nickte nur, und Geneva sah sich nach Tom um, der immer noch gedankenverloren die Gleise entlangblickte.

»Seltsamer Kerl«, überlegte sie schließlich halblaut.

Manchmal versinkt die Welt hinter flüsternden Schleiern aus Regen.

Und dieser Regen weigerte sich auch den Rest der Zugfahrt hartnäckig, aufzuhören. Im Gegenteil, als die Hügel der Landschaft steiler wurden, fiel auch der Regen stärker. Ein schlecht geheiztes Abteil machte die Reise auch nicht angenehmer.

Lara musste an Rabbi Friedmann aus der Stadt des Schmerzes denken, an die Gefühle, die sie im Laufe von nicht einmal einer halben Stunde über sein Gesicht hatte ziehen sehen: Freude, Trauer, Trotz und Entsetzen. Maßloses Entsetzen. Was konnte jemand wie Roland Winter nur angestellt haben, dass es einen alten jüdischen Rabbi dermaßen aus der Fassung brachte? Dass er seine Schweigepflicht übertrat? Und wer war Ruben Goldstein? Ein alter Freund von Winter? Und was wollte er von ihrem Großvater, nein, von *ihr*?

Fragen über Fragen über Fragen.

Das Städtchen Krumau wirkte wie aus einem Märchen. Uralte Häuser säumten die Straßen und ließen die Stadt aussehen, als sei sie direkt dem Mittelalter entsprungen. Beinahe wie ein kleines Prag lag sie da. Ebenfalls an der Moldau, größtenteils auf der Halbinsel einer ausladenden Flussbiegung erbaut. Und wie in Prag thronte auch hier ein Schloss über den zahllosen roten Dächern. Allerdings lagen links und rechts weite, bewaldete Hügellandschaften, wo in Prag nur kilometerweite Großstadt war.

Vielleicht hatte Krumau nicht den goldenen Glanz der Karlsstadt, aber es schien dafür bunter zu sein. Lebhafter. Persönlicher. Selbst im prasselnden Regen wirkte diese Stadt aus irgendeinem Grund einfach freundlich.

Nachdem sie den Bus zum Marktplatz genommen hatten, gingen sie einige Seitengassen hinunter zu einer breiten Straße am Fluss. Unter einem Vordach warteten sie, bis Tom in einer Telefonzelle auf Tschechisch zwei Taxis bestellt hatte. Dann schlenderte er zu ihnen hinüber, als ob ihm der Regen nichts ausmachen würde. Jeder andere wäre vermutlich gerannt, um so wenig Wasser wie möglich abzubekommen. Beinahe schien es, als würde Tom die prasselnden Tropfen auf der Haut genießen.

Ein paar Minuten später erschienen die Taxis. Aus einem stieg ein untergewichtiger Kerl in den Vierzigern mit einer zerschlissenen Baskenmütze und einem glühenden Zigarrenstummel im Mundwinkel.

Er stellte sich als Radu vor und als Chef des Taxiunternehmens. Lara und Geneva warfen sich einen Blick zu. Keine Frage, der gute Radu hatte offenbar das Geschäft des Tages gewittert.

Tom musste ihn enttäuschen, es würde keine ausgedehnte Spritztour geben.

Tatsächlich fuhren sie auch nicht lange. Es ging nach Süden, eine Viertelstunde vielleicht. Sie passierten ein äußerst hübsches Dörfchen namens Přídolí und fuhren einige Minuten durch einen Wald, der selbst ohne Blätter erstaunlich dicht zu sein schien, hin zu jener Adresse, die Rabbi Friedmann ihnen genannt hatte.

Schließlich tauchte es vor ihnen auf. Wie ein Geist aus dem Nebel der böhmischen Hügel. Eine Faszination ging von ihm aus. Schön und erschreckend zugleich. Es war ein Haus. Groß und uralt. Umgeben von einer brüchigen Mauer und verschlungenen Hecken, lag es am Hang eines Hügels inmitten eines überwucherten Gartens.

Es bestand aus einer Unmenge von Erkern, Giebeln, Türmchen und Fenstern in seltsamen Formen.

Radu zog eine Augenbraue hoch und vergewisserte sich, ob sie richtig seien. Tom bejahte ohne Zögern. Welcher Ort eignete sich wohl besser für jemanden, der Geheimnisse wie das von der Stadt Ravinia hütete?

Sie stiegen aus, und Mr Falter bezahlte den Taxiunternehmer. Als sie gefragt wurden, ob man auf sie warten solle, schüttelte Tom den Kopf. Sie könnten von hier jederzeit wieder anrufen, sobald sie ein Taxi bräuchten, es würde ohnehin länger dauern. Radu nahm dies etwas widerwillig zur Kenntnis und brauste mit seinem Angestellten davon.

»Wir werden kein Taxi brauchen«, meinte Tom, als Laras fragende Augen ihn durchbohrten. »Hier gibt es Türen. Und wo Türen sind, kann man Schlüssel benutzen.«

In der Zwischenzeit hatte Mr Falter das schwere, schmiedeeiserne Gatter aufgeschoben, und sie stapften im Gänsemarsch die matschige, unbefestigte Auffahrt zu der barocken Villa hinauf.

Sie erreichten eine große, kunstvoll geschreinerte Eichentür. Ein verschnörkelter Briefkasten, auf dem *Goldstein* geschrieben stand, hing daneben. Rechts und links der Tür versuchten offenbar schon seit Jahren einige Weinreben, die Hauswand für sich zu erobern. Der weiße Putz litt sichtlich darunter.

Eine Kette mit einem Griff hing herab, und Kommissar Falter zog daran.

Das tiefe Dröhnen einer großen Hausglocke erschallte irgendwo von drinnen. Dann geschah einige Sekunden lang nichts, bis die schwere Eichenholztür knarzend aufschwang und jemand, nein: etwas im Türrahmen erschien. Ja, *etwas* war die richtige Bezeichnung, denn es handelte sich offensichtlich nicht um einen Menschen. Die Proportionen stimmten zwar, und es besaß einen Kopf, einen Körper, Arme und Beine, ja sogar einzelne Finger, doch war dies alles aus Metall. Dicke und dünne Metallstreben, versehen mit Scharnieren und Gelenken, bildeten einen schlanken, aufrechten Körper. Zwischen den Streben und Stangen ratterte und klickte es. Tausende Zahnräder, Federn und kleine Achsen drehten sich im und um den Körper des Metallmenschen. Er sah aus wie ein zu groß geratenes Uhrwerk. Mr Cooper schlug die Hände vor den Mund, und das allgegenwärtige Lächeln in Genevas Gesicht war von einem auf den anderen Augenblick wie weggeblasen.

Ziffernblätter befanden sich dort, wo bei einem Menschen die Augen gewesen wären, und es schien, als würden die Ziffernblätter sie mustern.

»Ja bitte? Sie wünschen?«, schälte sich eine Stimme aus dem mechanischen Körper, die durch das Rattern und Winden Tausender Zahnräder hervorgerufen werden musste.

Tom deutete unbeeindruckt eine Verbeugung an.

»Hallo, wir wollten zu Ruben Goldstein. Wir haben eine wichtige Angelegenheit mit ihm zu besprechen. Sagen Sie ihm, es hat mit Ravinia zu tun.«

Der mechanische Mensch nickte und machte eine einladende Geste.

»Kommen Sie bitte herein, und warten Sie einen Moment im Trockenen!«, knarzte es.

Sie folgten der Einladung, während sich das Wesen aus Zahnrädern klickend entfernte. Es sah wesentlich eleganter aus, als Lara es einem solchen mechanischen Konstrukt in irgendeiner Weise zugetraut hätte.

»Was ist das?«, fragte sie.

»Offenbar eine von Rubens Konstruktionen«, murmelte Baltasar nachdenklich.

»Aber wie macht er das?«

Baltasar sah sie an, seine Worte hatten etwas Beklommenes, so als widere ihn der bloße Aufenthalt an diesem Ort an.

»Er hat seine Mittel und Wege. Er ist Mechaniker, so wie Tom und ich auch. Und du wirst vielleicht auch irgendwann eine Mechanikerin sein. Ruben hatte nie ein übermäßiges Interesse an Schlüsseln, deshalb hat er sich ganz auf die Uhrmacherei konzentriert.«

Inzwischen hatten sie die Empfangshalle der großen Villa betreten. Barocke Schnitzereien mit abblätternder Farbe zierten die Stützbalken des Hauses. Eine mächtige Treppe mit verschnörkeltem Geländer ragte hinauf zu einer Galerie.

Und überall waren Uhren. Eine Geräuschkulisse, ähnlich einem belebten Sommerwald, erfüllte raschelnd die Luft. Baltasar verzog den Mund.

Hunderte Uhren gaben ihr Ticken und Tacken von sich und füllten den Raum mit Unruhe. Mächtige Standuhren, filigrane Glasuhren, verschrobene Kuckucksuhren oder ganz einfach Uhren, die nur aus Ziffernblatt und Zeigern zu bestehen schienen. Alle Ecken, alle Wände waren voller Uhren.

Dann ertönte ein mächtiger Gong aus einer der großen Standuhren, und augenblicklich brach das Chaos los. Alle Uhren bekundeten gleichzeitig den Stundenwechsel durch Klingeln, Piepen, Glockenschlagen oder anderweitige Geräusche. Es war ein Geräuschemeer, das die Welt explodieren ließ. Alle pressten die Hände auf die Ohren, selbst der sonst so beherrschte Mr Falter. Lediglich Tom blieb gelassen, und niemand konnte ihm ansehen, ob es ihm schlichtweg nichts ausmachte oder ob er das Bad in der Geräuschkulisse sogar auf irgendeine Art und Weise genoss.

Fast gleichzeitig verstummten die Uhren wieder.

Jemand Weiteres war am unteren Ende der Treppe aufgetaucht. Unbemerkt von allen, außer Tom vielleicht. Ein Mann mit feistem Gesicht, dunklem Haar und einem ebenso dunklen Schnurrbart, dessen Enden mit Wachs nach oben gezwirbelt waren. Vor ein Auge des Mannes war ein Monokel geklemmt. Lara schätzte ihn auf etwa vierzig. Vielleicht zehn Jahre älter als Tom. Er trug Pantoffeln und einen dicken, orangeroten Morgenmantel, unter dem sich der Beginn eines wohlgenährten Bauches abzuzeichnen begann. In seiner Hand dampfte eine Tasse Tee.

»Das nenne ich eine Überraschung«, krähte der Mann. »Baltasar Quibbes, sieh einer an! Welches Unglück ist mir denn widerfahren, dass ich dich in meinem Haus begrüßen darf?«

Es konnte sich also nur um den Hausbesitzer Ruben Goldstein handeln. Hinter ihm tauchte der mechanische Diener wieder auf. Und ein weiterer. Beide schienen jeweils auf unterschiedliche Weise zusammengebaut zu sein und doch waren sie sich unheimlich ähnlich.

»Der Mann dort bat um Einlass.«

Der Diener, der ihnen geöffnet hatte, wies auf Tom.

Stattdessen trat Falter einen Schritt vor, machte eine Verbeugung.

»Mr Goldstein? Ich bin Hermann Falter vom Kommissariat in Ravinia. Ich hätte einige Fragen an Sie. Dass Sie mit Mr Quibbes im Clinch liegen, tut nichts zur Sache.«

Ruben Goldstein hob erstaunt diejenige Augenbraue, die nicht damit beschäftigt war, das Monokel festzuklemmen.

»Was halten Sie davon, die ganze Sache bei einer Tasse Tee zu erörtern?«, schlug er vor.

Mr Falter nickte. Ihre Reisegesellschaft war müde und hatte seit Prag weder feste noch flüssige Nahrung zu sich genommen.

Die mechanischen Diener eilten aus dem Raum, und Ruben Goldstein bat seine Gäste nach nebenan in ein geräumiges Speisezimmer, wo sie um einen Tisch herum Platz nahmen.

Das Schicksal war kein Verräter.

Es spuckte lediglich dauernd welche aus.

Der Tee war edel und sehr heiß, und er tat gut nach den kalten Regengüssen der böhmischen Provinz. Der Diener servierte ihn in dünnwandigem Porzellan. Lara nahm ihre Tasse zögernd, denn das Klicken und Klacken des Mechanikmannes widerte sie an. Doch die Aussicht auf ein wenig Wärme in ihrem Magen überwand schließlich die Abneigung.

Mr Cooper indes hatte es noch nicht geschafft, sich zusammenzureißen. Er lehnte die angebotene Teetasse dankend ab. Mr Falter hatte einen Blick mit der Wahrsagerin ausgetauscht, aber diese hatte ihm zugenickt und das heiße Getränk selbst getrunken. Es wäre ja auch ein sehr plumper Versuch gewesen, ihnen zu Leibe zu rücken.

Ein weiterer mechanischer Diener – skurrilerweise mit einer Kochmütze – hatte ihnen selbst gebackene Kekse serviert, die allerdings tatsächlich niemand anrührte. Teig, der auf Gutdünken von einer Maschine zusammengerührt worden war? Das schien nun wirklich zu absurd.

»Sagt Ihnen der Name Henry McLane etwas?«, brach Falter schließlich das verlegene Schweigen, das sich über dem Tisch ausgebreitet hatte.

»Natürlich.«

Ruben Goldstein nickte.

»Er ist der Vater von Arthur McLane. Wir waren gemeinsam Lehrlinge.«

Da waren sie wieder, diese plötzlichen Alarmglocken in Laras Kopf.

Mr Falter hingegen ging gar nicht darauf ein.

»Er ist verschwunden«, sagte er ohne Umschweife.

»Ach?«

Ruben Goldsteins Augenbraue hob sich erneut.

»Und deswegen kommen Sie zu mir?«

»Es ist so«, begann Falter, »dass wir befürchten, es könne da Zusammenhänge geben mit Versuchen, Ihren ehemaligen Gönner Mr Roland Winter nach Ravinia zurückzuholen.«

»*Lord* Winter«, murrte Ruben Goldstein.

»Soweit ich weiß, ist die adelige Abstammung Roland Winters zweifelhaft«, hielt Falter dagegen.

Ein Schatten schien über das Gesicht des Mechanikers zu huschen, aber er setzte ein Lächeln auf und winkte ab.

»Wie auch immer. Sie vermuten also, ich könnte mit derartigen Versuchen in Verbindung stehen?«

Der Kommissar nickte.

»Wie schon gesagt, es handelt sich um Ihren ehemaligen Gönner. Sie standen Mr Winter sehr nahe. Es steht zu vermuten, dass eine Rückkehr Winters in Ihrem Interesse sein könnte.«

Ruben Goldstein zupfte sich am Schnurrbart und zwirbelte nachdenklich daran herum.

»Natürlich ist es in meinem Interesse«, sagte er schließlich ganz unvermittelt zu den Anwesenden, woraufhin ein kurzes Raunen durch den Raum lief. Ruben Goldstein hob beschwichtigend die Hand und blickte in die Runde.

»Meine Damen und Herren, seien wir doch ehrlich: Mir ging es während der Zeit von Lord Winter hervorragend. Wieso sollte es nicht in meinem Interesse sein? Ich habe nichts verbrochen, und Lord Winter ist jemand, der nie verurteilt wurde, ergo auch nichts verbrochen hat. Was wollen Sie also von mir? Ich habe nichts Unrechtes getan.«

»Heuchler!«, rief Baltasar.

»Ach ja, ein Heuchler bin ich, alter Mann? Na dann bin ich gespannt, wie du diejenigen nennst, die an Lord Winters plötzlichem Verschwinden beteiligt gewesen sind? Keine Anzeige, keine Verurteilung, keine verhängte Strafe. Offiziell war Lord Winter kein Verbrecher.«

Ruben grinste breit und boshaft.

»Es hat sich ja auch niemand getraut, gegen ihn vorzugehen.« Baltasar war aufgebracht. »Er war ein Anarchist. Ein verdammter Anarchist.«

Gespieltes Bedauern zeichnete sich auf Rubens Gesicht ab.

»Ach ja?«, meinte er. »Ein Anarchist bin ich sicher nicht. Ich habe bloß etwas gegen die herrschenden Machtverhältnisse in Ravinia. Allerdings macht mich meine Einstellung alleine noch nicht schuldig. Ich müsste gegen geltende Regeln und Gesetze verstoßen, dann, ja.«

»Verräter!«, diesmal wurde Baltasar lauter.

»Es reicht, meine Herren!«

Falter hob mahnend die Hand.

»Das alles ist so weit richtig. Sie haben bislang offiziell nichts verbrochen, und Ihnen ist auch niemals etwas nachgewiesen worden, Mr Goldstein. Doch ermitteln wir hier in mehreren Mordfällen und einer Entführung, und allesamt bringen wir mit Mr Winter in Verbindung oder eben mit seinen Sympathisanten.«

Die Blicke von Ruben und Mr Falter trugen ein stilles Gefecht aus. Schweigend, sicherlich eine Minute, wenn nicht länger.

Doch schließlich löste sich Ruben Goldsteins Anspannung in einem süffisanten Lächeln auf.

»Ich bedaure«, meinte er selbstgefällig, »aber ich habe sicher nichts mit irgendwelchen Mordfällen zu tun.«

Das war zu viel. Was für ein unverschämter, selbstgerechter Kerl. Es ging hier um keinen Geringeren als Henry McLane, Laras Großvater.

»Natürlich haben Sie was damit zu tun!«

Lara war aufgesprungen.

»Großvaters Entführer hat mit Ihnen telefoniert. Gestern Nacht.«

Geneva und Tom zerrten die aufgebrachte Lara auf ihren Stuhl zurück.

Das boshafte Lächeln auf Rubens Gesicht gewann plötzlich eine weitere Facette hinzu.

»Dann bist du wohl Lara McLane?«, fragte er, obwohl er die Antwort schon kennen musste.

»Lara McLane, das Kind, von dem niemand wusste. Hier in meinem Haus«, sinnierte er. »Tja, Zufälle gibt's.«

Er schüttelte den Kopf.

Mr Falter ergriff wieder das Wort.

»Entschuldigen Sie das Mädchen!«

Er überlegte. »Aber eigentlich hat sie recht. Wieso nicht die Karten auf den Tisch legen? Ihr Entführer war dumm genug, Henry McLane zu lange unbeobachtet zu lassen.«

Es spitzte sich langsam zu. Die wolfartigen Züge Falters gewannen an Kontur, während er versuchte, Ruben in die Ecke zu drängen.

Die Behaglichkeit war aus Rubens Gesicht erneut verschwunden.

»So, war er so dumm? Na bitte, durchsuchen wir mein Haus! Es wird sich sicher alles aufklären, was Sie mir vorwerfen.«

Er wies mit den Händen wieder Richtung Empfangshalle.

»Ha!«, meldete sich plötzlich Mama Zamora zu Wort, welche die ganze Zeit nur still und konzentriert ihren Tee geschlürft hatte.

»Es ist Ihnen alles andere als recht, dass wir in Ihrem Haus herumschnüffeln könnten.«

Ruben Goldstein sah sie entgeistert an.

»Aha, Frau Wahrsagerin«, machte er. »Aber Ihnen wäre es natürlich recht, wenn einfach so eine kleine Delegation paranoider Leute bei Ihnen einmarschieren und Ihr Haus auf den Kopf stellen würde?«

Mama Zamora schüttelte den Kopf.

»Nein, nein, mein lieber Herr Mechaniker. Das wäre mir ganz und gar nicht recht. Aber im Unterschied zu Ihnen hätte ich keine *Angst*, dass jemand etwas finden könnte.«

Ruben schnaufte.

Alle standen nun auf. Geneva fasste die wütende Lara am Arm.

»Reg dich nicht auf, wir finden raus, was auch immer er damit zu tun hat!«, raunte sie Lara ins Ohr.

Mr Falter war inzwischen schon drauf und dran, die Treppe zur Galerie hinaufzusteigen. Ruben folgte ihm auf dem Fuße.

»Der Rest wartet hier!«, schallte Mr Falters Wolfsstimme von halber Höhe herab. »Mr Cooper und ich werden uns hier kurz umsehen.«

Ein emsiger Mr Cooper begann ebenfalls mit dem Treppenaufstieg, während er im Gehen einen Notizblock und einen Kugelschreiber hervorkramte.

Lara indes fühlte sich elend. Dieser feiste, schmierige, selbstgefällige Mann hatte ganz offensichtlich etwas mit der Entführung ihres Großvaters zu tun. Sie hätte sich vor lauter Aufregung am liebsten gleich hier auf seinem edlen Teppich übergeben.

»Ich muss an die frische Luft«, meinte sie zu Geneva, obwohl der prasselnde böhmische Regen durch die Fenster der Empfangshalle selbst über das Ticken der Uhren hinweg deutlich zu hören war. Es war ihr egal. Nass zu werden, war wesentlich besser, als noch eine Sekunde länger in diesem Haus zu bleiben.

Doch dann geschah etwas, womit niemand im Raum gerechnet hatte. Bis auf Ruben vielleicht.

Die beiden mechanischen Diener stellten sich demonstrativ in den Türrahmen der Eingangstür. Der dritte Diener – der mit der Kochmütze – erschien in der Tür zum Speisesaal. Drei Paar Ziffernblätteraugen fixierten sie.

»Hey«, protestierte Lara.

Im selben Moment wirbelte Ruben auf der Treppe herum,

erwischte den Trenchcoat von Mr Falter und riss ihn von den Beinen. Der alte Kommissar purzelte unter überraschtem Stöhnen die Treppe hinunter und riss auf halbem Wege Mr Cooper mit sich, der nicht rechtzeitig ausweichen konnte. Notizzettel und Stift wirbelten durch die Luft. Auf den breiten Stufen am Fuß der Treppe blieben beide schließlich ächzend liegen.

Oben auf der Treppe richtete sich ein gemein lächelnder Ruben auf.

»Es tut mir leid, meine Herrschaften. Ich weiß, ich bin ein schlechter Lügner. Außerdem bin ich ein Aufrührer – aber das sagte ich ja bereits.«

Das Lächeln wurde noch breiter, und etwas Triumphierendes stahl sich hinein.

»Es wäre eine Schande, das Mädchen im Haus zu haben und es einfach so wieder gehen zu lassen. Meinen Glückwunsch, Mr Falter, Sie haben meinen Plan durchschaut.«

Die mechanischen Diener klickten bedrohlich.

Baltasar und Tom tauschten einen kurzen Blick, dann nahmen sie Lara in ihre Mitte und zückten beide gleichzeitig ihre großen Schlüsselbunde. Es sah ein wenig aus, als zögen sie jeder einen Degen und wären nun bereit zum Duell.

Ruben lachte. Lachte schallend vom Geländer der Galerie herunter. Hinter ihm erschien ein weiterer mechanischer Diener und stellte sich ratternd und klackend neben ihn.

Tom zog Lara hastig am Arm zur Tür an der gegenüberliegenden Seite des Raumes und erstarrte.

»Jaja, richtig erkannt, junger Tom«, rief Ruben von oben herab. »Man kann mit einem Schlüssel an viele Orte reisen – vorausgesetzt man hat ein Schlüsselloch, um ihn zu benutzen.«

Hektisch blickte die kleine Gruppe umher, und rasch wurde ihre Befürchtung, die sowohl Tom als auch Baltasar plötzlich ins Gesicht geschrieben stand, bestätigt. Beide wirkten einen Augenblick, als hätte sie etwas bis ins Mark erschüttert. Vermutlich ging es jemandem mit einer besonderen Fähigkeit immer so, wenn er merkte, dass sie ihm auf einmal absolut gar nichts mehr nutzte.

Unten auf der Treppe rappelten sich Mr Falter und Mr Cooper langsam wieder auf.

Dem alten wolfartigen Kommissar lief ein dünnes Rinnsal Blut an der Schläfe hinab, und sein linker Arm machte einen seltsam verdrehten Eindruck. Dennoch half er mit dem unverletzten rechten Arm Mr Cooper auf, der zu hinken schien.

»Ich nehme an, dass Sie mir das Mädchen nicht freiwillig überlassen werden?«, stellte Ruben die rhetorische Frage laut in die Halle hinein.

»Auf keinen Fall, Sie dreckiger Bastard!«, schrie eine feuerrot angelaufene Mama Zamora hinauf. Die Kommissare ächzten. Geneva griff bedächtig nach dem langen Köcher auf ihrem Rücken.

»Das hatte ich auch nicht erwartet«, meinte Ruben schließlich ganz ruhig.

Ein schleifendes Geräusch ließ Lara und ihre Begleiter zusammenfahren.

Lange, kräftige Stahlklingen, wie Schwerter, fuhren langsam aus den Armen der mechanischen Diener.

Das Lächeln auf Rubens Gesicht erreichte seinen Höhepunkt.

Für einen Moment schien alles ganz still in der Halle mit der riesigen Treppe und der Galerie, an deren Geländer Ruben Goldstein stand und hinunterblickte auf eine verunsicherte, bunt gemischte Gruppe, umzingelt von drei seiner mechanischen Diener. Der vierte stand am oberen Treppenabsatz. Ebenfalls mit einer gefährlich blitzenden Schwertklinge am Arm.

Lara merkte, dass das Ticken der Uhren ausgesetzt hatte.

»Schnappt euch das Mädchen. Tötet den Rest!«, hallte Rubens Stimme durch den riesigen Raum, und die Welt schien den Atem anzuhalten.

Dann brach der Sturm los.

Auf Rubens Befehl hin läuteten, bimmelten, piepten und gongten die vielen Hundert Uhren aus Leibeskräften. Der hinkende Mr Cooper knickte mit dem verletzten Fuß überrascht ein, während den anderen Tränen der Anstrengung in die Augen traten.

Lara blickte hastig um sich. Die mechanischen Diener hatten sich in Bewegung gesetzt und kesselten sie ein. Den anderen etwas zuzuschreien war zwecklos. Niemand konnte auch nur sein eigenes Wort verstehen in dem Geräuschechaos, das Ruben heraufbeschworen hatte.

Was Geneva in ihrem Köcher versteckt hatte, wurde genau in diesem Augenblick offenbar. Sie hielt ein blitzendes, schlankes und furchtbar elegantes Schwert in der Hand und stürzte sich auf den mechanischen Diener, der ihr am nächsten stand. Die Grazie und die tödliche Präzision, mit der sie sich bewegte, waren atemberaubend. Nur musste sie feststellen, dass die mechanischen Männer ebenfalls ihre Hausaufgaben gemacht hatten. Ein wirbelndes Duell begann.

Mr Cooper, der am Boden lag, zückte einen langen, schlanken Revolver und zielte auf einen weiteren Diener. Der Knall der Schüsse ging im Lärm der Uhren unter, aber man konnte deutlich erkennen, wie aus einem der mechanischen Beine mehrere Zahnräder und Federn herausgeschossen wurden, woraufhin der Diener lediglich ebenfalls zu hinken begann, jedoch nicht umkippte.

Plötzlich tauchte direkt vor Lara der Diener mit der Kochmütze auf. Die Ziffernblätter in seinen Augen drehten sich Unheil verheißend. Tom warf sich mit voller Wucht gegen den Koch, wovon dieser jedoch unbeeindruckt blieb, lediglich die Kochmütze fiel herunter. Tom hingegen ging mit schmerzverzerrtem Gesicht zu Boden. Der Koch hob seine Mütze auf und holte mit dem Schwertarm aus. Lara wollte schreien, aber niemand hätte sie gehört.

Doch im gleichen Moment, in dem die blitzende Klinge Tom durchbohrt hätte, war dieser plötzlich verschwunden. Stattdessen krachte ein Blumenkübel auf den Kopf mit den Ziffernblattaugen, und bröselige, nur selten gegossene Erde rieselte an dem mechanischen Mann hinab, verfing sich in Speichen und Achsen, verstopfte Zahnräder und Keilriemen, setzte sich in jede kleine Lücke.

Der mechanische Diener fiel auf der Stelle um. Dahinter stand Tom und klopfte sich den Staub von den Händen.

Lara hätte ihn zu gerne gefragt, wie er das gemacht hatte, aber dazu blieb keine Zeit. Tom holte einen kleinen Schlüsselbund mit ein paar wenigen Schlüsseln hervor und warf ihn Lara zu. Diese fing ihn nicht, fischte ihn aber geschickt vom Boden auf. Sie hatte verstanden. Irgendwo in diesem Haus musste es doch ein Schlüsselloch geben, und Lara sollte es finden und benutzen.

Die beiden Kommissare hatten Mühe, sich den hinkenden Wächter vom Leib zu halten. Mr Cooper versuchte, sich mit dem verletzten Bein fortzuschleppen und ab und an auf den Diener zu schießen, während dieser ihm langsam aber beharrlich folgte. Mr Falter tänzelte hingegen um den Feind herum und bewarf ihn mit allem, was er finden konnte und was sein gesunder Arm zuließ, aber ohne Erfolg.

Lara nahm den Schlüsselbund und ihren eigenen goldenen Schlüssel und huschte an den Kämpfenden vorbei, die Treppe hinauf, in der Hoffnung, schnell genug zu sein. Oben bestand sicherlich die beste Möglichkeit, ein Schlüsselloch zu finden. Dort musste es Arbeitsräume, Schlafzimmer, Gästezimmer geben. Irgendetwas, wo ein verdammtes Schlüsselloch zu finden sein musste. Doch sie war nicht schnell genug. Der Diener, der die Treppe hinuntergeeilt kam, packte sie im vollen Lauf am Arm und hielt sie ruckartig fest. Toms Schlüsselbund und ihr eigener Schlüssel flogen in hohem Bogen ein paar Stufen höher. Außer Reichweite.

Doch Geneva war es, die tänzelnd in Laras Richtung huschte und dem mechanischen Diener mit einer fließenden Bewegung ein Ziffernblattauge ausstach, sich unter ihrem Schwert hindurchdrehte und so den Schlag des Dieners, mit dem sie ohnehin schon focht, parierte.

Wütend ließ der Einäugige Lara los und hieb auf die Nachtwächterin ein, die nun mit sichtlich mehr Mühe beide Diener in Schach hielt.

Lara kümmerte sich nicht um den brüllenden Schmerz in ihrem Arm, dort, wo der Diener sie mit eisernem Griff gepackt hatte, sondern lief weiter die Treppe hinauf, griff nach Toms Schlüsselbund, entdeckte ihren eigenen goldenen Schlüssel ein paar Stufen weiter oben. Doch bevor sie ihn erreichte, wurde er aufgehoben und von einem diabolisch lächelnden Ruben Goldstein in den Fingern gehalten.

In diesem Moment schwoll der ohrenbetäubende Lärm drastisch an, und es mischte sich ein tosendes Klirren und Scheppern darunter. Lara und Ruben sahen beide in den Saal hinab, wo huschende Lichtschwaden blitzschnell die Wände hinaufzukriechen schienen und sämtliche Uhren hinunterwarfen. Der Raum versank in einem Chaos aus Scherben, Zahnrädern und Holzsplittern. Die Lichterscheinungen verschwanden in dem Moment, in dem sich der Lärm endgültig legte, in einem Kronleuchter. Alles schwieg, sogar die Diener hielten inne.

Mitten in einem der Trümmerhaufen stand Mama Zamora. Schweiß rann ihr über die Stirn. Ihr dunkler, spanischer Akzent trat deutlich hervor, als sie zu Ruben hin durch den Raum schrie:

»Ha, stinkender Mechaniker, damit hast du nicht gerechnet, was? Dreckiger Bastard!«

Und sie lachte. Lachte das irre Lachen einer Verzweifelten.

Lara nutzte die Gunst des Augenblicks, rammte dem sichtlich überraschten Ruben ihren Kopf dorthin, wo man jedem Mann, ob jung oder alt, die allergrößten Schmerzen zu bereiten vermag, und krallte sich ihren Schlüssel.

Ruben sackte zusammen, versuchte im Fallen Lara zu packen, doch diese war schon auf und davon.

Die beiden Diener am Fuß der Treppe wollten ihr nach,

doch Geneva verteidigte energisch die unteren Stufen der Treppe.

Irgendwo unten in der Empfangshalle hörte Lara jemanden laut aufschreien. Vielleicht war es Tom, vielleicht Mr Cooper. Stimmen wurden sich unter Schmerzen zu ähnlich.

Sie lief die Galerie entlang und hinein in einen Flügel des Gebäudes. Im Rennen stieß sie jede Tür auf und stellte immer wieder fest, dass sie hier offensichtlich nicht fündig werden würde. Sie spähte in Schlafzimmer, Badezimmer, Besenkammern.

Schließlich war der Flur zu Ende, und es blieb nur noch eine Tür übrig. Lara stürmte hinein und fand sich mitten in einem riesigen, kreisrunden Arbeitszimmer wieder.

Das war genau der Raum, den sie gebraucht hatte. Hier musste es doch irgendwo ein Schlüsselloch geben.

Sie machte die Tür hinter sich zu, blickte sich um, sah einen verschnörkelten Stuhl mit grünem Sitzkissenbezug, der sicherlich nur zur Zierde hier stand. Egal. Sie klemmte ihn unter die Türklinke. Er erfüllte seinen Zweck.

Dann betrachtete sie den kleinen Schlüsselbund, den Tom ihr gegeben hatte. Es hingen Schlüssel in sonderbaren Formen und Größen daran. Beinahe sah es so aus, als ob hier einige mehr oder weniger gelungene Experimente von Tom an einem Bund versammelt waren.

Es rauschte hinter ihrem rechten Ohr, und der Schlüsselbund wurde ihr sogleich wieder aus der Hand gerissen.

Erschrocken blickte sie ihm nach.

Eine Art mechanischer Vogel – den Konturen nach ein Rabe – hatte den Bund aus Laras Fingern geschnappt und war damit auf eines der hohen, runden Bücherregale geflüchtet.

Etwas polterte gegen die Tür.

Ruben!

Wieder und wieder. Die Tür knackte. Ruben hatte es offenbar eilig.

Lara ebenfalls.

Sie rannte zu dem dicken Eichenschreibtisch, der an einer Fensterfront etwas erhöht stand. Das Erste, was ihr ins Auge fiel, war ein Briefbeschwerer aus Messing. Er war so groß wie eine Faust und hatte die Form eines Tigerkopfes. Lara drehte sich um und warf.

Und manchmal, ja eben manchmal, nennt sich der Zufall auch Schicksal. Und ab und an spricht man in solchen Momenten von *Glück*.

Der mechanische Rabe hatte nicht den Hauch einer Chance. Er fiel zerdrückt, mitsamt Briefbeschwerer und Schlüsselbund, auf den Boden und rührte sich nicht mehr.

Lara hastete hinüber und schnappte sich die Schlüssel.

Die Tür krachte.

Ruben schlug wohl mit irgendetwas Schwerem dagegen.

Es krachte wieder.

Die paar Meter zurück zum Schreibtisch erschienen Lara wie eine Ewigkeit, während etwas erneut gegen die Tür donnerte. Ein erstes Splittern war zu hören.

Und da war es. Genau da, wo Lara gehofft hatte, befand sich ein Schlüsselloch: In der Schranktür an der Seite des Schreibtischs. Dort, wo man für gewöhnlich wichtige Ordner und Papiere aufbewahrte, die niemanden etwas angingen. Die Tür war nicht viel größer als ein Fenster, aber es musste reichen.

Es splitterte erneut. Wütende Rufe wurden laut und schallten von der Tür zu Lara hinüber, aber offenbar hielt sie Rubens Anstrengungen immer noch stand.

Lara fingerte an dem Schlüsselbund herum. Genau ein einziger Schlüssel war es, der die richtige Größe haben mochte für das Loch im Schreibtisch.

In Laras Kopf formte sich leise und flehend ein Wort: *Bitte!*

Sie steckte den Schlüssel hinein und drehte ihn. Ja, sie drehte ihn. Er ließ sich tatsächlich bewegen. Sie öffnete die Tür und kroch hinaus auf einen vom Regen nassen Bürgersteig aus Asphalt.

Die Tür zum Arbeitszimmer gab mit Getöse nach, und Lara hörte Ruben durchs Zimmer laufen.

Sie zog den Schlüssel ab und die Tür zu. Rubens Hand erschien im Spalt, aber zu spät. Seine Fingernägel kratzten nur noch über das Holz der Schreibtischtür.

Lara war entkommen.

7. Kapitel, *in dem Lara einiges über Hilfe und Hilflosigkeit erfährt und erneut einige überraschende Begegnungen hat.*

And I was standin' on the side of the road
Rain fallin' on my shoes

Bob Dylan

Manchmal weht ein Sturm durch das eigene Leben. Er pustet und bläst mit aller Gewalt und lässt am Ende oft keinen Stein auf dem anderen.

Nein, das war kein Herbstregen.

Herbstregen war durchsetzt von warmer Melancholie, auch wenn seine Temperaturen sicherlich ähnlich waren wie diejenigen des Regens, der gerade langsam durch Laras Hose drang.

Ihre Ohren klingelten immer noch von dem lärmenden Chaos in der Empfangshalle. Zusammen mit dem Tropfen des Regens ergab das ein höchst seltsames Rauschen und Fiepen.

Sie wechselte ihre Stellung und hockte sich auf die Füße, nachdem sie bereits einige Minuten regungslos auf ihren Knien verharrt hatte. Die Hosenbeine und der Saum ihres Mantels hatten begonnen, sich mit dem Wasser des Gehwegs, auf dem sie sich befand, vollzusaugen. Autos rasten vereinzelt vorbei, während der Regen verzweifelt versuchte, die Sorgen aus Laras Haaren zu spülen.

Die Welt schien gleichzeitig aufzuatmen und sich zu einem Seufzer herabzulassen.

Ja, sie war vor dem diabolischen Ruben Goldstein in Sicherheit. Er konnte ihr nicht folgen, denn der Schlüssel konnte sie überallhin gebracht haben. Und damit begannen auch schon die Probleme. Denn sie konnte tatsächlich *überall* sein. Eine Landstraße, eine Bushaltestelle, ein Stromkasten, zu dem der Schlüssel sie aus Rubens Arbeitszimmer gebracht hatte. Immerhin waren die Schilder und Plakate an der Bushaltestelle in englischer Sprache geschrieben, aber die Autos fuhren auf der falschen Straßenseite, nämlich rechts.

Ja, sie war in Sicherheit, aber die anderen waren es nicht. Zwar musste Lara sich eingestehen, dass sie ihre Gefährten angesichts der messerscharfen Klingen, welche die mechanischen Männer gezückt hatten, unterschätzt hatte, dennoch war es ein ernster Kampf gewesen. Sehr ernst. Auf Leben und Tod. Sie konnte – ja was? Sie konnte nur hoffen, dass niemandem etwas passiert war.

Und die Welt schien erneut zu seufzen.

Genauso konnte sie nur hoffen, dass ihrem Großvater nichts passiert war.

Lara stand auf und stieß einen ohnmächtigen Schrei aus, während ein wütender Tritt eine deutliche Beule im Blech des Stromkastens hinterließ.

Dann ließ sie die Schultern hängen und schlurfte unter das Dach der Bushaltestelle.

Irgendwo im Nirgendwo.

Vielleicht hundert Meter entfernt begann eine Siedlung. Zumindest standen dort ein paar Häuser, zu denen eine Oberleitung entlang der Landstraße führte. *Garden's End* stand auf einem grünen Wegweiser.

Und als wäre er einem Spielfilm entsprungen, schlenderte ein Junge in einer abgenutzten Lederjacke daher. Oder war es ein junger Mann? Es war schwer zu sagen. Vom Aussehen her wäre er für jedes Alter zwischen vierzehn und neunzehn durchgegangen. Er war nicht besonders hochgewachsen, und außerdem schien er zu träumen. In seiner rechten Hand befand sich etwas, mit dem er spielte. Es wirbelte ständig um seine Finger und schlug Funken.

Er tat, als würde er Lara nicht bemerken. Sein rotbraunes Haar hing ihm vom Regen durchnässt ins Gesicht, aber es schien ihn nicht zu stören.

Schließlich kam er unter das Dach der Bushaltestelle und ließ sich neben Lara auf die Bank sinken.

»Das war ziemlich cool«, meinte er, ohne Lara anzusehen.

Lara schüttelte den Kopf. Dachte einen Moment nichts.

»Was war cool?«

»Wie du aus dem Stromkasten gekrochen bist und ihn dann eingetreten hast.«

Immer noch blickte der Junge in die andere Richtung. Ja, mittlerweile war sie sich sicher, dass es sich um jemanden in ihrem Alter handeln musste. Obwohl seine Stimme schon einen sehr männlichen Klang hatte, der auch einem Zwanzigjährigen gut zu Gesicht gestanden hätte, und die ersten Bartstoppeln unter seinem Kinn hervorlugten, war sie sich plötzlich sicher, dass er auf keinen Fall älter war als sie. Er wirkte irgendwie unschuldig. So, als ob er genau wüsste, welchen Bonus ihm sein Erscheinungsbild einbringen konnte.

Das Seltsamste an ihm aber war sein Blick, der auf eine merkwürdige Weise in die Ferne gerichtet zu sein schien.

»Lara, richtig?«, fragte der Junge.

Okay, jetzt wird es gruselig, dachte Lara.

Dabei war Laras Leben in den letzten Stunden gruselig genug gewesen.

Und dann begann der Junge einfach zu erzählen. Ganz offen. Schamgefühle schienen ihm fremd zu sein. Er berichtete darüber, wie es ist, von Träumen gejagt zu werden und nicht mehr weiterzuwissen. Und darüber, wie erleichtert man sein kann, wenn eine vermeintliche Spinnerei plötzlich aus einem Stromkasten an der Bushaltestelle kriecht.

»Ich wohne im Waisenhaus«, begann er. »Ein paar Straßen weiter. St. Mary – Mother of Hope.«

»Du bist Waise?«

Der Junge nickte. Energisch. Seine Aussprache hatte eine interessante Färbung.

»Aber einen Namen hast du, ja?«

»Lee«, antwortete der Junge.

Das also war Lee. Lee, der in den kommenden Wochen und Monaten so viele seltsame Dinge kennenlernen sollte. Lee, der sich immer und immer wieder mit Lara darüber streiten sollte, was richtig oder was einfach ist. Lee, der die Wunder aus Ravinia mit jeder Faser seines Körpers einsaugen sollte, stärker, viel stärker noch, als Lara es jemals gekonnt hätte.

»Na ja, zumindest habe ich gegen Anfang des Jahres begonnen, von dir zu träumen. Erst wäre es mir gar nicht aufgefallen, aber dann bist du immer wieder in meinen Träumen vorgekommen. Und irgendwann auch andere Personen, die mit dir zu tun hatten. Doch die waren alle nicht so deutlich zu erkennen. Da ist ein alter Mann, oder?«

Lara nickte. Sprachlos. Nicht zu wissen, was man sagen soll, ist manchmal schlimm.

»Und ein anderer Mann mit rabenschwarzen Haaren.«

Lara nickte wieder.

»Die hatten alle etwas mit Schlüsseln zu tun, aber es ist immer so neblig in diesen Träumen.

Irgendwann kam dann ein ziemlich düsterer Kerl vor. Und nun hoffe ich, dass er dir nicht wehgetan hat oder so.«

Lees Augen waren von einem ungewöhnlichen Braun. Wie starker Kaffee mit zu wenig Milch. Sie waren Abgründe und Sprungbretter zugleich. Und er war aufrichtig. Aufrichtigkeit umgab ihn wie eine Korona und verlieh ihm Kraft.

Was auch immer Lee antrieb, er war auf eine gewisse Weise darum zu beneiden.

»Du sagst nicht viel«, stellte er schließlich fest.

Lara schüttelte den Kopf.

»Ach«, murmelte sie. »Es ist nichts. Kannst du mich zu einer Tür bringen?«

»Es hat wirklich mit Schlüsseln zu tun, nicht?«, fragte Lee.

Aber Lara winkte ab.

»Bring mich einfach nur zu einer Tür, ja?«

Wortlos stand Lee auf, und Lara sah blind vor Erschöpfung und Schmerz nicht, dass sie tat, was sie ansonsten so verabscheute: Sie machte ein Geheimnis um etwas.

Er bedeutete ihr, ihm zu folgen, und schlenderte durch den

kalten Regen in Richtung des Ortsschildes, während Lara ihm in einigen Metern Abstand folgte.

Die Fluten des Himmels waren sanft, aber sie verwandelten die Wiesen neben der Straße in schlammige Höllen. Eiskalt und grau. Nein, das war kein Herbstregen. Das war grässlich.

Als sie das Schild am Ortseingang passierten, wies Lee auf eines der Häuser. »Da hast du deine Tür«, meinte er stumpf. »Du willst mir nicht erklären, was es damit auf sich hat?«

Lara hob den müden Blick. Verunsicherung lag darin, während ihnen beiden die Regentropfen über die Nasen liefen. Schließlich schüttelte sie den Kopf und zog den Schlüsselbund aus der Manteltasche. Von den seltsamen Schlüsseln war nicht ein einziger beschriftet, und so nahm sie intuitiv den Schlüssel, mit dem sie am ehesten den Begriff *düstergolden* verbinden konnte.

Als sie hochsah, war Lee weg.

Lara überlegte kurz, ob sie anfing zu halluzinieren. Allerdings war das auch egal. Nein, warum sollte sich ein Junge neben sie gesetzt haben, der ihr von all ihren seltsamen Erlebnissen zu berichten wusste und der Meinung war, es sei ein Traum von ihm selbst gewesen?

Der Schlüssel passte nicht. Typisch.

Scheinbar war es doch ein Schlüsselbund voller Experimente. Es musste also eine andere Tür her.

Eine Weile irrte sie durch die Beete, Gärten und über die abgenutzten Gehsteige von Garden's End. Trostlos. Im wahrsten Sinne des Wortes. Trost-los.

Sie versteckte sich einige Male vor neugierigen Kindern oder bärigen Männern in karierten Holzfällerhemden. Auf der anderen Straßenseite gab es ein Café. Oder vielmehr ein Diner, in dessen Fenstern übertrieben bunte Kuchenstücke angeboten wurden.

So we bought a pack of cigarettes and Mrs Wagner's pies and walked off to look for America, sang eine unsichtbare Jukebox in ihrem Kopf.

Amerika. Ja, sie musste in Amerika sein. Die Autos fuhren auf der falschen Straßenseite, und die Tageszeit hatte sich plötzlich verändert. Deshalb hatte Lee diesen Akzent. Waren denn die Schlüssel so mächtig? Hatte sie in einem flüchtigen Augenblick den halben Planeten hinter sich gelassen? Und wenn ja, woher kam das alles? War es so, wie Baltasar gesagt hatte? Oder doch ganz anders?

Schließlich entdeckte sie eine etwas zu kleine Kellertür, deren Schloss aussah, als ob der düstergoldene Schlüssel passen könnte.

Sie schloss auf und fand dahinter eine furchtbar enge, winzige Gasse. Ja, womöglich lag sie in Ravinia. Vielleicht auch nicht. Fest stand, dass es dort eindeutig sehr viel später am Tag war als da, wo sie sich im Moment befand. Aber wo eine Gasse war, waren vielleicht auch noch mehr Türen. Wenn dies also nicht Ravinia war, würde irgendeiner der anderen Schlüssel sie schon dort hinbringen. Tom hatte ihr den Bund sicherlich nicht umsonst überlassen. Sie machte einen zögerlichen Schritt durch die Tür und zog hinter sich zu. Zumindest ein Stück, denn dann klemmte ein dreckiger Sportschuh im Türrahmen.

»Hey«, machte Lara.

»Hey«, antwortete Lee.

»Verflucht, lass das!«

»Wieso? Wenn du mir nicht erklären willst, was hier geschieht, dann finde ich es selbst heraus.«

Lara trat ihm auf den Fuß, aber Lee blieb unbeeindruckt.

»Das verstehst du nicht«, drängelte sie. »Hier hast du wirklich nichts zu suchen.«

»Ach? Das sagt das Mädchen, das aus dem Stromkasten kommt?«

»Bitte glaub mir!«, drängte Lara weiter und trat dann wuchtig gegen Lees Schienbein.

Vor Schreck ließ Lee los, bekam aber gerade noch so eine Hand in den Türrahmen und riss die Tür mit aller Gewalt auf, stieß Lara zurück und zog die Tür hinter sich zu.

»Idiot«, sagte Lara noch, während sie durch den Zusammenprall aufs Pflaster gestoßen wurde.

»Wer?«, fragte Lee. »Du oder ich?«

Ein gedämpfter Aufprall ertönte, als Laras Kopf gegen die Häuserwand stieß. Gefolgt von einem ohnehin schon erschöpften Stöhnen, das neben der Anstrengung des Tages auch dem Schlag gegen die Wand gerecht wurde.

»Also gut, wo sind wir hier? Wieso sind wir hier und wieso –«, stürmte Lee mit Fragen auf sie ein.

Aber da merkte er, dass Lara ihm schon nicht mehr zuhörte, sondern einfach in einer Mischung aus Erschöpfung und Ohnmacht an der Wand hinuntergesackt war.

Wenn Lee eines nicht war, dann unentschlossen. Und so traf er einen folgenschweren Beschluss: Er musste Hilfe holen.

Wie bunt das Schicksal doch von Zeit zu Zeit würfeln kann.

Lara schlug die Augen auf und starrte an die Decke. Warum an eine Decke?

Sie sah sich um und bemerkte, dass sie in einem Bett lag. Eingehüllt in raue Wolldecken. Mehrere Petroleumlampen erleuchteten einen kleinen Raum, in dessen Halbdunkel sich etwas bewegte. Raschelnd.

»Ah, Mädchen«, machte eine krächzende Frauenstimme.

Lara schrak hoch.

Eine dunkle Frau schritt durch den Raum zu ihr hinüber. Ja, dunkel war sie, denn ihre Haut war schwarz wie Öl. Sie war nicht einmal besonders alt, aber ihre Stimme war es.

»Wie geht es dir?«, wollte sie wissen und hockte sich neben das Bett, in dem Lara saß.

»Gut. Äh, das heißt, gar nicht so schlecht. Wo bin ich? Und wer sind Sie?«

Die Frau grinste zufrieden und entblößte dabei eine Reihe schief gewachsener, aber blendend weißer Zähne.

»Du bist in Sicherheit. Du bist im Rondell.«

»Im Rondell?«

Interessiert musterte die Frau sie. Sie legte den Kopf schief, wie ein neugieriger Hund. Mehrere Ketten mit seltsamen Symbolen und Holzfigurinen klimperten um ihren schlanken Hals. Lara schätzte sie ungefähr auf dreißig. Vielleicht war sie auch älter. Ihre Stimme musste mindestens doppelt so alt sein.

»Das Rondell ist in gewisser Weise das Herz von Ravinia. Zumindest bin ich dieser Meinung. Das, was die Stadt ausmacht, oder das, was sie ausmachen sollte, befindet sich hier«, sagte sie verschwörerisch.

Dann nahm sie ein Stück weiße Kreide zur Hand und malte etwas Krakeliges auf den hölzernen Bettrand, nur um an anderer Stelle etwas Ähnliches wegzuwischen.

»Ich heiße Berrie«, flüsterte die Frau, ohne den Blick zu heben. »Du darfst mich so nennen, denn du hast in meinem Bett geschlafen. Für den Rest der Welt bin ich die Kreidefrau.«

»Die Kreidefrau?«

»Fragst du immer so?«

»Wie?«

»Na ja, jemand sagt etwas wie: *Ich mache jetzt Pfannkuchen*, und du stellst eine Gegenfrage und sagst: *Pfannkuchen?*«

»Entschuldigung.«

Das Grinsen mit den schiefen Zähnen huschte erneut über Berries Gesicht.

»Macht nichts«, sagte sie. »Aber vielleicht solltest du dich nicht für dümmer verkaufen, als du bist. Wie wäre es von Zeit zu Zeit mit einem Bluff? Wenn du merkst, dass du tatsächlich nicht mitreden kannst, fragst du nach.«

»Klar, aber was sollte das bringen?«

»Du zeigst keine Schwäche«, war die knappe Antwort.

Dunkelgrüne Augen senkten ihre Blicke tief in Lara hinein. Es war ein wenig wie mit Mama Zamora. Lara seufzte. Gut, zumindest war sie nun wieder in Ravinia. Am besten würde sie versuchen, irgendwie zu Eusebius Lanchester zu gelangen. Etwas anderes fiel ihr nicht ein.

Berrie stand auf und ging in eine Ecke des Raumes, wo in einer steinernen Vorrichtung einige Kohlen glommen und eine Steinplatte erhitzten, auf der eine Art Kuchen buk.

Laras Blick wanderte durch den Raum. Er war nicht niedrig, aber gedrungen, weil die Dachschrägen schon am Boden begannen. Alles hing voll mit Talismanen, seltsamen Ketten oder Traumfängern. An die wenigen freien Stellen waren mit Kreide mysteriöse Symbole oder Runen gemalt. Es gab keine Fenster. Das Licht flackerte von diversen Kerzen und Ölfunzeln hinauf oder herab ins Rauminnere. Und über allem lag eine seltsame Spannung, die ein wenig wie knisternde Elektrizität war.

»Der Junge, den du mitgebracht hast, ist begabt«, meinte Berrie im Plauderton.

Der Junge?

Lee!

Lara schlug sich vor den Kopf.

»Wo ist er?«, fragte sie hastig nach und schlug die Decke zurück. Daran hatte sie gar nicht mehr gedacht. Was um alles in der Welt sollte sie aber auch tun? Lee hatte sich einfach so mit nach Ravinia gedrängelt. Und dann war sie einfach so umgekippt. Aus Schwäche vermutlich. Erschöpft von der Flucht.

»Oh, er ist mit Francesco auf den Markt gegangen, frische Fische holen. Ich dachte, dass Francesco ihm schon einmal die Stadt zeigen kann, während du schläfst.«

»Nein, nein, Sie verstehen das nicht. Lee hat mit Ravinia gar nichts zu tun.«

Berrie drehte sich um und blickte sie aus ihren tief liegenden Augen eindringlich an.

»Jetzt schon«, stellte sie fest und brachte es damit auf den Punkt.

»Aber Lee verfügt über keinerlei sonderbare Fähigkeiten«, versuchte Lara zu erklären.

Da ließ Berrie das Abendessen einfach auf der heißen Platte stehen und setzte sich erneut auf Laras Bettkante.

»Ich kann es nur wiederholen: Jetzt hat er schon mit der Stadt zu tun. Ob es gut ist oder nicht, wird sich zeigen«, meinte sie. Diesmal klang es nicht mehr einfach so dahergesagt, sondern nachdrücklich und ernst.

»Lara, so heißt du doch, oder?«, vergewisserte Berrie sich. »Oder wie wäre es mit Ms McLane?«

»Woher –?«, aber Berrie hob die Hand, und Lara schwieg aufgrund dieses Anflugs geballter Autorität, der sich ihr entgegendrängte.

»Der Junge hat mir deinen Namen verraten. Und bevor du dir weitere Sorgen machst: Lee hat tatsächlich besondere Begabungen. Du brauchst dir also keine Sorgen zu machen wegen der Sachen, die man dir vermutlich bei den Mechanikern erzählt hat.«

»Sie meinen, dass nicht jeder Zutritt zu Ravinia haben sollte?«

Berrie nickte.

»Damit haben sie sogar recht«, meinte sie. »Dennoch gibt es Dinge, die passieren einfach. Selbst wenn der Junge kein besonderes Talent vorzuweisen hätte – jetzt wäre es zu spät. Viel wichtiger ist es zu wissen, dass manche Dinge eben passieren.«

»Schicksal«, murmelte Lara leise vor sich hin.

Dann stand sie auf.

»Wissen Sie, wie ich am schnellsten zum Uhrenturm komme?«

Berrie stand auf und ging wieder zum Herd. Offenbar drängte sie ein immer schärfer werdender Geruch dorthin.

»Du gehst vor dem Essen nirgendwohin!«, erklärte sie.

»Ich muss aber!«

Und in diesem Satz klang alle Verzweiflung der Welt mit. Berrie sah sie halb erschrocken an, doch besann sich dann, dass es etwas geben musste, das Lara zu dieser Verzweiflung antrieb. Sie nahm einen rostigen Küchenfreund und hob den Kuchen von der Steinplatte herunter auf eine Ablage. Dann zog sie einen Hocker an ein niedriges Tischchen und bedeutete Lara, sich zu setzen.

Lara tat, wie geheißen, und dann begann sie zu erzählen. Wie ein Wasserfall kam es aus ihr heraus: die Morde, die Flucht nach Lissabon, die Reisen nach Prag und Böhmen und schließlich die erneute Flucht und das Zusammentreffen mit Lee.

Ihre Augen glänzten wie Tau, als sie geendet hatte. Berrie hatte ihr zugehört, still und weise. Nur einmal hatte Schrecken in ihren Augen aufgeblitzt, als es um den Kampf gegen die mechanischen Männer ging. Aber bevor Lara es hätte fassen können, hatten sich Berries Züge schon wieder geglättet.

Schließlich holte sie Luft.

»Ich muss zum Uhrenturm. Ich muss mit Eusebius Lanchester sprechen«, flehte sie.

»Und das ist alles?«, vergewisserte sich Berrie, aber es klang nicht nach einem Verhör, sondern eher wie ein Psychologe, der versucht, die Situation einzuschätzen.

Lara nickte nur.

»Dann mag es zwar traurig klingen, Lara, aber in diesem Fall macht es wohl keinen Unterschied, ob du Mr Lanchester vor oder nach dem Essen sprichst. Deine Freunde sind auf sich allein gestellt, wie du schon gesagt hast.«

Da kullerten die Tränen wieder, und Lara versuchte, sich gar nicht erst dagegen zu wehren.

»Aber lass dir gesagt sein, Lara«, tröstete Berrie sie, »deine beiden Schlüsselmacher und Mr Falter sind Leute, denen ihr Ruf mehr als vorauseilt. Ich habe keinen von ihnen jemals getroffen, und trotzdem kenne ich ihre Namen. Von Tom Truska erzählt man sich gar, dass der Stadtrat sich vor ihm fürchtet.«

Lara sah auf.

»Fürchten? Warum das denn?«

»Weil er gut ist«, meinte Berrie. »Besser als gut. Genial.«

Lara musste schlucken. War Tom in Ravinia vielleicht sogar berühmt? Wie verrückt die Welt doch war.

Aber es half ja nichts. Berrie hatte wahrscheinlich recht. Niemand konnte Tom und Baltasar und Geneva und den anderen jetzt helfen. Nur sie selbst. Vermutlich hatten sie es bereits getan. Das hoffte Lara zumindest.

Die Tür schwang auf, und Lee trat herein. Sein Gesichtsausdruck, der zuvor irgendwie in die Ferne gerichtet gewesen war, hatte sich gewandelt. Vollkommen. Nun strahlte er über das ganze Gesicht. Er lächelte nicht dabei, und seine Mundwinkel bogen sich nicht nach oben, nein, er strahlte ganz einfach. Er leuchtete von innen.

Hinter ihm betrat ein großer, unglaublich schlaksiger Mann mit langen, schwarzen Haaren den Raum. Oder sollte man besser sagen die Hütte, denn das war es ja schließlich? Doch der Gedanke verflog, als sie dem Mann ins Gesicht und auf die Hände sah. Jemand so unbeschreiblich Blassen hatte sie noch nie zuvor gesehen. Er war sogar im schummrigen Licht der Ölfunzeln blass. Verstärkt wurde der Eindruck noch zusätzlich dadurch, dass er einen schwarzen Anzug trug, dessen Hosen etwas zu kurz waren. Zwar war der Anzug nicht der neuste und etwas zerschlissen und voller Fussel, dafür aber mit den akkuratesten Bügelfalten versehen. Ein großer Mund setzte ein breites, zufriedenes Lächeln auf, als er Lara erblickte.

»Ah, die junge Miss ist erwacht«, sagte er. Seine Stimme klang vergnügt, war aber so tief, dass Laras Ohren zu vibrieren schienen, als er sprach. Er legte zwei große, in Zeitungspapier eingewickelte Bündel auf ein Tischchen neben dem Herd, und bald duftete es in der Hütte köstlich nach gebratenem Fisch.

Lee setzte sich zu Lara an den Tisch.

»Das ist alles so unglaublich«, meinte er. »Die haben mir erzählt, ich könnte ein Wahrsager werden.«

»Ein Wahrsager?« Lara war mit den Gedanken nicht ganz bei der Sache. Außerdem war es ein wenig seltsam. Bis jetzt hatte sie Ravinia als eine Art persönliches Geheimnis angesehen. Das war die Stadt natürlich nicht, denn es gab ja noch viele Hunderte oder Tausende anderer Menschen, die davon wussten, aber bis jetzt war *sie* es allein gewesen, die Ravinia entdecken konnte, die durch jede weitere Entdeckung etwas Neues für ihre Seele mitnehmen konnte.

»Ja, stell dir vor. Berrie hat sogar angeboten, das alles selbst in die Hand zu nehmen. Das ist echt unglaublich. Bis gestern war ich noch ein Nichts in einer trostlosen Kleinstadt in Rhode Island. Und jetzt? Die sprechen hier sogar alle Englisch. Na ja, die meisten zumindest.«

»Erklärt das wenigstens deine komischen Träume? Ich finde es nämlich seltsam, dass Leute, die nichts mit mir zu tun haben, von mir träumen«, entgegnete Lara mürrisch.

»Na ja«, Lee zuckte mit den Schultern. »Berrie hat gesagt, dass sich der Zufall manchmal auch Schicksal nennt und dass sich das mit den Träumen vielleicht bald erklären lässt.«

Der blasse Francesco setzte sich zu ihnen an den Tisch.

»Den Zufall-Schicksal-Satz sagt sie am liebsten den lieben langen Tag. Wenn du mich fragst, bedeutet er alles und nichts.«

»Francesco!«

Berrie drehte sich in gespielter Empörung vom Herd weg und stemmte die Hände in die Hüften.

»Jaja, ist ja schon gut«, sagte Francesco.

Lara wechselte das Thema.

»Warum haben Sie mir eigentlich geholfen?«, wollte sie wissen.

»Du fragst ja schon wieder«, stöhnte Berrie.

»Das liegt in der Natur der Dinge«, rechtfertigte Lara sich.

Berrie sagte erst einmal nichts, doch als sie ansetzen wollte, begann Francesco gerade zu erklären. Seine Worte schienen mit Bedacht gewählt, und wer nicht genau hinsah, der mochte ihn für etwas dümmlich halten. Für einen großen, schlaksigen Lulatsch. Das war er jedoch keineswegs, denn wer achtgab, konnte den scharfsinnigen Geist hinter den nachtschwarzen Augen hin und her huschen sehen.

»Ich würde sagen, das liegt ebenso in der Natur der Dinge«, sagte er.

»Hä?«

»Na ja, dass wir euch geholfen haben, meine ich. Der Junge hat dich ziemlich heldenhaft durch die Gassen geschleppt, um Hilfe zu holen. Du bist ihm wohl einfach vor der Nase umgekippt. Einfach so. Plumps.«

Er lachte über das Geräusch.

»Dann habe ich euch gefunden. Und da der Junge aussah, als könne er dich nicht mehr lange tragen, hab ich euch geholfen.«

»Hey, ein bisschen hätte ich schon noch durchgehalten«, meinte Lee. So war er offenbar. Gesegnet mit einem leichten Hang zur Aufschneiderei.

Lara hingegen sagte nur: »Danke.«

Ruhig und ehrlich. Was hätte sie auch sonst in ihrer seltsamen Situation sagen können?

»Du brauchst dich nicht zu bedanken«, antwortete Francesco. »Das ist selbstverständlich.«

»Oder das sollte es sein«, kam es von Berrie. »Ravinias Herz schlägt, weil es ein Ort von Gemeinsamkeiten ist. Und wenn alle Leute daran glauben würden, würde es noch viel lauter schlagen.«

»Sie spielen damit auf die Stadtvaganten an, oder?«

Berrie drehte sich kurz um, dann nickte sie.

»Nicht nur die. Aber auch. Es stimmt schon, dass Ravinia in erster Linie für diejenigen ist, die wegen ihrer besonderen Fähigkeiten sonst nicht wüssten wohin. Aber ich habe den Eindruck, im Laufe der Zeit hat es die Leute hier zu stolz gemacht. Vom Adel droben im Villenviertel möchte ich gar nicht reden. Es fängt ja schon beim Ansehen der einzelnen Zünfte untereinander an. Diejenigen, die Dinge erschaffen, also die Mechaniker, die Alchemisten, die Maler, die Schreiber, haben schon immer ein wenig seltsam auf diejenigen herabgeschaut, deren Künste nicht so greifbar sind wie zum Beispiel die der Wahrsager oder Barden.«

Lara seufzte. Ja, so war wohl die Welt der Menschen.

»Was war mit Roland Winter? War er nicht auch ein Schreiber?«

Berrie wirbelte herum und zeigte drohend mit dem Küchenfreund auf Lara.

»Wage es nicht, diesen Namen in meinem Haus zu benutzen«, zischte sie.

Dann nahm sie ein Stückchen Kreide und kritzelte etwas auf den Stützbalken neben ihrem seltsamen Herd.

»Entschuldigung«, murmelte Lara.

»Hör auf, dich zu entschuldigen! Es ist nicht böse gemeint, aber merk es dir! Dieser Name beschmutzt nicht dieses Haus!«

Lara nickte stumm.

Francesco und Lee schwiegen betroffen. Francesco offenbar, weil das Thema absolut nicht zu einem Kommentar seinerseits taugte. Lee, weil er sowieso nichts zu sagen gewusst hätte.

Nach einer kurzen Weile fuhr Berrie fort.

»*Der graue Lord* oder *der Herr über Wind und Staub* oder wie man ihn auch sonst nennen mag, war etwas Besonderes. Er konnte mit seiner Kunst Dinge anstellen, von denen selbst diejenigen, die Ravinia schon seit Jahren besuchen, die hier gelernt haben und hier lehren, nur träumen können. Du hast mir vorhin erzählt, was Mr Truska über den Verbleib des grauen Lords vermutet. Wenn das stimmt, dann sind es diejenigen, die ihm diese Falle gestellt haben, die Ravinia, wie wir es kennen, damals vor dem Untergang bewahrt haben. Und wir sollten ihnen unendlich dankbar sein!«

»Aber dann müssen wir umso schneller handeln«, entfuhr es Lara.

Berrie drehte sich erneut um und sah Lara an. Sie sah erschöpft aus.

»Was willst du denn tun, Mädchen? Es weiß doch niemand von dem, was vorgefallen ist. Selbst ich – und glaub mir, ich weiß von vielen Dingen, die in Ravinia geschehen – hatte bis heute nur eine Ahnung. Glaubst du, dass Eusebius Lanchester dir wirklich helfen kann? Ich werde es dir sagen: Der Einzige, der einen Schlüssel hätte fertigen können, um den grauen Lord wegzusperren, war Baltasar Quibbes. Der Mann ist eine Legende, Mädchen. Und selbst wenn sein Lehrling, Mr Truska, noch so begabt sein mag, so war er damals sicherlich noch zu jung. Was weiß ich, wer das Bild gemalt haben mag? Das Gedicht hat deine Großmutter geschrieben, sagst du? Es tut mir leid, dir das zu sagen, aber sie ist tot. Und wen willst du so schnell alarmieren? Wenn die Sturmbringer wirklich diesen Schlüssel haben, könnten sie die Tür überall öffnen. Sie könnten es tun, ohne dass es überhaupt jemand mitbekommt. Ich gebe es ja nur ungern zu, aber ich selbst habe auch keine Ahnung, was zu tun ist. Fest steht nur, dass du einen vollen Magen brauchst und einen Plan. Beides braucht mindestens noch ein paar Minuten, also hab endlich Geduld!«

Lara schwieg. Es sah so aus, als hätte Berrie recht, auch wenn sie es nur widerwillig einsah. Sie konnte genauso gut erst Berries Fisch essen. Und vielleicht konnte sie dann mit ihrer Hilfe überlegen, was zu tun sei.

So gab es also erst einmal Fisch.

Und ein anderes Thema drängte sich in den Vordergrund: Wahrsager. Lee bekam den Mund nicht mehr zu und begann, Berrie mit allerlei Fragen zu bombardieren.

»Was du als Wahrsager tust, hängt stark von deinen Talenten ab«, meinte Berrie. »Vielleicht wirst du ein Traumdeuter? Immerhin hat das Ganze mit deinen Träumen begonnen.«

Lee war und blieb aufgekratzt. Natürlich. Lara war es damals ja auch gewesen, als sie zum ersten Mal in Ravinia gewesen war. Immerhin schien man durch die Bekanntschaft mit Ravinia in eine andere Welt zu fallen.

Wichtig war für Lara zunächst einmal nur die Tatsache, dass sie sich ein wenig entspannte. Sie war hier bei guten Leuten, dessen war sie sich sicher. Und Geborgenheit scheint eine der

Grundzutaten für Zuversicht zu sein. Selbst wenn man sich noch so verloren vorkommen mag.

Schließlich fragte Lee, ob es nicht irgendwelche Gemeinsamkeiten unter den Wahrsagern gäbe. Da stand Berrie wortlos auf und huschte in eine Ecke. Sie kramte in einer Truhe herum und kam schließlich an den Tisch zurück. In der Hand hatte sie eine kleine, ja beinahe winzige Phiole.

»Das«, sagte sie, »ist eines der wenigen Dinge, die beinahe jeder Wahrsager kann. Ich muss allerdings gestehen, dass ich selbst gar nicht so gut darin bin. Es hat mich allerdings auch nie speziell interessiert.«

Sie zeigte auf die kleine Phiole.

»Das ist möglicherweise sogar mein Letzter. Ich glaube, ich habe ihn, seit ich noch ein Lehrling war. Oder wenn ich schon eine richtige Wahrsagerin war, dann war ich es zumindest noch nicht lange.«

Sie entkorkte die Phiole.

Ein Blitz entwich ihr. Nein, kein Blitz, es war mehr eine Flamme, eine kleine, flackernde Flamme, die allerdings keine Wärme abzustrahlen schien. Genau wie die Lichterscheinungen, mit denen Mama Zamora Rubens Uhren zerstört hatte. Die Erscheinung huschte nach oben gegen die Decke und von dort aus in die eine oder andere Ecke, bis sie schließlich zielsicher auf die glühenden Kohlen des Herdes zuhielt und dort verschwand.

»Was war das?«, fragten Lee und Lara im Chor.

»Ein Lichtgeist«, klärte Berrie sie auf. »Allerdings nur ein kleiner. Wie gesagt, ich hab's nicht so mit denen. Aber da das Handwerk aller Wahrsager immer eng mit Licht und Dunkelheit verwoben ist, hat jeder von uns auch ab und zu mit Lichtgeistern zu tun. Wir können sie sogar einfangen.«

»Ist das nicht grausam?«, wollte Lee wissen und überraschte Lara ein wenig. Diese Frage hätte sie ihm so nicht zugetraut.

Berrie schüttelte den Kopf.

»Lichtgeister sind wie alle Geister. Zeit spielt für sie keine

Rolle. Ihm dürfte es egal gewesen sein, ob ich ihn für eine Sekunde oder für zwanzig Jahre in der Phiole gefangen gehalten habe. Natürlich ärgert ihn das ein wenig, aber es tut ihnen nicht weh.«

Es klopfte an der Tür.

Berrie verdrehte die Augen.

»Ist denn heute Tag der offenen Tür im Haus der Kreidefrau?«

Francesco erhob sich von seinem Hocker und machte die Tür auf, in deren Rahmen jemand stand, den Lara schon einmal gesehen hatte.

Lange Haare wehten ihm über die Schultern, die in einem Flickenledermantel steckten.

Marcion.

»Francesco«, begrüßte er den blassen Mann.

»Was willst du?«

In der Frage klang mit, dass Francesco eine Gemeinsamkeit mit Tom zu teilen schien: Sie mochten Marcion nicht.

»Lass ihn rein«, rief Berrie, worauf der große Francesco den Weg frei gab. Etwas widerwillig vielleicht.

Marcion ließ sich von Francescos Erscheinung allerdings nicht beeindrucken, sondern drängelte sich schnurstracks an ihm vorbei ins Innere. Mit einem unzufriedenen Knurren machte Francesco die Tür wieder zu, während Marcion sich ohne Umschweife Francescos Hocker nahm und sich an den Tisch setzte. Francesco hingegen schnappte sich eine Holzkiste und zog sie sich an den Tisch heran.

Marcions fingerkuppenlose Handschuhe verschwanden in seinen Taschen, dann streckte er Berrie die Hand entgegen.

»Hallo Kreidefrau«, sagte er mit dem Grinsen eines Sunnyboys auf dem Gesicht. »Wie ist die Lage?«

»Ich kann nicht klagen«, antwortete Berrie auf diesen kläglichen Small-Talk-Versuch. Sie klang nicht so abweisend wie Francesco, aber auch nicht übermäßig begeistert. »Sag, Marcion, was verschafft uns die Ehre?«

Ein beiläufiges Achselzucken begleitete Marcions Worte: »Ach, man hört so dies und jenes in der Stadt.«

Sein Blick wanderte zu Lara.

»Unter anderem soll aus dem Nichts eine junge Schlüsselmacherin ihre Lehre im Hause Quibbes begonnen haben. Jemand mit einem geschichtsträchtigen Namen. Ms McLane.«

Marcion bot Lara seine Hand dar, und diese nahm den Gruß zaghaft an.

»Du darfst gleich plaudern, Marcion«, meinte Berrie. Es klang wie eine Beschwichtigung. »Aber zuerst verrätst du mir bitte, woher du weißt, dass Lara hier ist.«

»Das war ganz einfach«, gab Marcion gleichgültig zurück. »Immerhin hat der Junge sie durch die halbe Stadt geschleppt.«

Die Hand wanderte zu Lee, der den Handschlag ebenfalls erwiderte.

»Marcion de Huhl«, stellte dieser sich erneut vor.

»Hab ich gehört«, entgegnete Lee, sichtlich unentschlossen, was er von der Erscheinung im Flickenmantel halten sollte. »Lee Crooks«, stellte er sich schließlich seinerseits vor.

»Angenehm«, sagte Marcion, dann kehrte seine Aufmerksamkeit zu Lara und Berrie zurück.

»Du behältst übrigens auch für dich, woher du so manches weißt, meine Liebe«, wandte er sich an Berrie. »Also lass meine Informationsquelle meine Sorge sein, so wie deine mich nicht zu interessieren hat.«

»Irrtum«, lächelte Berrie ihn zuckersüß an. »Du befindest dich in *meinem* Haus. Und zwar zu *meinen* Bedingungen.«

Marcion seufzte und machte die abwehrende Handbewegung, die Lara schon aus ihrer kurzen Begegnung in Amsterdam kannte.

»Okay, okay«, ließ er vernehmen. »Ein Nimmerchen hat es mir gesteckt.«

Das stellte Berrie offenbar zufrieden, denn sie nickte.

Lara sah Lee an. »Ein Nimmerchen?«

»Kleine Viecher, ein wenig wie springende Meerschweinchen«, meinte Berrie. »Sie sind manchmal recht nervig.«

»Oder sehr nützlich«, bekundete Marcion. »Mal ehrlich, meine Liebe, manchmal sind wir doch alle froh, dass der Stadtadel es nicht geschafft hat, sie aus den Kanälen zu vertreiben, oder?«

Berrie seufzte.

»Manchmal vielleicht. Aber bei mir überwiegt der Nerv-Faktor, glaube ich. Kleine Schmarotzer.«

»Na na, Schmarotzer ist kein nettes Wort«, meinte Marcion. »Wir werden manchmal auch so genannt.«

Berrie sah ihn unverwandt an.

»Na ja, in einem gewissen Maße stimmt das ja auch.«

Ein Schulterzucken seitens des Holländers.

»Du bist einer von diesen Stadtvaganten, oder?«, mischte Lee sich ein.

»Ach«, Marcion winkte ab. »Weißt du, der Begriff ist so negativ besetzt.«

Lara antwortete stattdessen.

»Tom meint, Stadtvaganten seien Personen, die anderer Leute Arbeit nicht wertschätzen würden.«

Die Belustigung in Marcions Augen wich ein Stückchen.

»Das ist so nicht ganz richtig«, versuchte er es deshalb klarzustellen.

»Sondern?«

»Pass auf, junge Miss McLane. *Ihr* habt es relativ einfach in Ravinia. *Du* kannst zum Beispiel Schlüssel herstellen – oder wirst es irgendwann können. Da du nicht so ganz in die Welt eines Amsterdam, eines Moskau, eines London, eines New York passt, gewährt man dir wohlwollend Zutritt zu Ravinia.«

Lara nickte, so weit hatte sie es verstanden.

»Aber was ist mit denjenigen Leuten, die ebenfalls nicht in diese Welt passen? Schau mich an! Sehe ich so aus, als hätte ich in Amsterdam viel zu suchen? Ich glaube an Ravinia, an Geister, an Mythen, an Magie«, sagte er verschwörerisch. Aber Lara hatte längst begriffen, dass es scheinbar eine sehr viel tiefgründigere Seite an Marcion de Huhl gab, als den flapsigen Lebemann, den er oberflächlich gab.

»Ich finde übrigens auch«, fuhr er fort, »dass man die Arbeit der besonders talentierten Leute respektieren sollte. Ich würde niemals einen Schlüssel oder etwas Ähnliches stehlen.«

Es klang so aufrichtig, dass sich Laras Bild von Marcion, den Tom nicht leiden konnte, langsam neu zu zeichnen begann.

»Ja«, gab Marcion zu. »Es gibt diejenigen unter uns, die sich ihren Zugang zu Ravinia erschleichen. Aber ich versuche seit Jahren vergeblich, eine Art Ehrenkodex für Stadtvaganten durchzusetzen. Doch ihr Lebenswandel ist ihnen zu bequem.«

Er zog einen Schlüsselbund hervor. Dieser war wesentlich kleiner als Toms, und Lara erkannte sofort – warum wusste sie nicht, sie vermutete, es hatte mit ihrer Begabung zu tun –, dass nur drei oder vier der Schlüssel daran zu jenen sonderbaren gehörten, die an andere Orte führten.

Marcion fingerte an dem Bund herum, löste einen besonders prachtvollen Schlüssel, der sich durch einen formschönen Kopf und einen matten Platinglanz auszeichnete, und gab ihn Lara.

Wieder durchfuhr ein leichtes Kribbeln Laras Finger. Ja, dieser Schlüssel musste mit einer ungeheuren Liebe gefertigt worden sein. In einer verschnörkelten, geschwungenen Schrift war über den Bart hinweg *Ravinia* eingraviert.

»Der ist wunderschön«, gab Lara anerkennend zu. »Einzigartig.«

Marcion nickte nur.

»Du kennst doch Eusebius Lanchester?«, fragte er, ohne dass er eine Antwort zu erwarten schien.

Lara nickte. Natürlich. Sonst wüsste Marcion wohl kaum über ihren Namen Bescheid. Der Stadtrat musste ihren Namen als neuer Lehrling von Ravinia in den letzten Wochen öffentlich gemacht haben.

»Dieser Schlüssel«, erklärte Marcion, »entstammt dem Nachlass von seines Bruders Witwe.«

»Oh«, machte Lara bloß.

»Ein alter Freund, der Ravinia schon kannte, hat mir damals den Tipp gegeben. Und da ich händeringend nach einem Ort suchte, wo man mich und meine seltsamen Eigenarten versteht, habe ich ihn ersteigert.«

Marcion machte eine kurze, aber bedeutungsvolle Pause.

»Er hat mich beinahe alles gekostet, was ich besessen habe, aber es war mir egal. Mr Lanchester hat getobt, aber er konnte es nicht verhindern. Das war mein Schritt in Richtung Ravinia.«

Wieder ein kurzes Schweigen. Lara gab den Schlüssel zurück.

»So, junge Miss McLane, ich kann vielleicht nichts Besonderes herstellen, kann mich nicht wie eine Katze bewegen, so wie die Nachtwächter, und ich habe auch keine Visionen oder was den Wahrsagern sonst noch alles Seltsames widerfährt, aber ich hänge ebenso sehr an Ravinia wie der Stadtadel oder wie sonst irgendjemand in dieser Stadt. Vielleicht hilft dir das ja über die Vorurteile mancher Schlüsselmacher hinweg.«

Francesco und Lee zogen beide die Augenbrauen hoch. Lara war platt. Offensichtlich hatte niemand erwartet, dass Marcion de Huhl so viel von sich preisgeben würde. Berrie hingegen schien nicht sonderlich überrascht.

»Viele nennen mich den *König der Vaganten*«, setzte Marcion noch einmal an. »Und das ist der Grund dafür, warum mich so viele Handwerker in Ravinia nicht mögen. Man nennt mich so, weil ich mich für die Vaganten einsetze, dafür, dass man sie in Ravinia akzeptiert. Aber wenn man schon den Titel *Stadtvagant* trägt, wird man auch gleich mit denjenigen ohne Ehre in einen Topf gesteckt. Denjenigen, die Kristallkugeln und Heiltränke, magische Spiegel und weiß der Geier was nicht alles einfach stehlen und den lieben Gott einen guten Mann sein lassen.«

Niemand wusste darauf etwas zu erwidern.

Berrie begann, den Tisch abzuräumen, hielt dann aber inne.

»Marcion, ich hätte da eine Idee«, meinte sie. »Du kennst doch allerhand Schleichwege. Was hältst du davon, unsere beiden Teenager sicher zum Uhrenturm zu bringen?«

Doch bevor Marcion antworten konnte, wurden von allen Seiten Einwände erhoben:

»Wieso soll ich denn mit zu diesem Uhrenturm kommen?«, fragte Lee, während Francesco offenbar Sorgen um Laras Sicherheit hegte und bedächtig fragte, ob Berrie das für eine so ausgesprochen gute Idee hielte.

Berrie knallte den Geschirrstapel auf die rostige Spüle.

»Erstens: Lee, wenn du bei mir lernen willst, dann tust du, was ich dir sage. Außerdem haben deine Träume sicherlich einen Grund. Deshalb bleibst du erst einmal bei Lara.«

Beiläufig murmelte Marcion daraufhin etwas wie: »Ach, sieh an.«

»Zweitens: Mein liebster Francesco, dann geh doch einfach mit, wenn du dich sorgst!«

Francesco grunzte kurz, aber Marcion meinte: »Genau, komm einfach mit, dann wirst du schon sehen, dass ich die Kinder nicht auffresse. Außerdem ist es dunkel, du kannst dich also ruhig nach draußen wagen.«

Ein weiteres Grunzen. Francesco hatte offenbar keine Lust auf einen Ausflug mit Marcion, aber er musste einsehen, dass er in die Ecke gedrängt worden war. Ihm blieb keine Wahl.

Berrie schien zufrieden.

»Na bitte«, sagte sie triumphierend. Und dann malte sie zufrieden ein weiteres Kreidezeichen an den Querbalken über der Spüle, an dem diverse gusseiserne Töpfe und Pfannen hingen.

Sie traten hinaus in die düstergoldene Nacht.

Dies war der Moment, in dem auch Lara erfahren sollte, was es mit dem Rondell auf sich hatte. Das Rondell sah aus wie eine riesige, alte Wagenburg, deren Wagen sich irgendwann entschieden hatten, sich nach und nach in richtige Häuser zu verwandeln. Hier und da ragten noch Dinge wie ein ehemaliger Kutschbock aus den Wänden der Holzhäuser. Über vielen Eingängen – so auch über dem von Berries Hütte, über dem jedoch auch noch diverse runenähnliche Symbole in den Türrahmen geritzt waren – hingen große Wagenräder mit Holzspeichen. Zu jedem der ehemaligen Wagen führte ein kleines Treppchen hinauf. Manche besaßen eine kleine Veranda.

In der Mitte des Rondells flackerte ein großes Feuer vor sich hin, dessen Lichtschein den Blick auf den Sternenhimmel von Ravinia vereitelte. Junge Frauen mit weiter, bunter Kleidung und Ringen an Armen und Beinen tanzten im Feuerschein zur Musik, gespielt von gleichaltrigen jungen Männern. Gitarren, Mandolinen und Cajons holten die großen Zeiten von Johnny Cash und Bob Dylan und Simon & Garfunkel zurück aus ihren Gräbern und verliehen dem Geschehen einen glänzenden Anstrich von Nostalgie.

Then Sue came along, loved me strong, that's what I thought. But me and Sue, that died, too …

Die Zeilen lagen schwer in der Luft wie der süße Rauch der Wasserpfeifen, der von überallher aufstieg.

In Hauseingängen saßen Bohemiens und diskutierten über Literatur von Oscar Wilde und Neil Gaiman, von Lew Tolstoi und Thomas Mann, rauchten Zigarillos und tranken Whisky aus klobigen Gläsern.

Zwei Akrobaten waren in eine Übungsstunde vertieft und vollführten unter gegenseitiger Begutachtung allerlei Kunststücke, balancierten Teller auf Stöcken oder schlugen Räder. Ein Mann mit feuerrotem Haar und einer Art Frettchen auf der Schulter sah ihnen dabei zu.

Ein Guru meditierte auf einem kleinen Teppich, umringt

von einer Gruppe Neugieriger sowie einigen seiner Schüler, denen die innere Ruhe fehlte, um es ihm gleichzutun.

An einem Klapptisch saßen zwei alte Männer mit dicken, ergrauten Schnauzbärten, tranken Tee aus kleinen Gläsern und spielten Schach mit uralten, teils verkrüppelten hölzernen Figuren.

Plötzlich ertönte neben Lara eine Mundharmonika und setzte ein Blues-Solo über eine instrumentale Stelle des Johnny Cash-Songs. Es war Lee, der – woher auch immer – eine kleine, silberne Mundharmonika gezaubert hatte und nun der Musik am Feuer eine neue Facette verlieh. Als das Lied endete, applaudierten Tänzer und Musiker in Lees Richtung, was dieser mit einer eleganten Verbeugung quittierte. Wieder war dieses strahlende Lächeln auf seinem Gesicht zu sehen, so, als tränke seine Seele die pure Lebensenergie dieses Ortes und dieses Augenblicks.

Er drehte sich zu Lara um.

»Weißt du, nur hier stehen zu dürfen, war all den Stress der letzten Wochen mit all den seltsamen Träumen und Gedanken vielleicht schon wert.«

Und Lara wusste, was er fühlte.

Zuhause.

Dieser Ort gab einem das Gefühl, dass die Welt, in der sie groß geworden waren – die Welt der Wolkenkratzerstädte und der Wirtschaftsfonds, in der man nach außen immer nur zu scheinen, aber nie zu sein hatte –, an Bedeutung verlöre.

Marcion gab ihr schließlich einen Klaps auf die Schulter und riss so ihre Aufmerksamkeit von der Szene, die sich ihr bot, fort. Langsam setzte sich die kleine Gruppe wieder in Bewegung.

»Wer waren deine Eltern?«, fragte Lara schließlich, als sie in die Gassen und Hinterhöfe der düstergoldenen Stadt abtauchten. Eusebius Lanchester und Baltasar hatten ihr erklärt, dass die talentierten Kinder von Ravinia auch talentierte Eltern hatten. Aber sie wusste natürlich nicht, ob das ausschließlich der

Fall war oder ob es auch Kinder gab, die zufällig ein Talent hatten.

»Ich habe sie nie kennengelernt«, gestand Lee ganz offenherzig.

Da war sie plötzlich. Eine Gemeinsamkeit, die Lee und Lara sich teilten. Sie hatten keine Vergangenheit, zumindest keine richtige. Es war irgendwie erleichternd, denn bisher war Lee ihr ein wenig zu selbstsicher vorgekommen.

»Ich bin im Waisenhaus aufgewachsen, seit ich mich erinnern kann«, erklärte er weiter. »Es war nicht die schlechteste Zeit, aber es war nicht unbedingt *meine* Zeit.«

»Ich bin bei meinem Großvater aufgewachsen«, sagte Lara. »Es war ganz sicher viel besser als ein Waisenhaus, aber …«

Lee sah sie unmittelbar an.

»Nein«, entschuldigte Lara sich. »Das wollte ich nicht …«

»Ist schon gut«, hastete Lee dazwischen, bevor sie den Satz beendet hatte. »Ich weiß, was du meinst. Wir kennen beide unsere Wurzeln nicht so richtig, wir sind wie Menschen ohne Schatten.«

Das traf es gut.

Weiterer Worte bedurfte es nicht. Und auf einmal überlegte Lara, dass vielleicht doch einmal Freundschaft zwischen ihnen entstehen mochte. Die Überlegung war interessant. Ganz gleich ob sie nun der Zufall oder das Schicksal zusammengeführt hatte. Dabei hörte sie in Gedanken erneut Berries Satz über den Zufall, der sich durchaus auch Schicksal nennt und sich als solches verkleidet. Freundschaft mit dem seltsamen Lee Crooks, dessen braune Augen Abgründe und Sprungbretter zugleich waren. Aber waren sie nicht alle seltsam in Ravinia? Verband dies nicht die Leute hier, wie Marcion gesagt hatte?

Dieser war indes in ein Gewirr aus kleinen Gassen, engen Hinterhöfen und ungepflasterten Sträßchen abgebogen.

»Warum nehmen wir nicht den direkten Weg zum Markt?«, wollte Francesco wissen.

»So richtig weiß ich es auch nicht«, meinte Marcion. »Aber

wieso hätte ich die Kinder sonst zum Uhrenturm bringen sollen, wenn sie einfach die Hauptstraßen hätten entlanggehen können?«

»Du bist seltsam«, sagte Francesco.

»Sind wir das nicht alle?«

Dann schwiegen sie. Stapften weiter durch die dunklen Ecken der Stadt und kletterten über Zäune oder unter Wäscheleinen hindurch.

»Die Kreidefrau hat recht«, unterbrach Marcion nach einer Weile das Schweigen.

»Womit?«, fragten Lara und Francesco gleichzeitig.

»Damit, dass das Rondell das Herz von Ravinia ist.«

»Aha«, machte Francesco.

Lara dachte weiter.

»Weil dort alles frei ist?«

Marcion nickte und Lara philosophierte weiter.

»Aber glaubst du nicht, dass die Menschen, wenn wirklich *alles* frei wäre, nur noch in Ravinia leben wollten? Weil es ihnen unendlich viel Raum geben würde?«

»Ich glaube nicht«, meinte er. »Ravinia ist genauso grausam wie die Welt dort draußen. Der Geist der Leute ist bloß freier.«

»Aber das ist auch gefährlicher.«

Marcion lächelte im Gehen.

»Der Mensch ist dazu verdammt, frei zu sein«, sagte er bloß.

»Sartre«, sagte Lee. Alle drehten sich zu ihm um, während er selbst nur mit den Schultern zuckte. »Sorry«, meinte er. »Das hat Sartre mal gesagt.«

»Stimmt«, stellte Marcion schließlich fest. »Aber so ist es doch auch.«

Er kletterte vor Lara eine eingefallene Backsteinmauer hinauf, blieb oben stehen und deutete mit dem Finger zwischen zwei Häuserlücken hindurch. Lara konnte die Anhöhe erkennen, auf der Tom zufolge das Villenviertel stehen musste.

»Dort oben wohnen diejenigen, die in Ravinia wirklich das Sagen haben.«

»Der Adel?«

Wieder nur ein Nicken.

»Der Adel«, erklärte Marcion, »lässt Ravinia elitär und arrogant erscheinen, obwohl es das gar nicht ist. Sie machen ihre eigenen Gesetze und kontrollieren den Stadtrat, zumindest teilweise.«

»Das sind Gerüchte«, kommentierte Francesco tonlos von unterhalb der Mauer.

Marcion sprang hinab und lief auf einen weiten Hof hinaus. Jetzt, bei näherer Betrachtung, fiel Lara auf, dass es der Hof einer einstigen Fabrikhalle war. Wie seltsam. Hatte sie doch bisher gedacht, dass Dinge wie die Industrie niemals Fuß fassen könnten an einem Ort wie diesem. Aber wahrscheinlich hatten sie das auch nie. Die Fabrik war verfallen, die Scheiben eingeworfen, eine Katze huschte panisch hinter eine Ecke und warf dabei ein Wellblech um.

Marcion hingegen wartete in der Mitte des Hofes und deutete mit dem Finger auf Francesco.

»Nein, mein Lieber, das sind keine Gerüchte. Wer, glaubst du denn, ist schuld daran, dass man versucht, die Stadt *rein* zu halten? Dass man Lutins, Nimmerchen und solche wie *euch* hier nicht duldet?«

»Na ja«, machte Francesco. »Also solche wie *uns* duldet man hier schon. Dass wir in Epicordia leben, ist unsere Entscheidung. Die Nimmerchenplage würde sowieso niemand in den Griff bekommen. Von denen gibt es Tausende oder noch viel mehr. Und die Lutins – na ja …«

»Siehst du?« Marcion wollte den Gedanken festhalten. »Man sollte etwas gegen den Stadtadel unternehmen.«

Francesco bekam große Augen.

»Das meinst du nicht ernst, oder?«

»Natürlich.«

Marcion holte etwas aus der Tasche, das aussah wie eine Kugel aus rotem Glas. Sie war durchscheinend und etwa so groß wie eine Billardkugel.

»Weißt du, was das ist?«

Francesco runzelte die Stirn.

»Ein Kristall?«, fragte er.

Marcion nickte eifrig.

»Ein hörender Kristall. Ich habe Berrie nicht ganz die Wahrheit gesagt darüber, wie ich die junge Miss McLane gefunden habe.«

»Du hast uns belauscht?«

Francesco klang immer noch tonlos. So als grübele er während des Sprechens noch darüber, was Marcion ihm da erzählt hatte.

Marcion hingegen lachte. Und plötzlich klang es wie eine gefährliche Mischung aus Triumph und Verzweiflung. Lara hätte später nicht mehr sagen können, ob es der Irrsinn oder die Tränen waren, die in seinen Augen aufflackerten. Sie wusste aber mit Sicherheit, dass sie Marcion dafür noch eine ziemlich lange Zeit hasste.

»Ich hatte eigentlich keine Wahl«, meinte Marcion. Seine Stimme zitterte.

Lee zog Lara unwillkürlich an einem Ärmel zu sich heran, aber Lara nahm es kaum wahr. Sie hatte nur Augen für Marcion, der mit den Schultern zuckte und hektisch um sich blickte. Lee begann, sich vorsichtig in alle Richtungen umzusehen.

»Lara«, schallte es über den Hof. Erleichterung und Angst klangen in dem Ruf mit und noch so viel mehr.

Sie kannte diese Stimme. So viel besser als jede andere.

»Großvater!«

Alle Blicke richteten sich auf das große Tor der ehemaligen Fabrikhalle, in dessen Rahmen Henry McLane stand. Nur der Mond ließ sein weißes Licht auf den alten Mann fallen, der selbst als Schemen keine wirklich gute Figur machte.

Lee versuchte in der Drehbewegung noch Laras Ärmel zu erwischen, aber er war zu spät. Seine Intuition hatte eine halbe Sekunde zu spät eingesetzt, wofür er sich innerlich verfluchte.

Und so lief Lara völlig ungehemmt in Richtung des großen Tores, dessen Flügel schon seit Jahrzehnten nicht mehr in ihren Angeln hingen.

Doch sie hatte nicht einmal die halbe Strecke bis zu ihrem matten Großvater zurückgelegt, da kam ein Schatten und nahm die Welt mit sich. Er riss Henry McLane einfach um, auf der Stelle und mit entsetzlicher Wucht. Henry McLane wurde nach hinten geschleudert und hart aufgefangen von einer graziösen und furchtbar athletischen Figur.

Der Mann, der Lara und Tom durch den Londoner Underground verfolgt hatte, hielt Laras Großvater in einem eisernen, unbarmherzigen Griff und schleifte ihn ein paar Schritte in Richtung Hofmitte.

Lara ging mit einem markerschütternden Schrei, teils Schmerz, teils Schreck, teils Wut in die Knie. Der Schock saß tief. Augenblicke später war Lee bei ihr und hockte sich neben sie.

»Was wollen Sie?«, fauchte er den Schatten an.

»Lara McLane«, sagte der düstere Mann mit den langen schwarzen Haaren, ohne überhaupt auf Lee zu achten.

In den Ecken des Hofes wurden helle Feuer in alten Tonnen entzündet. Alles wirkte wie eine geplante Inszenierung.

»Sieh an, sieh an«, sagte eine süffisante Stimme, die wie Wüstenwind klang.

Ein weiterer Mann trat hinter dem ersten hervor. Auch er hatte lange schwarze Haare, die ihm in feinen Korkenzieherlocken bis auf die Brust hingen. Außerdem hatte er eine lange, hakenförmige Nase und einen mediterranen Teint. Die Hände hatte er hinter seinem Rücken gefaltet, und ein langer schwarzer Mantel, behängt mit allerlei silbernem Schmuck, Talismanen und verschnörkelten Verzierungen, wehte hinter ihm her, als er langsam über den Hof auf die heulende Lara zuschritt.

»Sieh an. Das ist also die Tochter der McLanes? Interessant.«

Und Lara schrie all ihre Verzweiflung hinaus, während sich

das diabolische Grinsen des zweiten Mannes unauslöschlich in ihr Gedächtnis einbrannte. Bereit, auf jedem Albtraum aller kommenden Nächte zu reiten wie der Sturm auf dem Meer.

8. Kapitel, *in dem Verrat, neue und alte, richtige und falsche Freunde eine Rolle spielen.*

Dann haben des eigenen Rechts
Und gewiss des himmlischen Feuers
Gespottet die Trotzigen, dann erst
Die sterblichen Pfade verachtend
Verwegnes erwählt
Und den Göttern gleich zu werden getrachtet.

Friedrich Hölderlin

Der gute Wille ist ein Verräter.

Nein, der gute Wille verrät sich nur selbst. Das Gegenteil von *gut* ist *gut gemeint.*

Und dabei waren Lee und Lara sich so sicher gewesen, es mit einem guten Willen zu tun zu haben. Francesco sah unsicher aus, aber nicht überrascht.

»Es tut mir leid«, stammelte Marcion. »Ich kann nicht anders, ich –«

Weiter kam er nicht, da Francesco ihm heftig in den Magen schlug.

»Halt«, schnitt die Wüstenwindstimme des hakennasigen Mannes grausam und herrisch über den Hof. Hinter ihm glitt mit einem Zischen ein krummer Dolch aus seiner Scheide, gehalten in der bandagierten Hand des anderen düsteren Mannes. In seinem unverletzten Arm hing schlaff Henry McLane. Laras Großvater schien für seinen Peiniger nicht mehr zu sein als eine wehrlose Puppe.

Und Lara schrie erneut. Schrie ihre Verzweiflung hinaus in die düstergoldene Nacht, wo der Mond sie nicht zu schlucken vermochte.

Ein Klacken wisperte über den Hof, und zwei Männer mit Armbrüsten traten aus den Schatten, direkt neben den Hakennasigen. Der eine trug einen Seemannspullover und eine Wollmütze sowie einen kurzen, weißen Vollbart. Der andere hatte ein von blondem Haar gesäumtes Mondgesicht. Beide schienen hoch konzentriert. Francesco ließ von dem heulenden Marcion ab und blickte wehmütig zu der gequälten Lara, um deren Schulter Lees Arm lag, während die Augen des amerikanischen Jungen die fremden Männer anfunkelten, als könne er sie allein mit Blicken aufspießen.

»Halt den Mund«, donnerte der hakennasige Mann über den Hof, als Laras Schrei in der Nacht verhallt war. Das Süffisante war aus seiner Stimme verschwunden, und die schiere Kälte seiner Seele lag nun darin.

Lee half der fassungslosen Lara auf.

»Lassen Sie ihn los!«, zischte Lara, presste es zwischen den Zähnen hervor.

»Wieso sollten wir?«, gab ihr Gegenüber zurück.

Ein ersticktes Stöhnen entfuhr dem schlaffen Henry McLane.

Lara wusste, was auch immer nun von ihr verlangt würde, sie würde es tun. Ohne Vorbehalt, ohne Heldentat, ohne Wenn und Aber. Es gab Dinge, die wogen mehr als ganze Städte. Mehr als ganze Königreiche.

»Bitte!«, presste sie hervor.

Das Lächeln kehrte auf das Gesicht des Mannes mit der Wüstenwindstimme zurück.

»In ein paar Minuten«, meinte er zufrieden. »Wenn alles vorüber ist, ja, dann können wir darüber reden, euch laufen zu lassen.«

Und eine übergroße Portion Selbstzufriedenheit schwang mit, als er hinzufügte: »Ruben magst du ja entkommen sein, aber mir niemals.«

Es klang grausam. So unendlich grausam, wie die Welt nur sein konnte.

Und Lara ließ die Schultern hängen und wusste, dass sie verloren hatte.

Die Männer dirigierten sie zu einer Tür, die neben dem großen Tor der Fabrikhalle eingelassen war. Lee ging erhobenen Hauptes und mit gestrafften Schultern dicht hinter Lara, bedroht von den scharfen Bolzenspitzen der Armbrüste.

Francesco trat aus voller Drehung gegen den am Boden wimmernden Marcion und folgte ihnen schließlich auch. Die beiden Armbrustschützen trieben ihn zu Lara und Lee, während der hakennasige Mann voranging und der Düsterling mit dem halb ohnmächtigen Henry McLane als Geisel den Abschluss bildete.

Dann war es so weit.

Sie erreichten die Tür, die – im Gegensatz zum angrenzenden Tor – noch intakt zu sein schien und einst vielleicht einen Boteneingang oder etwas Derartiges dargestellt haben mochte.

Der Hakennasenmann holte einen düstergoldenen Schlüssel an einer Kette hervor. Ja, *düstergolden* war absolut passend. Ohne dass irgendjemand auch nur ein Wort über die Lippen brachte, spürte Lara, dass sie eines der wenigen absoluten Meisterwerke der Schlüsselmacherkunst vor sich hatte. Beinahe meinte sie, ein Pulsieren wahrzunehmen, das von dem Schlüssel mit dem kunstvollen Bart und dem verzierten Kopf auszugehen schien.

Doch ein Stöhnen ihres angeschlagenen Großvaters ließ sie alle Ehrfurcht vor dieser großartigen handwerklichen Arbeit vergessen und zurückkehren in ihren Körper und ihren Geist, die von Angst und Schmerz erfüllt waren.

Der Schlüssel wurde im Schloss gedreht.

Und dann ging die Tür auf.

Die Welt war ein Verräter.

So viel war sicher.

Hinter der Tür lag ein weitläufiger Raum, aus dem ein stetes, durchdringendes Ticken wie von einer großen Uhr zu hören war. Er wirkte wie ein Sanktuarium. Etwas zog an Lara. Ein wenig, als würde sie einen Raum betreten, in dem Unterdruck herrschte. Doch es zog nicht am Körper, sondern an der Seele, berührte viel tiefer, als ein eisiger Wind es vermocht hätte.

Es stank furchtbar ätherisch von überall her. Gierige Schwaden eines öligen Geruchs durchsetzten die ohnehin schon abgestandene und muffige Luft.

Ein dicker, purpurner Teppich schluckte ihre Schritte, als sie langsam nacheinander den seltsamen Raum betraten. Lediglich der Mond ließ einen kleinen, silbrigen Schimmer in das Sanktuarium fallen, sodass Lara mutmaßen konnte, dass der Teppich rot war.

Einen Moment später war sie sich sicher.

Der hakennasige Mann warf etwas auf den Boden, das mit einem erstickten Klirren zerbrach. Zwei mächtige Lichterscheinungen – Lara vermutete, dass es Lichtgeister waren, nur größer als derjenige, den Berrie ihnen vorgestellt hatte – huschten in verschiedene Richtungen durch den Raum und entzündeten dabei an jeder Wand eine Reihe von Fackeln.

Und von einem Moment auf den anderen war es taghell.

Das Sanktuarium war insgesamt etwas breiter als lang. An einer Seite des Raumes befand sich eine große Standuhr aus Messing oder etwas Ähnlichem. Sie tickte unerhört schnell für ihre Größe, und ihr gewaltiges Pendel schwang beinahe schneller hin und her, als es dies von Laras Gefühl für Physik her eigentlich hätte tun dürfen.

Das Grausigste allerdings war das Bild, das in der Mitte der gegenüberliegenden Wand hing. Umringt von einer Art Geländer – wie in einem Museum –, auf dessen Streben goldene Kristallkugeln saßen.

Das Bild selbst war mannshoch, und Lara wusste, wen es darstellte.

Roland Winter.

In einer Pose, in der sich auch große Firmenbosse oder Mafiapaten hätten porträtieren lassen können.

Doch das Gemälde war zerstört. Die Farbe schien teilweise verblichen, teilweise verlaufen, wider die Naturgesetze. Es wirkte, als hätten diese Prozesse erst eingesetzt, nachdem das Bild gemalt worden war.

»Es ist das Bild, das so stinkt, oder?«, fragte Lee unvermittelt, woraufhin der Mann mit der Seemannsmütze ihm eine schallende Ohrfeige verpasste. Die Wucht seiner dicken Oberarme ließ Lee straucheln und vornüberfallen. Oh, wie Lara diese Männer hasste.

Der hakennasige Mann drehte sich um.

»Lass es gut sein«, meinte er herablassend. »Der Junge mag respektlos sein, aber er hat recht.«

Während sie alle in der Nähe der Tür blieben, tat er ein paar Schritte durch den Raum. Dabei wirkte er so ehrfürchtig, als würde er eine große Kathedrale besichtigen.

Schließlich kam er zu dem Mann herüber, der Henry McLane in seinem unerbittlichen Griff hielt.

»Valerius, meine Tasche!«, forderte er diesen auf.

Valerius. Das war also der Name des Düsterlings. Des verräterischen Nachtwächters. Jetzt wusste es Lara. Vielleicht konnte sie noch nichts mit dieser Information anfangen, aber sie würde sie sich merken. Todsicher.

Der Angesprochene ließ den Riemen einer kleinen schwarzen Umhängetasche von seiner Schulter in die Beuge des Ellenbogens rutschen.

»Vorsicht«, herrschte der Hakennasenmann, den Lara mittlerweile für einen Griechen oder Armenier oder Araber hielt, ihn an.

Valerius zuckte mit den Schultern und ließ sich die Tasche abnehmen, in der ihr Besitzer herumzukramen begann.

Mit einem zufriedenen »Ah« machte er sich wieder auf den Weg in Richtung Raummitte, dann drehte er sich mit einem triumphierenden Lächeln, das aus Nacht und Skrupellosigkeit geformt schien, herum und sah die Versammelten an.

»Walter, lehn die Tür an!«, befahl er, worauf der Mann, der wie ein alter Seemann wirkte, tat, wie ihm geheißen.

Nun breitete der Mann mit der Hakennase die Arme aus und holte Luft, bevor er in einer Mischung aus Spott und Ehrfurcht verkündete:

»Meine Damen und Herren, willkommen in der perfekten Falle.«

Andächtiges Schweigen herrschte. Das Knistern der Fackeln und das zu schnelle Ticken der Standuhr schienen zu einem Trommelwirbel zu verschmelzen.

»Die größten Meister von Ravinia haben diesen Raum geschaffen«, sprach er weiter. »Hier sind einige der größten Meisterwerke der Geschichte zu bewundern. Eine Uhr, welche die Zeit beschleunigt. Ein Bild, das den grauen Lord gefangen hält, eingerieben mit dem furchtbarsten Alterungsgebräu, das die Alchemisten jemals zusammengepanscht haben. Gefährliche Kristalle, soweit das Auge reicht. Und last but not least ein Gedicht, das ein Schlund ist.

Blickt euch um, voller Ehrfurcht!«

Und dann setzte er einen Moment aus und hielt die Spannung.

»Denn jetzt mache ich alles zunichte.«

Und mit diesen Worten schleuderte er eine faustgroße Kristallkugel in die Standuhr. Es krachte, es blitzte. Weitere Lichtgeister schwirrten um die Uhr und fraßen sich durch Zahnräder, durch Achsen und Speichen. Funken sprühten, und das Ticken der Uhr wurde langsamer und langsamer, bis es zuletzt erstarb.

Das Blitzen der Lichtgeister flackerte ein letztes Mal, dann fiel die große Uhr in sich zusammen. Einfach so.

Henry McLane stöhnte.

Lara spürte eine Traurigkeit, die von ihrem Talent für alles Mechanische herrühren musste.

Gleichzeitig entspannte sich die Zeit im Raum wieder, und das seltsame Ziehen an den Seelen aller Anwesenden ließ nach.

Der Araber oder Armenier oder was auch immer er war, lachte. Schallend und boshaft.

»Ich, Meister Ma'Haraz, habe gewonnen«, grölte er und nahm eine weitere Kristallkugel aus seiner Tasche. Diese hatte die Größe eines Handballs, und er warf sie so, dass sie hinter dem Geländer vor dem Bild landete.

Augenblicklich zuckten aus all den Kristallen, die auf der Absperrung montiert waren, grelle Blitze in Richtung der Kugel. Pure Energie strömte auf sie ein, und ein ohrenbetäubender Krach erhob sich. Ma'Haraz lachte und lachte. Der Teppich rings um die Kugel begann zu schmoren, und ein verbrannter Geruch mischte sich mit dem Duft der seltsamen Öle der Alchemisten in der Luft. Lee und Francesco hielten sich verzweifelt die Ohren zu, während Ma'Haraz lachte und lachte und lachte.

Dann war es still.

Vereinzelte Blitze, wie verirrte Ladungen, umzuckten die Kugel, die vor dem Bildnis von Roland Winter lag. Der Teppich ringsherum war mittlerweile schwarz und verbrannt.

»Das war's«, stellte Meister Ma'Haraz fest und drehte sich nun langsam zu Lara um.

»Und nun zu dir.«

Die Welt war so ein Verräter!

Meister Ma'Haraz zog Lara grob am Arm, doch sie riss sich los, und Ma'Haraz packte erneut zu, nur um von Lee auf den Fuß getreten zu bekommen. Doch dafür wurde er von der ausladenden Hand des alten Seemanns prompt gegen die nächste Wand geschleudert.

Ma'Haraz' griff sich endgültig Laras Arm und zog sie von

den anderen fort, diesmal gab es keine Chance zur Gegenwehr.

»Sie wollen, dass ich das Gedicht lese, oder?«, fragte sie wütend.

»Gut kombiniert«, antwortete Ma'Haraz mit unüberhörbarer Gereiztheit. Lara kostete ihn offensichtlich einige Geduld.

Er stieß sie vorwärts auf die Absperrung zu. In der Mitte des Bereiches, den sie umspannte, stanken die große Kristallkugel und der versengte Teppich vor sich hin, ganz zu schweigen von dem grässlichen Bild, von dem Roland Winter hasserfüllt und zugleich auch flehend auf sie herabstarrte.

Vor dem Gemälde war ein Sockel auf gleicher Höhe wie die Absperrung angebracht. Eine kleine Säule, auf deren Oberseite ein Messingschild mit einigen eingravierten Zeilen befestigt war.

Das Gedicht.

Laras Gedanken rasten.

Würde sie nun dieses Gedicht lesen, würde etwas wirklich, wirklich Grausames geschehen, dessen war sie sich sicher. Auf der anderen Seite wollte sie sich nicht ausmalen, zu was Ma'Haraz und die anderen finsteren Männer noch in der Lage sein mochten, wenn sie es nicht tat.

Doch es gab vielleicht eine letzte Chance.

Ma'Haraz stieß sie unsanft vor den Sockel.

»Lies!«

Lara drehte sich um, sah Ma'Haraz fest in die Augen.

»Ich bin Ihre einzige Chance«, sagte sie entschlossen. »Ich bin die Einzige, die dieses Gedicht lesen könnte. Aber ich werde es nicht tun.«

Ihr Gegenüber zog überrascht eine Augenbraue nach oben.

»Doch noch so viel Courage?«, fragte er zweifelnd.

»Nachdem du verfluchtes Gör vorhin noch gewimmert hast wie ein ertrinkendes Katzenjunges?«

Er schüttelte den Kopf.

Lara bewegte sich nicht einen Zentimeter.

Ma'Haraz seufzte.

»Da ist wohl Überzeugungsarbeit vonnöten, oder? Valerius!«

Lara begriff, was sie angerichtet hatte, doch um sich selbst zu verfluchen, blieb keine Zeit. Sie hob noch die Hände, um ... um was eigentlich?

Valerius' Hand mit dem krummen Dolch raste unbarmherzig nieder und rammte die Klinge in Henry McLanes Oberschenkel.

Der kraftlose alte Mann heulte auf, und das Bein sackte ihm weg. Und Lara schlug die Hände vor den Mund. Nein, nein, nein, sie war so dumm. Es blieb ihr keine Wahl, sie würde lesen müssen. Sie blickte reihum in die Gesichter und sah Francescos tiefe Traurigkeit, Lees Trotz und die Unbarmherzigkeit der Sturmbringer. Sturmbringer? So hatte Berrie sie genannt. Aber scheinbar traf der Name zu.

Während Henry McLane an Valerius' Seite langsam zu Boden sank, zog Lee seinen Gürtel aus der Hose, um das verletzte Bein des alten Mannes abzubinden. Ja, das musste sie Lee lassen, vielleicht war er ein Schlitzohr und ein Draufgänger, aber er bewahrte sich immerhin den Funken Anstand für sich auf, der den Unterschied machte.

Sie schloss die Augen, straffte die Schultern und drehte sich um. Dorthin, wo das Schicksal eingraviert auf einer dünnen Messingplatte wartete.

Während sie versuchte, sich zu konzentrieren, ruhiger zu atmen, bildeten sich langsam Buchstaben im uralten Messing.

Das Wissen, so nennt man die Flamme der Weisen,
die Köpfe erleuchtet und Seelen beschwert,
die ewig schon unsere Weisheit betört.
Ein Feuer, in dessen Pracht glühen selbst Eisen,
das Lebende frisst und die Toten beschwört.

Entbehrt es auch jeglicher Weisheiten Kreise,
so ist doch die Absicht von höherer Art.
Die Seele der Stadt, die so hauchfein und zart,
zu schützen durch Wissen in hütender Weise,
das fortan vor Schrecken des Winters bewahrt.

Sie las und las. Ohne Betonung, ohne Versmaß, ohne Pause. Es war, als erhitze sich die Luft vor ihrem Mund, als würde sie unsichtbare Flammen in alle Winkel der Welt speien. Scharf, hitzig, böse.

Als sie geendet hatte, herrschte Stille in dem Raum. Die absolut geräuschloseste Stille, die jeder der Anwesenden jemals erlebt hatte. Und dann geschah es.

Die Farben des Gemäldes verschwammen. Nein, sie verschwammen nicht, sie flimmerten. Das gesamte Bild flimmerte. Es schien sich aus seinem Rahmen biegen zu wollen, während die Luft um alle herum unerträglich heiß zu werden begann.

Schließlich durchbrach ein Schrei die Stille wie ein Hammer eine Eisdecke im Winter. Es war ein derart unmenschlicher, ja ganz und gar unnatürlicher Schrei, dass sich alle Beteiligten – selbst der toughe und mit allen Wassern gewaschene Meister Ma'Haraz – die Ohren zuhielten.

Dann fiel etwas auf den Boden. Auf den verschmorten Teppich neben die Kristallkugel. Und dieses Etwas als Menschen zu bezeichnen, fiel schwer.

Die Erscheinung hatte so wenig Kraft, dass sie sich nicht einmal alleine aufzurichten vermochte. Auf Ma'Haraz' Wink hin eilte Valerius heran und hob auf, was nicht mehr Bild, sondern bittere Wirklichkeit geworden war.

Dies war Roland Winter. Eine Erscheinung, die einem das Herz stehen lassen konnte. Die Haut hing ihm in Fetzen herunter und war zerlaufen wie die Leinwand, die noch Augenblicke zuvor sein Gefängnis gewesen war. Haare sprossen nur noch vereinzelt auf seinem Kopf, der Anzug hing in Streifen von dem deformierten Körper herab, dessen Knochengerüst nicht mehr vorhanden schien, so wenig Halt gab es diesem Häuflein Mensch. Staub fiel von dem geschundenen Körper herab und hinterließ kleine Sandhaufen auf dem Boden, Schleim und andere Körperflüssigkeiten rannen ihm aus Nase, Mund und Ohren.

Ma'Haraz und seine Verbündeten fielen augenblicklich auf die Knie und neigten die Köpfe.

»Mein Lord«, verkündete Ma'Haraz geradezu feierlich.

Doch als Antwort bekam er etwas, das nicht einmal mehr entfernt Ähnlichkeit mit einem Röcheln hatte.

Alarmiert sprang er auf.

»Rasch«, befahl er seinen Komplizen. »Bringen wir ihn in Sicherheit!«

Man befahl Francesco, den armen Henry McLane zu tragen, und trieb Lara und Lee mit den Armbrüsten vor sich her, während Roland Winter – oder das, was von ihm übrig war – mit aller Behutsamkeit, aber entschlossener Eile hinausgeschafft wurde.

Doch da der Zufall von Zeit zu Zeit ein dunkles Gewand anzieht und sich Schicksal nennt, gerieten sie alle ins Stocken, als sie voller Hast auf den alten Fabrikhof drängten und die Tür hinter ihnen ins Schloss gefallen war. Denn manchmal ergibt sich für den Verlierer eines Spiels kurz vor Schluss doch noch die Möglichkeit zu einem rettenden Wurf.

»Krah«, machte es unverhofft.

Verdutzt hielt Ma'Haraz mitten auf dem Fabrikhof inne, auf dem immer noch die entzündeten Tonnen brannten. Mit ihm stoppte sein ganzer Tross. Sturmbringer wie Geiseln.

»Krah«, machte es erneut.

Lara blickte nach oben und mochte ihren Augen nicht trauen.

Raben.

Marcion war fort, hatte sich offenbar weggeschleppt, doch so weit das Auge reichte, saßen große Kolkraben auf Regenrinnen, Zäunen, Mauern, auf Dächern und Wänden. Teilweise waren im grell-silbrigen Mondlicht nur ihre Konturen zu erkennen, die spitze Zacken in die Umrisse der umliegenden Gebäude malten. Dort, wo der Mond ein Rabengesicht erhellte, blitzten wachsame Augen auf, und Köpfe mit schwarzen Schnäbeln legten sich neugierig schief und beäugten aufmerksam, was sich unten auf dem Hof tat.

Einige Raben kreisten viele Meter über dem Geschehen, ein wenig wie Satelliten oder ein Radar, das die gesamte Szenerie erfasste.

Eine Gestalt trat aus dem Schatten in einer Ecke des Hofes heraus und kam lockeren, aber bedachten Schrittes auf sie zu. Als der Feuerschein die Person erfasste, sogen Ma'Haraz' Mitstreiter scharf die Luft ein.

Vor ihnen stand ein alter Mann auf dem Hof. Er war groß und spindeldürr. Er trug einen langen blauen Mantel mit hochgeschlagenem Kragen und einen Zylinder in derselben Farbe. Darunter kamen schlohweißes Haar und ein ebenso weißer Schnauz- und Backenbart zum Vorschein. Sein Gesicht wirkte konzentriert, und auf seiner rechten Schulter saß ein Rabe und gab nun zum dritten Mal ein freches »Krah« von sich.

Plötzlich lag eine ungeheure Spannung in der Luft. Ma'Haraz blickte entschlossen in Richtung des Alten, machte aber keinen Schritt auf ihn zu noch sonst irgendeine Bewegung. Die Autorität, die der alte Mann ausstrahlte, war beinahe mit Händen greifbar.

Lara überlegte einen Moment fieberhaft, wen sie vor sich haben mochten. Doch Ma'Haraz beantwortete diese Frage bereits.

»Lord Hester.«

Ma'Haraz' Wüstensandstimme klang verächtlich, wenn auch nicht ohne Respekt.

Der alte Mann machte ein paar Schritte auf sie zu, was

die Armbrustschützen zum genauen Gegenteil veranlasste. Ma'Haraz jedoch blieb beharrlich vor der Gruppe stehen, obwohl ihm die Anspannung förmlich ins Gesicht geschrieben stand.

»Meister Ma'Haraz«, begrüßte Lord Hester ihn im Plauderton. »Ich möchte nicht sagen, dass ich Eure Gesellschaft besonders schätze, aber es ist doch immer wieder interessant, unter welchen Umständen man sich wiedersieht.«

»Lassen Sie uns in Ruhe, alter Mann«, schnaubte Ma'Haraz. »Wir haben Ihnen nichts getan.«

Die stinkende Gestalt auf Valerius' Arm gab ein angestrengtes Röcheln von sich.

»Roland Winter«, fuhr Lord Hester fort, als sei dieser ihm gerade erst aufgefallen. Dann wandte er sich wieder an Ma'Haraz.

»Es gibt doch seltsame Augenblicke, oder? Da begegnet man mitten in der Nacht einem Menschen – solange man von einem Menschen sprechen kann –, von dem man sich gewünscht hatte, ihn möglichst nie wieder zu sehen. Und seine dunklen Handlanger umringen ihn schützend wie ein Rudel Wölfe sein alterndes Alphatier. Indes, wo ist eigentlich Mr Goldstein?«

Er schüttelte tadelnd den Kopf.

»Gehen Sie endlich!«, schrie Ma'Haraz.

Doch Lord Hester schüttelte nur weiterhin den Kopf.

»Ich fürchte, das kann ich nicht«, meinte er mit gespieltem Bedauern. »Sie wissen doch, dass ich der Letzte bin in dieser Stadt, der das Wort erhebt, wenn es um die Fehden zwischen Adel und Vaganten oder Mechanikern und Alchemisten geht. Aber dass Sie im Begriff sind, *dem* Mann zur Flucht zu verhelfen, dessen Anwesenheit jeder in dieser Stadt mehr fürchtet als den eigenen Untergang, *das*, so fürchte ich, kann ich nicht zulassen.«

Ma'Haraz schnaubte erneut. Er schien angestrengt nachzudenken, griff in seine Taschen.

»Außerdem haben Sie dort einige Personen in ihrer Gewalt,

deren Wohl der Stadt – oder sagen wir besser *mir* – sehr am Herzen liegt.«

Ein Rascheln und ein Raunen ging durch die Reihen der Raben, die zu Hunderten das Geschehen auf dem Hof verfolgten.

Ma'Haraz packte die überraschte Lara am Arm und zog sie zu sich heran.

»Verschwinden Sie endlich, alter Mann, oder hier wird heute Abend unnötig Blut fließen!«

»Sie haben doch nicht mal ein Messer, Ma'Haraz«, erwiderte Lord Hester darauf nur.

Da richteten der Seemann und das Mondgesicht ihre Armbrüste auf den alten Lord und drückten ab.

Es bedurfte einer Handbewegung des Lords, und ein Schwall Rabenfedern wickelte sich im Flug um die Bolzen und lenkte sie von ihm weg. Gleichzeitig schossen mehrere Federn mit spitzen Kielen voran auf die Schützen zu und bohrten sich in Schultern und Schenkel, sodass diese erschrocken aufschrien und die Armbrüste fallen ließen. Sie fassten sich fluchend an die verletzten Gliedmaßen. Es schien nichts Lebensgefährliches zu sein, aber die mit Rabenfedern gespickten Körperstellen mussten stark schmerzen.

Lord Hester hatte seinen Standort nicht verändert, wartete auf eine weitere Reaktion. Doch diese blieb aus. Es fühlte sich ein wenig an wie ein Patt, aber Lara ahnte, dass Lord Hester in Wirklichkeit noch zu ganz anderen Dingen in der Lage war. Es hatte den Anschein, als wollte Lord Hester jegliches Blutvergießen vermeiden, er war kein grausamer Mann. Ma'Haraz dahingegen suchte fieberhaft nach einem Ausweg.

Grob stieß er Lara von sich fort, denn plötzlich hielt er etwas in der Hand – Lara konnte sich denken, was es war, aber sie konnte nicht reagieren, denn sie fiel durch Ma'Haraz' Stoß auf den Kies im Hof – und warf es Lord Hester vor die Füße. Es klirrte, und eine große Lichtwolke entfaltete sich vor dem Lord mit dem blauen Mantel, der in einer Schutzreaktion die Hände hob. Rabenfedern erhoben sich vom Boden, schienen aus Lord Hesters Ärmeln und Taschen zu strömen und begannen, den gewaltigen Lichtgeist zu umhüllen, ihn mit Schatten zu belegen.

Um sie herum schlug der Sturm los. Die Raben erhoben sich in Scharen und strömten in den Hof hinab in Richtung der Düsterlinge.

Ma'Haraz verlor keine Zeit. Er riss seine beiden verletzten Komplizen mit sich und schrie Valerius ein verzweifeltes »Zur Tür!« zu. Sie rannten los, verfolgt von einem Meer krächzender Raben. Ihre Geiseln ließen sie einfach zurück.

Als Ma'Haraz die Tür erreichte, steckte er in aller Eile irgendeinen Schlüssel hinein und riss sie auf. Da erreichte eine erste Gruppe Raben den Mann mit der Wüstensandstimme, und sie rissen ihn im Vorbeifliegen von den Füßen.

Valerius hielt die beiden Leichtverletzten an und drückte ihnen den schwachen Roland Winter in die Arme, während er selbst mit einer unglaublich geschmeidigen Bewegung zwei unterarmlange schwarze Messer aus seinen Stiefeln zog und mit einer zweiten Wolke Raben zusammenprallte.

Der Seemann und das Mondgesicht hingegen zogen Roland Winter weiter in Richtung Tür. Ma'Haraz entfesselte einen weiteren Lichtgeist, der zwar nicht so prachtvoll und mächtig schien wie sein Verwandter zuvor, ihm aber immerhin ein paar weitere wertvolle Sekunden verschaffte.

Valerius sprang vor ihn und schirmte mit unfassbar eleganten und tödlichen Bewegungen die Flucht Roland Winters vor den Raben ab. Blutige Kratzer liefen über sein Gesicht, und seine dunklen Kleider hingen in Fetzen von seinem athletischen Körper herab, aber er legte eine verzweifelte Entschlossenheit an den Tag, die ihresgleichen suchte.

Eine Handvoll Sekunden später schlug die Tür zu, und eine weitere Wolke Raben prasselte dagegen, so die großen schwarzen Vögel nicht mehr rechtzeitig ausweichen konnten.

Dann senkte sich allmählich Ruhe über das Schlachtfeld.

Die Raben zerstreuten sich, flogen auf die Dächer der Umgebung oder begannen, weite Kreise über dem Hof zu ziehen. Hier und da war ein einzelnes Krächzen zu vernehmen.

Manche Raben steuerten auch jene Artgenossen an, die zu einem guten Dutzend verletzt oder vielleicht auch tot auf dem Hof lagen.

Lord Hester selbst ging von Rabe zu Rabe, um einige Zeit vor jedem zu knien. Häufig – *zu* häufig – nahm er seinen Zylinder ab und senkte den Kopf. Das Gekrächze um sie herum erstarb völlig, und nur noch die Stille der düstergoldenen Nacht war zu hören.

»Sie haben die Raben von Ravinia getötet«, stellte der betroffene Francesco mit trauriger Stimme fest. »Sie haben sie einfach getötet.«

Ja, da war ein gutes Dutzend Raben, die für Lara und Henry McLane, für Lee Crooks und den blassen Francesco ihr Leben gegeben hatten. Tiefe Trauer machte sich in Lara breit, spiegelte sich aber nicht einfach nur auf ihrem Gesicht wider, sondern grub sich tief in die Ritzen und Spalten ihres Geistes ein. Sie musste schlucken.

Lord Hester winkte Lee heran, der Lara einfach an der Hand mit sich zog. Wortlos übergab der Lord ihnen jeweils einen Raben. Dem einen fehlte ein Fuß, der andere blutete am Flügel, aber beide waren sie am Leben. Lee zog ein Halstuch aus einer Tasche seiner Lederjacke und verband vorsichtig den blutenden Flügel, während der Rabe ganz still hielt.

Schließlich gab er ihn in Laras Arme. Der Rabe legte den Kopf schief und hob sein mattes Gesicht, als er leise krächzte: »Junge Miss McLane. Schön, Sie zu sehen.«

Lara konnte es kaum glauben.

»Dexter?«, fragte sie ungläubig.

Und der Rabe nickte müde und machte leise »Krah«, während Laras Augen zu glänzen begannen.

Lee nahm den angeschlagenen Vogel auf den Arm, als Lord Hester schließlich von seinem Rundgang über den Hof zurückkehrte.

»Noch weitere Verletzte?«, fragte Lee leise. Lara fand, es klang wie nach einer Schlacht in einem schlechten Kriegsfilm. Aber war es nicht schließlich auch eine Schlacht gewesen?

Lord Hester schüttelte nur kurz und bedauernd den Kopf und warf einen raschen Blick auf den von Francesco gestützten Henry McLane.

»Können Sie laufen?«, wollte er wissen.

»Ich kann ihn tragen«, sagte Francesco nur und hob Laras Großvater auf die Arme wie ein kleines Kind.

»Das sieht sicher entwürdigend aus«, stellte dieser hustend fest.

Francesco zuckte mit den Achseln.

»Ich kann Sie auch nur stützen, wenn Sie wollen?«

Da war es. Ein kleines, aber feines Lächeln, das über die Gesichter aller Anwesenden huschte. Dann verließen sie den Hof und bogen, nachdem sie mehrere Gässchen und Sträßchen durchquert hatten, in eine der Hauptstraßen Ravinias ein. In einiger Entfernung vor ihnen ragte der Uhrenturm auf, der mitten auf dem Marktplatz stand.

»Was ist mit den toten Raben?«, wollte Lara wissen.

»Die Raben sorgen selbst für ihre Toten«, antwortete Lord Hester nur.

Und so bildeten sie einen schweigenden Tross, der durch die wenig belebten nächtlichen Straßen Ravinias schritt. Sie trafen zwei Nachtwächter, die ganz altmodisch mit Hellebarde und Laterne ausgerüstet die späten Stunden ansagten. Sie passierten den Marktplatz, ließen den Uhrenturm links liegen. Vorbei an der Kathedrale St. Anna Rosa am Fluss, vorbei am alten Kino von Ravinia, vorbei an Häusern, Ämtern und Villen, vorbei am großen Ratsgebäude, bis sie schließlich über eine Brücke die zweite Insel erreichten. Hier thronte die Burg Ravinia. Düster, düstergolden ragte das mächtige Bollwerk mit all seinen Türmen in den Nachthimmel hinauf.

Und über ihnen kreiste stets ein Dutzend Raben. Leise und schwarz wie die Nacht.

9. Kapitel, *in dem es ein großes Wiedersehen gibt und einige Pläne geschmiedet werden.*

Wer ist's, der den Ratschluss verdunkelt mit Worten
ohne Verstand? …
Ich will dich fragen, lehre mich!
Wo warst du, als ich die Erde gründete?
Sage mir's, wenn du so klug bist!

Buch Hiob

– Szenenwechsel.

Manchmal scheint das Leben ein Witz zu sein. Besonders, wenn man in der Lage ist, damit zu spielen.

Der Frühling war wärmer geworden als sonst. Es herrschten fast schon sommerliche Temperaturen, was sich selbstverständlich auch in den lauen Nächten abzeichnete. Wolf mochte dieses Wetter. Es machte das Leben leichter, wenn er in der spätesten Nacht nach Hause schlenderte. Außerdem mochte er die Stadt.

Wien.

Er war im Laufe der Jahre bescheiden geworden. Die kleine Wohnung am Burgring genügte seinen Ansprüchen völlig. Es war gemütlich dort, er hatte alles, was er brauchte – gerade genug Platz für ein Klavier, eines mit Dämpfern, um die Nachbarn nicht allzu sehr zu belästigen –, und außerdem wohnte er mitten in einer der verrücktesten Städte der Welt. In der Welthauptstadt der Musik. Zumindest hatte diese Aussage für ihn lange Zeit Bestand gehabt, bis er den Jazz für sich entdeckt hatte. Es war nicht etwa so, dass er der Klassik oder später der Romantik völlig abgeschworen hatte, aber der Jazz war es gewesen, der sich über die althergebrachten Systeme hinweggesetzt hatte und dennoch in der Lage gewesen war, einen Siegeszug um die Welt anzutreten. Mit Freuden dachte er an die Zwanzigerjahre des letzten Jahr-

hunderts zurück, als die Menschen in Europa sich hatten fallen lassen. Sie hatten sich fallen lassen in die Arme der Jazzmusik, hatten ihre von der Wirklichkeit betäubten Körper im Takt von Chicago- und Swing-Jazz bewegt. Ein Mal, ein einziges Mal hatte es die Musik geschafft, sich über alle gesellschaftlichen Stände und Konventionen hinwegzusetzen.

Sicherlich, die Amerikaner und die Briten mochten auf die Liverpooler Szene der Fünfziger- und Sechzigerjahre verweisen, mochten sich in den Schatten der revolutionären Stimmungen sonnen und mit zerspielten Fingern auf Woodstock und seine großen Gestalten zeigen.

Aber die Skepsis war in jener Zeit nie völlig aus der Welt geschafft worden. Die ältere Generation nahm es nicht einmal als kulturellen Bestandteil der Gesellschaft wahr, erkannte keinerlei Musik in den Tönen des Gitarrenspiels eines John Lennon oder eines Paul Simon. Die folgenden Generationen behielten zwar eine Grundidee von Popmusik bei, aber erfanden schon bald Computer und somit den Anfang vom Niedergang des Handwerks der Musik. Außerdem taten sie so, als hätten sie ihre vom Sound der Sechziger mitgerissenen Eltern nie wirklich kennengelernt. Er war ihnen einfach fremd.

Wolf schüttelte im Gehen den Kopf.

Nein, er war sich sicher, dass die Zwanzigerjahre die einzige Zeit gewesen waren, die das Potenzial gehabt hatte, die Menschen musikalisch bis ins tiefste Innere zu bewegen. Alle Menschen, ohne Ausnahme. Doch dann war die Welt in den Flammen der Grausamkeit untergegangen, und das Feuer hatte den Jazz davongespült. Hatte ihn in die Ecke gedrängt, wo er nun ein Schattendasein ertrug, ähnlich einer vom Aussterben bedrohten Tierart.

Er schlenderte über den Petersplatz und musste erneut daran denken, dass es eigentlich schön war, hier zu sein. Wien war ein Tollhaus, das einen Balanceakt zwischen absoluter Bohème und einer seichteren Form moderner Lebenskultur versuchte. Ein begehrtes Stück Welt in verwirrten Zeiten wie diesen. Aber was störte ihn das? Seine Anstellungen als Barpianist in der Innenstadt reichten aus, um seine Miete und von Zeit zu Zeit eine verrückte Idee zu bezahlen.

Das Einzige, was ihn auffraß, war die Melancholie eines viel zu langen Lebens. Nun gut, damals in Salzburg hatte er einen Schlussstrich ziehen müssen, es wäre so nicht weitergegangen. Er war drauf und dran gewesen, den Verstand zwischen seinen gesellschaftlichen Verpflichtungen zu verlieren. Außerdem hatte er die Stadt gehasst.

Aber das Leben danach war völlig anders gewesen. Nicht nur weil sich im Laufe der Zeit die Welt zu wandeln begann. Das – so dachte er – war das Normalste überhaupt. Der Mensch war erfinderisch, und jede Entwicklung war eine notwendige Ausgeburt seiner Kreativität. Despoten, Kriege, Staaten und Länder kamen und gingen. So war der Lauf der Dinge. Mit ein wenig Talent ließ sich das alles überwinden, und überall war ein Neuanfang möglich.

Leider waren aber auch jegliche Freunde gekommen und wieder gegangen. Die wenigen echten, wahrhaften Freunde, die selbst um sein teuerstes Geheimnis wussten, waren irgendwann genauso dem Alter erlegen wie die falschen Freunde, die sich aufgrund von Begabung oder gesellschaftlichen Wohlständen um ihn geschart hatten. So war es immer gewesen. Und so wurde er im Laufe der Zeit immer sparsamer mit dem wertvollen Gut der Freundschaft.

Denken.

Denken.

Denken war immer schon sein Problem gewesen. Er dachte eindeutig zu viel. Auf der einen Seite war dies gut, denn so sicherte er sich dank immer neuer Ideen das Überleben. Auf der anderen Seite war es ein Fluch, denn es machte ihn rastlos.

Ein frischer Windhauch – womöglich aus kälteren Tagen übrig geblieben – wirbelte durch seine Haare, die am Hinterkopf zu einem Pferdeschwanz zusammengebunden waren. Er schlug den Kragen seines knielangen Mantels auf, stopfte sein Halstuch zu-

recht. Jeder Künstler sollte ein Halstuch tragen, fand er. Dann begann er, einen Sechzehntel-Lauf zu summen, der ihm gerade durch den Kopf ging, und überlegte, wie er ihn in den Auftritt am morgigen Abend einbauen konnte. Und so setzte er einen Schritt vor den nächsten, während links von ihm die Hofburg in ihrem grellen Scheinwerferlicht erstrahlte. Er wollte nach Hause, um – hoffentlich – etwas Schlaf zu finden.

Spiegel waren grausam. Wahrscheinlich, weil sie einem die Wirklichkeit unverhohlen zeigten.

Wolf stand im Halbdunkel des kleinen Flurs seiner Wohnung und blickte in den Garderobenspiegel. Ein seltsames Gesicht starrte ihm entgegen. Es war auf eine gewisse Weise jungenhaft, obwohl die Person, der es gehörte, unzweifelhaft Mitte dreißig sein musste. Die Augen darin wirkten klar, hielten aber in ihrer Tiefe ein unmenschliches Alter verborgen. Sie waren nun einmal der Spiegel der Seele. Zweihundertfünfzig Jahre. Wolf schüttelte den Kopf.

Plötzlich zuckte etwas in seinem Augenwinkel, doch als er sich umdrehte, schoss bereits ein greller Blitz durch den Raum und schien in jede Lampe, in jede Glühbirne und jede Kerze zu fahren und sie zu entzünden. Selbst aus der Schublade der Kommode heraus drang das Licht einer Taschenlampe, die dort zwischen Halstüchern und Handschuhen lag.

In der Tür zum Wohnzimmer stand ein Mann. Er war düster angezogen, trug einen langen dunklen Mantel, an dem eine große Sammlung silberner Kinkerlitzchen baumelte. Seine Haare hingen ihm in feinen Korkenzieherlocken bis über die Schultern herab und rahmten ein Gesicht mit einer großen, hakenförmigen Nase.

Wolf wusste, wen er vor sich hatte. Der Kerl hatte ihn schon einmal besucht und war damals ziemlich lästig gewesen, aber schließlich hatte er ihn abgewimmelt.

»Guten Abend«, sagte eine Stimme, die wie Wüstenwind klang. »Oder sollte ich Guten Morgen sagen?«

»Ma'Haraz, richtig?«, presste Wolf zwischen den Zähnen hervor.

Sein Gegenüber nickte nur und winkte Wolf einladend in dessen eigenes Wohnzimmer, wo er sich in einen weichen Ohrensessel plumpsen ließ. In der Hand hatte er den wohl wertvollsten Besitz aller Zeiten – zumindest in Wolfs Augen. Die Herkules Stradivari. Etwas, das man Wolfs Meinung nach mit mehr Wertschätzung zu behandeln hatte als ein Baby. Wolf hielt es für einen seiner genialsten Coups, dass er sie vor ungefähr hundert Jahren Eugène Ysaÿe entwendet hatte. Er hatte nur ein Mal, wirklich nur ein einziges Mal in seinem Leben gestohlen, aber dieses eine Mal war es wert gewesen. Gäbe es einen sadistischen Gott, der seine Kinder am Ende ihres Lebens für jede Sünde jahrelang die Fegefeuer blicken ließe, so würde Wolf wahrscheinlich jede Sekunde in schweigender Genugtuung ertragen, nur für dieses Instrument.

Die Beute aus seinem Coup befand sich nun allerdings in den grausamen Händen eines irren, hakennasigen Arabers – wenn er denn ein Araber war, aber das war Wolf auch egal.

Ma'Haraz bedeutete Wolf, sich auf die Couch ihm gegenüber zu setzen, ein Befehl, dem er nachkam.

»Sieh mal einer an«, meinte Ma'Haraz. »Du lebst immer noch. Siehst sogar jünger aus als vor Jahren. Ich bin überwältigt, muss ich zu meiner Schande gestehen.«

Es klang wie Spott und bloßer Hohn aus seinem Mund. Ma'Haraz war ein niederträchtiger Kerl, das hatte Wolf schon bei ihrem letzten Treffen vor über zehn Jahren herausgefunden. Allerdings beherrschte er einige bemerkenswerte Tricks, die es Wolf leider unmöglich machten, ihn gewaltsam hinauszuwerfen. Abgesehen davon hielt er ja auch die Stradivari in den Händen – wobei halten eigentlich der falsche Ausdruck war für das, was Ma'Haraz da tat. Verachten traf es besser.

»Ich will nicht lange plaudern«, fuhr Ma'Haraz fort, als Wolf *offenbar nichts weiter zu sagen hatte. Was denn auch? Er hatte ihm eigentlich schon zu viel gesagt, damals bei ihrem ersten Treffen. Aber Ma'Haraz war vortrefflich gut informiert gewesen über Wolfs geschickt eingefädelte Maßnahmen, mit denen dieser sich dem ganzen Salzburger Dreck entzogen und sein Leben umgekrempelt hatte. Er war darüber im Bilde gewesen, wie Wolf die Welt glauben gemacht hatte, er sei in einem nicht gekennzeichneten Grab beerdigt worden, an dessen Lage sich schließlich nicht einmal Constanze zu erinnern vermocht hatte.*

»Ich brauche etwas von deiner Musik«, brachte der Mann mit der Wüstenstimme es auf den Punkt.

Wolf machte große Augen.

»Keine Angst«, versuchte Ma'Haraz ihn zu beruhigen. »Ich brauche es nicht für mich. Mir steht es fern, ewig zu leben. Ich finde, dieses Leben bekommt seine Würze dadurch, dass man nicht ewig Zeit hat für alles. Ich brauche es für einen Mann, den du wahrscheinlich nicht kennst. Sag, hast du schon einmal etwas von Ravinia *gehört?«*

Wolf schüttelte verwirrt den Kopf. Ravinia? Irgendwie schien ein Nachhall dieses Wortes in seinem Gedächtnis zu erklingen, aber er konnte die Bedeutung nicht so recht fassen. Nein, von Ravinia wusste er zumindest nichts. Er hätte nicht einmal sagen können, ob Ravinia ein Ort, eine Person oder ein Gegenstand war.

»Gut«, sagte Ma'Haraz. »Dann nehmen wir jetzt etwas von dir auf.«

Diesmal schüttelte Wolf entschieden den Kopf.

»Ich fürchte, daraus wird nichts«, sagte er entschieden, bereute die Antwort jedoch auf der Stelle. Ma'Haraz nahm einen der Wirbel der Stradivari in seine Hand und brach ihn einfach ab. Ein Knacken ging durch die Violine, das in Wolfs Augen direkt aus der Hölle hätte stammen können. Er überlegte fieberhaft. Hoffte, das Holz der Geige hatte keinen Riss bekommen. Aber wo um alles in der Welt sollte er denn den Wirbel einer solchen Geige reparieren lassen, ohne dass es auffiel?

Ma'Haraz schloss die Hand um den zweiten Wirbel.

»Also?«, fragte er boshaft.

»Schon gut«, heulte Wolf. »Ich mach's, aber lassen Sie das Instrument in Ruhe.«

Ein zufriedenes, düsteres Lächeln machte sich auf Ma'Haraz' Gesicht breit. Er legte die Geige neben Wolf auf die Couch und kramte aus einer Tasche eine Phiole mit einer schimmernden Flüssigkeit, außerdem eine feingliedrige Kette und ein Schnapsglas.

Er stellte das Schnapsglas auf den Couchtisch und hängte die Kette mit einem Ende hinein. Dann füllte er das Glas mit der seltsam schimmernden Flüssigkeit.

»Was … was wird das?«, fragte Wolf vorsichtig.

»Ich bereite quasi die Aufnahme vor«, erklärte Ma'Haraz fast beiläufig, und Wolf zog es vor, keine weiteren Fragen zu stellen.

»Äh«, wagte er es schließlich doch noch.

Ma'Haraz sah ihn fragend an.

»Na ja, ich brauche eine Violine dafür«, meinte Wolf. »Und meine ist gerade etwas …«

Er deutete auf den abgebrochenen Wirbel.

Doch Ma'Haraz grinste nur, griff hinter den Sessel, auf dem er saß und holte einen Geigenkoffer hervor, den er sanft auf Wolfs Schoß bettete. Unglaube machte sich auf Wolfs Gesicht breit, als er den Deckel des Koffers vorsichtig anhob.

»Le Maurien Stradivari«, erklärte Ma'Haraz triumphierend. »Ich habe sie vor ein paar Jahren in meinen Besitz gebracht. Du darfst sie behalten, wenn unser kleiner Trick funktioniert.«

Wolf schluckte einige Male trocken. Schließlich überwand er sich und berührte die Violine im Koffer zaghaft mit den Fingern. Wohlige Wärme durchströmte ihn und machte sich in ihm breit.

»Nun mach schon!«, drängte Ma'Haraz ihn. »Ich habe im Gegensatz zu dir nicht ewig Zeit.«

Bernsteinfarben.

Der Sonnenaufgang über dem dunklen Fluss hatte Ravinia erst zum Glühen gebracht und es danach in einen goldenen, bernsteinfarbenen Glanz getaucht. Bald würde die Unschuld des neuen Tages verloren gehen und das Gold der Stadt sich unmerklich verändern. Nicht die sichtbaren Farben würden sich verdunkeln, sondern jene unsichtbaren, die nur das Herz zu sehen imstande ist. Dann würde aus dem bernsteinfarbenen ein düstergoldener Glanz geworden sein.

Das Einzige, das den Glanz des Morgens behalten würde, war das schillernde Haar der jungen Frau auf dem Balkon des Bergfrieds, der als Teil der Burg Ravinia die gesamte Stadt überragte.

Es war windig, aber nicht kalt. Um Lara herum drehten Raben ihre Runden um den breiten Turm, ließen allerdings nicht ein einziges Krächzen vernehmen. Die Welt um sie herum schien unwirklich. Der Fluss, der tief unter ihr das Felsgestein der Inseln umspülte, auf denen die Stadt erbaut war, war schwarz wie die Nacht.

Die jenseitigen Ufer waren unheimlich. Tiefe Wälder und hohe Hügelkämme sowie die ein oder andere scharfe Klippe bildeten ein stimmiges Bild. Jedoch lag ein bedrohliches Flimmern über der dichten Landschaft. Ein Flimmern, das verhieß: *bis hierhin und nicht weiter.* Wo auch immer Ravinia lag, der Ort hatte nur ein einziges Zugeständnis an die Menschen gemacht: Die Inseln im Fluss. Nach Norden und Süden erstreckten sich zwei mächtige Brücken an die anderen Ufer, die im Laufe der Zeit vom Moos erobert worden waren. Man hatte die Stadttore dorthin vermauert, und die Brücken galten im Allgemeinen als *Verbotene Brücken.* Verboten hatte man sie deshalb, weil niemand jemals wiedergekehrt war, der sie einst passiert hatte. Lara wusste nicht – konnte es sich aber denken –, dass die wenigen Jugendlichen in Ravinia toll von überschäumenden Hormonen und unter der Fratze von wahnwitzigen Mutproben ihre Sommernächte damit verbrachten, über die Stadtmauern zu steigen und sich auf den Brücken zu tummeln. Doch wie überall auf der Welt versucht die Jugend nun einmal möglichst *cool* auszusehen.

Das Land jenseits des Flusses gehörte jedoch nur sich selbst.

Lara ließ den Blick schweifen, während ihr der Wind durch die Haare und durch die umgelegte Decke fuhr.

Ravinia.

Die düstergoldene Stadt. Sie hatte von hier oben viel mit Krumau gemeinsam. Uralte Bauwerke, groß wie klein, wisperten von den Geheimnissen, welche die Stadt barg. Uraltes Wissen schien mit der Luft durch die schlanken Gassen zu wehen, wie der Duft von Orangenschalen zur Weihnachtszeit.

Ja, auch hier feierte man Weihnachten. Jedoch ohne Weihnachtsmärkte und gehetzte Geschenkeeinkäufe. Aus Respekt voreinander. Die Juden feierten ihre Feiertage, die Muslime die ihren, und auch die Christen begingen die Festtage auf ihre eigene Art. Nebeneinander, ungestört. Beinahe so wie ein Jerusalem sein mochte, das endlich seinen Seelenfrieden gefunden hatte.

Da gab es die große Kathedrale St. Anna Rosa am Fluss und die große Jacobs-Synagoge. Eine Moschee befand sich in einer der riesigen Villen im Adelsviertel, worüber der alteingesessene Adel zwar die Nase rümpfte, aber auf Anordnung des Stadtrates nicht aufbegehrte. Ein Minarett gab es nicht. Man war übereingekommen, die Präsenz einer Religion nicht zu übertreiben. Dem Gebetsruf des Muezzin konnte lauschen, wer ein kleines, extra angefertigtes Minarett zu Hause stehen hatte, das den Ruf zum Gebet übertrug.

Auch die Glocken der Kathedrale schwiegen. Ausnahmen gab es nur zu Ostern und Weihnachten.

Unten im Hof traten drei Gestalten durch das Burgtor. Es stand immer offen. Lord Hester wurde von einer Wolke des Mysteriums umgeben, und die Wenigsten trauten sich auf die Burg. Außerdem: Was hätte man dort gewollt?

Eine schlanke, hochgewachsene Person schritt stolz neben

einem mittelgroßen Mann älteren Semesters her. Blonde lange Haare und eine grüne Locke flatterten im Wind, der durch den Hof fegte. Der Wind zerrte außerdem an dem Mantel und dem ohnehin schon zerzausten Haar der Gestalt, die, umgeben von ewiger, mysteriöser Düsternis und mit den Händen in den Taschen, vor ihnen herstapfte.

Ein Lächeln, das irgendwo zwischen Erleichterung und Erheiterung lag, huschte über Laras Gesicht, sie drehte sich um und eilte zur Tür.

»Sie sind da«, strahlte sie Lee an, der sich mitsamt seiner Decke und einer Tasse heißem Tee auf einen Korbstuhl gesetzt hatte. Zur Antwort schlürfte er einmal laut an seinem Getränk, während Lara an ihm vorbei die Treppen hinunterstürzte. Dann setzte auch er sich langsam in Bewegung.

Als Lara aus der Tür zum Hof stürmte, hatte Lord Hester in seinem blauen Mantel, mit seinem ebenso blauen Zylinder und umkreist von einigen Raben den drei Neuankömmlingen schon die Hände geschüttelt.

Geneva war die Erste, die Lara bemerkte. Sie ging ihr die letzten Meter entgegen und schloss sie in die Arme. Sie lachten beide vor Freude und hielten sich fest, wie verloren und gefunden. Aber das waren sie ja in einem gewissen Sinne auch.

Erst als sie die Umarmung lösten, fiel Lara die Bandage an Genevas Kopf auf. Sie erstreckte sich über die gesamte Stirn und war mit Kompressen und Pflastern sorgfältig über ein Auge geklebt.

»Was ist das?«, wollte Lara wissen. Aber Geneva winkte ab.

»Halb so wild«, meinte sie nur.

Dann trat Baltasar neben sie.

»Halt!«, lachte er, als Lara sich auf ihn stürzen wollte, und nahm vorsichtig die schwarze Zigarette aus dem Mundwinkel, dann erwiderte er die Umarmung.

Wortlos, aber vielleicht bedeutungsschwerer war die Begrüßung mit Tom. Es gab eine kurze Umarmung, aber auch etwas viel Wertvolleres: Zum ersten Mal, ja wirklich zum allerersten Mal seit Lara ihn kannte, huschte ein Lächeln über das ernste Gesicht des Schlüsselmachers mit den rabenschwarzen Haaren.

»Kommt alle rein!«, lud Lord Hester die Wiedervereinten schließlich ein. Und sie machten sich auf, zurück in Richtung Bergfried, in dessen Tür nun auch Lee in Lederjacke und mit verschränkten Armen stand, bereit, die neuen Gesichter zu begrüßen.

Doch während sie über den Hof schlenderten, packte Tom Lara am Ärmel und zog sie zur Seite. Der Anflug eines Lächelns war schon wieder verschwunden von seinem Gesicht.

»Ist was?«, wollte die erstaunte Lara wissen.

Tom nickte nur.

»Genevas Auge«, meinte er und nickte in Richtung der anderen. »Es ist ernster, als sie uns glauben machen will.«

Lara schluckte.

»Heißt das …«

Tom nickte wieder.

Lara seufzte innerlich. Die Welt war ein Verräter.

»Noch etwas«, fuhr Tom fort.

Laras Blick weitete sich. Noch mehr schlechte Nachrichten?

»Charles Cooper ist tot.«

Das saß.

Lara biss sich auf die Lippe.

»Ich wollte nur, dass du es weißt«, sagte Tom. »Du kannst nichts dafür, und er hat seinen Beruf geliebt.«

Es klang wie eine Floskel. Der blasse Schlüsselmacher war kein guter Redner. Noch nie gewesen.

»Wie?«, fragte Lara matt.

»Die mechanischen Männer.«

Mehr brauchte er nicht zu sagen.

»Morgen ist die Beerdigung.«

Nur das noch. Er drückte Laras Schulter, dann schob er sie weiter, den anderen hinterher.

Bernsteinfarben wurde zu düsterem Gold. Nein, dies waren keine guten Tage, auch wenn es gerade erst ein Wiedersehen gegeben hatte.

Es sah nicht gut aus.

Zumindest nicht wirklich. Sie saßen gemeinsam im Saal der Burg um das Kopfende einer riesigen, verstaubten Tafel und tranken Tee, der ihnen nicht so recht schmecken wollte.

Lee hörte aufmerksam zu, fragte nach, wenn er einen Zusammenhang nicht verstand. Auch Lord Hester, der in einem großen Holzstuhl mit Armlehnen zusammengesunken am Kopfende saß, hakte ab und an nach. Francesco war mit vielen Verbeugungen und unter tausend Bezeugungen seiner Dankbarkeit gegenüber Lord Hester gegangen, als es noch dunkel war. Der Lord hatte ihr erklärt, dass es daran läge, dass er zum Mondvolk gehörte – was immer das auch hieß. Sie hatten offenbar eine Art Sonnenallergie. Er hatte Henry McLane mitgenommen ins Hospital von Ravinia. Zwar hatte Lara protestiert, war aber von Lord Hester überzeugt worden, dass man sich dort ihres Großvaters am besten würde annehmen können.

Lee seinerseits war geblieben. Er suchte noch immer nach seiner Rolle in dieser Geschichte.

So bekamen sie nun geschildert, was im südlichen Böhmen nach Laras Verschwinden geschehen war.

Mit vereinten Kräften war es den Mitgliedern des Ermittlungsausschusses dort letztlich gelungen, die mechanischen Diener von Ruben Goldstein in ihre Einzelteile zu zerlegen. Dabei war der stets nörgelnde, aber tapfere Mr Cooper ums Leben gekommen, erstochen von einem der mechanischen Biester.

Ruben Goldstein selbst war die Flucht gelungen. Wie, das hatten sie nicht herausfinden können. Sie hatten die restliche Zeit bis zur Dämmerung gewartet, um den toten Mr Cooper zu Fuß zurück in die Stadt zu schaffen, und von dort aus waren sie zurückgekehrt nach Ravinia.

Auf Toms Drängen hin hatten sie schließlich Lord Hester eingeweiht und ihn um Hilfe gebeten. Keine Sekunde zu früh, wie sich gezeigt hatte.

Nachdem sie anschließend im Kommissariat gewesen waren, hatte man notdürftig und mitten in der Nacht den Stadtrat zusammengerufen, um den Räten den Ernst der Lage vorzutragen. Man hatte lange debattiert und letztlich an die Zünfte einige generelle Warnungen erlassen und die Bitte, Auffälligkeiten sofort zu melden.

Baltasar war dies offenbar nicht genug gewesen, denn er schnaubte verächtlich, während er erzählte.

Und jetzt saßen sie hier.

Lara war nun ihrerseits an der Reihe mit der Berichterstattung, was ihr dankenswerterweise von Lee zum Teil abgenommen wurde. Als sie schließlich geendet hatten, senkte sich ein bedrücktes Schweigen über die versammelte Runde. Lara musste schlucken. Charles Cooper war tot. Ihn hatte sie gekannt, lachen gehört. Es war hart.

»Winter ist also frei«, murmelte Baltasar nach einer Weile.

Ein ratloses Seufzen ging durch den Raum.

Lee stand auf. Er hatte sich ein Herz gefasst.

»Also, Leute«, begann er. »Ich kenne mich zwar nicht aus, aber anscheinend ist dieser Roland Winter so eine Art Albtraum für diese Stadt.«

»So könnte man es ausdrücken«, meinte Baltasar missmutig.

Lee hob den Finger.

»Wenn ihr mich fragt«, meinte er, »dann ist dieser Winter im Moment ein Wrack von einem Menschen. Das, was da aus dem Bild gefallen ist, war eine Ruine. Wenn ich so jemanden im Krankenhaus liegen sähe, dann würde ich denken, dass er nicht mehr lange zu leben hat.«

»Einerlei«, meinte Baltasar. »Er lebt. Und nur das ist wichtig.«

Tom mischte sich ein.

»Ich glaube, ich weiß, worauf er hinauswill.«

Seine Blicke kreuzten die von Lee. Gegenseitige Anerkennung gewürzt mit einer Prise Herausforderung huschte vorüber, aber eigentlich viel zu kurz, um es zu greifen.

»Roland Winter ist im Augenblick vielleicht wirklich, wirklich schwach«, fuhr er fort. »Das bedeutet, er kann seine Macht nicht ausspielen, weil er unter seinen körperlichen Gebrechen leidet.«

»Das wäre zu einfach, Tom –«, aber Baltasar wurde unterbrochen.

»Das heißt«, folgerte Lee, »dass der nächste Schritt seiner Komplizen sein wird, ihn von diesen körperlichen Gebrechen zu erlösen. Erst dann hat Winter überhaupt wieder einen Wert für sie.«

Lord Hester nickte.

»Der Junge hat recht«, meinte er. »Niemand konnte ahnen, wie der Zustand Winters sein würde, wenn man ihn tatsächlich einmal befreien sollte. Also vermute ich, dass die Sturmbringer selbst noch vor dem Problem stehen, wie man Winter seine alte Stärke zurückgeben soll.«

»Wenn diese Vermutung zutrifft«, schlussfolgerte Tom daraufhin, »haben wir ein Zeitfenster, in dem wir versuchen können, den Sturmbringern zuvorzukommen.«

Jetzt schaltete Lara sich ein.

»Aber was gibt es denn überhaupt für Möglichkeiten, Winter zu heilen? Ich meine, was ist überhaupt mit ihm?«

»Er ist vor allen Dingen gealtert«, erklärte Baltasar. »Furchtbar gealtert.«

»Woher weißt du das so genau?«

Baltasar zuckte mit den Schultern.

»Du hast es dir doch gewiss schon gedacht«, sagte er dann leise. »Den fälschungssicheren Schlüssel, mit dem Roland Winter letztlich weggesperrt wurde, habe ich gefertigt.«

Lara erinnerte sich. Berrie hatte das vermutet.

Baltasar fummelte eine der schwarzen, ägyptischen Zigaretten aus seiner Blechdose und zündete sie an, dann schwieg er beschämt und paffte.

»Wir suchen also einen Weg, der die Jugend in einen Körper zurückbringt«, fasste Lee zusammen.

Alle Köpfe drehten sich erwartungsvoll in Lord Hesters Richtung.

Dieser schüttelte jedoch nur traurig den Kopf.

»Die Herren der Raben von Ravinia altern langsamer, da mögt ihr recht haben«, sagte er. »Das liegt an der Magie der Rabenfedern.«

Er zupfte an seinem dicken Backenbart.

»Aber sie macht nicht jünger«, meinte er und warf einen Blick in die Runde. »Um ehrlich zu sein: Ich habe nicht die leiseste Idee, wonach genau wir suchen.«

Erneutes Schweigen. Dann war es wieder Lee, der sich zu Wort meldete:

»Dann haben wir keinen Vorteil gegenüber den Sturmbringern«, stellte er fest. »Das heißt sozusagen *null zu null.* Unentschieden.«

»Würdest du dem Ganzen vielleicht etwas mehr Ernsthaftigkeit beimessen, junger Mann«, nörgelte Baltasar zwischen zwei Zigarettenzügen. Aber Lord Hester winkte ab.

»Er hat recht, guter Baltasar. Er hat vollkommen recht. Es mag naiv klingen oder nicht, aber genau so ist es doch nun einmal. Dabei wäre allerdings festzustellen, dass es nicht *null zu null* steht, sondern *eins zu eins.*«

Alle sahen nun wieder zu Lord Hester. Der grinste schelmisch.

»Na ja, die Stadt hat Winter weggesperrt, und die Sturmbringer haben ihn befreit. Eins zu eins.«

Baltasar stöhnte genervt auf.

»Wenn ihr nicht werdet wie die Kinder –«, zitierte Lord Hester, doch Baltasar brummte dazwischen:

»Jaja, ist gut.«

Ein Lächeln – wenn auch ein etwas nervöses Lächeln – huschte über die Gesichter der Anwesenden.

»Ich schlage also vor«, verkündete Lord Hester, »dass wir uns darum kümmern. Wir besuchen die Zünfte, durchkämmen Bibliotheken, verfolgen Theorien.«

»Sollten wir das nicht lieber dem Kommissariat überlassen?«, fragte Geneva.

Lord Hester schüttelte den Kopf.

»Erstens ist es sinnvoll, wenn sich nicht *ausschließlich* das Kommissariat um die Sicherheit der Stadt kümmert. Zweitens sind die Kommissare pragmatisch veranlagt und viel besser darin, zusammen mit den Nachtwächtern für Sicherheit zu sorgen, und drittens – und das meine ich nicht abwertend – haben die Kommissare wenig Sinn für die besonderen Zusammenhänge der Talente von Ravinia. Sie können zwar einen magischen Schlüssel benutzen oder akzeptieren, dass Wahrsager Visionen haben. Aber sie stecken nun mal selbst nicht mit in der Sache drin. Dennoch sollten wir das Kommissariat dringend davon in Kenntnis setzen.«

Lord Hester erhob sich.

»Also heißt es, keine Zeit zu verlieren!«

Er wandte sich an die Runde.

»Baltasar, Sie gehen und finden bei den Mechanikern heraus, was es herauszufinden gibt. Geneva, Sie tun dasselbe bitte bei den Nachtwächtern. Außerdem bitte ich Sie, alles über Valerius und seinen kranken Sohn herauszufinden.«

Lara blickte Lord Hester an.

»Valerius hat einen kranken Sohn?«

Lord Hester nickte.

»Ich weiß nichts Genaues, und offenbar weiß auch so gut wie niemand anderes davon, aber der Junge von Valerius leidet unter irgendeiner mysteriösen Sache. Ich will wissen, ob es einen Zusammenhang zwischen Valerius' krankem Sohn und den Sturmbringern gibt.«

Er sah Tom an.

»Tom, du begleitest Lara nach Edinburgh. Sie braucht ein paar Sachen, denn sie wohnt erst einmal bei dir.«

Tom zog die Augenbrauen hoch ob dieser Anordnung. Ihm gefiel offenbar nicht wirklich, was Lord Hester gerade verkündet hatte, er sagte jedoch nichts.

»Anschließend bitte ich euch, die Alchemisten in den botanischen Gärten zu bemühen.«

Lord Hesters Augen unter den buschigen, weißen Brauen wanderten zu Lee.

»Lee, dich bitte ich, Mama Zamora und Berrie aufzusuchen und andere Wahrsager natürlich auch. Versucht, alles Mögliche über Meister Ma'Haraz in Erfahrung zu bringen!«

»Ich selbst werde mich bei den Barden und bei den Schreibern umhören. Darüber hinaus gibt es noch einige Dinge, die es zu erledigen gilt. Zum Beispiel müssen die Kommissare benachrichtigt werden. Außerdem muss ich einiges über Marcion in Erfahrung bringen.«

Er blickte in die Runde.

»Alles klar so weit?«

Nicken von allen Seiten.

»Dann lasst uns keine Zeit verlieren. Wer bei seiner Zunft nicht mehr weiterkommt, findet sich in der Stadtbibliothek ein und beginnt dort, nach Hinweisen zu suchen. Wir sehen uns alle spätestens morgen bei Mr Coopers Beerdigung.«

Aufbruchstimmung machte sich schlagartig im Raum breit.

Teetassen wurden weggeräumt, Stühle gerückt, Mäntel und Jacken angezogen.

Ein Rabe landete mitten auf dem Tisch, direkt vor Lord Hesters Nase.

»Krah, Ihr habt gerufen, Boss?«, krakeelte er und zog die Aufmerksamkeit des Lords auf sich.

»Ja, Rufus«, sagte dieser. »Ich muss die gesamte Rabenpost bemühen. Allerdings muss ich euch eindringlich bitten, keine Panik zu verbreiten!«

Tom verdrehte die Augen, während er einen Stapel Teetassen wegbalancierte.

Der Zufall ist manchmal auch Schicksal zu nennen. So hatte es Berrie schon ganz treffend formuliert, fand Lara, während sie ausgerechnet mit Tom durch die Straßen Edinburghs eilte. Ausgerechnet mit Tom, der immer wieder vom Schicksal redete.

Nun waren sie unterwegs, zurück in der Stadt der Treppen, und Lara konnte gar nicht sagen, wie sehr sie die Umgebung ihres einst so langweiligen Alltags vermisst hatte. Zwar war sie nicht einmal zwei Tage fort gewesen, aber es hatte sich angefühlt wie ein bitterer Geschmack von Ewigkeit.

Lara fiel ein, dass sie immer noch den Schlüsselbund mit den seltsamen Schlüsseln in der Tasche hatte und gab ihn an Tom zurück.

»Was waren das eigentlich für merkwürdige Schlüssel?«, wollte sie wissen.

»Diverse. Alles Schlüssel, die ich zu einem bestimmten Zweck gefertigt habe oder einfach nur, um verschiedene Schlüsselformen auszuprobieren.«

»Und was, bitte schön, hat dich nach Rhode Island getrieben?«

»Ganz einfach, ich wollte ein Schrankschloss ausprobieren und hatte etwas Messing von einer Plakette übrig, die vielleicht einmal eine seltene Baumart in einem Park dort geziert hat oder so etwas in der Art.«

»Und wie bist du an diese Plakette gekommen?«

»Die Bäume sind vermutlich abgestorben. Ich weiß es nicht. Ich hatte das Schild von einem Schrotthändler auf dem Markt.«

»Und dann hast du einen Schlüssel daraus gemacht, der zu einem Stromkasten führt?«

»Nein, ich habe einfach nur einen Schlüssel daraus gemacht. Dass er nach Rhode Island führt, habe ich erst hinterher herausgefunden. Ich war noch in der Lehre. Hör auf, solche Fragen zu stellen, du bist immerhin mit heiler Haut davongekommen, oder?«

Sie schwiegen, denn schweigen konnte man bekanntlich gut mit Tom.

Als sie das Haus an der Royal Mile erreicht hatten, begegnete ihnen im Treppenhaus die alte Patty, die in der Wohnung gegenüber wohnte. Lara erklärte ihr, dass ihr Großvater gestürzt sei und im Krankenhaus liege. Patty schien das nicht zu beunruhigen, denn sie hielt Henry McLane für sehr viel rüstiger als sich selbst – und Lara fügte in Gedanken hinzu, dass Henry McLane auch nicht so sehr nach altem Menschen roch wie Patty dies tat. Bei dem weiteren Versuch, Patty abzuwimmeln, setzte diese sich dann in den Kopf, dass Tom sicherlich Laras erster fester Freund sei und sie die sturmfreie Bude nutzen wollten. Tom gegenüber war sie sehr skeptisch und deutete kurz an, dass ja offensichtlich schon ein gewisser Altersunterschied bestünde, den man nicht außer Acht lassen sollte.

Patty war bei ihrer Begegnung im Treppenhaus so redselig, dass Tom ein entnervtes Seufzen von sich gab, als er die Wohnungstür der McLanes endlich hinter sich geschlossen hatte.

Lara verschwand in ihrem Zimmer und packte einige Sachen in ihren Koffer. Als sie schließlich mit dem Koffer wieder im Flur stand, hob Tom eine Augenbraue.

»Ist das alles?«, fragte er.

»Wie meinst du das?«

»Na ja, du bist eine Frau«, meinte Tom. Vielleicht sollte es ein Witz sein. Lara wusste es nicht, stattdessen sagte sie nur: »Schicksal.«

Manchmal ist das Leben wie in einem Film, dachte Lara, als sie Toms Wohnung zum ersten Mal betrat. Wie in einem älteren Film, dessen Farben vielleicht noch die Übertriebenheit von

Technicolor besitzen oder sich gerade auf dem Sprung davon weg befinden. Doch im Gegensatz zu Filmen ist das Leben sehr viel eindrucksvoller gestaltet.

Tom wohnte im Torhaus der Burg Ravinia. Wie er dazu gekommen war, mochte er nicht erzählen. »Jedenfalls jetzt noch nicht«, war alles, was er Lara auf ihre Nachfrage hin zugestanden hatte. Das hieß für Lara aber, dass sie es vielleicht später einmal erfahren sollte. Sei's drum. Das Hier und Jetzt zählte. Und in diesem Hier und Jetzt war Lara gerade durch das Türchen einer vermeintlichen Wachstube getreten und hatte sich in einem Treppenhaus wiedergefunden. Ursprünglich hätte sie hier staubige Holzleitern vermutet, aber offenbar waren diese im Laufe der Zeit durch eine – zugegebenermaßen etwas schief geratene – Wendeltreppe ersetzt worden, die sie hinaufstiegen, bis sie vor einer weiteren Tür haltmachten, die Tom mit einem normalen Schlüssel aufschloss.

Die Wohnung war riesig. Sie hatte mindestens ein Dutzend Räume, und keiner hatte genau dieselbe Form wie der vorige. Der Bruchstein der Burgmauern alleine sorgte offenbar schon dafür, dass die Wände nicht eben waren. Aber auch der Fußboden wies Unebenheiten auf, die vor allem daher rühren mochten, dass die Wohnung sich auf verschiedenen Ebenen befand, da sie in der Mitte über den Torbogen der Burg hinausragen musste.

Was die Wohnung allerdings über alles dominierte, waren Bücher. Große, kleine, dicke und ganz schmale, richtige Wälzer und Schmöker und kleine Broschüren, beinahe nur Hefte, solche mit uralten, dicken Ledereinbänden und solche, die nach frisch gekauftem Paperback aussahen. Beinahe alle Wände waren damit zugepflastert, wie die alten Straßen in Ravinia mit ihrem unregelmäßigen Kopfsteinpflaster. In einer Ecke entdeckte Lara entzückt einige Pergamentrollen über einem Schrank voll alter Bibeln. Zwei Meter weiter gab es riesige Atlanten aus allen Epochen der Buchmachergeschichte und daneben eine Originalausgabe von Goethes Gesamtwerk.

Bücher schlangen sich um alles in dieser Behausung. Die Regale und Schränke waren allesamt selbst gezimmert und so den räumlichen Gegebenheiten angepasst. Sie mäanderten an Deckenbalken entlang, durch niedrige Durchgänge oder um die Fenster, die auf den Hof blickten. In Richtung der Stadt gab es lediglich einige Schießscharten, die allerdings auch vollständig von Büchern oder anderen lesbaren Materialien gesäumt waren.

An den wenigen Stellen, an denen es keine Bücher gab, befanden sich dicke Wandteppiche, die – ungeachtet ihrer Herkunft – nicht eine einzige Lücke offen ließen, sondern mit ihren Enden zwischen Regallücken gestopft und geknautscht waren. Auf die Frage nach dem Warum, meinte Tom, dass es im Winter zwar nicht richtig eiskalt werde in Ravinia, aber immerhin so kalt, dass man sich ein besser funktionierendes Heizsystem wünsche. Man konnte sagen, dass Ravinia, was die Infrastruktur betraf, wenig technologisiert war – eigentlich ein Wunder bei dem geballten Erfindungsreichtum seiner Einwohner. Fließendes Wasser gab es dank eines ausgeklügelten Systems von Wasserrädern an der Stadtmauer zwar überall, aber bei dessen Erhitzung wurde es schon schwieriger. Tom versicherte ihr allerdings, dass sie sich keine Sorgen zu machen brauche. Die Burg war verhältnismäßig gut mit Strom versorgt, den Tom hauptsächlich dazu benutzte, das Wasser zum Duschen zu erwärmen.

»Wenn das Stromnetz allerdings mal wieder spinnt, kann man Wasser vorkochen und in den Warmwasserbehälter über der Dusche füllen«, erklärte er und wies auf einen seiner großen Kamine, in dem ein Wasserkessel an einem Gestänge hing. Lara nickte nur – völlig fasziniert. Um hier wohnen zu dürfen, würde sie es sicherlich ertragen können, das ein oder andere Mal nicht ganz so warm duschen zu können, wie sie es aus der Stadt der Treppen gewohnt war; zumal dort zwar nicht das Stromnetz schwankte, aber die Zuverlässigkeit und die Qualität ihres Wasserboilers, sodass es auch dort mit der Wassertemperatur manches Mal so eine Sache war. Doch der Heizungsinstallateur, der die McLanes von Zeit zu Zeit auf einen Anruf hin aufsuchen musste, wäre ja auch dumm, den Boiler tatsächlich einmal richtig zu reparieren, da war sich Lara sicher. Ihm würde quasi ein lebenslanger Dauerauftrag durch die Lappen gehen.

Schließlich führte Tom sie eine weitere kleine Treppe hoch, die zu einem einzelnen Zimmer führte. Es war nicht besonders groß, aber auf jeden Fall schon sehr viel größer als ihr Zimmer in Edinburgh. Ja, sie hatte richtig vermutet, hier würde sie wohnen.

»Das ist dein Zimmer«, stellte Tom vor.

»Hallo Zimmer«, sagte Lara nur. Tom verdrehte die Augen.

Hier sah es genauso aus wie im Rest der Wohnung: Bücher über Bücher über Bücher. Es gab ein größeres Fenster zum Hof hin und einen alten Eichenschreibtisch sowie einen weiteren großen Kamin.

»Tja«, meinte Tom. »Ein Bett steht hier noch nicht. Das müsste erst gebaut werden. Ich fürchte, du musst mit einer Luftmatratze vorliebnehmen. Ich habe noch ein paar Schaffelle, damit du es wärmer hast. Bettzeug und Bezüge finde ich wohl auch.«

Verrückt. Das war völlig verrückt. Es war wie in den Büchern, die sie in früheren Jahren – vielleicht mit acht oder zehn – verschlungen hatte. Jene Bücher, wo Kinder und Jugendliche auf Ferienfreizeiten in alte Burgen fuhren oder diese als Internat besuchten und dort die wahnwitzigsten Abenteuer erlebten. So fühlte es sich zumindest an. Auch wenn Lara natürlich wusste, dass es sich hier um alles andere als einen Abenteuerurlaub handelte.

Tom zeigte ihr noch die alten, drehbaren Lichtschalter, das Badezimmer, die Küche und wo sie ihn im Notfall finden konnte – dabei zeigte er ihr lediglich den Eingang zu seinem eigenen Reich, aber nicht, was hinter der Tür lag.

Nach diesem etwas radikalen Umzug von einer Dachgeschosswohnung in Edinburgh auf eine Burg in einer phantastischen Stadt drängte Tom allerdings auch schon zum Aufbruch, und Lara wusste, dass er recht hatte. Sie mussten zu den Alchemisten, in einen neuen Winkel dieser Stadt voll neuer, geheimnisvoller Ecken.

10. Kapitel, *in dem sich für Lara ein geheimnisvoller Garten auftut.*

Befreie aus ihrem dämmrigen Schweigen
Die träumenden Tänzer des Feenreigens
Koste die Frucht des verbotenen Gartens
Lohn der Dekaden enthaltsamen Wartens

Oliver Plaschka

Wie befreiend muss es doch sein, wenn man am Ende alt und satt an Jahren ist, wie es so schön heißt. Dann, wenn man nur noch die Schönheit der Momente einzuatmen braucht und alle lästigen Gedanken eines Lebens, die man vor sich hergeschoben hat, vom Weg purzeln wie vom Fahrtwind fortgewehtes Laub im Herbst.

Der alte Mann auf der Parkbank war jemand, auf den dies alles zutreffen mochte. Die Faszination, die er auf Lara ausübte, hätte sie ohnehin eines Tages mit ihm sprechen lassen, aber da er die einzige menschliche Person weit und breit war, ließ es sich ohnehin nicht umgehen, ihn um eine Auskunft zu bitten.

Tom und Lara waren in den südlichen Teil der Stadt hinabgestiegen, hinaus aus der Burg und durch das Adelsviertel mit all seinen Villen, die in den unterschiedlichsten und schillerndsten Stilrichtungen erbaut waren. Ob Gotik, Barock, Romantik oder Jugendstil – alles war vertreten. Alles, was die unbedingte Extravaganz eines abgehobenen Lebens unterstreichen sollte. Wer hinter solchen Mauern glücklich wurde und wer es sich nur einzubilden vermochte, stand in anderen Liedern geschrieben. Sie hatten den Ratsplatz passiert, an dem majestätisch das palastartige Ratsgebäude sowie die verwinkelte und verschachtelte Stadtwache lagen – jenes Gebäude, das den Nachtwächtern als Hauptquartier diente und angeblich ein wahres Labyrinth beherbergen sollte. Dann ging es aus der Oberstadt hinab, vorbei am Viertel der Schreiber, in dem die gewaltige Bibliothek Ravinias stand, ein monumentales Bauwerk mit achteckigem Grundriss, sowie das Scriptorium, ein Gebäude, das wirkte, als habe man ehedem viele einzelne Häuser – große und kleine, laute und leise – einfach wahllos miteinander durch seltsame Erker, Gänge und Mauern verbunden und anschließend sämtliche Dächer feuerrot angestrichen. Es beheimatete den Hauptsitz der Zunft.

Gegenüber lag die Jacobs-Synagoge, weiß strahlend, umgeben mit dunklen Gattern, in der Rabbi Friedmann angeblich einmal tätig gewesen war. Tom schwieg sich darüber aus. Seine Vergangenheit gehörte ihm und nur ihm allein, was man allerdings auch jederzeit von seiner Gegenwart behaupten konnte.

Hinter der Synagoge schließlich erstreckte sich eine Art Friedhofsmauer, die vielleicht zweieinhalb oder drei Meter hoch war und einen ganzen Bereich der Stadt abzutrennen schien. Sie begann an dem felsigen Abhang, über dem die Oberstadt lag, und zog sich hinunter, bis sie in einem aus Bruchsteinen erbauten, grauen Haus mündete, das seinerseits wie eine gutartige Geschwulst direkt aus der Stadtmauer zu wachsen schien. Ein schmaler Weg, der nicht einmal gepflastert war, wand sich hinter der Synagoge still und heimlich um die Häuser des Viertels und führte zu eben jenem Gebäude, das sich lediglich als weiteres Torhaus in der Mauer entpuppte.

»Die botanischen Gärten sind seltsam. Sei vorsichtig mit dem, was du tust, mit dem was du siehst oder meinst zu sehen«, warnte Tom, als sie sich auf dem kleinen Trampelpfad dem Tor näherten.

Alles war seltsam an dieser Stadt, so viel war sicher. Da würden die botanischen Gärten sicherlich keine Ausnahme bilden. Aber Lara verzichtete auf eine derart schnippische Bemerkung. Denn gerade, als sie das Tor durchschreiten wollten, gab es einen Rums, und im Staub vor ihnen landete eine Kreatur, die allein durch ihr Gewicht beim Aufprall zwei kleine Krater unter ihren Füßen hinterlassen hatte. Oder unter dem, was man am ehesten als ihre Füße bezeichnen konnte. Eigentlich waren es Krallen oder Klauen. Zwei riesige Flügel ruderten kurz, um für Gleichgewicht zu sorgen, dann stand das Wesen sicher und baute sich vor ihnen auf. Zwar ging es Lara nur bis zur Schulter, allerdings hegte sie keine Zweifel, dass das im Falle eines Falles gleichgültig wäre, denn es sah nicht nur kräftig und wild aus, nein, es war obendrein aus Stein.

»Ihr seid keine Alchemisten«, stellte das Wesen mit einer Stimme fest, die klang, als würde man große Mühlsteine gegeneinanderreiben.

Tom blieb – wie eigentlich immer – völlig unbeeindruckt.

»Nein, aber wir suchen welche«, antwortete er dem steinernen Torwächter, der sie aus den kleinen, steinernen Augen seines Hundekopfes musterte.

Ein Wasserspeier. Das war Laras Gedanke. Ein Wasserspeier, der hinuntergeflogen kam von seinem Nest in der luftigen Höhe eines Kathedralenturms, um ihnen den Weg zu versperren und ihnen knirschende Fragen zu stellen.

Einen Augenblick lang herrschte eine Spannung unter dem Torbogen, als wäre die Luft um alle Beteiligten herum statisch aufgeladen. Dann knirschte der lebendige Wasserspeier: »Tom Truska, nehme ich an?«

Tom nickte.

»Dann dürft ihr passieren. Aber ihr steht – wie alle Nicht-Alchemisten – unter ständiger Beobachtung.«

Ein Nicken von Toms Seite, woraufhin das steinerne Ungetüm mit dem Hundekopf unvermutet lautlos die Schwingen an seinem Rücken ausbreitete, sich vom Boden abstieß und ohne ein Geräusch verschwand.

»Das war ein Wasserspeier«, stellte Lara fest. Sie hatte zwar schon mehrere Male beschlossen, sich nicht mehr über die sonderbaren Verhältnisse in Ravinia zu wundern, aber es fiel ihr trotzdem immer wieder schwer.

»Ein Gargyl. Zumindest mögen sie es, wenn man sie so nennt«, erklärte Tom, und sie betraten die botanischen Gärten.

Und Lara verschlug es den Atem. Vorsatz hin oder her.

Vor ihnen lagen fünf oder sechs riesige, weitläufige Steinterrassen, groß wie ganze Felder. Die Stadtmauer fiel mit den Terrassen ab und umschloss sie vollständig, sodass man vom Tor aus einen wundervollen Blick über die Gärten hatte, deren Terrassen sich gemeinsam mit der Mauer nach Westen hin abstuften und den Blick auf den dunklen Fluss freigaben, auf dessen Niveau sich die unterste Terrasse befand. Links in einiger Entfernung erhob sich der gewaltige Abhang zur Oberstadt hin, über dessen Kante einige Villen hinausragten. An dieser Stelle war er über und über mit Efeu bedeckt.

Auf den einzelnen Terrassen gab es Pflanzen in Hülle und Fülle. Bäume, Büsche, Sträucher, Gräser, Blumen, Orchideen. An einigen Stellen schienen sie kultiviert in Beeten oder Plantagen angebaut, an anderen Stellen wucherte alles über, ohne dass sich ein System erkennen ließ. Dazwischen standen alte Gewächshäuser, die einem vorherigen Jahrhundert entsprungen sein mussten. Der Anblick war überwältigend.

Doch es war kein Mensch zu sehen.

Abgesehen von dem uralten Mann, der auf einer Parkbank über allem thronte und mit zusammengekniffenen Augen auf den Fluss hinausblickte. Er hatte ein kariertes Jackett an und braune Hosen, die ihm viel zu kurz waren. Eine Schiebermütze und ein Gehstock komplettierten den Aufzug, und der Alte summte eine Melodie, die seinem Leben anscheinend einst ein wenig Wohlbehagen beschieden hatte.

Lara tippte ihm auf die Schulter.

»Sie strahlen ja«, sagte der Mann mit einem großväterlichen Lächeln, allerdings ohne den Blick vom Fluss abzuwenden.

»Dabei bin ich gar nicht glücklich«, erwiderte Lara verblüfft.

»Aber Ihre Augen strahlen. Setzen Sie sich doch!«, forderte er sie auf.

Lara warf einen Blick über die Schulter zu Tom, der jedoch nur stumm nickte.

»Wer sind Sie?«, wollte Lara wissen.

Der alte Mann lächelte. Das Licht einer flimmernden Sonne brach sich zuerst im Kräuseln des dunklen Flusses, der Ravinia drohend umschloss, und anschließend in den großen, randlosen Brillengläsern.

»Ist das so wichtig?«, fragte er. »Warum ist es den Leuten immer gleich so wichtig, *wer* man ist? Als ob Namen, Berufe oder Stände irgendetwas darüber aussagen würden, *wer* man wirklich ist.«

Lara zuckte unbeholfen mit den Schultern. Bisher hatte der Alte sie nicht ein einziges Mal angesehen. Woher er überhaupt wissen wollte, dass sie strahlte – und was er damit meinte –, das leuchtete ihr nicht ein.

»Aber ich sehe schon, wenn man jung ist, braucht man gewisse Haltepunkte«, fuhr er fort. »Ich bin Alistor Sullivan. Früher habe ich viel geschrieben, über das Leben und die Träume. Über Gott und Tod und Liebe, jene Dinge, mit denen sich beinahe alle Museen der Welt beschäftigen. Warum eröffnen sie nicht mal eines über das Lachen? Aber egal. Ich bin einfach ein alter Mann – wohl ein klassischer Vertreter einer alternden Stadt.«

»Wieso altert die Stadt?«

Nun blickte Alistor ihr zum ersten Mal in die Augen. Ein schmaler, haschender, aber ungleich milder Blick suchte sich seinen Weg hinter der großen Brille hervor.

»Haben Sie sich schon einmal umgesehen, junge Frau? Die Stadt wird alt. Und damit meine ich nicht die Häuser und Mauern und Türme, denn die waren es immer schon. Nein, die Menschen werden alt. Es gibt so wenig junge Leute in Ravinia. Sie strahlen, weil Sie zu den jungen Leuten gehören.

Früher waren die Zunftbücher in Ravinia übervoll mit Namen eifriger Lehrlinge, die es nicht erwarten konnten, Teil eines Wunders zu sein. Ich habe allerdings auch keine Erklärung dafür, woran es liegt. Vielleicht bringt die Welt weniger Talente hervor als in alter Zeit. Vielleicht findet die Jugend in anderen Dingen Erfüllungen, die es hier nicht gibt. Ich bin schon viel zu lange in Ravinia und habe wohl den Blick für die Welt, in der ich geboren wurde, verloren. Ich kann Ihnen nur erzählen, wie es hier in dieser Stadt ist, in diesem Wunder, auf dieser Bank in diesem Garten.

Die Stadt der alten Meister. Das ist Ravinia geworden. Irgendwann – vor vielen Jahren schon – sind die Generationen ausgedünnt. Es gibt einfach viele alte und wenig junge Leute hier. Es ist einfach schön, Sie zu sehen, oder besser: dass Sie da sind.«

Lara schwieg. Unsicher, was sie tun sollte.

»Fragen Sie etwas anderes!«, forderte Alistor sie auf.

»Wollen Sie nicht wissen, wer ich bin?«

»Wenn es Sie beruhigt, kann ich Sie das fragen. Also, wer sind Sie?«

»Ich heiße Lara McLane.«

Die Schiebermütze samt altem Gesicht und steifem Hals drehte sich ein Stückchen in Laras Richtung. Die Augen leuchteten, obwohl sich keine Regung auf dem Gesicht zeigte.

»Das ist schön«, meinte Alistor schließlich. »Das ist wirklich schön. Zumindest, wenn Sie wirklich diejenige sind, die Sie zu sein vorgeben.«

»Warum das denn?«

»Sind Sie nicht die Tochter unseres Mechanikerpärchens, den McLanes? Da bin ich fast sicher. Ich habe sie nicht häufig gesehen, aber Ihre Mutter hatte dieselben Haare wie Sie. Ein wenig wie Bernstein – viele Facetten ähnlicher Farbtöne.«

»Arthur und Layla McLane?«

Alistor nickte bedächtig.

»Sie hatten einen schönen kleinen Laden. Und angeblich soll die ganze Stadt Kopf gestanden haben, als sie heirateten. Es muss eine der schönsten Hochzeiten aller Zeiten gewesen sein. Ich war leider damals nicht zugegen, doch die ganze Stadt hat noch tagelang davon gesungen. Sie haben echtes Glück, solche Eltern zu haben.«

»Ich habe sie ja nicht mehr.«

»Ja«, und für eine Sekunde hielt Alistor inne, aber dann zeigte er mit einem knorrigen Finger voller hervortretender Adern und Altersflecken dorthin, wo Laras Herz schlagen musste. »Aber Sie haben sie hier, und das kann Ihnen keiner nehmen.«

Lara schluckte.

»Ich kann Ihnen keine tröstenden Worte sagen«, gab der alte Mann bedauernd zu. »Ich kann Ihnen nur sagen, dass Sie in guter Gesellschaft sind. Denn Ravinia ist nicht nur die Stadt der alten Meister, sondern auch die Stadt der Waisen.«

»So? Ich dachte, es gibt auch normale Familien hier.«

»Es ist wie mit den alten Meistern. Es gibt nicht *nur* die alten. Aber sie dominieren das Erscheinungsbild. So ist es leider auch mit den Waisen. Fragen Sie doch Ihre Altersgenossen – sofern Sie welche kennen – nach ihren Familien. Ich fürchte, es ist ein ungeschriebener Preis, den dieser Ort von vielen fordert.«

Sie schwiegen einen Moment.

»Wissen Sie, wo ich die Alchemisten finde?«

»Gehen Sie zum Hang. Dorthin, wo es die Oberstadt dünkt, über den Schicksalen der Stadt zu thronen. Der Efeu wird Sie passieren lassen, wenn Sie guter Absicht sind. Aber seien Sie vorsichtig, der Garten ist bissig.«

Lara stand auf.

»Danke«, sagte sie.

»Nein, ich habe zu danken«, entgegnete Alistor.

»Ich wünsche Ihnen noch viele schöne Tage hier«, verabschiedete sich Lara, verwundert darüber, wie der alte Mann sie in seinen Bann gezogen hatte.

»Das Wichtigste ist bloß, dass *Sie* in der Zukunft noch mehr schöne Tage haben werden.«

Und Alistor Sullivan zwinkerte ihr mit beiden Augen zu. Ein

Großvaterzwinkern. Ernst und gütig und ohne die leicht schelmische Note, die sich in Baltasars Blick so oft finden ließ. Dann ging Lara zurück zu Tom, der sich nicht bewegt hatte, die ganze Zeit über nicht, sondern nur mit dem Blick auf dem dunklen Fluss verharrt war.

»Du kennst den Weg doch schon«, sagte Lara endlich, nachdem sie schon einige Minuten über eine Plantage voller abstruser Pflanzen, magischen Gebilden aus vielerlei bunten Blüten, flaniert waren, um sich dem Efeuwall am Fuße der Oberstadt zu nähern.

»Manche Gespräche sind vielleicht wichtig«, entgegnete Tom bloß.

»Aber dieses?«

»Wer weiß?«

Lara seufzte und sagte wieder einmal: »Schicksal.«

They took all the trees, and put 'em in a tree museum, sang Joni Mitchell in Laras Kopf, während sie sich ihren Weg über ein Feld aus eigenartigen Schlingpflanzen suchten, die im Wachsen alle paar Dezimeter einige kleine Zöpfe gebildet hatten, aus denen sich drei oder vier dünne Triebe zu einem kräftigen Strang zusammenflochten. Die Efeuwand lag vielleicht noch hundert Meter vor ihnen, als das Schlingpflanzengebilde ohne erkennbaren Grund anfing zu rascheln. Zuerst war es nur ein leises Rauschen, das Lara neugierig werden und stehen bleiben ließ. Einige armlange Enden der Ranke ragten aus dem dichten Gestrüpp heraus und wiegten sich wie beschworene Schlangen im Takt eines lauen Windes, der vom Fluss her in die botanischen Gärten hinaufwehte. Einen Augenblick lang wirkte es wie ein stummer Dialog, den es zwischen neugieriger Pflanze und neugieriger junger Frau zu führen. Einige Schritte weiter bemerkte ein in Gedanken versunkener Tom, dass seine Begleiterin einmal mehr ins Trödeln geraten war, so wie sie es noch oft tun würde in den nächsten Jahren – zumindest befürchtete er das. Seine Augen weiteten sich, während Lara den Moment nicht bemerkt hatte, als das interessierte Wiegen der Ranken in das gierige Lauern der Schlange Kaa übergegangen war, und so konnte Tom nicht einmal mehr zu einem Warnruf ansetzen.

Die geflochtenen Arme der Ranke schossen wie Tentakeln auf Lara zu und umschlossen ihre Gliedmaßen schneller als jeder erstickte Schrei. Von der Geschwindigkeit und der Kraft des botanischen Monsters überwältigt, machte Lara einen panischen Versuch, sich loszureißen, aber die Ranken hielten stand, bildeten Knoten und verflochten sich zu schenkeldicken Strängen. Lara wurde umgerissen und schlug mit dem Hinterkopf auf dem sandigen Boden auf, sodass ein Meer von Sternen ihr Blickfeld überspülte.

Langsam zogen die beblätterten Tentakelarme die hilflose junge Frau zu sich. Das Gestrüpp, der Körper, der der wallende Kern einer Art kollektiven pflanzlichen Intelligenz sein mochte, wimmelte nun von kleinen und großen Ästen, Auswüchsen und Ranken. Manche der wuselnden Ärmchen zogen sich zurück oder richteten sich auf und gaben einen Schlund frei in ihrer Mitte, der schwärzer als die Nacht schien. Wohin das Ungetüm sie zu verschlucken gedachte, wollte Lara sich am besten gar nicht ausmalen, sondern strampelte stattdessen heftig und heftiger, um sich aus der florierenden grünen Umklammerung zu befreien. Sie wollte schreien, aber schon knebelte ein weiterer geflochtener Strang sie mit einer Kraft, die sich sicherlich mit der einer Würgeschlange messen konnte. Viel schlimmer war jedoch, dass auch ihre Nase umrankt wurde. Sie bekam keine Luft mehr. Die Pflanze drohte sie zu ersticken. Fieberhaft überlegte Lara, wie sie sich noch aus ihrer Lage befreien oder wie sie wenigstens wieder etwas Luft bekommen könnte, bevor ihr die Sinne unweigerlich schwinden würden. Ein Pflanzenarm schlug ihr mit Wucht gegen die Schläfe, sodass ihr Körper kurz erschlaffte, und das Monstrum setzte an, sie noch schneller ins lichtlose Zentrum seines Grauens zu ziehen.

Da waren die Pflanzenarme plötzlich fort, und Lara fiel auf den Erdboden. Tom war gestolpert in dem Versuch, sie mit sich fortzuziehen. Sie spuckte den Sand aus.

»Wie hast du …«, setzte sie an, doch Tom rappelte sich in panischer Schnelligkeit wieder auf und deutete ein paar Meter hinter sie, dorthin, wo sich die Schlingpflanze tobend vor Wut aufbäumte und mehrere Dutzend drohender Tentakeln sich unaufhaltsam nach ihnen auszustrecken begannen. Weglaufen hatte keinen Zweck, die Pflanze war sicherlich schneller. Tom drückte verzweifelt auf etwas in seiner Hand herum. Es flackerte einen Sekundenbruchteil lang vor Laras Augen, doch nichts geschah. Toms Hand fuhr in die Manteltasche und holte den riesigen Schlüsselbund hervor, nur um ihn ratlos und ohne Hoffnung anzustarren.

Eine einzelne kleine Ranke mit vielen Blättern drängelte sich an Laras Hand vorbei. Angewidert zog sie sie weg, als sie plötzlich merkte, dass die kleine Ranke aus der anderen Richtung kam. Eine weitere Ranke folgte der ersten und noch eine und mehr und mehr. Eine Flut von kleinen vielblättrigen Ranken, dünn und zerbrechlich, schlängelten sich an Lara und Tom vorbei und um sie herum. Sie verflochten sich und wurden mehr und mehr, drehten sich, bildeten Knoten und schließlich eine Art Kokon um die beiden am Boden kauernden Schlüsselmacher. Es wurde gespenstisch dunkel. Alles war von einem irren Rascheln, Zischen und Schmatzen erfüllt, so als hätte der Wahnsinn persönlich an die Pforte von Laras Gehirn geklopft, nur um zu fragen, ob ausgerechnet die Ohren ihm genug Platz böten, hereinzuspazieren und eine Provinz im Innern zu errichten.

Der raschelnde Lärm schwoll an, es wurde feucht und heiß im Inneren des Rankengewirrs.

»Was passiert hier?«, schrie Lara verzweifelt.

»Ich weiß es nicht«, kam von irgendwoher Toms Stimme. Auch er schien kurz vor der absoluten Panik zu stehen.

Ein Zirpen ertönte, als würden die Tausenden kleinen Rankenarme wie Zikadenbeine gegeneinander reiben. Es rauschte heiß und pochend durch Laras Gehörgänge. Mit einem schmerzverzerrten Aufschrei warf sie sich auf die Seite und presste die Hände und Arme auf die Ohren.

»Aufhören!«, brüllte sie. »Aufhören!«

Doch die Pflanze reagierte nicht darauf. Das Zirpen schwoll weiter an.

Lara trat danach, trat wild um sich. Es half nichts, die Blätter schienen überall zu sein.

»Aufhören«, wimmerte sie, während sie sich erschöpft auf dem Boden zusammenkauerte, um die Pflanze nicht auf ihrer Haut spüren zu müssen.

»Aufhören.«

Immer wieder.

Die Tränen rannen ihr heiß die Wangen hinunter.

Auf einmal war Toms Hand da und hielt sie fest. Auch er war verschwitzt und zitterte, aber er lag ruhig da, hielt nur ihre Hand, erwartete, was wohl noch kommen mochte.

Auf einmal war es still. Die Geräuschkulisse der Höllenvorboten hatte aufgehört zu wimmeln, und es setzte ein sanftes Rieseln ein, als sich die Knoten und Verflechtungen um sie herum wieder zu lösen begannen, nach und nach den schützenden Kokon für das Tageslicht freigaben und schließlich den Rückzug antraten, dorthin, wo sie hergekommen waren.

Tom rappelte sich mit einem Stöhnen auf.

Zwischen ihnen war eine junge Frau oder ein Mädchen aufgetaucht. Sie wirkte in etwa so alt wie Lara und mochte auch ungefähr so groß sein. Sie trug eine Fransenhose und ein weißes Leinenhemd mit einer Lederweste darüber. Eigentlich eine Kleidung, die Lara automatisch einem männlichen Vertreter der Rasse Mensch zugeordnet hätte, vorwiegend aus den Abenteuerromanen der Zwanzigerjahre des letzten Jahrhunderts. Das verschmitzte Lächeln der jungen Frau wurde von braunen Ranken aus dichtem, glänzendem Haar gesäumt und von blitzenden giftgrünen Augen pointiert, die gut zu ihren klingelnden Ohrringen aus Jadesteinen passten. Dass sie kein Piratentuch um den Kopf gebunden trug, wunderte Lara. Sie sagte allerdings erst einmal nichts zu der Erscheinung, sondern stand auf.

»Das war ganz schön knapp«, meinte die junge Frau.

»Danke«, sagte Lara. »Und wie meinst du das?«

»Ich fürchte, dem Ampelocissus Ater war mal wieder nach etwas Fleisch zumute.«

Lara grinste schief.

»Sehr lustig.«

Die junge Frau mit den Rankenlocken zuckte die Achseln.

»Ich hätte euch auch einfach bei dem Ampelocissus lassen können, aber ich dachte, ich frage euch vielleicht besser erst, was ihr wollt.«

Ihre Gelassenheit ging Lara eindeutig auf die Nerven. Wie konnte jemand so locker und lässig daherreden, wenn sie gerade beinahe von einer durchgedrehten Pflanze umgebracht worden wäre?

Tom legte eine Hand auf ihre Schulter und brachte so Laras Wutausbruch in letzter Sekunde zum Schweigen.

»Wir suchen jemanden, der sich hier auskennt«, sagte er nur.

»Großartig«, strahlte ihre neue Bekanntschaft. »Ihr habt jemanden gefunden.«

Tom musterte sie von oben bis unten und zog eine Augenbraue hoch.

»Bist du die, die alle das Efeumädchen nennen?«

Begeistertes Nicken.

»Dann suche ich jemand Älteren. Was ist mit Meisterin Ito?«

Die Begeisterung wurde förmlich vom Gesicht des Efeumädchens gewaschen wie Dreck durch einen Eimer voll Wasser.

Lara verkniff sich eine hämische Bemerkung, aber ihr gefiel es zu sehen, wie einfach sich die arrogante Geringschätzung verflüchtigt hatte.

»Ach ja«, setzte Tom nach. »Wie heißt du eigentlich?«

»Liza«, erklärte das Efeumädchen. »Liza Reeds. Freunde nennen mich Lizzy. Für euch erst einmal Liza. Folgt mir einfach, dann bringe ich euch zu Meisterin Ito! Ohne dass ihr diesmal danebentappt. Ihr lauft doch für gewöhnlich auch nicht bei roten Ampeln über viel befahrene Straßen, oder?«

Verächtlich drehte sie sich um und marschierte voran, während sich neben ihr einige Efeuranken schlängelten wie artige Haustiere an der Leine.

»Wie machst du das?«

»Was?«

»Na das vorhin.«

Toms Augen waren große, fragende Kreise, die Lara durchdringend anstarrten.

»Na ja, du hast es die letzten Tage ein paar Mal gemacht«, führte sie weiter aus. »In Edinburgh, in Rubens Haus und jetzt hier. Ich kann bloß nicht sagen, *was* du da machst. Erklär's mir!«

Tom blickte nach vorne zu Liza, die ihnen im Abstand von einigen Schritten vorausging und auf die efeuberankte Felswand zuhielt, dann trat er einen Schritt näher an Lara heran und drückte ihr etwas in die Hand.

Als Lara die Hand öffnete, lag darin eine Taschenuhr an einer feingliedrigen Kette. Sie war einmalig schön, und Lara merkte, wie ihr Mechanikerherz schneller zu schlagen begann. Es kribbelte, die Uhr in der Hand zu wiegen. Schön, drohend, unbeschreiblich. Sie war von einem strahlend goldenen Glanz, wirkte robust und gleichzeitig sehr filigran. Zwei ineinander verschlungene »T« liefen in Schnörkeln über den Deckel der

Uhr. Lara ließ ihn aufschnappen. Die Innenseite des Deckels war etwas verkratzt, so als hätte dort einmal ein Bild geklebt, das man mit einem Messer wieder herausgekratzt hatte. Das Ziffernblatt war eigenartig. Es zeigte keine Uhrzeit, nein, nicht einmal die gewöhnlichen großen und kleinen Striche einer gewöhnlichen Uhr. Stattdessen waren sieben Symbole dort eingelassen, die ein wenig aussahen wie eine Mischung aus Tarotkartenmotiven und den Runen, die Berrie immerzu auf Balken und Wände kritzelte. Ein einziger feiner Zeiger, auf dessen Achse ein Planet prangte, lief in unterschiedlicher, pulsierender Geschwindigkeit gegen den eigentlichen Uhrzeigersinn über das Ziffernblatt. Beinahe wirkte die Uhr wie ein lebendiges Wesen.

Lara machte den Deckel zu und gab sie Tom zurück.

»Was tut sie?«

»Sie lässt die Zeit für einen kurzen Moment gefrieren«, erklärte dieser ihr halb flüsternd. Er drückte auf den Stellknopf an der Seite, und Tom flackerte vor Laras Augen einmal kurz auf.

»Sie ist nicht aufgezogen. Das tut sie von selbst, aber es braucht eine Weile. Seit Edinburgh und Krumau hatte sie nicht mehr die Zeit dazu, deshalb hat es auch vorhin nicht gereicht, um vor der schwarzen Rebe davonzulaufen.«

»Das ist genial«, meinte Lara. »Was du alles tun könntest mit so einer Uhr!«

»Deshalb«, fuhr Tom fort, »wird sie auch nie jemand außer mir bekommen. Darüber hinaus funktioniert sie auch nur, solange ich lebe. Nach meinem Tod wird sie einfach stehen bleiben.«

Ein Blitz der Erkenntnis durchzuckte Laras Geist.

»Deshalb trägst du keinen Meistertitel«, hauchte sie.

Tom nickte nur.

»Diese Uhr sollte mein Meisterstück sein, aber der Stadtrat zieht so ein Meisterstück immer für einige Jahre ein und stellt es aus, damit andere davon lernen können oder sich inspirieren lassen. Aber solange ich es vermeiden kann, wird diese Uhr nicht in unsichere Hände gelangen.«

Dabei beließ er es und schritt schneller aus. Lara hingegen fragte auch nicht weiter nach. In ihre Bewunderung versunken bildete sie den Abschluss ihres kleinen Gänsemarsches. Tom Truska besaß also die Courage und den Anstand, auf seine Meisterwürde zu verzichten, einfach aus purem Idealismus heraus? Sie konnte nicht umhin, beeindruckt zu sein, und musste daran denken, was Geneva kürzlich am Bahnhof von Budweis über Tom gesagt hatte: Er sei ein seltsamer Kerl.

Wenn es etwas gab, das eine Stadt wie Ravinia, deren Bewohner kaum unterschiedlicher sein konnten, einte, dann war es zweifelsfrei der ans Absurde grenzende Drang zur Extravaganz.

Am Fuße der Felswand fielen die Efeuranken wie Locken langen, grünen Haares nach unten auf den Boden. Sie wirkten ähnlich dicht wie Laras Haar – bloß in einer anderen Dimension. Und ebenso wie Laras Haar das gesamte Farbspektrum der Bernsteine aller Küsten der Welt abdeckte, so taumelte der Efeu durch alle Facetten der Farbe Grün.

Liza murmelte etwas, und der Efeu teilte sich vor ihr wie ein Vorhang und fiel hinter ihr wieder zu.

Tom und Lara wechselten einen Blick, der von Toms Seite aus etwa so viel bedeuten mochte wie *Interessante Begabung*, von Laras Seite her eher *Kleine Angeberin!*

Als der Efeu keine weiteren Anstalten machte, den Vorhang erneut zu lüften, griff Tom einfach hinein und schob einen Armvoll zur Seite, sodass erst Lara hindurchschlüpfen konnte und schließlich er selbst.

Liza erwartete sie bereits mit verschränkten Armen und einem ungeduldig vor sich hin wippenden Fuß, während die Efeuranken von ihrer Seite gewichen waren und sich offenbar wieder ihren angestammten Plätzen an der Felswand zugewandt hatten.

»Ihr seid wirklich etwas schwer von Begriff, oder?«, feixte sie, während Tom und Lara die Efeuwand hinter sich ließen und sich staunend am Ausgang eines offensichtlich weitverzweigten Labyrinths wiederfanden, das tief in den Felsen hineinreichen und auf dem hoch über ihnen die Oberstadt mit ihren noblen Villen thronen musste.

»Es wäre mir ein Vergnügen, dich einmal in den Uhrenturm einzuladen«, murmelte Tom halblaut. »Es wäre interessant zu sehen, wie schnell sich dort deine Überheblichkeit in Luft auflösen würde.«

»Das habe ich gehört«, meinte Liza mit einem überlegenen Grinsen.

»Und? Wann gedenkst du der Einladung nachzukommen?«

»Mal sehen«, zwitscherte sie. »Zu Meisterin Ito geht es hier entlang.«

Und schon war sie wieder vorausgeeilt.

»Irgendwie hatte ich mir das Efeumädchen netter vorgestellt«, stöhnte Tom und begann ihr zu folgen. »Oder zumindest weniger eingebildet. Das steht den Lehrlingen von Ravinia nämlich nicht.«

Sie folgten Liza in eine eigenartige Struktur von Gängen hinein, die kein wirkliches Labyrinth darstellte, sondern eher eine Ansammlung von Räumen, Kammern und Sälen innerhalb des großen Felsmassivs war. Glühwürmchen waren allgegenwärtig und versorgten auch diejenigen Winkel mit ihrem schummrigen Licht, die vom Schein der großen feuerlosen Fackeln, in denen seltsame glimmende Steine erstrahlten, nicht erreicht wurden.

Der Boden war fein säuberlich gekachelt, während die Wände eher roh belassen waren. Statt der – für Stollen üblichen – Stützbalken gab es baumdicke, fahle, vom Sonnenlicht niemals berührte Reben- und Rankengewächse, welche die steinernen Wände um sie herum abstützten. Kleine Rinnsale von Wasser liefen an ihnen entlang und versorgten sie mit Lebenskraft aus den felsigen Mineralien. Pilze aller Größenordnungen schmiegten sich behutsam an, einige von ihnen glommen ebenfalls und gaben weiteres Licht ab in die diffuse Beleuchtung eines himmellosen Tages.

Ab und an kamen sie an größeren Höhlen vorbei, die Laboratorien, Vorratsräume für Mineralien oder getrocknete Pflanzen, Hörsäle, riesige Kamine oder ähnliche Dinge beheimateten. In einen dieser Räume bog Liza letztlich ab. Es war eine kleine Höhle, in der es zwar taghell war, aber in die sich dennoch kein Funken Tageslicht verirrte. Ohne Regale waren dort stapelweise uralte Bücher an die Wände gelehnt, wobei Lara vermutete, dass die eigenartigen klimatischen Bedingungen hier zum Aussehen der Folianten beitrugen. Ein uralter, ausladender Schreibtisch mit einer undurchsichtigen Versuchsanordnung aus gläsernen Kolben mit unscheinbaren Flüssigkeiten, Röhrchen und Brennern stand in der Mitte des Raumes, während dahinter die Hand einer alten Frau eifrig chemische Formeln in kunstvoller Lehrerschrift an eine riesige Schiefertafel schrieb.

»Meisterin Ito?«, fragte Tom und räusperte sich.

Ohne die geringste Reaktion zu zeigen, schrieb die Frau weiter und setzte erst ab, als die Zeile aus unverständlich aneinandergereihten und übereinandergetürmten Buchstaben und Zahlen zu ihrer Zufriedenheit vollendet an der Tafel prangte.

Als sie sich umdrehte, wurde Lara ihrer unverkennbar asiatischen Züge gewahr. Sie war uralt. Es war nun einmal die Stadt der *alten* Meister. Falten zogen sich über ein Gesicht, das aus zerknülltem Papier hätte bestehen können, nur in der Farbe des gelblich braunen Teints der fernöstlichen Länder. Ihr schlohweißes Haar war mit allerlei Stäbchen zu einem Dutt aufgesteckt, während sie am Körper eine Art dicken Kimono in Gelbtönen trug.

»Tom Truska«, sagte sie erfreut mit einer Stimme, die dem äußerlichen Alter der Frau nur bedingt Rechnung tragen wollte.

Tom deutete eine Verbeugung an, während die Asiatin mit angehobenem Saum auf ihre Gäste zueilte, so schnell es ihre alten Füße zuließen. Sie ergriff mit beiden Händen Toms Rechte und schüttelte sie eifrig, ehe ihr Blick auf Lara fiel.

»Lara McLane, nehme ich an?«, strahlte die alte Frau aus ihren kleinen japanischen Knopfaugen. »Ein hoffnungsvoller Spross unserer schwachen Generation von Lehrlingen.«

»Schwache Generation?«, wunderte sich Lara.

»Aber ja. Meine Generation von Meistern hatte das Pech, entweder zu schwache Charaktere auszubilden oder zu starke – so wie ihre Eltern. Vielleicht ist das unser Los, wer weiß? Vielleicht ist es ein Fluch? Einerlei. Ich bin Keiko Ito und freue mich aufrichtig, Ihre Bekanntschaft zu machen, junge Mechanikerin.«

Lara deutete unter Keiko Itos heftigem Händeschütteln ebenfalls eine Verbeugung an. »Ich fühle mich ebenfalls geehrt.«

Aus den Augenwinkeln nahm sie voller Genugtuung wahr, dass Liza über die von Meisterin Ito entbotene Freundlichkeit deutlich verstört war.

»Du kommst sicher nicht wegen angenehmer Dinge, Tom?«, erkundigte die alte Frau sich.

Tom schüttelte den Kopf.

»Ich komme doch ohnehin nie her. Warum sollte ausgerechnet jetzt der richtige Zeitpunkt für einen Anstandsbesuch sein?«

Keiko Ito hob tadelnd den Zeigefinger.

»Für Freundlichkeit oder Anstand ist es niemals zu spät.«

Tom stöhnte.

»Für Belehrungen offenbar auch nicht, oder?«

Ein breites Grinsen, so eines, wie es nur alte Lehrmeister beherrschen, huschte über Keiko Itos Gesicht.

»Na, immerhin hast du ein paar Dinge mehr begriffen seit unserem letzten Treffen. Aber du bist ja auch noch jung. Möchtet ihr einen Tee?«

Tom nickte.

»Bei einer Tasse Tee redet es sich immer besser.«

»Wie schade, dass ich nur Schalen habe«, scherzte Keiko Ito und führte Tom, Liza und Lara hinter eine Trennwand aus japanischem Papier, die einen niedrigen Tisch auf einem dicken Teppich sowie einige Schalen, einen Wasserkocher und eine bauchige Kanne vor dem Rest des Arbeitsraumes abschirmte.

»Für einen richtigen Sadō fehlt uns leider die Zeit«, stellte Tom fest, nur um sich daraufhin einen weiteren Rüffel der alten Alchemistin einzufangen. »Du bist immer schon ein wenig seltsam gewesen, Tom. Einen richtigen Sadō würde ich ganz sicher auch nicht hier in meinem Labor und Arbeitszimmer abhalten. Außerdem ist Ravinia eindeutig zu abendländisch, als dass es hier überhaupt irgendeinen Zweck hätte.«

So knieten sie sich zu viert um den niedrigen Tisch, und Keiko Ito goss das heiße Wasser zu einigen abstrus großen, sich unter dem erhitzten Aufguss windenden Teeblättern in die gläserne Kanne mit dem großen Bauch.

Ein weiteres Mal wurde dieser Tag mit der Erzählung einer dreckigen, mysteriösen und nach Trauer stinkenden Geschichte über die Wiederkehr Roland Winters in eine Welt, die ihn fürchtete, befleckt. Lara sah sich nicht in der Lage, zu berichten, was im Sturm der vergangenen Tage alles geschehen war, also erzählte Tom. Es war eine geballte Schilderung, deren einzelne Sätze an Knappheit und Einsilbigkeit kaum zu überbieten waren. Es war ein Tatsachenbericht, ganz nach der Art des ansonsten nicht unbedingt gesprächigen Schlüsselmachers, während dem Lara auffiel, dass sie ihn noch nie so lange hatte zusammenhängend reden hören. Sie befand, dass es ihm nicht unbedingt schlecht zu Gesicht stand.

Keiko Ito schlürfte ihren Tee, solange er heiß war, und bot die nötige Geduld und das ruhige Wesen auf, keinerlei Zwischenfragen zu stellen.

Liza Reeds, dem Efeumädchen, war es dahingegen bereits anzusehen, dass ihr Unwissen in dieser Angelegenheit sie beinahe in den Wahnsinn trieb. Und auf einmal verschwand die Häme ihr gegenüber aus Laras flatternden Gedanken, denn sie musste an ihr eigenes, teils überschäumendes Temperament denken und daran, wie sehr sie diese seltsame Welt, die sich für sie erst vor einigen Monaten hinter einer Tür und mithilfe eines sonderbaren Schlüssels aufgetan hatte, selbst ins Herz geschlossen hatte. Liza Reeds hatte in dieser Hinsicht einige Züge von Lee an sich, der all das Fremde ebenfalls berauscht mit jeder Pore seines Körpers einsog und darin aufzugehen schien wie die eigenartigen Teeblätter im Wasser von Keiko Itos Kanne.

Diese fremde Welt befand sich nun in einem merkwürdig schwebenden Balanceakt, wie Lara schneller merken sollte, als ihr lieb war.

»Es ist schon seltsam, wie die Grenzen zwischen Gut und Böse zu verwischen beginnen«, sinnierte Keiko Ito, als Tom mit seinen Ausführungen geendet hatte.

»Wie meinst du das?«, hakte er nach.

Sie blickte ihn aufrichtig und ein wenig traurig, keinesfalls jedoch wehmütig an, und ihre Augen bildeten dabei Seen voller Weitsicht, tiefer als der Marianengraben oder das, was der dunkle Fluss von Ravinia auf seinem Grund verstecken mochte.

»Du kannst dir sicher denken, Tom, dass ich es war, die das Öl hergestellt hat, das Nicolaes auf der Leinwand verrieben hat, damit das Gewebe sich schneller zersetzt. Wir wollten Roland Winter so weit schwächen, dass man ihm einst den Prozess machen könnte.«

Tom nickte.

»Ich hatte so etwas befürchtet«, er holte Luft. »Aber bei allem, was Winter dieser Stadt und euch angetan hat, warum habt ihr ihn nicht einfach auf ewig weggesperrt? Hätten sich alle durch ihn Geschädigten nicht gewünscht, dass er in der Hölle schmort?«

»Hätten sie das, Tom? Hätten sie das wirklich? Bedenke, was

dies für Pfade sind, die wir beschritten haben! Wir haben die Hölle über jemanden verhängt, nur weil wir es konnten.«

»Aber ihr hattet keine andere Wahl.«

»Damit möchte man sich am liebsten herauswinden aus seiner Verantwortung, aber glaube mir, Tom, wir Menschen urteilen immer und immer wieder. Es liegt in unserer Natur zu urteilen, dabei sind wir dazu meist gar nicht in der Lage. Wir tun es trotzdem. Natürlich kann man leichtfertig sagen, Roland Winter hätte die Hölle verdient. Vielleicht hat er das auch, wer weiß? Aber genau das ist der Punkt, an dem Gut und Böse, Richtig und Falsch verwischen. Hast du nicht gesagt, der Vagantenkönig Marcion hätte euch verraten? Und wenn es nur war, um sich einen besseren Stand zu verschaffen in Ravinia?«

»Trotzdem war es niederträchtig und falsch.«

»So, war es das?«

Keiko Itos Augen ruhten lange auf Tom, ließen Weisheit hinaustropfen wie kalten Rauch.

Schließlich – nach einem Moment unter diesem Blick – schüttelte Tom den Kopf.

»Nein«, meinte er. »Ich kann es nicht beurteilen. Falsch und niederträchtig ist es, wie man selbst auf diejenigen unter den Vaganten herabschaut, die eine ehrliche Haut sind.«

»Aber wir neigen dazu, sie dennoch alle über einen Kamm zu scheren, oder?«

Toms stummes Nicken mischte sich mit der sorgengeschwängerten Luft.

»Siehst du, Tom«, sagte sie sanft. »Deshalb frage ich mich immer und immer wieder: Ist es richtig oder bloß kurzsichtig und eitel, was wir tun? War es richtig, Roland Winter unter unmenschlichen Qualen wegzusperren, oder haben wir ein noch viel abgründigeres Monster erschaffen? Haben wir den Leuten Frieden gegeben, oder haben wir ihnen nur die Ruhe vor der vernichtenden Sturmböe verschafft?«

Sie legte ihre Hand auf Toms, so wie es eine Großmutter tun würde, um ihren resignierten Enkel zu trösten.

»Leider musste ich erst sehr alt werden, um das alles zu begreifen«, fuhr sie schließlich fort. »Ich wünschte, ich hätte einer unschuldigen Generation ein leichteres Erbe hinterlassen. Aber abgesehen davon, dass es wohl an euch liegen wird, Ravinia und seine Einwohner vor einem Unglück zu bewahren, muss euch viel mehr daran liegen, in Zukunft beide Seiten der Medaille zu beleuchten. Lasst euch nicht verleiten, einen Weg einzuschlagen, nur weil er einfach erscheint. Hütet euch davor, Urteile zu fällen, deren Konsequenzen euch im Innern zu zerreißen drohen.«

Schweigen breitete sich über den niedrigen, japanischen Tisch aus. Liza und Lara sahen besorgt in das Gesicht der alten Alchemistin. Schließlich fasste Lara sich ein Herz und stellte ihre Frage:

»Wer war damals alles an Winters Gefangennahme beteiligt?«

Einen Moment lang schien Keiko Ito in sich zu gehen, dann breitete sie vor Lara aus, was Baltasar Quibbes ihr nicht einmal auf dem Sterbebett anvertraut hätte, wahrscheinlich weil auch er in den vergangenen Jahren zu einer Erkenntnis gelangt war, was richtig und was einfach war.

»Wir waren eine etwas elitär anmutende Riege von Meistern«, gestand sie. »Wir waren zu unserer Zeit die Besten, und das wussten wir auch.« Es klang nicht, als wäre sie besonders stolz auf das, was sie getan hatte. »Die Dinge, die Roland Winter der Stadt und den Leuten hier angetan hatte, haben uns zusammengeschweißt, und so haben wir uns unter dem Schutz der Stadtwache in Köln zusammengefunden und über einen Plan nachgedacht. Schnell war klar, dass wir jeder für sich zum Gelingen beitragen konnten, uns fehlte jedoch eine Möglichkeit, eine Art Schnittstelle, mit der wir Roland Winter bewegen konnten, sich freiwillig in Gefahr zu begeben. Das hat deine Großmutter bewirkt. Sie schrieb das Gedicht und hat Winter in seinen Kerker aus Farben gelesen.«

Lara schluckte, und Keiko Ito berichtete weiter.

»Das Gemälde hatte Nicolaes angefertigt. Es entsprach keiner fotorealistischen Abbildung von Roland Winter, aber es machte, was Nicolaes' Bilder und Zeichnungen am besten können: Es fing den dunklen Geist der Sache ein. Baltasar Quibbes hatte zuvor einen eigenartigen Schlüssel gefertigt. Er hatte quasi mit dem Feuer gespielt, denn nicht einmal er selbst wusste genau, wohin der Schlüssel führte. Mit ihm begaben sich die Nachtwächter auf eine Art Staffellauf um die ganze Welt, verfolgt von den Sturmbringern, während deine Großmutter Winter in Nicolaes' Gemälde einfing. Während die Nachtwächter uns die Zeit verschafften, die wir brauchten, erfand ich das Öl, das dem magischen Bild zuzusetzen vermochte. Milton St. James, ein begnadeter Wahrsager, entwickelte die Fallen, die jeden hindern sollten, sich dem Gemälde auch nur zu nähern. Welch bittere Ironie des Schicksals, dass ausgerechnet sein eigener Schüler seine Fallen am Ende ausgehebelt hat.

Das absolute Meisterstück der Sammlung war allerdings die Uhr, welche die Zeit beschleunigte. Der damals schon greise Uhrmacher Howard Evans hat über ein Jahr gebraucht, um sie zu entwerfen und zu bauen. Letztlich hat er es mit seinem Leben bezahlt, denn bis die Nachtwächter und die Kommissare die schlimmsten unter den Sturmbringern dingfest gemacht hatten, hatte einer von ihnen noch die fatale Gelegenheit zur Rache an Howard. Der Schlüssel jedoch wanderte in die tiefsten Tiefen der Stadtwache, wo er verborgen und gut bewacht sicher war – bis vor ein paar Tagen.«

Keiko Ito stand auf. Ihre Stimme hatte an Festigkeit eingebüßt und eine brüchige Nuance bekommen, die ihrem hohen Alter gerechter zu werden schien als die Gefasstheit, mit der sie ihnen zu Anfang begegnet war.

»Ich versuche euch zu helfen, aber viel ist es nicht, was ich weiß«, hauchte sie, ermattet von aufwallenden Emotionen.

»Der Seemann, der gestern Nacht unter Ma'Haraz' Kommando bei dieser Befreiungsaktion dabei gewesen ist, er heißt Walter Gonzales und ist der Sohn einer spanischen Familie, die es nach Großbritannien verschlagen hat. Bitte fragt mich jetzt nicht, woher ich das weiß. Früher wohnte er an der schottischen Westküste, ich gebe euch die Adresse, aber wenn er klug ist, wird er dort schon nicht mehr sein.

Etwas anderes noch: Vor einigen Wochen ist aus unseren Beständen eine sehr seltene Substanz entwendet worden. Wir haben sie damals Synästhesin getauft, weil sie sich mit Melodien zu festen, schillernden Steinen verbindet. Wir haben es leider nicht geschafft, uns noch näher damit zu beschäftigen. Wir wissen nicht einmal, ob sie gestohlen wurde oder ob sie nur jemand verlegt hat.«

Keiko Ito ging zu ihrem Schreibtisch und zog eine Schublade auf, um eine Packung Papiertaschentücher hervorzuholen.

»Mehr kann ich nicht zu eurer Suche beitragen, ich hoffe, es hilft euch. Lizzy wird euch aus den botanischen Gärten hinausführen.«

Dann schniefte sie einmal heftig in das Taschentuch, und Lara zerbrach es das Herz, diese würdige alte Frau weinen zu sehen.

Keiko Ito schrieb in einer stolzen und gestochenen Handschrift zwei Adresszeilen auf einen Fetzen Papier und schob ihn in Toms Hand, als sie diese zum Abschied drückte.

Sie verbeugten sich alle drei knapp und waren dann verschwunden aus dem Schmerz einer durch ihr Gewissen bis in alle Ewigkeit geplagten alten Frau.

Es war weit und breit nicht das geringste Anzeichen dafür zu sehen, dass es hier am knorrigen, aus dem Felsen wachsenden Torhaus lebendige Wasserspeier geben könnte. Lara hatte sich fest vorgenommen, diesmal auf die an Mauern und Türmen hängenden Hässlichkeiten zu achten, bevor sie wieder von einer überrascht würden. Fehlanzeige. Ebenso, wie Alistor Sullivan offenbar seinen Thron auf der Parkbank über den Gärten geräumt hatte. Die aufgezogenen Wolken und der böige Wind sprachen allerdings auch gegen einen längeren Aufenthalt in der Mittagszeit in einem sonderbaren Garten in einer sonderbaren Stadt.

Das Wetter ändere sich in Ravinia nach völlig uneinsichtigen Maßstäben, hatte Tom ihr erklärt, der – wie üblich – ansonsten den gesamten Rückweg bisher vor sich hin geschwiegen hatte. Lara hatte schon überlegt, ob Tom Truska zu viel dachte, und die innere Lautstärke seiner Gedanken und düsteren Grübeleien es verböten, sich nebenbei nach normaler menschlicher Natur zu unterhalten.

Schließlich wurde der Besuch in den botanischen Gärten von einem unerwarteten Ereignis gekrönt.

Lara stellte die Frage, deren Antwort sie eigentlich gerne gehabt hätte, ohne danach zu fragen, aber in Toms Welt waren bereitwillige Auskünfte offenbar eine Nebensächlichkeit, wenn er auch – so viel musste Lara ja zugeben – keine unnötigen Geheimnisse machte. Zu akzeptieren, dass jemand einfach merkwürdig ist, fällt dem Verstand um einiges schwerer, als nach Gründen für etwaiges Verhalten zu suchen.

»Was tun wir jetzt?«, wollte sie wissen. »Gehen wir in die Highlands, um dem verdammten Sturmbringer die Leviten zu lesen?«

Kampfeslust machte sich in Laras Bewusstsein breit. Sollten Roland Winters Anhänger doch für ihre Grausamkeit bezahlen.

Tom schüttelte den Kopf.

»Du bist ein Hitzkopf. Nein. Den Seemann überlassen wir den Nachtwächtern oder den Kommissaren. Außerdem kann ich mir nicht vorstellen, dass er gerade heute zu Hause ist. Wir gehen in die Bibliothek, wie es abgemacht war.«

»Kann ich mitkommen?«

Ganz plötzlich, ungewohnt schüchtern und offensichtlich vom Hochmut geheilt oder ernüchtert kam diese Frage von

Liza, die sie eigentlich am Torhaus in die wirre Welt einer Stadt mit sprechenden Raben hatte entlassen sollen.

Tom und Lara wechselten einen Blick, der von Toms Seite aus so viel hieß wie *Warum nicht?* und von Lara eher gemeint war wie *Wenn es sein muss.*

Schließlich nickte Tom Liza zu.

»Vielleicht kannst du uns wirklich helfen. Immerhin hast du einen gewissen Scharfsinn.«

»Ich will wirklich nur helfen.«

Es klang ein wenig wie ein Geständnis zwischen Läuterung und Dankbarkeit.

Mehr Worte bedurfte es nicht, und mehr wurden auch nicht gesprochen. Lara hatte beschlossen, sich einfach an das Schweigen Tom Truskas zu gewöhnen.

Wo kommen die Ideen her?

Als Antwort darauf hätte ein Philosophielehrer sicherlich mit einer Fülle von möglichen Modellen, die sich die klugen und weniger klugen Köpfe der letzten Jahrtausende diesbezüglich ausgedacht hatten, um sich geworfen. Aber egal, ob es nun einen irgendwie gearteten präexistenten Ideenpool gab, dessen Abbild durch Löcher, die in ihn hineingedacht wurden, in die Welt tropfte, oder ob es von Charakter und Intention des Denkenden abhing, welche Form die ausgespuckten kreativen Ansätze hatten, am Ende musste man feststellen, dass es keine befriedigende Antwort gab.

Aber *wer* kam auf die Idee, einen riesigen, achteckigen Bau, über und über verziert mit geschwungenen Jugendstilornamenten, Fenstern und Balkonen, in die Welt zu setzen? Wahrscheinlich war Ravinia ganz einfach ein Epizentrum der Extravaganz.

Als Lara ihre Gedanken laut aussprach, kommentierte Liza Reeds, dass sie bestimmt noch nicht die hängenden Häuser gesehen habe.

Hängende Häuser?

Ja, hängende Häuser. Eigentlich seien es nur Wohnungen, zusammengezimmert und von unterschiedlicher Größe, aber auf jeden Fall von abstruser Form. Sie seien mit verschiedenen Methoden an der Außenseite der Stadtmauer befestigt worden, da man die Mauer ja an sich nicht brauchte. Zumindest nicht zu üblichen Zwecken. Man hatte sie einst errichtet, um vor eventuellen feindlichen Angriffen sicher zu sein. Damals wusste man noch nicht, dass es keine Feinde gab, die Ravinia und den dunklen Fluss umgaben. Man hatte insgeheim sogar vermutet, die Stadt würde auf einem bisher unentdeckten Landstrich der Erde stehen. Soweit sich das anhand von Satellitenbildern ablesen ließ, war dem aber nicht so. Außerdem verhielt sich Ravinias Umwelt ohnehin sehr merkwürdig. Lara sei sicher das ständige Flirren der Landschaft am anderen Ufer aufgefallen.

Wie auch immer, auf jeden Fall müsse man ordentlich verrückt sein, um in einer der hängenden Siedlungen zu hausen. Was auf deren Bewohner auch im Grunde zutraf.

Lara überlegte leise, ob es nicht eigentlich auf jegliche Bewohner von Ravinia zutraf, dass sie auf mehr oder weniger subtile Weise ein wenig verrückt waren. Aber sie hielt den Mund, um nicht noch eine Belehrung Lizas mit dem Untertitel *Ich-gehöre-viel-mehr-zu-dieser-Stadt-denn-ich-weiß-viel-mehr-als-du* über sich ergehen lassen zu müssen.

Blieb also noch die Frage nach dem wahnwitzigen Architekten der achteckigen Bibliothek von Ravinia. Tom sagte nichts. Wie typisch.

Im für Laras Geschmack zu spitz geschwungenen Torbogen, der zwei Türen überspannte, die zum Platz vor der Jacobs-Synagoge führten, stand ein beeindruckender Nachtwächter. Er war ganz untypisch in eine wallende, rote Robe gekleidet und hielt eine Hellebarde in der Hand, die vielleicht nur deshalb nicht so plump wie ihre Artgenossen wirkte, weil sie sich in der Hand eines Nachtwächters befand. Auf dem Kopf trug er einen pechschwarzen, venezianischen Dreispitz.

Er winkte sie einfach hindurch, und sie betraten eine runde Halle, die über mindestens zwei Stockwerke reichte. Über ihnen schwebte ein protziger Kronleuchter auf der Höhe einer Galerie mit vielen Türen. In ihrer Mitte war ein riesiges Wappen angebracht, das in Schwarz auf rotem Grund einen riesigen Rabenflügel zeigte sowie den Schriftzug *Ex Bibliotheca Corvos*.

Tom schenkte alldem keinerlei Beachtung, sondern schritt geradewegs durch die Halle und öffnete ohne anzuklopfen die zweiflügelige Tür direkt gegenüber. Liza und Lara sahen zu, dass sie hinterherkamen.

Sie betraten einen hohen Raum, dessen Decke noch höher zu hängen schien als in der Empfangshalle. Der Raum war offensichtlich kein Lesesaal, dafür war er nicht weitläufig genug, im Gegenteil, er beschränkte sich auf die Ausmaße eines größeren Büros, und Lara sollte schnell herausfinden, dass es sich auch genau darum handelte.

Turmhohe Regale aus dunklem Holz verdeckten die Wände, sie waren voller dicker Folianten und alter Schriftrollen. In der Mitte des Raumes vor einem großen Fenster, das den Blick auf einen Innenhof freigab, stand ein breiter Schreibtisch, auf dem sich neben einigen Utensilien zum Schreiben und zur Katalogisierung ein großer Kolkrabe an einer Schale mit Keksen gütlich tat. Als er Tom erblickte, machte er ein eindeutig schluckendes Geräusch, krahte ein »Ich bin wieder weg« in den Raum hinein und erhob sich in die Lüfte, um durch eine geöffnete Luke in der Glasfront des pompösen Jugendstilfensters zu entschwinden.

Tom stöhnte. Warum er die Raben nicht mochte, aber dennoch auf der Burg von Ravinia wohnte, war für Lara immer noch unverständlich. Doch er würde wohl seine Gründe haben.

»Christopher Davenport?«, rief Tom unvermittelt in den Raum hinein.

»Hier oben«, erklang die Antwort aus den luftigen Höhen des Raumes.

Alle Neuankömmlinge reckten die Hälse in Richtung der

Stimme, um wenig später einen wendigen Mann zu erblicken, der ohne Bedenken etwa zehn Meter über ihnen durch eine Reihe von Regalleitern und Balkonen kletterte.

»Ich bin gleich bei euch. Kurzen Moment noch.«

Daraufhin stieg er in einer beachtlichen Geschwindigkeit und von unglaublicher Trittsicherheit geführt bis zu ihnen hinunter und baute sich vor ihnen auf.

»Tom«, strahlte er. »Wie schön, dich hier zu sehen. Hast du nicht genug eigene Bücher?«

»Hallo Christopher«, sagte Tom und stellte seine Begleiterinnen vor.

»Das ist Christopher Davenport. Er ist im Moment der geschäftsführende Bibliothekar von Ravinia.«

»Was heißt *im Moment?* Ich hoffe, ich bleibe es noch eine Weile«, beschwerte sich der Vorgestellte scherzhaft.

Es handelte sich – zu Laras Erstaunen – nicht um einen alten Mann. Überhaupt nicht. Er musste etwa in Toms Alter sein, also die dreißig vielleicht gerade überschritten haben, und hätte Lara einen Vergleich anstreben wollen, so wäre ihr vermutlich zuerst Johnny Depp eingefallen. Christopher Davenport war von durchschnittlicher Größe und Statur, trug sein braunes Haar halblang und hatte eine kleine, runde Brille mit einem dicken Rand. Sein Gesicht wurde von einem leicht neckischen Grinsen und einem kleinen Schnurrbart geziert, und er verbeugte sich elegant vor den jungen Frauen. In Laras Schule wäre in diesem Moment die weibliche Hälfte der Klasse schlagartig dem Charme des Mannes erlegen. Und obwohl Lara dazu neigte, einen kühlen Kopf zu bewahren, streckten sich die Fühler der Davenport'schen Eleganz unscheinbar auch ein wenig nach ihr aus. Als sie zur Seite schielte, musste sie zu ihrem Vergnügen feststellen, dass es der vorlauten Liza Reeds im ersten Moment nicht anders zu gehen schien.

Christopher Davenport schlenderte hinüber zu seinem Schreibtisch, wobei er einen flüchtigen Blick auf die Papiere warf, die er von oben mit hinuntergebracht hatte.

»Also, was führt euch her?«

Tom hatte offenbar nicht viel für die spielerische Leichtigkeit des Bibliothekars übrig.

»Roland Winter«, sagte er nur, doch das reichte, damit der lässige Christopher Davenport seinen Stapel Dokumente auf den Boden fallen ließ.

»Sag das noch mal«, forderte er Tom ungläubig auf.

Der schüttelte nur kurz den Kopf.

»Du hast mich schon verstanden. Ich bin auf der Suche nach Geschichten.«

Und erneut wurden die Geschehnisse der letzten Tage vor einem entsetzten Zuhörer ausgebreitet. Während Tom erzählte, stützte der Bibliothekar sich erst an seinem Schreibtisch ab, dann setzte er sich auf den Teppich, auf die Stufe, die den Schreibtisch zu einer Art Podium gegenüber dem Rest des Raumes erhob.

Als Tom geendet und sich Christopher Davenport wieder halbwegs gefasst hatte, klopfte es an der Tür. Liza öffnete, und Baltasar und Geneva traten ein, die beide bedauernd den auf dem Teppich hockenden Christopher Davenport ansahen.

»Ihr sucht wirklich dringend Informationen, oder?«, vergewisserte dieser sich noch einmal ungläubig.

Alle nickten.

Der junge Bibliothekar stand auf.

»Dann müssen wir wohl zu drastischen Maßnahmen greifen«, meinte er und rieb sich die Hände, während er durch die Tür seines Büros nach draußen in die Halle trat.

»Meine Damen und Herren«, eröffnete Christopher Davenport die Runde wie ein Zirkusdirektor die anstehende Show. Er machte eine weiträumige Bewegung, als müsse er eine Menagerie vor sich dirigieren.

Zuerst hatte er die Bibliothek geschlossen und sämtliche Besucher wie aufgescheuchte Tauben hinauskomplimentiert. Der rot gewandete Nachtwächter war ihm dabei freundlich, aber bestimmt zur Hand gegangen.

Nachdem das Sammelsurium merkwürdiger Leute, das Ravinia bis in alle Ecken bevölkerte, die Bibliothek verlassen hatte, hatte der Wächter die Tore verschlossen und sich mit Tom in ein langsames Gespräch vertieft. Lara nannte es zumindest für sich ein *langsames* Gespräch, da die Pausen zwischen den einzelnen Sätzen in ihren Augen unerträglich lang waren. Aber was wollte man erwarten, wenn zwei äußerst wortkarge Menschen Zeit miteinander verbrachten? Tom blieb mit der Begründung am Eingang, dass er ja noch ein paar fehlende Leute einzulassen habe. Allerdings war Lara der Ansicht, ihm sei lediglich die extrovertierte Gegenwart des Bibliothekars zuwider, was sie auf der anderen Seite aber auch nicht ganz verstehen konnte, denn Christopher Davenport war in diversen Lesesälen eifrig von einem Regal zum nächsten geturnt und hatte stapelweise Bücher zusammengetragen. Liza und Lara waren getrennt voneinander durch die Bibliothek geschweift und hatten es, wenn sie sich trafen, vermieden, Worte auszutauschen, während Geneva und Baltasar im Büro des Bibliothekars einer Lieblingsbeschäftigung nachgingen: Sie tranken Tee. Allerdings redeten auch sie nicht sehr viel miteinander. Geneva war mit ihrem verbundenen Auge lediglich ein Häufchen Elend mit einer grünen Haarsträhne.

Schließlich war der Rest der bekannten Gesichter eingetroffen. Zuerst war Kommissar Falter erschienen – zu Toms Überraschung, da er eigentlich vermutet hatte, das Kommissariat würde sich in diesem Fall darauf beschränken, die Morde an den Nachtwächtern und dem Stadtvaganten aufzuklären. Später waren Lee und Berrie aufgetaucht sowie Lord Hester in Begleitung einer Schar Raben – sehr zu Toms Missfallen. Die großen, schwarzen Vögel hatten sich im Handumdrehen in sämtlichen Räumen, Sälen und Studierzimmern der Bibliothek breitgemacht, und zwar unter dem lauten Gefluche Christopher Davenports – was Tom wiederum nicht so unangenehm zu sein schien.

»Wehe, irgendeins von euch Viechern macht auf die Bücher!«, hatte der Bibliothekar gedroht, um gleich darauf von einem darüber höchst amüsierten Lord Hester gefragt zu werden, was er denn in einem solchen Fall mit dem Übeltäter zu tun gedenke. Offenbar tat Lord Hesters natürliche Autorität ihre Wirkung, und die Verwünschung der Raben blieb dem ansonsten so charmanten Bücherwurm im Halse stecken.

Im Vorbeigehen bemerkte Lara, wie sich Berrie besorgt mit Geneva unterhielt. Sie schienen sich zu kennen. Vielleicht waren sie Freundinnen, denn die Wahrsagerin mit der espressoschwarzen Haut zeigte sich offensichtlich besorgt wegen Genevas Verletzung. Die hatte ihrerseits anscheinend wenig Lust auf eine Unterhaltung, geschweige denn Interesse an Mitleid. Aber so war sie momentan zu jedem. Und Lara konnte es ihr nicht verdenken.

Als sich schließlich alle Anwesenden – der Nachtwächter Mordred ausgenommen – in einem hohen Studierzimmer, das umgeben war von Bücherregalen, und unter den wachsamen Knopfaugen eines Dutzend großer Raben eingefunden hatten, bemühte sich Christopher Davenport nun als übereifriger Moderator der Runde.

Sie hatten sich um einen großen Tisch, auf dem sich etliche Bücher stapelten, geschart. Baltasar, der neben Lara saß, beugte sich zu ihr hinüber und raunte: »Du musst verstehen, dass er aufgeregt ist. Winter war selbst ein Schreiber, und bei seiner eigenen Zunft sitzt der Schrecken natürlich sehr tief.«

Lara zog interessiert die Augenbrauen nach oben. Sie hatte nicht gewusst, dass Davenport ein Schreiber war. Aber was sollte er auch sonst sein als Bibliothekar? Lesen alleine fiel anscheinend nicht unter die besonderen Talente der Bewohner von Ravinia.

»Trotzdem ist er ein Clown«, raunte sie zurück.

Baltasar zwinkerte ihr zu.

»Sagen wir ein Selbstdarsteller.«

Beiden huschte der Schatten eines Grinsens über das Gesicht, dann richteten sie ihre volle Aufmerksamkeit auf die Versammlung in diesem seltsamen, achteckigen Gemäuer.

Zuerst trug man die Fakten zusammen, die – zugegebenermaßen – etwas dürftig ausfielen.

Valerius Julianus war auf der Wache tatsächlich seit einer Handvoll Tagen nicht mehr gesehen worden. Er galt als sehr begabt, sodass er zum Kreis der Wenigen gehörte, die um den Aufbewahrungsort des fraglichen Schlüssels wussten und auch zu dessen Bewachung abgestellt worden waren. Allerdings hatte Valerius Urlaub eingetragen. Man konnte sich bei den Nachtwächtern die Umstände seines Verrats schlecht erklären, denn eigentlich wurden die Nachtwächter erst nach einer Reihe psychologischer und charakterlicher Tests unter Eid genommen, bevor sie in höhere Ränge und Dienstgrade aufsteigen durften. Von einer wie auch immer gearteten Erkrankung seines Sohnes hatte dort niemand gewusst.

»Es ist also sehr nützlich, wenn man seine Ohren ab und zu in die Tiefen der Stadt ausstreckt, sonst hätten wir vermutlich nie davon erfahren«, resümierte Lord Hester.

»Du meinst uns«, krahte es frech zu ihnen herab.

»Punkt für euch, Jungs«, gab der Lord zurück und stand auf, um mit hinter dem Rücken gefalteten Händen durch das Studierzimmer zu flanieren.

»Sein Kind ist der einzige Schwachpunkt, den ich mir bei einem Nachtwächter von Valerius' Rang vorstellen kann. Die Sturmbringer könnten das ausgenutzt haben, um ihm falsche Versprechungen zu machen. Aber wir wissen immer noch nicht genau, was der Junge hat. Macht man sich auf der Wache über solche Möglichkeiten denn keine Gedanken, Geneva?«

Der Blick eines unverbundenen, smaragdgrünen Auges wanderte zum Lord herüber, und die blonde Frau schüttelte nur den Kopf.

»Offensichtlich nicht. Oder es wusste tatsächlich niemand davon, dass der Junge krank ist. Ich wusste es zumindest nicht. Und obwohl ich nicht ganz oben stehe, behaupte ich, dass es auch unter Nachtwächtern in solchen Fällen genug Gerede gäbe und Valerius freigestellt, beurlaubt oder vielleicht sogar unter Beobachtung gestellt würde. Außerdem hätte die Wache sicherlich alles in ihrer Macht stehende für das Wohl des Jungen getan.«

Lord Hester blieb stehen.

»Träfe es also zu, dass der Junge relativ plötzlich erkrankt wäre – an was auch immer –, hätte es vielleicht eine Möglichkeit gegeben, Valerius daraus einen Strick zu drehen?«

Genevas Gesichtsausdruck wurde misstrauisch.

»Ich glaube nicht«, meinte sie, »dass das Ganze so völlig unauffällig hätte vonstattengehen können. Auf der anderen Seite sind Nachtwächter auch nur Menschen. Genau wie Schlüsselmacher und Wahrsager«, dabei ließ sie den Blick über die Anwesenden schweifen.

»Wir kommen an diesem Punkt also vorläufig zu keinem Ergebnis?«, fragte Lord Hester. Geneva nickte.

»Gut. Was hat sich in den übrigen Zünften ergeben?«

Verheißungsvoll wanderte der Blick des alten Rabenlords über die Gesichter der Anwesenden. Sorge schimmerte in den Augen seiner ansonsten beherrschten Gesichtszüge. Hoch über Ravinia, über dem Adelsviertel mit seinen so prunkvollen wie abstrusen Prachtbauten, thronte auf einem einsamen Felsen die Burg Ravinia. Niemand wusste genau, welche Funktion, welche Stelle der jeweilige Burgherr innehatte, doch allen gemeinsam war eine ungewöhnlich lange Lebensspanne, eine natürliche Autorität und die Magie, den sprechenden Raben, die es nur hier in Ravinia gab, zu gebieten. Doch wenn es eine Macht auf der Seite der Guten gab, so war dies in den Augen aller Einwohner Ravinias Lord Hester. Nur stellte sich auch die

Frage: Wer waren die Guten? Was war wirklich gut, was wirklich richtig? In den Verlauf der Stadtgeschichte hatten die Rabenlords nur selten eingegriffen, denn bisweilen galten sie als unberechenbar: Wenn sie ein Problem lösten, so taten sie es mit einer eigenartigen Weisheit, und ihren seltenen Urteilen widersetzte sich niemand. Sie schienen immer über alles informiert zu sein, alles zu wissen, über allem in einer Sphäre von weiser Gelassenheit zu schweben.

Doch ausgerechnet den Rabenlord mit derselben Ratlosigkeit, mit demselben Unwissen vor sich stehen zu sehen, war kein ermutigender Anblick. Die Angst vor Roland Winter – Lara hatte sich bisher nicht einmal getraut zu fragen, was er genau getan hatte – schnürte einem langjährigen Einwohner der Stadt förmlich die Luft ab.

»Was hat sich in den übrigen Zünften ergeben?«, fragte der Lord noch einmal in das betretene Schweigen hinein.

»Bei den Wahrsagern nichts«, meldete sich Lee schließlich.

»So?«

Berrie übernahm die weiteren Erklärungen.

»Wahrsager können eine Menge. Manche von uns können Vorhersagen treffen, manche können in unendliche Tiefen des menschlichen Geistes vorstoßen, manche können Erinnerungen, Gefühle und Wünsche lesen, manche können an andere Orte blicken. Lichtgeister, Telepathie, Schamanismus und vieles mehr sind unsere Tätigkeitsfelder. Aber wie man einen derart geschädigten Menschen wie Winter heilt, konnte uns bisher niemand sagen. Unser Gebiet ist der Geist. Wie man ein körperliches Gebrechen abwendet oder umkehrt, wissen wir nicht.«

»Seid ihr bei Milton gewesen?«

Berrie schüttelte den Kopf.

»Der alte Sturkopf wollte uns keine *Audienz* gewähren.«

Das Wort *Audienz* spie sie dabei aus wie eine bittere Frucht.

»Schade«, meinte Lord Hester nur. »Dabei wäre es interessant gewesen, zu hören, was er vielleicht zu Ma'Haraz zu sagen hat. Wirklich schade.«

Die Enttäuschung stand allen ins Gesicht geschrieben: wieder keine Lösung.

Christopher Davenport nahm das Ruder in die Hand. Er stand auf und beugte sich, einem Lehrer gleich, über den Tisch.

»Ich kann leider auch keinen konkreten Lösungsansatz bieten, aber ich kann uns vielleicht einen Blick über den Tellerrand der Begabungen in unserer Stadt hinaus verschaffen.

Wenn ich es richtig verstanden habe, so geht es Roland Winter in erster Linie darum, trotz seines Zustandes zu leben, richtig?«

Vorsichtiges Nicken von allen Seiten. Lord Hester hatte wieder auf einem der barocken Lehnstühle Platz genommen. Von oben kamen zwei oder drei erstickte Krächzer. Ob sie zustimmend, interessiert oder verächtlich gemeint waren, konnte niemand sagen.

»Die Literatur ist schon immer der wertvollste Bewahrer der Geschichte gewesen, wie vielleicht allgemein bekannt sein dürfte.«

An diesem Punkt bemerkte Lara, wie selbst Liza die Augen verdrehte, allerdings nur um sie zu Lee hinüberschweifen zu lassen. Lara überlegte kurz, ob es Parallelen zwischen Lee Crooks und Christopher Davenport gab, aber sie war sich nicht sicher. Zwar besaßen beide einen mehr oder minder ausgeprägten Hang zur Selbstdarstellung, doch Lee war dabei verwegener und in einem gewissen Sinne auch ehrlicher. Sie mutmaßte, dass, sollte es einmal hart auf hart kommen, Christopher Davenport sich wahrscheinlich als Feigling entpuppen würde. Lee dahingegen war nicht feige, da war sie beinahe sicher. Doch sie beschloss, den Bibliothekar erst einmal ernster zu nehmen, da es schließlich um ein höheres Ziel ging und Lara sich nicht von ihren Sympathien ablenken lassen mochte.

»Legenden gibt es viele«, erklärte Christopher Davenport. »Und wie wir alle wissen, die wir zu einer Stadt gehören, in der es von Absonderlichkeiten nur so wimmelt, könnten sich manche Legenden vielleicht für unsere Zwecke als praktischer erweisen, als man zunächst einmal annehmen würde.

Nehmen wir zum Beispiel diejenige vom Baum des Lebens. Er ist ein weit verbreitetes Motiv. Man findet ihn sowohl im mesopotamischen Raum wie auch in nordischen Göttersagen. Er hat sogar Einzug in die Bibel gehalten. Wer von seiner Frucht isst, werde unsterblich, heißt es.

Überaus häufig wird das ewige Leben durch die Aufnahme einer bestimmten Substanz erlangt. So steht geschrieben, dass Drachenblut unverwundbar oder unsterblich mache. Genauso auch das biblische Wasser des Lebens. Oder auch der Stein der Weisen, das große Elixier, das Magisterium, das angeblich vom Schriftsteller Flamel erfunden und in Verbindung mit Rotwein vor dem Altern bewahren soll. So soll aber auch derjenige vor dem Alterungsprozess bewahrt werden, der von einem Vampir oder Werwolf gebissen wird – zumindest bei den Vampiren wissen wir mittlerweile, dass das Unsinn ist.

Ebenso unsterblich werde derjenige, der sich an bestimmten Orten aufhält, oder derjenige, der jemanden an seiner statt als Opfer darbringt oder dessen Lebenskraft auf sich überträgt. Gerade solches wurde im Deutschland des Mittelalters und der frühen Neuzeit erzählt.

Außerdem gibt es noch die Möglichkeit, einen Teil von sich wegzusperren, sei es das Herz oder irgendeine Eigenschaft. Oscar Wilde schrieb einst über einen gewissen Dorian Gray, und wenn ich Ihnen allen richtig zugehört habe, dürfte Mr Winter erheblich mehr von Dorian Gray an sich haben, als uns lieb sein kann.«

Er ließ ein bitteres Lachen vernehmen. Offenbar traf ihn die Schande seiner eigenen Zunft tatsächlich sehr tief.

»Zum Schluss wäre da noch der sprichwörtliche Pakt mit dem Teufel, der einem Versprechungen jedweder Art macht im Tausch gegen die Seele oder das Lachen oder was auch immer. Selbst Dante wurde ein solch unheiliger Pakt zugeschrieben im

Austausch gegen seine Einblicke in das Gefüge von Erde, Himmel und Hölle.«

Er stieß sich vom Tisch ab, ging um seinen Stuhl herum und umfasste dessen Lehne von hinten, so als suche er Halt.

»Die Menschen waren schon immer erfinderisch, wenn es um ihren eigenen Vorteil ging«, resümierte Baltasar. »Wenn wir ehrlich sind, sollte uns das Weiterleben von Roland Winter nur am Rande stören, auch wenn es ewig währen sollte. In seiner jetzigen Verfassung stellt er keine Gefahr für uns dar. Die Frage ist also: *Wie kann Winter seine Schwäche besiegen*?«

Christopher Davenport fing Baltasars Blick auf wie ein Lehrer, dessen Schüler eine interessante Frage gestellt hat.

»Das ist vielleicht der springende Punkt, Mr Quibbes. Wenn ich recht verstanden habe, hat Winter in erster Linie eine starke physische Schädigung durch eine Art unkontrolliert wuchernden Alterungsprozess erlitten, korrekt?«

»Vergessen Sie nicht das Öl, das er der Leinwand zugesetzt hat!«

»Das habe ich nicht vor, nur denke ich, dass dazu tiefere Fachkenntnisse der Alchemie vonnöten sind. Ich kann Ihnen lediglich in einem schnellen Überblick darstellen, was der Menschheit alles eingefallen ist, um den Alterungsprozess nicht nur aufzuhalten, sondern ihn auch *rückgängig* zu machen.«

»Dann schießen Sie mal los!«

Der junge Bibliothekar räusperte sich lautstark.

»Legenden zu diesem Thema finden sich mannigfaltig, die meisten davon interessanterweise im Abendland des späten Mittelalters und der frühen Neuzeit. Aber auch schon im Altertum und im alten Orient, wenn man zum Beispiel die wundersamen biografischen Schilderungen über Alexander den Großen bedenkt. So soll Alexander einst um den Einzug ins Paradies und um das Geheimnis der ewigen Jugend verzweifelt gekämpft haben. Zum Glück für die Welt ist der Despot gescheitert.

Im europäischen Mittelalter schließlich mehren sich die

Berichte von wundersamen Verjüngungen. So existieren Legenden über Nonnen, denen nach einigen Jahrzehnten des Betens neue Zähne und erneut dunkle statt weiße Haare wuchsen. Die Haut würde sich wieder straffen und die Statur wieder aufrichten. Alles in allem käme es einem göttlichen Wunder gleich.

Überhaupt scheint der göttliche Segen in dieser Sache oft eine markante Rolle zu spielen. Denken Sie an die wundersamen Heilungsberichte aus Fátima und Lourdes in Südeuropa, wo es angeblich durch göttliche Gnaden und Erscheinungen immer wieder zu Wunderheilungen kommen soll. Selbst die römische Kirche erkennt diese an. Oder denken sie an Lazarus, denjenigen, der durch göttliche Gnade wiederbelebt wurde. Durch die Jahrhunderte gibt es immer wieder diese Lazarus-Effekte, wenn Totgeglaubte oder Dahinsiechende sich angeblich wieder erholen.

Am spannendsten scheinen aber die Begebenheiten aus der Zeit der Erforschung und Eroberung Amerikas im sechzehnten Jahrhundert. Denn vor allem die spanischen und portugiesischen Konquistadoren haben nicht nur nach der sagenumwobenen goldenen Stadt El Dorado gesucht, nein. In Europa wurden zu jener Zeit Alterserscheinungen aller Art verachtet, denn man wurde im Alter krank und hässlich, außerdem war man nicht mehr zu körperlichen Anstrengungen in der Lage. So ist es nicht verwunderlich, dass der südeuropäische Adel immense Summen investierte, als man von einer Mayalegende hörte, die besagte, es solle auf der Insel Bimini einen sogenannten Jungbrunnen geben, dessen Wasser einem die Jugend zurückgebe, wenn man in ihm bade. Nachdem man in Indien einen Mann gefunden hatte, dem man angeblich nachweisen konnte, dass er über dreihundert Jahre alt geworden sei, wurde die Suche nach dem Jungbrunnen eilig intensiviert. Die Insel Bimini fand man schließlich, den Jungbrunnen jedoch nicht. Mit der Zeit der Aufklärung verebbte die wahnsinnige Suche allmählich. Was blieb, waren die Bemühungen, dem Altern Einhalt zu gebieten. Wobei man immer wieder hereingelegt und getäuscht wurde von Hochstaplern und Betrügern.«

Christopher Davenport verstummte und hinterließ erneut eine bittere Leere im Nachhall des Studierzimmers.

»Dass es so viele Möglichkeiten gibt, ist nicht gut«, murmelte Baltasar leise und doch für alle verständlich.

Der Bibliothekar machte eine entschuldigende Geste mit den Händen und fügte hinzu: »Das ist nur das, was ich auf die Schnelle gefunden habe oder woran ich mich erinnere.«

»Jaja, schon gut«, murrte Kommissar Falter. »Sie meinen also, wir müssen uns auf eine Art magische Schnitzeljagd einlassen?«

»Ganz genau.«

»Hm. Von mir aus«, Falter winkte ab.

»Was ist mit Musik?«, warf Tom schließlich ein.

Christopher Davenport sah ihn mit großen Augen an.

»Was soll damit sein?«

Tom erklärte, was er und Lara in den botanischen Gärten in Erfahrung gebracht hatten.

»Ich könnte also nur mutmaßen, dass man mittels irgendeiner Musik einen Heilungsprozess bei Winter in Gang setzen möchte. Auf der anderen Seite steht ja noch nicht einmal fest, dass es überhaupt die Sturmbringer waren, die diese eigenartige Flüssigkeit gestohlen haben. Es könnten auch einfach Stadtvaganten oder ähnliche Strauchdiebe gewesen sein, die nichts mit der Sache um Winter zu tun haben.«

Lord Hester schüttelte den Kopf.

»Nein, Tom. Zu so etwas ist keiner der Barden und Musiker der Stadt fähig. Davon hätte man ganz sicher gehört, und es wäre so bekannt wie Baltasars und deine phantastischen Fähigkeiten, Schlüssel zu fertigen.«

Tom seufzte zustimmend. Lord Hester hatte offenbar recht.

»Tja, es war eine Idee«, meinte er.

»Die wir auch auf jeden Fall ernst nehmen sollten. Ich werde mich umhören.«

Lord Hester blickte sich um.

»Hat jemand von euch schon einmal Derartiges gehört?«

Alle verneinten oder schüttelten den Kopf.

»Dennoch sollten wir das bei unseren Überlegungen im Hinterkopf behalten.«

Er hielt einen Moment inne, um zu überlegen.

»Das Kommissariat wird nach Walter Gonzales und den übrigen Sturmbringern sicherlich fahnden?«, fragte er Falter.

Der wolfartige Kommissar nickte nur stumm.

»Gut«, resümierte Lord Hester. »Dann hebe ich die Runde hiermit auf und wünsche allen eine geruhsame Nacht. Wir treffen uns morgen wieder. In der Zwischenzeit haben wir alle hoffentlich einen Geistesblitz.«

Er stand auf und empfahl sich mitsamt seiner krächzenden Meute großer, schwarzer Vögel.

Als sich die anderen grübelnd und still voneinander verabschiedet hatten, fiel Lara auf, dass die Dämmerung tatsächlich nicht nur eingesetzt hatte, sondern auch zu einem guten Teil fortgeschritten war.

»Gehen wir zurück zur Burg?«, fragte Lara, als sie draußen vor der Bibliothek im Halbdunkel standen.

»Ich habe da noch eine Kleinigkeit zu erledigen«, war Toms Antwort. »Wenn du willst, kannst du mitkommen. Außerdem könnten wir auf dem Weg etwas essen.«

Natürlich würde sie mitkommen. Was sollte sie auch sonst tun an einem einsamen Abend in Ravinia? Die anderen waren nach und nach gegangen, erschöpft von ihren Nachforschungen und besorgt über die Entwicklung der Ereignisse. Lee und Berrie waren in Richtung des Rondells verschwunden, nicht ohne dass Liza Lee noch ihre Bekanntschaft aufgedrängt hatte – und leider schien das dem Jungen, dessen Augen Abgründe und Sprungbretter zugleich sein konnten, nicht allzu sehr zu missfallen. Baltasar und Mr Falter waren rauchend und murmelnd in Richtung Kommissariat verschwunden, Liza bog gerade hinter der Synagoge zum botanischen Garten ab, Christopher Davenport hatte sich in seine Bücher vergraben, und Geneva war mit wehenden Haaren und nachtschwarzem Mantel aufgebrochen und Sekunden später zwischen den Schatten verschwunden. Ihr Blickkontakt mit Tom, der irgendwo zwischen unerträglicher Traurigkeit und stiller Zuversicht gelegen hatte, war Lara entgangen, und so folgte sie dem blassen Schlüsselmacher ahnungslos durch die Straßen und Gassen dieser seltsamen Stadt.

War es nicht so, dass die Welt alle naselang irgendwelche Seltsamkeiten gebar?

Laras Laune hatte sich gesteigert, als ihr der Magen geknurrt hatte. Nein, eigentlich nicht direkt in diesem Moment, denn als sich zu der ganzen Grübelei der letzten Stunden auch noch ein Hungergefühl gesellte, war dies kein lichter Moment an diesem Tag. Lichter wurde es erst, als Tom meinte, sie hätten zwar den ganzen Tag noch nichts gegessen, sich aber immerhin mit diversen Leuten zusammen den Kopf zerbrochen und obendrein noch mit einer seltsamen Rebe in den botanischen Gärten geprügelt. Und so hatte er eine Tür aufgeschlossen und Lara mir nichts dir nichts in die Victoria Street in Edinburgh geschoben. Sie war mit Tom den Grassmarket hinuntergetrödelt, wo sie sich beide eine große Portion Fish and Chips zum Abschluss eines miserablen Tages gegönnt hatten, bevor Tom in einer Gasse wieder eine Tür nach Ravinia aufgeschlossen hatte.

Nun ging sie einige Schritte hinter Tom her durch ein mondgelb beschienenes Ravinia und fischte die letzten Chips aus der Papptüte. Satt und mit etwas hellerer Miene stellte sie jedoch fest, dass Papierkörbe in Ravinia Mangelware waren. Sie konnte sich auch vorstellen, was die Leute mit ihrem Müll taten, denn selbst dann, wenn die Menschen Ravinias Europa, Amerika und all die anderen etwas wirklicheren Kontinente absolut nicht ausstehen konnten, waren sie sicherlich dennoch gut genug, um ihren Müll zu entsorgen.

Tja, dachte Lara, so war die Welt.

Voller Seltsamkeiten.

Aus dem Augenwinkel nahm sie ein hölzernes Straßenschild wahr, auf dem in verschnörkelter geschnitzter Schrift *Gobelingasse* stand. Sie überlegte kurz, was ihr der Name sagte, schüttelte aber den Kopf. Wahrscheinlich war sie einfach nur müde nach einem langen Tag. Und so wandte Lara McLane den Blick wieder dem Kopfsteinpflaster zu. Vielleicht war es ihre Unachtsamkeit, vielleicht lag es aber auch am versiegenden Zwielicht der Dämmerung und den noch nicht angezündeten Straßenlaternen in der Gobelingasse, dass ihr das leer stehende Haus mit den vernagelten Fenstern, das unbeleuchtet in einem Winkel der Gasse lag, nicht auffiel. Vielleicht war es auch die abblätternde, nicht mehr sehr gut lesbare Schrift auf dem Schild vor der Tür. Vielleicht war es auch das immer wieder zu verfluchende Schicksal. Letztlich war es egal, denn Lara entdeckte an diesem Abend nicht, dass auf dem ungepflegten Schild am Eingang des ungepflegten Hauses das Wort *McLane* stand – neben einem stilisierten Schlüssel. Auch Tom machte keinerlei Anstalten, Lara darauf aufmerksam zu machen. Möglicherweise war er im Grunde seines Herzens auch froh, dass Lara es nicht entdeckte, sodass er nicht wieder den temperamentvollen Unmut des Schlüsselmachermädchens abfedern musste.

Stattdessen bogen sie in die andere Richtung ab zu einem winzigen Fachwerkhaus, in dessen Erdgeschoss sich offenbar eine Werkstatt befand, in der noch Licht brannte.

»Es könnte jetzt vielleicht ein wenig gruselig werden«, warnte Tom sie.

Lara zuckte die Achseln, einmal mehr davon überzeugt, es könne sie in dieser Stadt nichts mehr schockieren. Dabei hatte sie erst einen winzigen Teil der Stadt gesehen, und Tom hätte sicherlich auf Anhieb eine Handvoll Schauerlichkeiten aufzählen können, die einem in der Stadt der besonderen Talente noch widerfahren konnten. Ganz zu schweigen von den Absonderlichkeiten des düsteren Epicordias.

Aber so klopfte Tom einfach an die Tür der Werkstatt. Eine kleine, in die Tür eingelassene Klappe öffnete sich, und zwei eng zusammenstehende alte Augen starrten heraus und musterten Tom mürrisch.

»Wer seid Ihr?«, meckerte ein dünnes, altes Stimmchen.

»Tom Truska«, stellte Tom sich vor.

Die Augen weiteten sich.

»Der Schlüsselmacher?«

Tom nickte.

Die Klappe ging zu, Schlüssel wurden gedreht und Riegel beiseitegeschoben. Als die Tür schließlich aufging, stand ein kleiner, schmächtiger, alter Mann mit einem dünnen Ziegenbärtchen, zerzausten Haaren und einer Nickelbrille vor ihnen. Er war in eine lederne Arbeitsschürze gekleidet und sah ein wenig südländisch aus.

Natürlich, dachte Lara erneut. Ravinia war nun einmal die Stadt der alten Meister, wie Alistor Sullivan ihr gesagt hatte. Er hatte offenbar nur zu recht.

»Welch eine Ehre«, bemerkte die meckernde Ziegenstimme des Mannes. »Womit kann ich Euch dienen zu so später Stunde?«

»Ich brauche ein Auge«, erklärte Tom knapp.

Die buschigen, ergrauten Augenbrauen des Mannes huschten interessiert nach oben, während Lara sich über Toms Bitte wunderte. Aber jetzt, wo er es erwähnt hatte – irgendetwas schien mit den Augen des Mannes nicht zu stimmen. Jedoch hätte sie auf Anhieb nicht sagen können, was es war.

»Kommt doch herein!«, forderte der Ziegenmann Tom und Lara auf. »Wir finden sicherlich etwas, das euch zusagt.«

Tom und Lara betraten die Werkstatt, während ihr Besitzer die Tür hinter ihnen zuschloss. Plötzlich wünschte Lara sich verzweifelt, kein Abendessen zu sich genommen zu haben, denn was sie hier vorfand, war nicht dafür gemacht, dass Leute es mit vollem Magen betrachteten.

Dies war die Werkstatt eines Glasbläsers, und der alte, kleine Ziegenmann musste der Glasbläser sein, folgerte Lara. Doch war es keine gewöhnliche Glasbläserwerkstatt – so wie natürlich keine Werkstatt in Ravinia eine gewöhnliche Werkstatt war.

Neben einem Ofen, dessen Glut sich langsam zur Ruhe begab in diesen Abendstunden, und einer Reihe höchst skurriler Werkzeuge, die einem Glasbläser neben dem Blasrohr vielfältige Möglichkeiten zur Gestaltung seiner Werke gaben, befand sich darin noch ein auf Tische und Regale verteiltes Sammelsurium an gläsernen Kunstgegenständen. Was Laras Magen jedoch beschäftigte, war eine einfach gehaltene, gläserne Vitrine, in der sich eine Auswahl von Glasaugen befand. Jedes für sich ein außergewöhnliches Kunstwerk feinster Handarbeit. Doch diese Glasaugen waren – lebendig. Sie schienen zu pulsieren, oder zumindest die feinen Äderchen auf ihnen taten es. Die Linsen zogen sich fortwährend zusammen und entspannten sich wieder, so als wollten sie ihren Blick auf nahe und ferne Gegenstände im Raum richten; die Iriden weiteten und verengten sich andauernd wie bei richtigen Augen, die außerhalb des Körpers für ihren Einsatz probten.

Lara stand mit offenem Mund vor der Vitrine, ihr Körper empfand eine höchst ungewöhnliche Mischung aus Faszination und abgrundtiefem Ekel. Plötzlich fiel ihr ein, was ihr an den Augen des ziegenartigen Glasbläsers so merkwürdig vorgekommen war, und sie schüttelte sich.

»Welche Farbe soll es denn sein?«, fragte der Glasbläser Tom im Hintergrund.

»Smaragdgrün«, sagte dieser knapp, und Lara begriff, was sie hier wollten.

»Das kannst du nicht tun!«, entfuhr es ihr, und sie baute sich drohend vor ihm auf. »Weißt du, wie ekelhaft das ist?«

»Ach ja?« Tom schien sie ganz offenbar nicht zu verstehen. »Was ist denn so falsch daran? Meister Morinho ist weltberühmt für sein Handwerk.«

»Wirklich?« Lara konnte es nicht fassen. »Es geht nicht in deinen sturen Handwerkerkopf rein, dass gewisse Dinge vielleicht *möglich*, aber absolut *unerträglich* sind, oder?«

Sie war außer sich. Was dachte Tom sich eigentlich dabei? Geneva hatte ein Auge verloren. Das wusste Lara nun. Bisher hatte sie noch gehofft, es wäre nur eine gewöhnliche und heilbare Verletzung. Aber das Blut hinter der Augenbinde war noch nicht einmal getrocknet, da wollte Tom ihr ein Glasauge kaufen? Ein Glasauge?

»Beruhig dich!«, sagte Tom. »Ich werde es ihr ja nicht gleich morgen geben.«

Zu Meister Morinho gewandt, meinte er nur: »Einen Moment bitte.«

Dann packte er Lara am Oberarm und zerrte sie in eine Ecke der Glasbläserwerkstatt.

»Verrat mir, was ich tun soll, Lara McLane!«, zischte er. »Wäre Geneva nicht im letzten Augenblick dazwischengegangen, hätte mich einer von Rubens grässlichen Uhrwerkmännern aufgespießt. Ich verdanke ihr mein Leben. Was soll ich also tun? Soll ich eine stolze Frau wie Geneva bemitleiden? Wäre ihr damit geholfen? Oder würde das nur ihr Elend nähren wie trockenes Stroh ein Feuer? *Das hier*«, dabei deutete er mit einem Kopfnicken zur Vitrine, »ist das *Einzige*, was ich tun kann. Sonst *habe* und *kann* ich nichts.«

Lara blieb stumm.

Still beobachtete sie auch, wie Tom und Meister Morinho sich lange unterhielten über Farben und interessante Eigenschaften, die so ein Auge mit sich brachte. Anscheinend konnte man mit so einem Glasauge tatsächlich wieder sehen, oder zumindest so etwas Ähnliches. Über den Tauschgegenwert wurde erheblich kürzer diskutiert. Meister Morinho wünschte sich einen Schlüssel, der direkt in seinen Laden führte. Sein aktueller Schlüssel nach Ravinia führte ihn immer in die Gegend im Künstlerviertel hinter der Kathedrale, und man würde ja schließlich nicht jünger, sodass man als alternder Glasbläser ständig durch die halbe Stadt marschieren konnte, erklärte er ihnen. Tom willigte ein.

Zumindest eines blieb Lara am Ende jedoch erspart: Tom ließ das erworbene Glasauge bei seinem Hersteller.

»Ich wüsste nicht, wo ich es aufbewahren soll. Hier ist es besser aufgehoben, bis Geneva es tatsächlich brauchen sollte – oder haben will.«

Es war der schwache Versuch, sich der verstimmten Lara wieder anzunähern, aber Tom war ja ohnehin nie ein großer Redner gewesen. So schwiegen sie den Rest des Weges durch die mittelalterlich anmutenden Gassen der Rabenstadt und bis zur Burg.

Warum?

Warum konnte Tom die Raben nicht leiden, wohnte aber trotzdem mit ihnen auf der Burg von Ravinia?

Lara wusste es nicht, aber eigentlich war es auch egal. Irgendwann würde sie Toms mysteriöse Vergangenheit schon in Erfahrung bringen. Oder eben nicht. Dann würde er eben den Rest ihrer Lehrzeit ein seltsamer Kauz bleiben. Ob sie sich danach noch häufig sehen würden? Wer wusste das schon.

»Es ist mir egal«, stöhnte Tom. »Ich habe gesagt, ich möchte keinen Raben hier in dieser Wohnung haben.«

»Dann musst du mich wohl mit ihm rauswerfen«, versuchte es Lara so gleichgültig wie nur irgend möglich klingen zu lassen. »Allerdings hat Lord Hester darauf bestanden, dass ich hier wohne.«

Tom verdrehte die Augen.

»Na schön. Aber wenn das Vieh dieses Zimmer verlässt, dann schwöre ich, sperre ich es ans Ende der Welt weg.«

Damit verschwand Tom aus dem Türrahmen und stapfte die Holztreppe hinunter, wobei er im Gehen das Licht löschte.

Der Rabe Dexter lag auf einem zusammengefalteten Schaffell, das Lara von Tom bekommen hatte. Mit einigen Fellen würde sich das Leben auf einer Luftmatratze vielleicht ein wenig erträglicher gestalten, hatte er gemeint.

»Hör mal«, krächzte Dexter heiser. »Ich will nicht, dass du Stress bekommst wegen mir. Tom ist wirklich nicht gut auf uns zu sprechen.«

»Ach, der beruhigt sich schon wieder. Außerdem habt ihr mich gerettet, das sollte er sich vielleicht einmal durch den Kopf gehen lassen.«

»Ja. Krah. Aber das ist immer noch kein Grund, Raben zu mögen.«

Valerius hatte Dexter während des Kampfes auf dem Fabrikhof in den Flügel geschnitten. Es war nicht lebensbedrohlich, dennoch hatte der Rabe eine für seine Größe beträchtliche Menge Blut verloren und war die meiste Zeit benommen. Aber in einigen Tagen würde er schon wieder obenauf sein, da war Lara sich relativ sicher. Ihn gesund zu pflegen, sah sie als Teil ihrer Schuldigkeit Lord Hester und den Raben gegenüber an. Außerdem war es gut, die erste Nacht in einer alten Burg nicht allein schlafen zu müssen.

Sie drehte den Lichtschalter an ihrem Kopfende, und die Glühbirne an der Decke erlosch surrend. Ein makelloser Sternenhimmel schien durch das Fenster über dem Schreibtisch herein. Ob es wohl dieselben Himmelskörper waren wie in Europa? Oder vielleicht in Asien oder Lateinamerika? Vielleicht würde sie in den nächsten Tagen ja etwas Zeit finden, um einmal in der Sternwarte hinter dem Rondell vorbeizuschauen. Solange mussten sie scheinen, ohne dass Lara mehr über sie wusste. Sie würden es zuverlässig tun, denn die Sterne waren die zuverlässigsten Wächter der Welt. Die Wächter aller Welten.

– Szenenwechsel.

Für die einen mochte der Ort trostlos wirken, wie er dort klein und grau an der von Stürmen gebeutelten Westküste Schottlands lag. Für die anderen war er gerade deswegen ein Zuhause.

Es war später Nachmittag, als der Bus hielt und der Mann ausstieg, dem es ebenso gut gestanden hätte, ein Wolf zu sein. Hermann Falter fuhr sich mit den Händen durch den dichten Schnauzbart und betrachtete die wenigen Straßen, die vor ihm lagen.

Die Busfahrt war notwendig gewesen, denn Schlüssel hierher besaß niemand, den er kannte. Er bezweifelte sogar, dass es überhaupt mehr als ein oder zwei gab. Der Fahrer hatte ihn beim Lösen des Tickets irritiert angestarrt, da er nur für eine Strecke gebucht hatte.

»Sie wissen schon, dass das einzige Hotel in diesem Kaff seinem Namen alles andere als Ehre macht?«, hatte er misstrauisch gefragt.

Hermann Falter hatte es hingenommen. Was ging es den Busfahrer auch an, wohin er wollte und warum?

Eine Mischung aus Gischt und Märzregen schlug ihm ins Gesicht, und er schlang den Trenchcoat eng um sich. Dann eilte er mit großen Schritten die Straße entlang, das Meer und den kleinen Fischereihafen zur Linken.

Vor den verkümmert wirkenden Häusern saßen derbe Fischer, rauchten Pfeife und tranken Tee aus dickwandigen Bechern. Sie sprachen Gälisch, was Falter nicht verstand. Nein, dies war wohl nicht seine Welt.

Er bog rechts ab, den Hang hinauf, weg von der Küstenstraße, vorbei an einem erbärmlichen Souvenirshop und wieder rechts in die erste Parallele zur Küstenroute.

Vor einem kleinen Bruchsteinhaus machte er halt. Ja, die Hausnummer stimmte. Nun denn, einen Versuch war es wert – auch wenn seine Zielperson kaum so dämlich sein dürfte, immer noch hier zu wohnen. Aber diese langweiligen Dinge gehörten nun einmal zum Beruf. Ewige Reisen ohne Ziele.

Er klingelte.

Zweimal.

Von drinnen ertönte das Kläffen eines kleinen Hundes.

Na, immerhin war überhaupt jemand da.

Dann wurde die Tür geöffnet. Ein bärbeißiger, aber in die Jahre gekommener Seemann stand in der Tür. Eine Quetschkommode hing erschlafft um seinen Hals. Ein Jack Russel Terrier zwängte sich zwischen seinen Beinen hindurch und wuselte aufgeregt mit dem Schwanz wedelnd um die des Kommissars.

»Spot!«, rief der Seemann den kleinen Hund beim Namen, aber der ließ sich nicht davon abbringen, Hermann Falters Geruch begierig in sich aufzunehmen.

»Ja, was gibt's?«, fragte er schließlich an den Kommissar gewandt.

Dieser versuchte mühsam, seinen Unglauben darüber zu verbergen, dass seine Zielperson tatsächlich immer noch hier wohnte.

»Hermann Falter«, stellte er sich vor. »Kommissariat von Ravinia.«

Wie vom Donner gerührt wich alle Farbe aus den Zügen des alten Seemanns.

»Was … was wollen Sie?«, stammelte er, während er schon den Rückzug ins Innere des Hauses antrat.

»Ich muss mit Ihnen reden«, versuchte es Falter, während er dem Mann nachstieg. Er zückte seinen Revolver – zur Vorsicht, mit diesen Leuten war nicht zu spaßen.

Der kleine Jack Russel folgte ihm aufgeregt schnüffelnd nach drinnen.

»Herr Gonzales? Walter Gonzales?«, rief der wolfartige Kommissar, während er sich durch einen mit alten Andenken von einem Leben auf See vollgestopften Flur bewegte.

Der Genannte stürzte sich auf ihn, etwas, das Hermann Falter nicht besonders überraschte, dennoch ging er zu Boden, als er über eine Truhe stolperte.

Walter Gonzales versetzte ihm einen Tritt und rappelte sich selbst wieder hoch, während er einen Schlüsselbund aus der Tasche zog.

Er türmte in seine gute Seemannsstube und steckte mit bebenden Fingern einen Schlüssel in die Küchentür.

Diesmal war es der Kommissar, der den anderen zu Boden warf. Der Schlüssel brach ab, was ein verzweifeltes Heulen des alten Seemanns zur Folge hatte.

Der Jack Russel eilte zu seinem gestürzten Herrchen und leckte dem Verzweifelten die Hand in dem erbitterten Versuch, ihn irgendwie zu trösten.

Falter richtete den Revolver auf den Alten.

»Ich muss mit Ihnen reden«, wiederholte er ruhig, nicht im Mindesten außer Atem, was sein Gegenüber noch mehr zu erschrecken schien.

»Nein«, schüttelte dieser den Kopf, den Tränen nahe. »Nein, nein. Sie werden von mir nichts erfahren. Die Konsequenzen … wissen Sie, die Konsequenzen wären …«

Ein erneuter Tritt, und Falters Beine wurden weggefegt.

Diesmal hatte er ihn überrascht.

Nun gut.

Er rollte sich ab, kam gerade wieder auf die Beine, als er eines seltsamen Geruchs gewahr wurde.

Der Seemann überschüttete seinen breiten Brustkorb mit Petroleum aus einer alten Sturmlampe.

»Nein!«, schrie Falter. »Nein!«

Hastig steckte er den Revolver weg, der ihm nun auch nicht helfen würde. Ein Funke und …

»Sie verstehen gar nichts«, hustete der Seemann, griff das Feuerzeug und zündete.

»Halt!«, brüllte Falter aus Leibeskräften, doch zu spät. Der Mann ging in all seiner Verzweiflung in Flammen auf. Der Hund heulte auf, Angst um sein Herrchen in der Stimme.

Das Fenster barst, als Walter Gonzales sich brennend hindurchwarf und auf die Straße polterte. Draußen waren Schreie zu vernehmen.

Verflucht! Das war gründlich schiefgegangen.

Walter Gonzales rannte panisch, von den Schmerzen des Feuers gejagt, in den Ort hinein. Weit würde er nicht kommen, so viel war klar. Die Chance war vertan.

Verwirrt und verärgert schlug Falter die Wohnzimmertür zu und schloss sie mit einem eigenen Schlüssel wieder auf.

Vor ihm lag Ravinia, dessen Gassen ein etwas freundlicheres und wärmeres Wetter zu bieten hatten als die schottische Westküste.

Grübelnd und sich selbst verfluchend trat er hindurch, als ihn ein Geräusch innehalten ließ.

Ein Fiepen.

Er drehte sich um.

Da saß der nun einsame Jack Russel Terrier und gab leise Töne der Trauer von sich.

Ihre Blicke trafen sich. Und Hermann Falter war genug Wolf, um zu wissen, was in dem kleinen Hund vorging.

Obwohl er wusste, dass ihm kaum Zeit blieb, bis jemand ins Haus kommen mochte, um nach dem Rechten zu sehen, hockte er sich hin, auf das Kopfsteinpflaster von Ravinia, und blickte nach Schottland hinüber in die Augen des verzweifelten kleinen Hundes.

»Spot, richtig?«, erinnerte Falter sich laut an den Namen des Tiers. Der Kleine horchte auf.

»Na komm her, Spot!«, überwand der Kommissar sich.

Vorsichtig, etwas tapsig setzte der verwirrte Hund eine Pfote vor die nächste und gesellte sich unsicher zu dem wolfartigen Mann in die düstergoldene Stadt.

Falter fuhr dem Tier mit der Hand über den Kopf, und der verwirrte und verängstigte Terrier wimmerte, während er sich an die Beine des Kommissars drückte.

Spot.

Jeder Mensch – oder jede Seele, in der es menschelt – braucht irgendwann in seinem Leben einmal Begleiter. In den bitteren Stunden besonders. Sie hatten beide gerade jemanden verloren, der sie ein Stück des Weges begleitet hatte. Vielleicht war dies ein guter Neuanfang.

Falter gab der Tür einen Stoß, und sie fiel ins Schloss.

Was für ein unangenehmer Tag.

Er ließ seine Hand wieder über das Fell des Terriers gleiten.

Spot.

11. Kapitel, *in dem ein Licht angezündet wird, um die Vergangenheit ein wenig zu erhellen.*

Die Welt ist alles, was der Fall ist.

Ludwig Wittgenstein

– Erneuter Szenenwechsel.

Wirklichkeit liegt in der Tat. So hatte Jean-Paul Sartre geschrieben. Welche schmerzliche Wahrheit darin lag, erfuhr Marcion nun in allen Facetten am eigenen Leib.

»Ich kann dich nicht vor den Konsequenzen deiner Taten beschützen.«

Er wand sich unter den Worten des alten Mannes wie eine vom Geparden bereits angefallene Gazelle im Todeskampf, wenn der Überlebensinstinkt immer noch zum unwillkürlichen Kampf gegen das Nicht-wahr-haben-Wollen bläst.

»Niemand kann das. Das weißt du.«

Noch ein Dolchstoß. Nein. Eigentlich hatte Marcion es vorher gewusst. Er hatte alles zerstört in diesem Moment. In welchem Moment genau? Er überlegte. Als er den alten Bails, den guten alten Bails, vom Balkon gestoßen hatte? Nein, nicht erst da. Er hatte es in dem Augenblick verbockt, als er sich dazu herabgelassen hatte, mit ebensolchen unlauteren Mitteln kämpfen zu wollen wie diejenigen, die ihn am liebsten für immer aus der Stadt jagen würden. In dem Moment, in dem sein Herz für einen Sekundenbruchteil die Bedeutung der Worte Stolz und Ehrbarkeit unter einer Schicht maßloser Enttäuschung vergraben hatte.

Was hatte er doch alles für große Pläne gehabt! Er hatte die Stadtvaganten endlich und ein für alle Mal in Ravinia etablieren wollen. Warum sollte ein Ort, der so entrückt erschien und zugleich ein so großes Maß an persönlicher Freiheit bot, eigentlich nur denjenigen zur Verfügung stehen, die durch eine Fügung von Geburt an ein übermenschliches Talent ihr Eigen nennen konn-

ten? Sicher, man hatte ihm erklärt, dass es ausgerechnet jene waren, denen die Welt immer mit Misstrauen und Vorurteilen begegnet war, auf deren Höhepunkt Mord, Verbannung und Ächtung standen. Aber die Welt hatte sich nicht geändert. Im Gegenteil, sie verachtete alles Andersartige mehr als je zuvor. Die Welt bot keinen Platz für schillernde, Hippiekleidung tragende Querdenker mit ihren Sammlungen philosophischer Bücher. Wer sich erdreistete, anderes Gedankengut in die Gesellschaft einstreuen zu wollen, hatte von Beginn an einen Stempelabdruck auf der Stirn prangen, der ihn als gefährlich, weil anders *brandmarkte.*

Er hatte gekämpft. Immer und immer wieder. Hatte nicht begreifen wollen, wie sich in einer Welt voll Andersartigkeit dieselben elitär-sozialen Muster auftaten wie dort, wo sie alle schließlich herkamen. Wie konnte es sein, dass vor allem die Mitglieder des gottlosen Stadtadels von Ravinia ihrer eigenen Andersartigkeit nicht mehr gedachten und die Bedürftigkeit anderer nicht mehr sahen? Dabei hatte Marcion alles getan, um seine Position deutlich zu machen. Er hatte lange Vorträge vor dem Rat gehalten. Er hatte versucht, den Stadtvaganten wenigstens ein Mindestmaß an Ernsthaftigkeit einzutrichtern. Er hatte es ihnen vorgelebt.

Nur, was hatte es ihnen eingebracht? Nichts. Die Verachtung für die Vaganten behielt ihren Level bei. Seine letzte Hoffnung war es gewesen, die jungen, bisher nicht mit Vorurteilen belasteten Lehrlinge einer neuen Generation von seinen ungefährlichen, ja sogar vorteilhaften Absichten zu überzeugen.

Doch war dies genau der Moment gewesen, der von Meister St. James' ehemaligem, monstergleichem Schüler nicht besser hätte gewählt werden können. Er hatte ihn vor Jahren, am Abend nach einer weiteren Niederlage, aufgesucht und ihm von Roland Winter berichtet. Marcion durchschaute die hetzerischen Absichten dahinter zunächst, aber Ma'Haraz war ein geschickter Redner gewesen, ein Verführer, ein Monster. Es ginge nicht um Anarchie. Es ginge um die Errichtung einer Art platonischer Diktatur der

Weisen. Wie viel besser könnten die Stadtvaganten dastehen, wenn sie an diesem Fundament mitgebaut hätten? Man könnte endlich allen *Andersartigen mit Würde begegnen.*

Der hörende Kristall, den Ma'Haraz ihm überlassen hatte, erfüllte seinen Zweck und erinnerte Marcion in seinem fanatischen Übereifer fortwährend daran, dass er vielleicht endlich, endlich nach all den Jahren, ein Ergebnis seiner Bemühungen zu sehen bekäme.

Dann kam es zu seiner ersten schicksalhaften Begegnung mit Lara McLane.

Zunächst suchte er Bails auf. Den guten alten Bails, der seinen Unterhalt damit verdiente, Informationen zu verkaufen. Und Bails war immer und über beinahe alles informiert. Er war ein Quell der Verlässlichkeit und deshalb wohl indirekter Drahtzieher von mindestens einem Dutzend brillanter krimineller Coups der letzten Jahrzehnte. Woher Bails seine Informationen bekam, wusste niemand, und Bails hätte wahrscheinlich auch sein Leben für dieses Geheimnis gegeben – immerhin war es ohne dieses auch nichts wert.

Frisch über die Umstände in Kenntnis gesetzt, traf er sich ein weiteres Mal mit Ma'Haraz und wurde in den großen Plan eingeweiht, der genau in dem Moment in Kraft treten sollte, in dem sich jemand fand, der das Gedicht zu lesen imstande wäre.

Es war so überaus teuflisch perfekt durchdacht, dass es Marcion um ein Haar eine Schicht aus Eis auf die Haut gezaubert hätte. Der Wiener Barpianist, das Synästhesin, der kränkelnde Junge des Nachtwächters, Ma'Haraz' spektakuläre Experimente mit den Lichtgeistern und Rubens ausgeklügelter Lebenserhaltungsstuhl – alles schien nur auf ein einziges, fehlendes Puzzleteil zu warten. Und schließlich fand sich dieses Puzzleteil, passgenau, ohne schabende Ecken und Kanten, in der Person von Lara McLane.

Als Bails ihn an jenem verhängnisvollen Abend aufsuchte und ihn anflehte, nichts, absolut gar nichts in Richtung Befreiung von Roland Winter zu unternehmen, kam es zu dem Streit, an dessen Ende Marcions Seele einen hässlichen Riss davontragen sollte.

Bails bot ihm an, den gezahlten Preis zu erstatten, bettelte, gestand seinen eigenen Fehler ein, überhaupt jemals über Roland Winter gesprochen zu haben. Als Marcion schließlich ablehnte und ihm obendrein gestand, dass es bereits zu spät war, ging Bails' Gewissen mit sich selbst ins Gericht. Woher ausgerechnet der immer so gemäßigte Bails plötzlich ein Messer hatte, wusste Marcion nicht. Das Einzige, das sich in aller erschreckenden Deutlichkeit in seine Erinnerung gebrannt hatte wie ein hässlicher, unbeugsamer Blutfleck auf einem weißen Laken, war das Gesicht des alten Bails, als dieser am Ende des Gerangels über die Brüstung stürzte und in den Tiefen der Stadt verschwand.

Den Aufprall hörte Marcion schon nicht mehr, da war er bereits zurück in Amsterdam. Doch wer einmal die Schwelle zwischen dem richtigen Weg und dem einfachen hatte verwischen lassen, dem fiel dies in Zukunft immer leichter.

Das Schicksal nahm seinen Lauf und verwüstete das Innere von Marcion de Huhl in ungeahntem Ausmaß.

Erst die Schläge und Tritte des verzweifelten Francescos, der seiner Ohnmacht nicht anders Luft zu machen gewusst hatte, begleitet von den unendlich schmerzhaften Schreien eines Mädchens, dessen Leben ein Herbstregen war, hatten eine läuternde Wirkung auf Marcions Geist gehabt. Er hatte endlich die täuschenden Schönmalereien, mit denen Ma'Haraz die Kammern seines Verstandes angestrichen hatte, abstreifen können. Zu spät. Er hatte sich schuldig gemacht, hatte andere zerstört, war in maßlosem Übereifer aufgegangen. Aber am meisten war er vor sich selbst schuldig geworden, was vielleicht die bitterste Erkenntnis von allen war.

Nun kauerte er hier, in dem absurden Versuch seines Selbsterhaltungstriebes, die Absolution zu erhalten. Aber der alte Mann hatte recht, und so drang es nun auch langsam in die von Angst und Selbsthass zerfressenen Kammern seines Verstandes vor: Es gab kein Zurück, kein Wiedergutmachen.

Das Einzige, was ihm blieb, war Schadensbegrenzung in größtmöglichem Umfang. Ungeachtet dessen, wie sie für ihn ausgehen mochte.

Anschließend würde er Ravinia den Rücken kehren. Seiner Passion, an der er gescheitert war. Vielleicht würde er nach Indien gehen? Er wusste es nicht, nur dass dieser Ort weit weg von alldem hier liegen würde.

»Marcion?«

Der alte Mann riss ihn aus seinen Gedanken.

»Schon gut, schon gut«, winkte Marcion ab und rappelte sich mühsam auf. Die gebrochene Rippe mochte letztlich noch die erträglichste Strafe sein für seine Taten. Die eigentliche Strafe würde sich in seinem Herzen vollziehen, und am Ende sollte es diese sein, die ihm am meisten Schmerzen bereiten würde.

»Ich weiß, was ich zu tun habe.«

Er humpelte in die entgegengesetzte Richtung davon.

»Richtig oder einfach?«, rief ihm der Alte hinterher.

»Richtig geht nicht mehr«, gab Marcion zur Antwort, ohne stehen zu bleiben, ohne sich umzudrehen. »Aber vielleicht kann man noch am Ruder reißen.«

Keine weiteren Fragen. Nur das bittere Zitat aus einem der größten Gedichte sollte Marcion noch nachhängen, wie herber Tannenduft im kühlen Schatten eines Waldes:

Wo aber ist einer,
Um frei zu bleiben
Sein Leben lang, und des Herzens Wunsch
Allein zu erfüllen

Das Wetter war ein Verräter.

Ganz ohne Zweifel musste es sich so verhalten. Nicht nur, dass die abgründige Welt einen übereifrigen, aber völlig schuldlosen Mann in den Tod gerissen hatte, nein, sie musste es am

Tage seiner Beerdigung auch noch mit strömendem Regen beweinen.

Doch trotz der Wolken, die sich in einem Teppich aus dichter grauer Watte über Ravinia und das Umland gelegt hatten, sonderte die Stadt ihren milden düstergoldenen Glanz ab.

Schweigend hatten Tom und Lara gefrühstückt. Es gab Kaffee (wirklich guten Kaffee, das musste Lara dem blassen Muffkopf lassen), Toast und Orangenmarmelade, nachdem Lara der tatsächlich warmen, aber leider nur plätschernden Dusche entstiegen war. Schweigend blickten sie hinaus in den sintflutartigen Regen. Schweigen. Ja, schweigen konnte man gut mit Tom, das hatte Lara begriffen. Ob friedfertig oder missmutig, das war dabei einerlei.

Immer noch schweigend hatten sie sich über das von Pfützen übersäte Kopfsteinpflaster und durch eine Wand aus Regen zum anderen Ende der Stadt gequält, bewaffnet mit Regenschirmen, die gegen die Feuchtigkeit partout nicht helfen wollten. *I am one of those melodramatic fools* sang Billie Armstrong in Laras Kopf. Ein verrückter Poet! Genauso verrückt wie die Stadt der sprechenden Raben. Nur dass Billie Armstrong Ravinia wahrscheinlich in einem Punksong verewigt hätte.

Es gab ein unförmiges Tor an der westlichen Seite der Stadtmauer, das den Anschein erweckte, als habe man es einfach hineingehackt und sich erst später um Dinge wie Torbogen und Torhaus bemüht. Dahinter lag eine Landzunge der Insel, auf der Ravinia erbaut war. Sie war gar nicht einmal so klein, aber ringsherum von dichten Hagebuttensträuchern abgeschirmt, sodass man den dunklen Fluss nicht sah. Hören konnte man ihn an diesem Tag vermutlich auch nicht, denn das Rauschen des Regens schien alles andere zu übertönen.

Auf diesem Auswuchs der Insel befand sich der Friedhof von Ravinia. Er war ganz besonderer Natur, denn er machte keine religiösen Unterschiede. Der unförmige, hoffnungslos schlammige Boden bot den Schuhen wenigstens ein bisschen Halt, da man bei jedem Schritt einsank, während das Wasser durch alle Ritzen in das Schuhwerk eindrang. Im Süden der Landzunge lag ein kleiner Hain aus knorrigen Eichen, ja beinahe ein Wäldchen. Und ausgehend von dieser Sammlung uralter Bäume erstreckten sich Unmengen von Gräbern über einen guten Teil der freien Fläche. Schnurgerade und exakt aufgestellte marmorne Grabsteine wechselten sich ab mit unförmigen oder verwitterten Klötzen, die schiefen Zähnen gleich aus dem Boden ragten. Pfade zwischen den Grabhügeln und -platten hatten sich im Laufe der Zeit ergeben. Blumen gab es kaum, und wenn, dann waren sie vom Regentag grau gezeichnet. Symbole aller großen Religionen überzogen die steinernen Mahnmale wie Fliegen ein faules Stück Obst. Halbmonde, Kreuze, Davidsterne.

Eine kleine Trauergemeinschaft hatte sich die verschlammten Wege bis zum Friedhof hinuntergequält. Neben allen, die Lara kannte, waren auch einige unbekannte Gesichter zugegen. Die meisten von ihnen trugen – wie Kommissar Falter – Trenchcoats.

Father Garbow hielt die Grabrede und führte die Bestattung durch. Er war der Priester in Ravinia, eigentlich ein Katholik. Doch ob Katholik, Orthodoxer oder Anglikaner, das waren Dinge, die in Ravinia die meisten Leute nicht im Mindesten interessierten. Lara schätzte ihn auf vielleicht fünfzig Jahre, er war von ausgesprochen kräftiger, wenn nicht gar korpulenter Statur und trug einen buschigen, halb ergrauten Bart und darüber eine leicht getönte Brille mit runden Gläsern. Er war sicher kein emotionsloser Mann, denn die Betroffenheit auf seinem Gesicht war echt.

Lara blickte sich um. Zwar sah sie zuhauf schwarze Kolkraben, aber Lord Hester vermisste sie unter den Trauernden. Dafür war jemand aus der Zunft der Musiker anwesend und trug mit sonorer Baritonstimme eine magische Version von *Moonriver* vor, an der dem ehrgeizigen Mr Cooper viel gelegen hatte.

Charles Michael Cooper stand auf einem großen Trauerkranz, und Lara wunderte sich, dass sie niemanden sah, der zu Mr Coopers Familie gehören konnte. Doch vielleicht hatte es mit den seltsamen Flüchen, die laut Alistor Sullivan auf der Stadt lasteten, ja etwas auf sich. Die Stadt der Waisen. Die Stadt, in der ein großer Teil der Leute allein war. Allein, das hieß ohne Familie. Das hieß, dass man entweder die Stadt und ihre Bewohner zu seiner Familie machte, oder in Europa oder Amerika oder sonst wo das Los derer teilte, die eine besondere Begabung hatten: Einsamkeit. Wer eine Träne um den armen Kommissar vergoss, war nicht zu erkennen. Nicht an diesem Tag, an dem die Welt selbst um einen Fehler zu weinen schien und mit ihren Tränen auch diejenigen all der anderen fortwusch.

Und dann ereignete sich die erste Überraschung eines bisher verräterisch anmutenden Tages.

Nachdem Father Garbow den Segen gesprochen hatte und die Trauergemeinde sich allmählich auflöste, um in Richtung Stadt zu gehen, wählte der Junge Lee einen der beliebigen, verschlungenen Pfade, die um die Gräber des Friedhofs mäanderten, tief in Gedanken versunken, die Hände in den Taschen seiner Bluejeans.

Lara wandte sich gerade von Mr Coopers Grab ab, wo sie lange hinter den Trauernden angestanden hatte, um einen letzten kurzen, stillen Moment – gemacht aus Ehrfurcht und Verwunderung – mit Mr Cooper zu teilen.

»Nein!«, hallte ein Schrei über den Friedhof, zerschnitt den Regen wie Glasscherben ein seidenes Tuch.

Lee ging in die Knie, völlig ungeachtet des elenden Wetters, das über der gesamten Szenerie tobte. Das Wasser musste eiskalt durch seine Hosen dringen, doch er schien es nicht zu spüren.

Lees Lippen bewegten sich weiterhin, auch wenn Lara ihn nun nicht mehr hören konnte, so leise flüsterte er, kniend an einem Grab. In diesem Moment waren auch schon Berrie und Geneva herbeigestürzt, um Lee die Hände auf die Schultern zu legen und ihn aus dem Dreck zu ziehen. Selbst der ruhige Tom, der sich stets etwas abseits der Menge gehalten hatte, setzte sich in Bewegung.

Als Lara endlich aus ihrer Starre erwachte, hatte die Nachtwächterin den zitternden jungen Draufgänger, dessen Gesicht vor Schrecken, vor Verwunderung – ja vor was eigentlich? – nicht wiederzuerkennen war, bereits auf die Beine gestellt. Er schluchzte. »Nein!«, wiederholte er immer und immer wieder, wenn der Regen und die Tränen der Fassungslosigkeit es erlaubten.

Während Geneva und Berrie ihn davonschleppten, wurde Lara endlich die Ursache von Lees Ausbruch bewusst: Da war ein schlichtes Grab, geschmückt mit einem kleinen Grabstein. Edel, marmoriert, aber trotz seiner Auffälligkeit kaum größer als ein Wegstein. Auf ihm stand in verschlungenen Lettern *William and Dorothea Crooks.*

Ein tröstender Arm konnte ein Rettungsboot sein. Allerdings auch ein weiterer Baum in einem überfüllten Wald.

Lee hatte das Schluchzen schnell eingestellt. Eigentlich passte es auch nicht zu ihm, fand Lara. Nicht dass sie dem alten Duktus, dass Jungen niemals weinen sollten, erlegen gewesen wäre. Es war vielmehr so, dass es Personen gab, denen es gegeben war, mit Unzulänglichkeiten, mit Problemen oder mit Trauer umzugehen, indem sie Tränen vergossen. Lee gehörte jedoch für Laras Geschmack nicht dazu. Lee war eher jemand, der die Welt nicht mehr an sich heranließ, wenn es ein Problem gab, wenn er die Kontrolle verlor. Lara war der Ansicht, es passte besser zu Lee, wenn dieser sich in einem solchen Falle eigenbrötlerisch in eine Ecke des Lebens zurückzog. Und genau so verhielt es sich auch. Vor allem Berrie versuchte, sich nach bestem Wissen und Gewissen um ihren Lehrling zu sorgen, auch wenn dieser sichtlich seine Ruhe haben wollte.

Sie waren im Rondell, im Haus der Kreidefrau, in dem Lee ein altes Bettgestell in einer Ecke bezogen hatte. Es sei nicht für lange, hatte Berrie versichert, denn an ihrer Privatsphäre läge auch ihr etwas. Sobald Lee eine andere Möglichkeit als Unterkunft gefunden hätte, würde er ausziehen müssen. Und Lee und Berrie waren sich hier vollkommen einig. Ob die Kreidefrau so lange nicht lieber bei Francesco übernachtete, wusste Lara nicht. Aber eigentlich wusste sie ja noch nicht einmal, ob die beiden überhaupt ein Paar waren. Es gab da Blicke, die sie Geneva in der Bibliothek zugeworfen hatte, die Lara daran zweifeln ließen, ob sich Berrie überhaupt zum anderen Geschlecht hingezogen fühlte. Doch vermutlich waren das alles nur pubertäre Spinnereien, Lara wischte sie mit einer schnellen Bewegung im Geiste weg. Letztlich sollten diese Dinge ja auch völlig ohne Belang für sie sein.

Lee hatte eine Art Schock erlitten. Er hatte Lara während ihrer schlaflosen Nacht auf dem Bergfried der Burg Ravinia erzählt, wie er im Rahmen seiner Möglichkeiten alles, aber auch wirklich *alles* versucht hatte, um etwas über die Herkunft seiner Eltern herauszufinden. Ein wenig war es ihr gewesen, als hätte sie einen Seelenverwandten gefunden. Jemanden, der genau verstand, welche Dinge Lara plagten. Doch hatte es Lee in puncto Vergangenheitsforschung noch weitaus schlimmer getroffen als sie selbst. Immerhin konnte sie ein Grab besuchen, wusste, welchem Beruf ihre Eltern nachgegangen waren, hatte Fotos gesehen. Der Junge, dessen Augen Sprungbretter und Abgründe zugleich sein konnten, hatte nichts dergleichen. Er hatte ein Zippo-Feuerzeug und eine Mundharmonika, mehr nicht.

Nachdem Berrie Lee hatte überreden können, eine Tasse Beruhigungstee zu trinken und sich hinzulegen, verließen Tom und Lara das Rondell in Richtung Bibliothek.

»Zeigst du mir den Weg zum Hospital?«, fragte sie Tom, als sie sich schon einige Straßen von Berries Haus entfernt hatten.

Tom nickte und schob sich mit Lara zusammen durch die nassen, aber lebhaft bevölkerten Straßen.

»Die Leute hier lieben den Regen«, murmelte Tom im Gehen. »Sie haschen nach jedem bisschen Melancholie wie nach einer Droge, und Regen bringt viel davon auf die Erde herab.«

»Sind wir hier überhaupt auf der Erde?«, wollte Lara wissen.

»Das weiß niemand.«

»Und wenn es jemand wissen will?«

»Dann weißt du, was ich ihm sagen würde.«

»Schicksal.«

Tom wandte den Kopf ein wenig in ihre Richtung und blinzelte ihr zu. Unglaublich. Eine Gefühlsregung im Gesicht Tom Truskas. Lara nahm sich fest vor, diesen Tag im Kalender zu vermerken.

Skurrilität war das Markenzeichen von Ravinia. Egal ob Mensch, Tier oder Bauwerk. Alles hatte etwas Ureigenes, etwas ganz Besonderes.

Das Hospital von Ravinia war ein Gebäude, das sich den Abhang zur Oberstadt hinaufrankte wie eine Kletterpflanze. Es war von außen gesehen nicht sehr tief, aber Lara vermutete zu Recht, dass es sich – ähnlich wie die Räumlichkeiten der Alchemisten – bis tief in den Fels dahinter fortsetzte. Beinahe schien es ihr, als würde es eigenständig fortranken und immer weiter wachsen auf der Suche nach ein paar Sonnenstrahlen, denn es gab im sprichwörtlichen Sinne überall Auswüchse, kleine Erker oder Giebel, die sich an die schroffe Felswand krallten wie Efeu an eine Hauswand.

»Ich gehe dann zur Bibliothek«, empfahl sich Tom, nachdem sie das altmodische Foyer betreten hatten.

Von innen sah das Hospital beinahe aus wie ein gewöhnliches Krankenhaus. Aber eben nur beinahe. Es gab mehr Holzvertäfelungen und weniger steril-grün angestrichene Wände, ein wenig wie in einem alten Herrenhaus. Außerdem war der Betrieb weniger hektisch als in anderen Krankenhäusern. Das Maß an moderner Technik, das Lara hier sah, war jedoch sicherlich untypisch für die Stadt. Doch genau wie in einem gewöhnlichen Krankenhaus gab es murrende Patienten und noch lauter murrende Besucher, gehetzte Ärzte und genervte Schwestern – wenn vielleicht auch nicht so viele wie woanders.

Lara ging zur Information und fragte nach der Zimmernummer ihres Großvaters, die ihr auch tatsächlich von einer freundlichen Sprechstundenhilfe ohne Aufbegehren verraten wurde.

Zimmer 311 lag im dritten Stock an der Außenwand und wirkte eher wie ein kleines, gemütliches Kabuff, in das sich ein Künstler zum Dichten oder Musizieren zurückgezogen hatte, als ein Krankenzimmer. Henry McLane saß aufrecht im Bett und las in einer Ausgabe des *Scotsman*. Als Lara zur Tür hereinkam, musterte er seine Enkelin über den Rand der Zeitung und seiner Lesebrille hinweg und begann, über das ganze Gesicht zu strahlen.

Lara umarmte ihn. Lang und kräftig, bis ihr Rücken der Meinung war, sie hätte sich nun lange genug zu ihrem Großvater hinuntergebeugt.

»Wie geht es dir?«, wollte sie wissen.

»Die Ärzte meinen, es gehe mir den Umständen entsprechend gut. In ein paar Tagen werde ich wieder laufen können. Dann werden wir sehen, was von unserem Leben übrig geblieben ist.«

»Was meinst du?«

»Na ja, ich werde sicherlich meinen Job verlieren, und mit meiner Rente und unseren Ersparnissen können wir uns nicht ewig über Wasser halten.«

»Ich bekomme immerhin auch ein kleines Gehalt bei Mr Quibbes.«

Henry McLane sah sie an. Ohne Zweifel lag eine Menge Stolz in diesem Blick, aber auch ein wenig Wehmut.

»Möglicherweise müssen wir die Wohnung verlassen, und ich muss in einen anderen Stadtteil oder auch in einen anderen Teil des Landes ziehen.«

»Nein«, protestierte Lara. »Wir finden schon einen Weg.«

Die rechte Hand des alten Mannes legte sich auf Laras.

»Du könntest hier wohnen. In Ravinia.«

»Mit Tom unter einem Dach?«

Henry McLane zuckte mit den Schultern.

»Nein«, Lara schüttelte energisch den Kopf. »Ich denke erstens nicht, dass er das möchte, und zweitens werde ich mit ihm als Mitbewohner mit Sicherheit ziemlich bald wahnsinnig.«

Ihr Großvater überlegte.

»Du könntest in –«

Ein Klopfen an der Tür unterbrach ihn.

»Herein!«

Die Klinke wurde hinuntergedrückt und hinein kam ein großer Blumenstrauß. Ein exorbitant großer Blumenstrauß. Gefolgt von einem ebenso exorbitant massigen Father Garbow. Als die Augen in seinem bärtigen Gesicht Lara entdeckten, hielt er abrupt inne.

»Oh, entschuldigt, ich komme ungelegen.«

»Ach papperlapapp«, sagte Henry McLane. »Komm rein, Robert!«

Der Angesprochene schloss leise die Tür hinter sich.

»Ich wusste nicht, dass deine Enkeltochter hier ist.«

Er deutete eine Verbeugung an. »Miss McLane.«

»Lara reicht«, meinte Lara nur, erstaunt über das elegante Auftreten des Priesters. Er trug einen grauen Anzug, darunter ein schwarzes Hemd und das für Priester übliche Kollar um den Hals.

»Angenehm. Kann ich die hier irgendwo hinstellen?«, fragte er mit einem Blick auf die Blumen. Es belustigte Lara, wie der Priester den protzigen Blumenstrauß vor sich her trug, als wären es rohe Eier.

»Leg ihn erst einmal hier auf den Nachttisch, ich lasse mir dann eine Vase bringen!«, antwortete Henry McLane.

Nachdem der handliche Urwald aus Father Garbows Händen auf das winzige Nachtschränkchen gewandert war, setzte der Priester sich auf die andere Bettkante, Lara gegenüber. Das Bett knarzte, und die Matratze ließ eine deutliche Verlagerung des Gewichts spüren, aber das Bett hielt auch die dritte Person aus, trotz ihrer Masse.

»Junge, Junge«, meinte Father Garbow schließlich. »Verzeih mir, dass ich erst jetzt auftauche, aber ich hatte gestern zu tun. Dass deine Familie aber auch die Angewohnheit hat, immer zu tief in den Schlamassel zu geraten.«

Henry fand die Bemerkung offenbar nicht sonderlich komisch. »Muss am Erbmaterial liegen«, brummte er nur.

»Sorry, so war's nicht gemeint. Aber warum legt ihr euch auch immer mit den falschen Leuten an?«

»Frag die falschen Leute!«

Zugegeben, das Gespräch begann etwas schwierig, aber schließlich verfielen sie in einen lockeren Small Talk. Etwas Sinnlosigkeit in ernsten Zeiten war wie Balsam auf Laras Seele. Sie mochte den Priester. Er war vielleicht so alt, wie ihre Eltern gewesen wären, hätten sie den verhängnisvollen Abend vor vielen Jahren überlebt. Außerdem mochte Lara das lockere Mundwerk des Priesters, der sich trotz seiner eleganten Kleidung nicht zu schade für den einen oder anderen Straßenköterausdruck war und offenbar gerne über derbe Witze lachte.

Ein Blick auf die Uhr zeigte Lara schließlich, dass sie sich ernsteren Angelegenheiten widmen sollte. Sie stand auf und verabschiedete sich von den beiden Männern. Vor dem Fenster hatte es wieder angefangen zu regnen, und so begann Lara im Gehen ihren Mantel zuzuknöpfen, während sie im Grunde ihres Herzens dankbar war, dass es ihrem Großvater gut ging. Gedanken um die Zukunft rauschten durch ihren Kopf. Bisher war ihr Leben immer relativ behütet gewesen, oder es war ihr zumindest so vorgekommen. Doch in den letzten Tagen hatte sich viel verändert. Dank Roland Winter, dem Mistkerl. Nicht nur dass er alles für ein paar Tage durcheinandergebracht hatte, nein, er hatte alles zerstört. Ihr Zuhause rann Lara zwischen den Fingern hindurch. Vielleicht wäre es ja besser gewesen, die Lehre bei Baltasar niemals anzufangen.

»Lara, warte mal!«, rief jemand hinter ihr.

Sie drehte sich um.

Hinter ihr lief Father Garbow über den Krankenhausflur und winkte mit einer Hand.

»Ich dachte, wir könnten vielleicht ein Stück des Weges gemeinsam zurücklegen. Zumindest bis zum Marktplatz«, japste er, als er sie endlich eingeholt hatte.

»Warum nicht«, nuschelte Lara ohne Begeisterung. Eigentlich war es ihr egal.

»Ich möchte dir gerne etwas geben«, gestand der Priester ihr.

»Mir?«, ungläubig blieb Lara stehen.

Father Garbow nickte.

»Da ist etwas, von dem Henry McLane, der alte Geheimnistuer, nichts weiß.«

»Ja?«

»Ja!«, der bärtige Priester nickte. »Ich war einmal ein guter Freund deiner Eltern. Aber, du wirst schon sehen.«

Dann ging er einfach voran, ohne sich umzublicken, und Lara folgte ihm, wie sie jeder Spur folgte, die sie vermeintlich oder tatsächlich ihren Eltern näherbrachte.

Lara McLane war eine junge Frau, die schon seit einigen Tagen nicht mehr wusste, wo ihr der Kopf stand. Und dabei war noch nicht einmal ein Junge daran schuld, wie es bei vielen anderen Sechzehnjährigen in allen Teilen der Welt meist der Fall war.

Nein, ihre Probleme waren ganz und gar absurder Natur. Man hatte sie gejagt und gefangen, man hatte sie magische Worte sprechen lassen und verflucht.

Ihr Leben, das gewohnheitsmäßig wie ein Herbstregen gewesen war, hatte sich in den letzten Tagen in einen eiskalten Sturzbach verwandelt, dessen Nässe auch durch das dichteste Ölzeug drang.

Lara McLane war sich bislang allerdings nicht vollends bewusst gewesen, dass ihre Sorgen und Probleme gar nicht ihren Ursprung in den wirren Bösartigkeiten dieser Tage hatten, sondern dass die Ursachen viele Jahre zurücklagen, in einer Zeit, in der Lara noch nicht gelebt hatte.

»Sie machen eine ganze Menge dummer Witze für einen Geistlichen«, stellte Lara fest, als sie endlich das schlanke Haus mit dem gestuften Giebel am Marktplatz erreicht hatten, das nur einen Steinwurf weit entfernt von der großen Kathedrale St. Anna Rosa am Fluss lag.

»*Um ernst zu sein, genügt Dummheit, während zur Heiterkeit ein großer Verstand unerlässlich ist*«, sagte der dicke Priester, während er die Tür zu seinem Pfarrhaus aufschloss.

»Weise, weise«, spöttelte Lara.

»Shakespeare«, konterte dieser und trat ein.

Natürlich. Auch hier war nichts so, wie es von außen schien.

Dabei hätte Lara noch nicht einmal gewusst, wie sie sich die Wohnstätte eines katholischen Priesters ausgemalt hätte; aber ganz gewiss nicht so.

Überall hingen orientalische Wandteppiche, Schnitzereien und Glaskunstwerke. Überall gab es Kissen mit langen Bommeln, niedrige Tische, und auf den ersten Blick entdeckte Lara mindestens drei Wasserpfeifen. Die mochten auch das süßlich rauchige Aroma erklären, das dieses Haus durchströmte, das Lara von außen noch in irgendeine spätmittelalterliche Stilepoche Deutschlands oder Tschechiens eingeordnet hätte.

»Überrascht?«, wollte Father Garbow wissen, während er in Richtung seines Wohnzimmers ging, das ebenfalls orientalisch eingerichtet war.

»Nicht mehr als sonst auch in dieser Stadt«, gab Lara ehrlich zu, während sie die Tür hinter sich schloss und dem Priester ins Innere folgte.

Eine Weile stöberte Father Garbow in seinen mit Schachbrettern, bunten Gläsern und bizarren Kerzenständern dekorierten Kommoden und Schränken herum, dann pfiff er triumphierend und hielt etwas in die Höhe, was auf Lara im ersten Moment wie eine alte Lederkladde wirkte.

»Hier«, hastig reichte er ihr den Gegenstand, aus dem in diesem Moment zwei Abbildungen herausfielen, nach denen der Priester sich flinker bückte, als Lara es ihm bei seiner Statur zugetraut hätte.

Es waren zwei Ultraschallaufnahmen, wie sie von den Bäuchen schwangerer Frauen gemacht werden.

»Sie werden Vater?«, fragte Lara etwas abschätzig, denn sie begriff noch nicht, was hier vor sich ging, und überlegte insgeheim, für wie ernst sie den dicken Priester zu nehmen imstande sein würde.

»Unsinn, Dummerchen!«, wischte Father Garbow ihre Frage fort, und dann sagte er etwas, das in Lara eine Lawine von Emotionen auslöste, die sich völlig ungeordnet und wie ein Schleier um ihre Gedanken legten. »Das bist *du.*«

»Ich?«

Father Garbow nickte eifrig.

»Vielleicht setzt du dich einen kurzen Moment.« Er wies auf eines der pompösen Kissen mit den verschnörkelten Stickereien.

Lara sackte förmlich auf die Sitzgelegenheit hinab, während sie die Ultraschallaufnahmen in zittrigen Fingern hielt. Das lederne Büchlein, das an sich gar nicht so zerfleddert, aber unsagbar staubig war, fiel ihr aus der Hand. Sie hatte nur Augen für die Bilder ihres eigenen embryonalen Stadiums.

»Sind … sind *Sie* mein Vater?«, fragte sie unsicher mit leiser Stimme.

Da brach Father Garbow in lautes Gelächter aus und plumpste auf ein Kissen gegenüber. Nach einigen – offenbar für ihn recht belustigenden – Sekunden wischte er sich eine Träne aus dem Augenwinkel.

»Entschuldigung«, hüstelte er. »Eigentlich ist es ja auch gar nicht lustig. Aber nein, um Gottes willen, ich bin nicht dein Vater. Dein Vater ist Arthur McLane, da bin ich mir ziemlich sicher.«

»Aber wer sind Sie dann?«

»Ich bin nur ein Priester, der langsam älter wird.«

Er grinste.

»Nein, Spaß beiseite. Deine Eltern und ich waren sehr, sehr gut befreundet. Ich kannte Arthur schon aus der Schule, und er hat mir irgendwann … sagen wir mal, aus der Klemme geholfen und mich nach Ravinia gebracht, obwohl ich doch eigentlich gar nichts Besonderes kann. Ich bin *nur* ein Priester.

Na ja, auf jeden Fall war ich über lange Jahre hinweg mit deinen Eltern sehr gut befreundet. Mit beiden, sowohl mit Arthur als auch mit Layla. Ich war immer für sie da, wenn sie mich brauchten, und genauso konnte ich mich immer auf sie verlassen.«

Er seufzte. Die gute Laune wich einer leichten Melancholie.

»Deine Mutter hat mich irgendwann auf *das da* aufmerksam gemacht«, dabei zeigte er auf das Lederbüchlein, das Lara so achtlos entglitten war. »Ich wusste nicht genau, warum sie mir das erzählte, aber ich erinnerte mich daran, als deine Eltern … na ja … als sie umgebracht wurden.«

»Umgebracht?«, entfuhr es Lara. »Wieso umgebracht? Ich dachte, sie seien bei einem Unfall gestorben, ich …«

Father Garbow hob die Hand, um sie zum Schweigen zu bringen, und seine natürliche Autorität hatte den erwünschten Effekt.

»Ich dachte mir, dass Henry dir so etwas in der Art erzählen würde. Aber ganz ehrlich – was soll man einem kleinen Mädchen auch erzählen, wenn es nach seinen Eltern fragt? Ich glaube, ich wüsste mir in dieser Situation auch nur sehr schlecht zu helfen.«

Lara schwieg weiterhin. Ihre Gedanken rasten allerdings.

»Nach diesem verhängnisvollen Abend habe ich mich mit meinem Schlüssel in die Wohnung deiner Eltern aufgemacht und das Tagebuch deiner Mutter mitgenommen, da ich nicht wusste, was dein Großvater damit machen würde. Er war wild vor Schmerzen, er wollte alle Brücken hinter sich abreißen, wollte nie wieder etwas mit Ravinia zu tun haben. All die Jahre. Vielleicht hätte er es verbrannt oder was auch immer. Und so habe ich gehofft, dass ich es dir eines Tages zukommen lassen kann. Und dieser Tag ist dann wohl heute.«

Das Tagebuch ihrer Mutter. Unglaublich! Das war ein Schatz, größer als jede Kiste voll Gold, großartiger als jeder Augenblick ihres Lebens bisher, als jedes noch so große Glück. Sie hielt das Tagebuch ihrer Mutter in den Händen!

»Du kannst es gerne hier lesen, wenn du willst. Ich könnte dir einen Tee und alle Ruhe, die du brauchst, anbieten. Ich war der Freund deiner Eltern, also bin ich dein Freund.«

Offenbar war er etwas verlegen, da er mit einer Reaktion gerechnet hatte, aber Lara war völlig abwesend und versuchte zu begreifen, dass sich hier endlich ihre Chance aufgetan hatte, ein Stückchen tiefer in ihre Vergangenheit einzutauchen.

»Du, äh, kannst natürlich auch gehen, wohin du willst.«

»Wer hat sie umgebracht?«, fragte Lara plötzlich. Aus heiterem Himmel. Messerscharf.

»Wie… wieso?«, Father Garbow war etwas perplex ob des abrupten Themenwechsels.

»Wer hat sie umgebracht?«, fragte Lara noch einmal. »Wer war's?«

Und obwohl sie sich die Antwort schon denken konnte, gab ihr Father Garbow die Antwort, vor der sie sich gefürchtet hatte.

»Roland Winter«, sagte er mit leicht belegter Stimme.

»Und warum?«, fragte Lara weiter. »Warum hat er das getan?«

»Das«, murmelte der Priester bloß, »ist eine gute Frage, auf die bis heute niemand eine Antwort hat.«

Schweigen.

Es war still in dem von orientalischen Düften geschwängerten Wohnzimmer des katholischen Priesters. Still, während nur die Gedanken in den Köpfen der Beteiligten rasten.

Die junge Frau mit dem bernsteinfarbenen Haar suchte Antworten; und sie fühlte, dass ihr Gegenüber, trotz seiner etwas grobschlächtigen und unbeholfenen Art, bereit war, ihr zu helfen, diese Antworten zu finden. Zwar versuchten auch Tom und Lee rückhaltlos, sie mit Antworten zu versorgen, aber zum ersten Mal traf sie auf jemanden, der dies sowohl *wollte* als auch *konnte.*

Erleichtert und dankbar lehnte sie sich gegen die teppichbehängte Wand und schlug das in Leder gebundene Tagebuch auf.

12. Kapitel, *das von Layla McLane geschrieben wurde.*

August 1993

Liebe Lara!

Ja, Lara. Das ist Dein Name. Der Arzt ist sich nun absolut sicher, dass Du ein Mädchen bist. Meine Lara. Nein, *unsere* Lara.

Wir, das sind Dein Vater und ich. Deine Eltern.

Wir sind jetzt schon so unglaublich stolz auf Dich, obwohl wir Dich doch nur von Ultraschallbildern kennen; und manchmal, ja manchmal machst Du Dich bemerkbar. Dann, wenn Du Dich müde räkelst in meinem Bauch. Es ist wirklich etwas ganz Besonderes, etwas so unbeschreiblich Einmaliges, sein eigenes Kind unter dem Herzen zu spüren. Ja, und wer weiß – vielleicht geht es Dir in vielen Jahren einmal ähnlich.

Aber ich schweife ab, das macht das Glück.

Wir haben beschlossen, dass wir von Zeit zu Zeit in dieses Buch schreiben. Wir schreiben über alles, was unsere Welt bewegt, denn unsere Welt – das wirst Du bald herausfinden – ist vielleicht ein wenig eigen. Düstergolden ist sie. Zumindest sagt man hier so. Vorausgesetzt, es gibt keine allzu großen Veränderungen. Doch vor allem in den letzten Monaten scheint unsere düstergoldene Welt ab und zu ein wenig zu schlingern, ein wenig aus der Bahn zu geraten. Wir möchten, dass Du verstehst, wer wir sind und warum wir so sind, wie wir sind.

Deshalb haben wir beschlossen, ab und an in dieses Buch zu schreiben (und wenn es nicht ausreichen sollte, in ein weiteres). Du bekommst es dann, wenn Du erwachsen bist – oder wenn wir Dich für alt genug halten, denn wir wissen beide, wie quälend es ab einem gewissen Alter sein kann, keine vernünftigen Erklärungen zu bekommen. Aber wir wissen auch, dass es für Eltern oder andere Personen mitunter nicht leicht ist, zufriedenstellende Erklärungen zu geben. Vielleicht hilft Dir in solchen Augenblicken dieses Buch weiter. Dir und Deinen Geschwistern, die Du hoffentlich auch irgendwann haben wirst.

Ich fange nun einfach an und erzähle Dir ein wenig über uns.

Wir sind die Familie McLane. Das sind wir ganz offiziell, seitdem ich – Layla Joel – Deinen Vater – Arthur McLane – geheiratet habe. Oh, es war ein wunderbares Fest, sage ich Dir. Die Stadt hat förmlich gebebt vor Freude, und es hat so gutgetan, all die Gesichter unserer Freunde an diesem Sommertag vor zwei Jahren lachen zu sehen. Es war beinahe genauso brütend heiß, wie es heute ist. So als stünde die Luft still und man könnte sie mit Kuchenmessern in Stücke schneiden und verpacken. Sie haben für uns weiße Rosenblätter aus dem Uhrenturm gestreut und über den Marktplatz fliegen lassen, und die Glocken von St. Anna Rosa haben geläutet – ja wirklich geläutet –, als wir durch das Tor der Kathedrale ins gleißende Sonnenlicht nach draußen getreten sind. Sogar Lord Hester ist persönlich erschienen, um uns zu gratulieren. Die Furgisons hatten eine riesige weiße Tafel in der Gobelingasse aufgebaut, und wir haben unter dem freien Himmel bis zum nächsten Morgen gefeiert, gelacht und getanzt.

Da fällt mir ein, dass Du ja gar nichts über die Gobelingasse weißt. Noch nicht. Tja, aber schon bald sehr viel mehr. Denn hier befindet sich der kleine Laden, den wir eröffnet haben. Baltasar hat geholfen, uns mit Werkzeugen auszustatten. Er ist ein seltsamer Kauz, aber sehr liebenswürdig, obwohl er auch am Tage unserer Hochzeit immer nur traurig dreingeblickt hat. Er ist der alte Meister Deines Vaters, musst Du wissen, aber er hat aufgehört zu arbeiten, nachdem einer seiner Lehrlinge – Ruben – anfing, grausame Dinge herzustellen und sich offen zu Roland Winter bekannte. Aber das sind weniger erfreuliche Dinge, von denen ich Dir ein anderes Mal schreiben werde.

Zurück zur Gobelingasse. Hier, inmitten des Handwerker- und Mechanikerviertels, liegt unsere kleine Werkstatt in der

Gobelingasse Nr. 3. In einem winzigen Haus, vor dessen Eingang ich gerade sitze und schreibe. Hier wird Dein Zuhause sein. Dort, wo sich jetzt im Sommer eine unglaubliche Hitze unter dem Giebel staut. Und wer weiß, vielleicht wirst Du ja auch eine Mechanikerin. Gute Voraussetzungen für ein besonderes Talent scheinen ja in der Familie zu liegen. Obwohl Arthur und ich jeweils die Ausnahmen bilden, denn Deine Großeltern haben ganz andere Berufe. Deinen Großvater Abraham wirst Du leider nicht mehr kennenlernen. Das ist wirklich so schade, denn Du hättest ihn sicher sehr gemocht. Aber Deine Großmutter Elisabeth ist eine phantastische Schreiberin. Deine anderen Großeltern – Henry und Martha – sind begnadete Folkmusiker. Sie sind so offen und freundlich wie Schwiegereltern nur irgend sein können und ganz, ganz sicher werden sie alle hervorragende Großeltern abgeben.

So, Dein Vater kommt gerade herunter. Wir müssen zur Feier des Tages noch eine Kleinigkeit essen gehen. Bei Dean's soll ein Lehrling begonnen haben. Mit einem komischen Namen. Aber der Kerl soll unvergleichlich gute heiße Schokolade machen. Genau das richtige Getränk zu einem leckeren Stück Kuchen. Seltsam, wie sich die Menschen ändern. Ich habe früher nie verstanden, warum Menschen an heißen Sommertagen Kaffee trinken und Kuchen essen gehen. Aber Dein Vater drängelt schon, und schließlich muss ich ihn noch davon überzeugen, Dich nicht ständig »Locke« zu nennen.

Die liebsten Grüße,
Deine Mama

PS: Hihi, ich habe mich zum ersten Mal selbst »Mama« genannt.

August 1993

Meine liebe Lara!

Es ist immer noch unglaublich, dass Du bald – aller Voraussicht nach im Januar – endlich ganz bei uns sein wirst. Mein Bauch wird langsam ein klein wenig runder, und Jeane und Dorothea haben heute zum ersten Mal versucht, mir Arbeit abzunehmen. Du wirst es kaum glauben, aber wenn Du schwanger bist, glauben die Leute gleich, Dich wie ein rohes Ei behandeln zu müssen (wie ein *unzurechnungsfähiges* rohes Ei). Dabei will ich die Arbeiten an der Turmuhr doch sogar noch selbst beenden. Ich denke, es wird auch gar nicht mehr so lange dauern.

In der Zwischenzeit schreibe ich Dir aber, wie Dein Vater und ich uns kennengelernt haben.

Es war einer jener Herbsttage, welche die Bäume mit allen Farben überziehen, die einen mit Sehnsucht an den Sommer zurückdenken lassen und in ihrer goldenen Umarmung vom Winter künden. Man hatte zur Generalversammlung der Mechanikerzunft eingeladen, und sowohl meine Meisterin Alisha Folders als auch der Meister Deines Vaters – Baltasar Quibbes – hatten beschlossen, ihre Lehrlinge mitzubringen. Wir mussten feststellen, dass wir die einzigen waren. Nicht nur die einzigen Lehrlinge, die der Versammlung beiwohnten, nein, wir waren die einzigen Schlüsselmacherlehrlinge in jener Zeit. Es gab außer uns nur noch Ruben, der mit Deinem Vater zusammen lernte, und Julian Miller, einen jungen Amerikaner. Wir vier waren allein.

Und wie es junge Menschen nun einmal in ihrem Übermut tun, gedachten wir, den Umstand aufs Kräftigste zu feiern. Wir tranken den ganzen Abend über Porterbier im Stein's, setzten uns anschließend singend auf die Zinnen der Stadtmauer und starrten in den flirrenden Morgen, der unsere seltsame Stadt umgibt.

Dein Vater ist lustig. Das heißt, er kann lustig sein, wenn

man ihn dazu bringt. Und wenn man ihn einmal so weit hat, kann er ein ganzes Lokal unterhalten. Dabei ist er in keiner Weise arrogant oder überheblich, etwas, das ich sehr an ihm schätze und das mir sofort aufgefallen war. So beschlossen wir in jenen frühen Stunden, dass wir Mechanikerlehrlinge, die wir doch so furchtbar wenige waren, uns regelmäßig treffen sollten. Wir konnten über dieselben Dinge Witze machen und hatten dieselben Sorgen und Nöte. Du musst wissen, Lara: Wer in Ravinia lebt oder mit der Stadt zu tun hat, der sammelt langsamer Freunde, als andere Menschen es vielleicht tun. Dafür sind diese Freundschaftsbande umso stärker, und wir waren dankbar, dass es so war.

Arthur und ich begannen allerdings bald, uns auch ohne die anderen zu treffen. Wir redeten, verbrachten ganze Nachmittage in Arthurs kleiner Wohnung in Sciennes, stellten spaßige Theorien auf, wie man die Weltherrschaft an sich reißen könnte oder sangen alte Folklieder, die Arthur von seinem Vater kannte.

So vergingen die Wochen, und aus Freundschaft wurde irgendwann mehr, so wie Schatten irgendwann miteinander verschmelzen. Doch wir schafften es lange, lange nicht, es uns einzugestehen. Nein, stattdessen verloren wir unsere Herzen scheinbar an andere, nur um daraus zu lernen, dass wir dafür offenbar nicht geschaffen waren. Vielleicht wären wir immer noch nicht zusammen, wenn sich nicht Dein Vater irgendwann ein wahres Herz gefasst hätte, so, wie es in den Filmen der Fünfzigerjahre modern gewesen war.

Es war am ersten Weihnachtstag vor acht Jahren. Tja, nun könntest Du sagen, mir macht Weihnachten nicht viel aus, da ich aus einer jüdischen Familie komme, aber weit gefehlt. Weihnachten breitet seine magischen Schwingen doch mittlerweile über die ganze Welt aus. Und selbst wenn es dabei immer mehr um Geschäftemacherei geht, so stellt sich doch eine beruhigende Gemütlichkeit in den Menschenseelen ein, wenn sich das Jahr dem Ende zuneigt. Und so stand Arthur

McLane am Abend des ersten Weihnachtstages vor der Haustür Deiner Großeltern in Aviemore, wo ich über die Feiertage hingefahren war, und bat darum, mich sprechen zu können.

Als ich ihn begrüßen wollte, drängte er mich, Schuhe und Mantel anzuziehen und die Augen zu schließen. Ich hatte mich in den Jahren unserer Freundschaft an solche Verrücktheiten gewöhnt, und so steckte er einen wunderschönen neuen Schlüssel in unsere Haustür, nahm meine Hand und führte mich eine ganze Weile über eine dichte Neuschneedecke, bis er mir endlich erlaubte, die Augen wieder aufzuschlagen.

Was ich sah, übertraf alles, was ich bisher erlebt hatte.

Wir standen vor einem flachen, künstlichen Teich auf der Avenue Gustave Eiffel am Rande des Parc du Champ de Mars und blickten auf den Eiffelturm, der sich, von Lichterketten funkelnd, von den schweren Wolken der Nacht abhob. Mitten in der Stadt, die sich von allen Städten auf dieser Welt wohl am besten eignet für solche Momente: Paris.

Und von da an war es besiegelt und unterschrieben in der geheimen, flüsternden Sprache der Liebenden, mit heißem Wachs aus Leidenschaft und einem Siegel aus Geborgenheit. Und wenn Hollywood noch tausend Jahre der heroischen Filmgeschichte ins Haus stehen, so wird es doch nirgendwo wieder diesen Moment und diesen einen, alles bedeutenden Kuss geben.

Ich fange an zu träumen.

Dabei ist es sicherlich nicht gut, wenn man im Sommer vom Winter träumt, oder was meinst Du, meine liebe Lara?

Zumindest weißt Du nun wieder ein wenig mehr über uns und kannst mit einem Augenzwinkern zur Kenntnis nehmen, dass wir alle auch nur Menschen sind. Wir träumen und hoffen, lieben und lehnen uns an.

Deine Mama

September 1993

Meine liebe Lara!

Der Tag Deiner Geburt rückt immer näher und näher. Aber einige wenige Monate müssen wir wohl noch warten. Aber wie gesagt, nicht mehr lang.

Meine Kleidung wird mittlerweile wirklich etwas eng, und Du strampelst nach Belieben, wobei es Dir egal ist, zu welcher Tages- oder auch (oder sollte ich schreiben *vor allem*) Nachtzeit. Doch wer sich Kinder wünscht, dem darf sein Schlaf nicht wichtig sein, schließlich werden wir auch in den ersten Jahren mit Dir – und mit Deinen Geschwistern natürlich auch – nachtnächtlich aufstehen und Dich beruhigen, Dich füttern, Deine Windeln wechseln und Dich wieder in den Schlaf singen. Und wenn ich ganz ehrlich bin: Ich freue mich schon auf die Ringe unter unseren Augen. Wir werden müde und unfassbar glücklich sein.

Ich träume schon wieder.

Dabei wollte ich Dir eigentlich schreiben, dass die Uhr für St. Anna Rosa endlich fertig ist. Sie ist riesengroß, aber das muss sie ja auch sein, wenn sie einen Kirchturm schmücken will. Beinahe ein ganzes Jahr hat es gedauert, sie fertigzustellen. Jeane, Dorothea und ich haben so viele Stunden oben im Kirchturm verbracht, haben uns Konstruktionen überlegt, Zahnräder eingepasst, Achsen verlegt und so vieles mehr. Es ist so unglaublich erfüllend, wenn man erlebt, wie die eigene Arbeit Früchte trägt, wie man seine eigenen Pläne verwirklicht. Robert Garbow war überglücklich, dass das klaffende Loch im Turm – dort, wo die alte Uhr vor Jahren schon stehen geblieben und verrostet war – nun endlich wieder zu etwas taugt.

Wir hatten bei den Plänen freie Hand, ein reicher Gönner hatte verfügt, man dürfe nirgendwo an Kosten sparen. Wer dieser geheimnisvolle Gönner ist? Das weiß niemand so genau. Manche munkeln, er sei aus den Kreisen des Stadtadels, andere wiederum erzählen sich, er wohne gar nicht in Ravinia, er habe die Stadt lediglich gern. Wie auch immer es gewesen war, am Ende betraute man mich mit dieser Aufgabe. Die Begründung lautete, ich sei das vielversprechendste Talent im Umgang mit mechanischen Konstruktionen. Ich fühlte mich unheimlich geehrt und habe mit stolz geschwellter Brust angenommen. Zur Unterstützung habe ich mir dann Jeane Nolte und Dorothea Crooks ins Boot geholt, zwei junge Uhrmacherinnen, die ich sehr schätze und die mir während des letzten Jahres teure Freundinnen geworden sind.

Und jetzt ist sie endlich in Betrieb. Die Zeiger glänzen noch, weil sie mit Kupfer beschichtet sind, aber das wird bald vom Grünspan erobert worden sein. Wir waren der Meinung, die kupfergrünen Zeiger würden zu der alten Kathedrale passen.

Es gab ein riesiges Fest auf dem Marktplatz. Robert Garbow hat eine Rede gehalten und mich und Jeane und Dorothea viel zu heftig gelobt, während wir peinlich berührt neben ihm auf der Holzbühne stehen mussten, mit riesigen Blumensträußen in den Händen. Als die Festansprache beendet war, stürmte als Erstes unser Zunftmeister Howard Evans auf uns zu und hat uns beinahe erdrückt vor Stolz, er hat sogar unsere Männer zur Seite gedrängt. Dabei ist Evans der mit Abstand großartigste Uhrmacher, den ich kenne, und es bedeutet mir sehr viel, dass er unsere Arbeit für so gut hält.

Anschließend gab es einen großen Jahrmarkt auf dem Marktplatz, der nun in gewisser Weise wieder zwei Uhrentürme hat – neben unserem Mechanikerhauptsitz meine ich.

Ach, es ist schon herrlich, diese Zeit. Wenn es doch nur immer so einfach wäre.

Rabbi Friedmann kam ebenfalls und gratulierte uns. Er sagte, er überlege, ob die große Jacobs-Synagoge nicht auch eine Uhr gebrauchen könne, und zwinkerte uns zu. Seine Gemeinde verkaufte herrliches Gebäck. Ravinia ist wie eine Weltreise. Aus allen Ecken und von allen Enden der Welt kommen die Menschen und bringen ihre Kulturen mit. Auch wenn die Stadt unbestreitbar einen immensen Einfluss aus dem Europa der Alten Welt hat, so beginnt es sich doch mittlerweile zu vermischen. Selbst wenn man im oberen Stadtviertel das ein oder andere Mal die Nase rümpfen wird, aber die Menschen in Ravinia haben eine freiere Grundhaltung als woanders. Vielleicht liegt es daran, dass Ravinia niemandem gehört?

Ich weiß es nicht, aber ich freue mich über einen goldenen Spätsommer, der – wenn er meinem Wunsch entspräche – in einen goldenen Herbst übergehen wird.

Oh Lara, was sind dies doch für wunderbare Zeiten.

Deine Mama

Oktober 1993

Ich scheine immer nur von Festen in dieses Tagebuch zu schreiben. Das ist hoffentlich ein gutes Zeichen für eine gute Zeit.

Mittlerweile machst Du meine Figur endgültig zunichte, meine Kleine. Alleine das Anziehen von Hosen wird immer mehr zur Kunst, und wenn mich Dein Vater morgens dabei beobachtet, lacht er über mich. Er sagt zwar, dass er sich lediglich freue, aber ich glaube, er macht sich trotzdem darüber lustig. Na gut, er freut sich natürlich auch auf Dich, genau wie ich auch. Aber *er* ist ja nun einmal nicht schwanger! Obwohl ich mir da nicht so sicher bin. In den letzten Wochen kocht er ständig heiße Schokolade. Morgens, bevor ich aufstehe, setzt er sich schon damit in die Küche und liest, und dann nimmt er sich auch noch welche mit runter in den Schlüsselladen.

Dieses Wochenende waren wir in Prag.

Die tschechische Seite der Familie – also die Verwandten Deines leider schon gestorbenen Großvaters Abraham – hatte die ganze Familie anlässlich des *Sukkot*, des Laubhüttenfestes, nach Prag eingeladen. Und da wir uns im Moment ja selbst auf unser neues Familienleben einstellen, haben wir einfach zugesagt. Es ist schon praktisch, mit einem Schlüsselmacher verheiratet zu sein, denn man kann sich die Flugtickets sparen.

Es war eine schöne Feier. Wir waren auf dem Anwesen meines Onkels Laszlo, der nicht nur ein riesiges Haus im Villenviertel der Stadt besitzt, sondern auch einen schönen Dachgarten. Der perfekte Ort also, um eine Laubhütte zu errichten. Man kann tatsächlich die Sterne sehen von dort, wenn auch im staubigen Dunst der Großstadt nicht alle.

Lustig wurde es immer dann, wenn wir erklären mussten, woher wir kommen und was wir arbeiten. Wir haben dann meistens die Adresse von Arthurs Eltern in Edinburgh angegeben und gesagt, wir würden einen Schlüsselladen in der Victoria Street unterhalten, also dort, wo Baltasar Quibbes sein Geschäft hat, das er ja nun schon seit einiger Zeit geschlossen hält (dabei gibt es meines Erachtens keinen besseren Schlüsselmacher auf der Welt als ihn. Dein Vater ist wirklich, wirklich gut, aber Baltasar Quibbes ist genial).

Interessant war auch die Stadtführung, die Rabbi Friedmann uns verpasste. Wir sind seit Jahren nicht in Prag gewesen, aber aus der Sicht eines Touristen ändert sich wahrscheinlich auch nicht sehr viel. Rabbi Friedmann erklärte uns, welche Cafés in den letzten Jahren Pleite gemacht haben und wo sich nun welches Fachgeschäft befindet und so weiter. Trotzdem war es schön, einmal wieder durch die goldene Innenstadt an der Moldau zu schlendern, vor allem wenn es in einem so schönen goldenen Herbst passiert.

Am Ende trat Rabbi Friedmann dann noch mit einer seltsamen Bitte an Deinen Vater heran. Als wir wieder bei der Maisel-Synagoge waren und Tee tranken, stellte er uns einen sehr seltsamen jungen Mann vor. Er muss ungefähr sechzehn Jahre alt sein und heißt Tom. Woher er kommt, erzählte uns der Rabbi nicht und der junge Kerl sowieso nicht, denn der war so stoisch und still, wie es eigentlich gar nicht zu jemandem in seinem Alter passt. Rabbi Friedmann bat uns, bei Baltasar

Quibbes anzufragen, ob er dort eine Lehre als Schlüsselmacher anfangen könne. Wie seltsam. Dein Vater bot dem Rabbi sogar an, sich selbst seiner annehmen zu können, aber der Rabbi bestand darauf, dass entweder Baltasar Tom ausbilde oder niemand. Ich persönlich hege meine Zweifel, ob Baltasar sich überreden lassen wird, aber ich hatte ja bereits geschrieben, wie seltsam er geworden ist, nachdem Ruben sich zu Roland Winter bekannt hat.

Ich hab Dich lieb,
Deine Mama

November 1993

Es ist ein November, wie er im Buche steht. Draußen werden die letzten Blätter vom Regen von den Bäumen gespült. Genauso, wie *Guns'n'Roses* in *November Rain* singen. Aber ich weiß ja gar nicht, ob Dir diese Musik überhaupt je etwas bedeuten wird. Vielleicht hörst Du später Klassik und spielst Geige oder hängst dem Fünfzigerjahre-Gedudel an, das Deine Großmutter so gerne hört.

Ach, es ist so spannend, sich auszumalen, was einmal aus Dir werden mag. Ich stelle mir insgeheim schon vor, wie Du als junge Frau aussehen wirst. Es ist schön zu schwärmen. Vielleicht gehörst Du ja dann einer Zunft von Ravinia an. Und wenn Du kein besonderes Talent hast, ist das auch nicht schlimm.

Mein Bauch wird langsam richtig straff und kugelrund, ich fürchte, ich platze bald.

Dein Vater macht heiße Schokolade. Ich werde mich jetzt mit ihm und mit Dir vor den Kamin kuscheln.

Deine Mama

Dezember 1993

Ich fürchte, es wird Zeit, dass ich Dir einmal von unangenehmeren Dingen schreibe. Dein Vater sagt, ich solle aufhören, mir Sorgen zu machen, das wäre in meinem Zustand nicht gut, aber er hat ja keine Ahnung. Immer wird man nur mit Samthandschuhen angefasst, wenn man schwanger ist. Es wird Zeit, dass das endlich vorbei ist, vor allem da ich Dich dann auch endlich in den Armen halten kann.

Ruben hat uns besucht.

Es war grausig.

Wir hatten uns seit Jahren nicht gesehen. Er war mit Deinem Vater zusammen Lehrling bei Baltasar Quibbes. Während Dein Vater sich zu einem großartigen Schlüsselmacher mauserte, tat Ruben dasselbe in Richtung Uhrwerke und Feinmechanik. Dein Vater war später der Meinung, dass Baltasar ihm irgendwann nichts mehr hätte beibringen können, da er selbst ein viel besserer Schlüsselmacher als Mechaniker sei. Also habe Ruben sich die letzten Monate seiner Lehrzeit sein Können hauptsächlich selbst beigebracht.

Irgendwann begann er offenbar, mechanische Spielzeuge zu bauen. Kleine Käfer, Ratten und Mäuse, die sich von alleine bewegen konnten und ihm gehorchten. Er betete die Lehren von Descartes und de Vaucanson förmlich an, und schließlich brachte er eine mechanische Ratte als Meisterstück vor den Stadtrat, viel schneller, als Dein Vater überhaupt mit einem Meisterstück begonnen hatte.

Kurz nach dem Erlangen der Meisterwürde bekannte Ruben sich zu den Hetzreden, die der Schreiber Roland Winter führte und in denen er dafür plädierte, die Welt außerhalb Ravinias zu unterwerfen, da man ja schließlich von Geburt an zu Höherem bestimmt sei.

Nach offiziellen Angaben war er am Anschlag auf den Markt im letzten Jahr nicht beteiligt. Er hatte sich auch niemals offen zu den Sturmbringern bekannt, aber er war untergetaucht, da ihm seine Sympathien für Roland Winter in Ravinia keine Freunde einbrachten. Im Gegenteil, vor allem Baltasar Quibbes wirkt hochgradig verstört deswegen.

Nun stand er gestern Abend vor unserer Tür.

Dein Vater hat ihm ganz unbefangen geöffnet. Ruben war in Begleitung eines kleinen mechanischen Terriers, der allerdings draußen bleiben musste.

Das Gespräch hat nicht lange gedauert. Wir haben Tee getrunken und uns gezwungen, sachlich miteinander zu reden. Ruben machte jedoch absolut keinen Hehl aus seinen Absichten. Er wollte unsere Hilfe für Roland Winter. Er sprach ganz offen und ehrlich von seinen grausamen Ambitionen.

Es gipfelte darin, dass Dein Vater und er sich heftig stritten und Ruben schließlich wutentbrannt das Haus verließ.

Ich möchte Dich eigentlich ungern mit so etwas belasten, aber ich denke, diese ganze Krise wird längst überstanden sein, wenn Du und Deine Geschwister all das hier zu lesen bekommen.

Bald ist Weihnachten, hoffentlich kühlt die emotionsgeladene Spannung unserer Welt bis dahin wieder etwas ab.

Deine Mama

Februar 1994

Du bist da, Du bist da, Du bist da.

Du bist endlich, endlich da.

Also eigentlich bist Du schon seit ein paar Wochen da, aber ich habe in der letzten Zeit einfach keine Ruhe gefunden, um etwas in dieses Buch zu schreiben.

Und Du bist genau am ersten Januar geboren, ist das nicht toll? Es war zwar schon etwas seltsam, als ich bei der Silvesterfeier der Crooks plötzlich starke Wehen bekam, aber Dein

Vater hat wirklich gefasst reagiert. Er hat eine Tür nach Edinburgh aufgeschlossen und einen Krankenwagen gerufen, und kurz nach eins warst Du dann auch schon auf der Welt.

Ich habe alles sehr gut überstanden. Nach drei Tagen wurden wir schon wieder aus dem Krankenhaus entlassen.

Alles scheint so wunderbar.

Deine Großeltern sind übrigens ständig bei uns in den letzten Wochen. Na ja, es ist ja kein Wunder, denn wie oft bekommt man schon die Gelegenheit, sein erstes eigenes Enkelkind in den Armen zu halten.

Die Welt ist schön.

Es hat angefangen zu schneien in Edinburgh. Vielleicht haben wir ja bald auch einmal eine richtige Schneedecke.

Deine Mama

März 1994

Es ist so schön, eine richtige Familie zu sein.

Auch wenn das heißt, dass wir Ravinia demnächst für ein paar Jahre den Rücken werden kehren müssen. Doch das ist es wert. Jedes Mal, wenn ich Dich sehe, weiß ich, dass es das wirklich, wirklich wert ist.

In Edinburgh ist es noch richtig bitterkalt, während in Ravinia meistens nur der Januar etwas kälteres Wetter mit sich bringt. Gegen Mitte Februar verwandelt sich der Schnee meistens schon wieder in Matsch, und es wird so grau und nass draußen wie im Herbst.

Wir gehen so häufig spazieren wie selten in letzter Zeit. Du hast einen schönen Kinderwagen, einen richtig altmodischen mit Spitzendeckchen, er sieht beinahe aus wie ein kleiner Puppenwagen. Drinnen hast Du natürlich einen schönen roten Anorak und zwei flauschige blaue Fleecedecken. Ich hoffe ja nicht, dass Du mich für meinen Geschmack für leicht antiquierte Accessoires irgendwann hassen wirst.

Du warst schon überall: in London, in Paris, in Prag, in Hamburg, sogar im Central Park von New York sind wir einmal mit Dir spazieren gewesen, aber wir hatten uns verschätzt, denn dort war es noch viel, viel kälter als in Edinburgh. Dein Vater hatte nachher im Scherz vorgeschlagen, wir könnten es ja mal in Moskau probieren, aber ich habe dankend abgelehnt.

Oh, Du bist aufgewacht, dann wirst Du sicher gleich Hunger haben.

Deine Mama

April 1994

Weißt Du was? Es ist unglaublich!

Dorothea ist schwanger. Sie hat es mir heute gesagt und gemeint, sie und William hätten es absichtlich so lange niemandem erzählt, weil sie erst einmal ihre Angelegenheiten regeln mussten. Oh, ich freue mich so für die beiden. Und außerdem ist es so schön, wenn um einen herum auf einmal das Leben explodiert.

Nicht nur, dass der Frühling mit aller Gewalt Einzug hält in die Welt, nein, auch Du machst unser Leben so unvergleichlich schön. Jedes Mal, wenn Du mich anlächelst, vergesse ich den vielen Schlaf, um den Du mich und Deinen Vater bringst. Aber Du bist ja auch eigentlich ein unkompliziertes Kind. Du schreist nicht wie am Spieß, sondern Du findest die Welt, die Dich umgibt, einfach toll und faszinierend.

Und außerdem bekommst Du auch bernsteinfarbenes Haar. Es ist noch etwas dunkel und noch sehr dünn, aber Deine Großmutter Elisabeth meinte, bei mir wäre es genauso gewesen.

Ich freue mich,

Deine Mama

Juni 1994

Die Zeit mit Dir vergeht wie im Flug. Jetzt bist Du schon fast ein halbes Jahr alt, und Du bist so ein liebes Kind. Jeane meinte zwar, Du wirst auch irgendwann ein vierzehnjähriger, zickiger Teenager werden, aber bis dahin ist ja noch viel Zeit. Sie hat Dir außerdem einen grünen Frosch aus Plüsch geschenkt, den Du seit einigen Tagen immer mit ins Bett bekommst. Ihren Kommentar, dass Du den Frosch mit vierzehn bestimmt doof finden würdest, habe ich überhört.

Leider kann man nicht alles in diesen Tagen so einfach überhören.

Gestern ist etwas Schreckliches passiert.

Erst ist der skrupellose Roland Winter nach langer Zeit nun doch wieder auf dem Marktplatz aufgetreten und wollte tatsächlich die Einwohner der Stadt dazu bringen, sich ihm anzuschließen. Seine Stimme war in der ganzen Stadt zu hören, wie durch ein Megafon. Oh Lara, ich weiß nicht, wie der Kerl das macht, aber es ist grässlich, dass er so viel Macht besitzt. Niemand weiß, woher er sie nimmt, es ist richtig unheimlich.

Als er ausgebuht wurde von den Leuten, hat er aus Wut darüber das Dach des alten Kinos am Markt einstürzen lassen. Zum Glück befand sich niemand im Gebäude, aber er versucht, die Leute einzuschüchtern. Oh meine kleine Lara, lass uns einfach das Beste hoffen.

Deine Mama

Juli 1994

Es ist wieder passiert.

Ruben hat uns noch einmal besucht.

Gestern.

Diesmal war er weniger versöhnlich. Er hat auf den Tee verzichtet, um uns stattdessen sehr eindringlich klarzumachen, dass wir doch für Roland Winter arbeiten sollten, wenn uns das Wohl unseres kleinen Betriebes am Herzen läge. Dein Vater und ich haben natürlich energisch abgelehnt, woraufhin Ruben seinen mechanischen Terrier in den Laden gehetzt hat. Zwar hat das Biest nicht viel Schaden angerichtet, weil Dein Vater gleich mit dem kleinen Schraubstock danach geworfen – und getroffen – hat, aber das hat Ruben nur fuchsteufelswild gemacht, und er ist unter lauten Verfluchungen davongestürmt.

Anschließend sind wir zur Wache, um unser Problem den Nachtwächtern vorzutragen. Die versinken zwar geradezu in Arbeit, seit Roland Winter auf dem Marktplatz für Panik gesorgt hat, aber man hat unserem Gesuch stattgegeben, und so schieben nun abwechselnd zwei junge Nachtwächter, Ludovic und Valerius, in der Gobelingasse Wache.

Später kam Morinho, der Glasbläser von gegenüber, vorbei, um uns zu versichern, dass er seine unheimlichen Glasaugen überall in der Straße aufhängen würde, um Alarm zu geben, wenn sich Ruben oder ein Sturmbringer noch einmal hierher verirren sollte.

Das alles erleichtert uns zwar, aber geheuer ist es uns nicht.

Mich plagen ernsthafte Zweifel, ob wir uns richtig verhalten. Ich hoffe es zumindest, denn wenn Dir etwas zustoßen würde, meine kleine Lara, könnte ich mir das nie und nimmer verzeihen.

Deine Mama

Juli 1994

Lord Hester hat eingegriffen.

Roland Winter ist erneut auf dem Marktplatz aufgetaucht, genau während des Wochenmarkts, und hat Panik verbreitet. Es wird erzählt, dass einige Händler Gegenstände nach ihm geworfen haben, die er noch in der Luft zur Seite gewischt hat. Wie er das macht, bleibt weiterhin ein Rätsel.

Schließlich ist Lord Hester aufgetaucht. Er hatte dieselbe, künstlich verstärkte Stimme und hat öffentlich gegen den Schreiber gewettert. Auch hat er versichert, dass niemand in Ravinia sich zu fürchten brauche, dafür würde er jetzt Sorge tragen.

Ich glaube, dass Lord Hester vielleicht die letzte Person ist, vor der dieser Wahnsinnige noch so etwas wie Respekt empfindet.

Es sind wahrhaft komische Zeiten, meine kleine Lara. Zum Glück bekümmert Dich das alles nicht. Du lachst und strahlst und wirst jeden Tag größer.

Deine Mama

August 1994

Es ist ein Junge.

Dorotheas und Williams Baby ist ein Junge, er ist noch ganz klein, genauso wie Du es vor gut einem halben Jahr warst. Dabei bin ich völlig verblüfft, wie groß Du in der kurzen Zeit schon geworden bist, aber das geht vermutlich allen Eltern so.

Die Stadt ist ruhig, offenbar hat das Einschreiten von Lord Hester Wirkung gezeigt.

Alles brütet unter einer sengenden Hitze vor sich hin. Nicht nur hier, sondern auch in Edinburgh. Es ist fast angenehm, wenn ich unten in der kühlen Werkstatt arbeite, während Du in einem Schaukelkorb danebenstehst und mit Deinem Froschmobile spielst.

Außerdem hat Dein Vater nun endlich mit seiner Marotte um die heiße Schokolade aufgehört. Dafür ist jetzt Eistee seine Spezialität. Vielleicht sollte ich ihm einmal einen Kochkurs schenken? Dann kann er andere Dinge kultivieren. Zum Beispiel ein gutes Abendessen …

Deine Mama

September 1994

Ich liebe den Spätsommer.

Diese goldene Zeit, die sich keiner anderen Jahreszeit unterordnen will. Wenn die Gedanken einen Moment lang schweigen. Wenn die Welt Atem holt für den nächsten Herbst. Es gibt nie besonders viele dieser wundervollen Tage, aber ich genieße sie immer in vollen Zügen.

Dein Vater weiß, wie sehr ich diese Zeit liebe. Nicht nur, dass mein Geburtstag meist auf einen solchen Tag fällt, nein, es gibt mir einfach ein Gefühl von Geborgenheit.

Wir sind nun schon seit zwei Tagen auf der Insel Skye und bleiben auch noch zwei weitere. Zeit, um in unserem ersten Urlaub seit Jahren etwas in dieses Buch zu schreiben.

Wir haben ausgedehnte Wanderungen durch die Cuillin Hills unternommen, bei denen Du abwechselnd mit einem großen Tuch vor meinen Bauch oder den Deines Vaters gespannt warst. Na gut, ich gebe zu, dass Du die meiste Zeit vor den Bauch Deines Vaters gebunden warst, da Du mittlerweile ganz schön schwer geworden bist. Aber einen Kinderwagen mitzunehmen, lohnt auf den bergigen Wandertouren nicht.

Gestern haben wir mit einem Mietwagen einen Abstecher zur Destille im Südwesten gemacht. Ich vermisse den malzigen Geruch aus meinen Kindertagen am Spey manchmal, dort gibt es viele Destillen, und die Luft ist ständig erfüllt von diesem leicht süßen Malzaroma. Dein Vater hat natürlich nicht Nein zu diesem Vorschlag gesagt und sich durch die Destille führen lassen.

Jetzt sitze ich hier am Fenster unseres kleinen Hotels, das einsam an einem kleinen Küstenabschnitt nördlich von Portree liegt. Die Besitzer sind John und Hannah, zwei Amerikaner, die aus Liebe zur Insel bereits vor Jahren beschlossen haben, hier ein wirklich süßes Hotel zu eröffnen. Die beiden haben keine Kinder, weshalb Du quasi ihre kleine Prinzessin bist. Außerdem ist Hannah die vermutlich beste Köchin der Welt. Sie bereitet Schellfisch besser zu, als jede Schottin es könnte. Oh, das dürfte ich Deine Großeltern, die McLanes, nicht hören lassen.

Ich freue mich auf die nächsten Tage.

Deine Mama

Oktober 1994

Es gibt wieder Turbulenzen in Ravinia.

Das *Rabenblatt* hat vor einigen Tagen einen Artikel gedruckt, in dem Roland Winter erneut von seinen widerlichen Plänen berichtet hat. Er ist tatsächlich der Meinung, wir mit unseren Talenten sollten uns über den Rest der Welt erheben. So ein Blödsinn. Aber nur deshalb hätte die Zeitung dies ja nicht veröffentlicht. Nein, Roland Winter hat öffentlich Lord Hester herausgefordert und die Herrschaft über Ravinia eingefordert. Unfassbar, was? Dabei ist Lord Hester doch gar nicht unser Monarch, im Gegenteil, die meisten Leute bekommen kaum etwas von seiner Existenz mit. Niemand weiß so richtig, was er überhaupt den ganzen Tag tut. Macht über die Geschehnisse in der Stadt hat – wenn überhaupt – der Rat. Aber auch der ist kein diktatorischer Zirkel, sondern wird von uns gewählt. Jede Zunft bestimmt eines ihrer Mitglieder zum Ratsvertreter. Außerdem gibt es von Zeit zu Zeit Sondersitze, wie zum Beispiel einen für das Mondvolk von Epicordia, denn die betrifft in gewisser Weise ja auch was hier vor sich geht.

Wenn Du mich fragst, ist dieser Winter nun endgültig durchgedreht, und ich denke, Lord Hester wird dem schon ein Ende bereiten. Er hat es versprochen.

Viel erstaunlicher ist, dass William Crooks und einige andere offenbar der Meinung sind, man müsse aktiv gegen Roland Winter vorgehen. Er war gestern Abend hier und hat uns von seinen Plänen für einen aktiven Widerstand gegen Winter erzählt.

Dein Vater hat ihm ganz schön die Meinung gegeigt, und sie sind nicht sehr friedlich auseinandergegangen. Ganz ehrlich, so wütend habe ich Deinen Vater noch nie erlebt. Er hat William vorgeworfen, verantwortungslos zu handeln. Die Crooks' haben doch gerade erst den kleinen Lee bekommen. Wie töricht wäre es von ihnen, sich absichtlich in Gefahr zu begeben. Dein Vater hat William offen gesagt, dass Roland Winter nicht nur ein unberechenbarer Irrer ist, sondern tatsächlich hochgradig gefährlich. Und die Sturmbringer seien keine Truppe von Handlangern, die im Leben sonst nichts zustande bekommen, sondern sie sind teils hochintelligente Leute mit ekelhaft großem Talent und einem scharfen Verstand. Wenn William etwas an der Sicherheit Ravinias liegen würde, sollte er sich zuerst um das Wohl seiner eigenen Familie sorgen.

Glaub mir, Lara, es war kein schöner Abend gestern. Dieser Roland Winter bringt uns nicht nur um den Schlaf, sondern wahrscheinlich auch um den Verstand, wenn er so weitermacht.

Ich hoffe, das ist alles vorbei, wenn Du größer bist. Ich wünsche mir nichts sehnlicher, als dass Du Dir solche Sorgen gar nicht erst zu machen brauchst.

Deine Mama

November 1994

Oh Lara, es wird nicht besser, sondern wirklich, wirklich schlimm.

Es gibt Entführungen und Überfälle auf die Einwohner Ravinias, wenn sie sich gerade außerhalb der Stadt aufhalten. Nach Ravinia trauen sich die Sturmbringer vielleicht noch nicht, aber es ist schon beinahe wie eine Belagerung. Letzte Woche haben sie Morinho gekidnappt, aber zum Glück bald wieder freigelassen. Der Arme ist völlig verstört. Wir haben ihn gestern im Hospital besucht.

Ich bekomme langsam Angst um Dich!

Heute Morgen erst hat das *Rabenblatt* wieder die Forderung Roland Winters abgedruckt. Reporter sind so begierig nach Sensationen.

Es heißt, die Nachtwächter hätten beschlossen, auf eigene Faust gegen die Sturmbringer vorzugehen. Ohne Beschluss des Rates. Offenbar ist man in der Wache der Meinung, es sei endlich genug. Viele Bewohner der Stadt begrüßen dies, aber es hat einen faden Beigeschmack von Selbstjustiz, wenn Du mich fragst. Was erreichen wir, wenn wir nicht geschlossen als Gemeinschaft dastehen, sondern uns auf dasselbe Niveau wie die Sturmbringer herablassen? Es muss etwas geschehen, sonst bricht hier bald das totale Chaos aus. Irgendjemand muss doch einen Geistesblitz haben. Irgendjemandem muss doch etwas einfallen, um diesen ganzen Irrsinn zu stoppen.

Oh Lara.

Wenigstens eine gute Neuigkeit hat uns in den letzten Tagen erreicht.

In Baltasar Quibbes, dem alten Meister Deines Vaters, scheint sich der Kampfeswille zu regen. Er hat beschlossen, wieder zu arbeiten und seine Ladentür wieder für jedermann zu öffnen. Außerdem ist er tatsächlich dem Wunsch des Rabbis nachgekommen, den seltsamen blassen Jungen aus Prag als Lehrling anzunehmen. Er soll im Januar bei ihm anfangen. Vielleicht ist das ja ein gutes Zeichen in diesem ganzen Wirrwarr.

Oh Lara.

13. Kapitel, *in dem ein Sturm losbricht.*

Es wütet der Sturm,
Und er peitscht die Wellen,
Und die Well´n, wutschäumend und bäumend,
Türmen sich auf, und es wogen lebendig
Die weißen Wasserberge,
Und das Schifflein erklimmt sie,
Hastig mühsam,
Und plötzlich stürzt es hinab
In schwarze, weitgähnende Flutabgründe

Heinrich Heine

– Szenenwechsel.

Die Menschen brauchen die Hoffnung, aber sie glauben an die Furcht.

Die alte Frau mit der Schubkarre, dem Strohhut und den Gartengeräten summte ein altes Lied vor sich hin, von dem sie sich zu erinnern meinte, dass es für einen alten Film mit Audrey Hepburn *komponiert worden war. Doch da war sie sich nicht mehr so sicher. Letztlich war es auch gleich, denn wer immer es geschrieben und wer immer es damals gesungen haben mochte, sie waren alle längst verblichen.*

Tot. Gestorben. So wie die Menschen hier auf dem Highgate Friedhof in London. Zumindest hier im westlichen Teil des Friedhofs, der seit Jahren schon für die Touristen aus aller Welt geschlossen war. Ab und an verirrte sich ein Ästhet, ein Maler oder ein Fotograf hierher, dem auf ein Gesuch hin Einlass gewährt wurde. Einmal in der Woche gab es eine einstündige Führung für Interessierte, die man anschließend allerdings auch höflich wieder vom Friedhofsgelände scheuchte.

Ansonsten waren die Tiere in den Büschen, die Vögel in den

Bäumen, die Regenwürmer im Erdreich und eine unschätzbare Anzahl von Kaninchen die einzigen lebenden Wesen hier. Außer ihnen gab es nur noch die wenigen Freiwilligen der Friends of Highgate Cemetery, die hier und da den Friedhof in Schuss zu halten versuchten. So wie sie.

Ihre Haare hatte sie zu einem praktischen Dutt aufgesteckt, und so stiefelte sie mit einer grünen Latzhose und ihrer Schubkarre durch die Egyptian Avenue hinauf zum Circle of Lebanon.

Sie tat ihre freiwillige Arbeit nun schon so lange Jahre, und sie tat sie immer wieder gerne. Die Fülle der Grabmonumente und deren verwitterte Macht über das Totenreich zogen sie beinahe ebenso an wie die Ruhe, die sie hier zwischen den Katakomben, Skulpturen und Gruften fand. Hier mitten im Wald, der von Jahr zu Jahr mehr vom Highgate Friedhof in Beschlag nahm. Er wühlte sich durch die Erde, umschlang die Gräber mit seinen Wurzeln und strich alles mit grünem Moos an. Der Wald war ein Flüstern. Und es war gut so, dass nur der Wald an diesem Ort flüsterte.

Waren die Blätter grün und der Himmel tiefgrau, dann stellte sich ein unwirkliches Gefühl von Geborgenheit ein, das die alte Frau sehr genoss, da es für sie keine andere Geborgenheit mehr gab auf der Welt.

Hier konnten ihre Gedanken schweigen. Hier fand sie die Ruhe, die sie vor den Schrecken ihrer Vergangenheit schützte.

Sie hatte einmal gedacht, ihr Leben sei wie ein Herbstregen. Man bekam mit dem falschen Schuhwerk zwar nasse Füße, aber man konnte sich am Ende immer wieder vor dem flackernden Kamin aufwärmen und der Gemütlichkeit der eigenen Existenz lauschen.

Doch einst war der Herbstregen in einer Sturzflut durch das Dach gebrochen. Seitdem war nicht nur das Dach zerstört und das Haus verwüstet, nein, es hatte aufgehört zu regnen in ihrem Leben, obwohl sie den Regen doch so geliebt hatte.

Und schließlich, nachdem die Schmerzen über die Verluste begonnen hatten, abzuklingen und dumpfer zu werden, hatte sie auch endlich einen Ort gefunden, an dem sich die letzten Jahre aushalten ließen.

Ja. Highgate war ihre Heimat. Sie hatte hier im selben Stadtteil ein Haus erstanden, sodass sie bequem zu Fuß die paar Hundert Meter zurücklegen konnte und nicht auf den Lärm und die Hektik des öffentlichen Verkehrs von London angewiesen war, denn Hektik tat ihrem Leben nicht mehr gut.

Was ihr geblieben war, waren Erinnerungen. Nichts als Erinnerungen und der Versuch, nicht hinzuhören, während sie die Büsche beschnitt oder abends skurrile Fernsehserien verfolgte, in alten Romanen von Jane Austen und George Eliot las und mit Rum verfeinerten Tee trank.

Ja, es war ein Ort, für den sich die Reste ihrer jämmerlichen Existenz aufzuwenden lohnten, denn hier konnte sie die Dinge nur noch schöner machen. Hier, wo alles so uralt schien, konnte niemand noch etwas zerstören, dazu schien alles zu massiv.

Manchmal weht ein Sturm durch das eigene Leben. Er pustet und bläst mit aller Gewalt und lässt am Ende oft keinen Stein auf dem anderen.

Lee und Lara schwiegen sich an.

Der Rabe Dexter hockte immer noch halb zerzaust auf dem Schreibtisch in Laras Zimmer auf der Burg Ravinia und blickte abwechselnd in das eine und das andere Gesicht, in der Erwartung, dass sich auf einem vielleicht eine Reaktion zeigen würde.

Er hatte Pech, die beiden Teenager schwiegen weiterhin beharrlich.

Sie saßen mit dem Rücken an die Wand gelehnt nebeneinander auf der Luftmatratze. Zwischen ihnen lag das Tagebuch von Layla McLane, das diese bis in den verhängnisvollen November vor anderthalb Jahrzehnten hinein geführt hatte. Ihre Handschrift war schön gewesen. Gerade und gut leserlich, aber nicht exakt oder in irgendeiner Form markant. Es war eine Frauenhandschrift gewesen, ohne harte Kanten und mit einem Füllfederhalter mit wechselnder Tintenfarbe geschrieben. Offenbar hatte sie viel damit geschrieben in dieser Zeit.

Es war das erste Mal gewesen, dass es für Lara so etwas wie eine Verbindung zu ihren Eltern gegeben hatte. Ihre Vorstellung von Arthur und Layla McLane hatte etwas mehr an Kontur gewonnen. Von Lebenslust waren sie offensichtlich beide zutiefst durchsetzt gewesen, und es grämte das Mädchen mit den bernsteinfarbenen Haaren, dass es nach seinen Eltern suchen und forschen musste wie eine Archäologin, die sich mit rätselhaften Funden von fernen Orten das Leben in früherer Zeit rekonstruierte.

Sie hatte geweint, während sie die Aufzeichnungen ihrer Mutter gelesen hatte. Sie hatte den Tee kalt werden lassen, den Father Garbow ihr bereitgestellt hatte, und er hatte ihn sanft und wortlos wieder weggeräumt.

Auch er hatte geschwiegen.

Die ganze Zeit.

Hatte in der Küche eine Ausgabe des *Rolling Stone Magazine* gelesen und leise Baklava über einer Tasse Mokka, die mit Kardamom gewürzt war, gegessen.

Nachdem Lara das Tagebuch gelesen hatte, hatte sie nicht mehr ein noch aus gewusst. Lange hatte sie ihren Kopf in die Schulter des dicken Priesters vergraben, der sie hatte gewähren lassen. Einfach so, denn Father Robert Garbow war ein guter Seelsorger. Schon immer gewesen. Er hatte noch nicht einmal ihren Kopf getätschelt oder ähnliche unbeholfene Gesten versucht.

Er hatte sie lediglich festgehalten.

Schließlich war Lara gegangen, und er hatte ihr ein Versprechen mit auf den Weg gegeben: »Ich war ein Freund deiner Eltern, also bin ich auch *dein* Freund, Lara. Ich halte dir meine helfende Hand hin, allezeit, wenn du sie brauchst.«

Es hatte geklungen wie ein alter Segen aus der Kirche.

Lara hatte ihm ein dankbares Lächeln geschenkt und war in

den einsetzenden Nieselregen des Nachmittags hinausgegangen. Ziellos.

Schließlich war sie zurückgekehrt ins Hospital und hatte ihrem Großvater das Buch vor die Brust geknallt, fluchend, fragend, unentschlossen.

»Warum hast du mich angelogen?«, hatte sie geschrien.

»Um dich zu schützen, Lara«, war die besonnene Antwort gewesen.

»Und dabei habe ich gar nicht so schrecklich viel gelogen. Es war an jenem Abend tatsächlich so, dass deine Eltern und deine Großmutter ins Theater sind und ich keine Lust hatte, sodass es mir zufiel, auf dich aufzupassen.«

Er wandte betreten den Kopf zur Seite und schaute aus dem Fenster.

»Du hättest sie so nicht sehen wollen. Es waren die ersten Morde, die Winter gezielt begangen hat. Zuvor hatte er Leute entführt, Häuser zerstört, Terror verbreitet. Aber gezielt jemanden ermordet, hat er erst an diesem Abend.

Aber danach gab es kein Halten mehr. Das Morden ging weiter.

Als Reaktion darauf entschlossen sich einige der alten Meister auf eigene Faust zu handeln. Das Ergebnis kennst du ja leider nur zu gut.«

Lara hatte nichts weiter zu sagen vermocht. Sie hatte das Tagebuch wieder an sich genommen und war erneut hinaus in den Regen gegangen.

Nach einiger Zeit des erneuten ziellosen Herumstreifens in der Stadt war sie schließlich zum westlichen Tor gelangt und hatte ein weiteres Mal an diesem Tag auf die Kulisse des Wäldchens und des Friedhofs von Ravinia geblickt – und auf einmal hatte sie gewusst, was sie zu tun hatte.

Sie eilte ins Rondell und zeigte Lee, was sie erfahren hatte. Schließlich gingen sie hinauf zur Burg, um allein zu sein. Um allein und ungestört über der Welt zu sitzen – wie traurige Götter.

So hatte auch Lee zum allerersten Mal ein wenig mehr über seine Vergangenheit erfahren, auch wenn es nur die indirekten Beschreibungen einer Frau waren, die ihm noch fremder war als seine eigene Mutter.

»Danke!«, sagte er schließlich. Einfach nur Danke.

Eine Weile saßen sie dort und hörten dem Rauschen des Regens zu, der an Laras Fenster vorbei in die Tiefe stürzte.

Selbst der ungeduldige Rabe bewahrte die Stille wie einen Schatz.

Schließlich klopfte es an der Tür.

»Ja?«

Tom trat ein, die ansonsten so zotteligen schwarzen Haare klebten klatschnass an seinem Gesicht.

»Hier bist du«, sagte er erleichtert, als er Lara entdeckte. »Nachdem du so lange nicht in der Bibliothek aufgetaucht bist, habe ich nach dir gesucht. Ich dachte, du hättest dich vielleicht verlaufen. Schließlich bin ich noch einmal ins Hospital gegangen.«

Mehr brauchte er an dieser Stelle nicht zu sagen. Stattdessen tat er etwas, was dem mürrischen, blassen und oft so unzugänglichen Tom eigentlich gar nicht zu Gesicht stand, aber Lara bewunderte die Aufrichtigkeit, die in dieser Geste lag. Er hockte sich – triefend wie er war – vor die Luftmatratze und legte seine Hand auf Laras.

»Lara«, sagte er. »Vielleicht hört es sich völlig albern und pathetisch an, aber du wirst immer Freunde haben, die sich um dich bemühen.«

Es klang tatsächlich etwas unbeholfen aus Toms Mund.

»Ich kann es nicht leiden, wie mancherorts der Begriff Freundschaft nahezu verschwendet wird«, fügte er noch hinzu. »Daher sei gewiss, dass ich ihn mit Bedacht verwende!«

Und eine wohlige Wärme breitete sich im Herzen von Lara McLane aus, deren Leben nicht so verlaufen war, wie sie es sich erträumt hatte. Ja, die alte Generation mochte ihre Fehler gemacht und ihre Breschen in die Herzen der folgenden Generationen geschlagen haben, aber wenn man unter seinen Leuten war, wusste man, dass einem aufgeholfen würde, egal wie oft man den Versuch unternahm, aufzustehen.

Es war das zweite Freundschaftsversprechen an diesem Tag. Die Dinge begannen sich zu verwandeln, begannen, den eigenen Blick schärfer werden zu lassen.

Ansatzlos umarmte sie Tom. Und auch wenn dieser erst überrascht zuckte, so legte er schließlich seinen nassen Arm um Lara.

Obwohl die Zeiten schwer waren, hatte sie an diesem Tag einen ganzen Berg an Freundschaft zugesichert bekommen, und es tat gut, dies zu wissen. Es tat gut, den Arm des unnahbaren Tom um die Schulter zu spüren. Es tat gut, Lee lächelnd neben sich zu wissen. Es tat gut, dass der Rabe vergnügt krächzte.

Sie wussten alle noch nicht, wie sehr sie dieser Bande schon sehr bald bedurften. Früher schon, als ihnen lieb sein konnte.

Menschen ändern sich nicht über Nacht.

Aber es wäre ja auch vermessen, etwas in dieser Art zu erwarten.

Tom für seinen Teil trank seinen Kaffee am späten Frühstückstisch, blass und still wie immer, während er in einer Ausgabe des *Rabenblattes* blätterte.

»Die Zeitung erscheint einmal die Woche und berichtet über alle sinnvollen und sinnlosen Dinge, die in Ravinia geschehen«, hatte er Lara erklärt. »Und wenn du einmal einem ihrer Reporter begegnen solltest: Lauf! Ansonsten weiß am Ende die ganze Stadt, was du letzten Dienstag zum Frühstück gegessen hast.«

Vor Tom langweilte sich eine angebissene Scheibe Toast auf dem Teller, an der gelegentlich lustlos weitergeknabbert wurde. Seinen Mantel hatte Tom schon angezogen, als Lara aus dem

Bad kam. Ihr Kopf brummte noch von den Gedanken des gestrigen Tages, aber sie hatte gut geschlafen. Es ist schon erstaunlich, wie gut man selbst in schweren Zeiten zu schlafen vermag, wenn man sich geborgen weiß.

»Guten Morgen«, begrüßte Lara Tom und den Tag, dessen Wetter nicht bedeutend besser war als das seines Vorgängers.

Tom blickte von seiner Zeitung auf und dann wieder hinein.

In gewisser Weise war Lara erleichtert über diese Reaktion, denn sie zeigte ihr, dass Tom wieder normal war.

Sie schnappte sich eine der gerösteten Toastscheiben und löffelte Orangenmarmelade darauf.

»Was tun wir heute? Bibliothek?«

Tom blickte erneut auf, schüttelte aber den Kopf.

»Nein«, sagte er. »Wir gehen Milton St. James besuchen – auch wenn er uns vielleicht nicht ganz freiwillig empfangen wird. Wir müssen versuchen, so viel wie möglich über die Sturmbringer in Erfahrung zu bringen.«

»Der alte Meister von Ma'Haraz?«

»Genau der«, bestätigte Tom. »Du hast gut aufgepasst die letzten Tage.«

»Was blieb mir anderes übrig!«

»Auch wieder wahr.«

»Warum will er uns nicht sehen?«

»Weil diejenigen Meister, deren Schüler sie damals verraten haben, ein wenig zerstreut geworden sind; wenn das der richtige Ausdruck dafür ist.«

»So wie Baltasar?«

»Was?«

»In dem Tagebuch stand, dass er lange nicht gearbeitet hat, nachdem Ruben sich offen zu Roland Winter bekannt hatte.«

Tom überlegte.

»Stimmt«, sagte er schließlich. »Allerdings ist das nicht unverständlich, oder? Winter ist ein egozentrischer Sadist. Wenn man sich für jemanden verantwortlich fühlt – wie es ein Meister in Bezug auf seinen Schüler für gewöhnlich tut –, wäre es auch für mich ein ganz schöner Brocken, wenn sich dieser vermeintliche Schützling plötzlich offen zu einem Aufrührer bekannte.«

»Du wusstest, dass Ruben Baltasars Lehrling war?«, fragte Lara vorsichtig nach.

»Ich hatte eine Ahnung. Er hat nie darüber gesprochen.«

»Du hast sicherlich auch nicht gefragt.«

»Nein. Ist nicht meine Art.«

»Kann ich mir denken.«

Schweigen.

Schweigen.

»Du hast meine Eltern kennengelernt, oder?«

Jetzt legte Tom die Zeitung beiseite. Sein öffentlich zur Schau gestelltes Ich-will-jetzt-nicht-reden-und-lieber-in-Ruhe-mürrisch-sein-wie-immer-Gehabe zeigte einfach keine Wirkung bei Lara.

»Kennenlernen ist zu viel gesagt«, stellte er klar. »Ich habe sie ein einziges Mal getroffen, und da nur sehr kurz. Stand das auch in den Aufzeichnungen deiner Mutter?«

Lara nickte.

»Sie schrieb, dass ihr euch in Prag getroffen habt.«

»Stimmt«, nickte Tom. »Das war übrigens in demselben Raum, in dem wir mit Rabbi Friedmann Tee getrunken haben. Ich habe«, er zögerte kurz, »mich damals in Prag aufgehalten.«

»Meine Mutter schrieb, dass meine Eltern dir eine Lehrstelle bei Baltasar verschaffen wollten.«

Tom stützte die Ellenbogen auf dem Tisch ab und fuhr sich mit der Hand über das unrasierte Gesicht.

»Ja, das stimmt. Aber Baltasar wollte nicht.«

»Wieso wollte Rabbi Friedmann dich nicht zu jemand anderem geben?«

»Oh, das wollte er«, sagte Tom. »*Ich* wollte es nicht. Ich wollte zu dem *besten* Schlüsselmachermeister. Und da ganz offenbar Einigkeit in Ravinia herrschte, dass dies nun einmal Mr Baltasar Quibbes sei, habe ich beschlossen zu warten.«

»Was hast du denn so lange in Prag gemacht?«, wollte Lara wissen.

»*Das*«, meinte Tom nur, »erzähle ich dir vielleicht später einmal. Ich bin nicht so gut im Erzählen von persönlichen Dingen. Oder sagen wir – ich muss mich erst wieder daran gewöhnen.«

Dabei beließ Lara es. Sie wusste, dass es sicherlich keinen Sinn hatte, irgendetwas aus Tom herausquetschen zu wollen. Sollte ihre Freundschaft ruhig langsam gedeihen, wenn sie es dafür gründlich tat.

Sie trank ein Glas Orangensaft und aß eine weitere Scheibe Toast, diesmal mit Schinken, bevor beide das Geschirr in die Spüle stellten und mit hochgeschlagenen Mantelkragen hinaus in den wolkenreichen, späten Vormittag stapften.

Über ihnen im Torhaus lugte ein Kolkrabe aus dem Fenster, hinter dem sich Laras Kammer befand. Sein Flügel schmerzte zwar noch bei jeder Bewegung, aber die Wunde war soweit verschorft. Nachdem Tom und Lara das Torhaus passiert hatten und über die Brücke in die Stadt hinuntergegangen waren, stieß sich der schwarze Vogel ab und segelte über den Burghof zum Eingang des Bergfriedes, dorthin, wo er in der Halle jemanden treffen sollte, der dem Lord einen Gefallen schuldig war.

Städte waren an sich geduldige Wesen. Sie wandelten sich nur gemächlich und begehrten nur selten gegen ungewöhnliche Veränderungen auf.

Den Grundstein der Sternwarte hatte ein chinesischer Astronom vor einigen Hundert Jahren gelegt, als der südwestliche Stadtteil, der nun das Rondell und die verirrten Docks beherbergte, noch eine lose Ansammlung windschiefer Holzhütten gewesen war. Er hatte einen Platz innerhalb der Stadtmauer gesucht, an dem er die Sternkonstellationen des Himmels über

Ravinia erforschen konnte, und der Rat hatte ihm unter dem Einfluss der Aristokratie ein Grundstück weitab vom Villenviertel der Oberstadt zugewiesen.

Später hatte die Warte eine neue, größere Kuppel bekommen und schließlich sogar ein richtiges Spiegelteleskop, das an einem diesigen Tag wie dem heutigen aber nicht zu sehen war. Die Kuppel jedoch hob sich vor der grauen Kulisse des verregneten Rondells ab und zeichnete eine Beule in die Linie der Dächer der Wagenburg.

Lee wartete unter dem Dach von Berries Veranda auf Tom und Lara. Er hatte sich von Francesco einen schwarzen Kapuzenpulli mit einem *Motörhead*-Schriftzug geliehen, der ihm ein wenig zu groß war. Aber die Kapuze bildete eine amüsante Kombination mit der speckigen Lederjacke, unter der man bei ihm im Normalfall eher ein kariertes Flanellhemd oder einen rustikalen Wollpullover erwartet hätte.

»Eigentlich brauchst du jetzt nur noch ein Palästinensertuch und einen Ziegelstein, um Autoscheiben einzuwerfen«, spöttelte Lara, als sie sich zur Begrüßung ebenfalls unter das Verandadach flüchtete.

»Sehr witzig«, gab Lee zurück. »Ich fürchte, ich muss mir demnächst irgendwo Geld leihen, um mir einen Satz Klamotten zu kaufen. Oder ich frage Geneva, ob sie für mich im Waisenhaus von Garden's End einbricht.«

Beide grinsten.

»Wenn die Herrschaften sich dann die Stufen hinunterbemühen und mich zur Sternwarte begleiten würden?«, tönte Tom genervt von einem triefenden Strohballen herunter, der immerhin ein wenig Schutz vor dem Schlamm des Rondells bot.

Zu dritt setzten sie ihren Weg Richtung Sternwarte fort, wobei Tom sich wieder einmal geschickt vor der Kommunikation drückte.

Die Sternwarte an sich war im Laufe der Zeit mit glasierten Mosaiksteinchen gefliest worden und sah ein wenig aus wie das Hundertwasser-Haus in Wien.

Ein schlaksiger Mann von ungefähr fünfzig Jahren mit einer natürlichen Glatze und unrasierten Wangen öffnete ihnen auf ihr Klingeln hin die Tür.

»Ah, Guten Tag«, sagte er mit einem starken russischen Akzent. »Was wollen Sie?«

»Guten Tag Dr. Pitrov, ich bin Tom Truska. Das sind Lara McLane und Lee Crooks«, begrüßte Tom den Mann höflich. »Wir wollen gerne mit Milton St. James sprechen.«

Der dürre, hochgewachsene Russe kratzte sich am Kinn und trat zur Seite.

»Ich bin nicht sicher, ob Mr St. James ist sich guter Laune«, gab Dr. Pitrov fast schon gelangweilt von sich, nachdem sie eingetreten waren. »Zumindest habe ich heute noch nicht gesehen Potifar, was sich meistens Zeichen für nicht so gute Laune ist.«

Lara warf einen Blick in den großen runden Raum der Sternwarte. In der Mitte befand sich ein Podest, auf dem das riesige, eingefahrene Spiegelteleskop ruhte. Zu der Stelle im Dach der Kuppel, die sich öffnen ließ, führte eine klapprige, rostige Galerie aus Metallstufen und -böden. Unter einem der Treppenaufgänge war ein weiterer Raum – Lara vermutete darin ein Badezimmer, wollte es in diesem Fall aber auch nicht so genau wissen. Mehrere einfache Holztische waren an den Wänden entlang aufgestellt, manche waren mit Wäschebergen beladen, andere mit Vorräten, wieder andere mit surrenden Computern, auf denen astronomische Programme liefen. Auf einem gab es zwei elektrische Kochplatten und ein paar Töpfe, die sich darauf stapelten. Es roch nach kaltem Rauch.

Direkt gegenüber dem Eingang war eine weitere Tür in die Mauer der Warte eingebaut, über der goldene Mosaiksteinchen kunstvoll den Begriff *Mondpalast* bildeten.

»Sind die Sterne hier anders als dort, wo wir herkommen?«, fragte Lee den promovierten Astronomen plötzlich.

»Ich nicht weiß, wo du herkommst, aber Sterne hier sicherlich anders sind«, meinte Dr. Pitrov, der sich einen Becher mit vermutlich kaltem Kaffee geschnappt hatte und nachdenklich schlürfte.

»Heißt das, man kann feststellen, ob Ravinia auf der Erde liegt oder nicht?«, wollte der Junge wissen.

»Ah«, machte der Astronom und rieb sich das kratzige Kinn. »Das sich nicht so einfach ist, denn der Sternenhimmel hier ist sich nicht immer derselbe hier. Er ...«, Dr. Pitrov suchte ein Wort, »er wechselt oft.«

»Aber dann kann man ja gar nicht bestimmen, wo Ravinia liegt«, schlussfolgerte Lee.

»Ah, kluger junger Freund.«

Lee nickte verwirrt.

»Aber was machen Sie dann hier?«

»Versuchen, das System darin zu verstehen.«

»Das verstehe ich nicht.«

Dr. Pitrov zeigte ein breites, von Kronen geschmücktes Lächeln.

»Das, mein junger amerikanischer Freund, du musst ja auch gar nicht.«

Lee gab sich jedoch nicht so leicht geschlagen.

»Ich will –«

»Lee, du hast genug philosophiert«, unterbrach Tom ihn, der sich inzwischen die Tür unter dem *Mondpalast*-Schriftzug genauer angesehen hatte.

»Können Sie mir die öffnen?«, fragte Tom den Astronomen.

Der zuckte jedoch nur mit den Schultern.

»Nur Potifar macht Tür auf. Von innen. Bedaure.«

»Haben Sie keinen Schlüssel?«

»Nein«, Dr. Pitrov guckte ernsthaft irritiert. »Wozu?«

Tom seufzte und verdrehte die Augen.

»Aber Sie sind sich doch hervorragender Schlüsselmacher, Mr Truska. Überall man hört davon. Machen Sie doch einfach auf. Aber vorsichtig, sonst Sie bekommen vielleicht etwas auf Ihre schlaue Rübe von Potifar.«

»Danke«, Tom verzog den Mund, kniete sich vor die Tür

und fummelte einen Augenblick mit zwei Dietrichen herum, bis die Tür aufsprang.

»Sie kennen die Viele-Welten-Theorie?«, nahm Lee seine Fragerei wieder auf.

»Everett, ja?«, meinte Dr. Pitrov interessiert und schlürfte weiter Kaffee.

»Lee!«, mahnte Tom ungeduldig.

Widerstrebend leistete der Junge der Aufforderung Folge, und sie betraten den Flur hinter der Tür.

Dr. Pitrov wandte sich mit einem verwirrten Lächeln ab, zündete sich eine Zigarette an und ließ sich auf einen Drehstuhl mit verschlissenem Polster vor einen der Bildschirme sinken.

»*Das* ist der Mondpalast?«, fragte Lee zweifelnd. »Ziemlich pompöser Name für einen Wohnungsflur.«

»*Das* hier«, erklärte Tom genervt, »*ist* der Mondpalast. Er verdient seinen Namen, du wirst gleich sehen, warum.«

Tom öffnete vorsichtig eine der drei Türen, die von dem einfachen Flur abzweigten. Dahinter war ein Zimmer mit einem Balkon, das in einer völlig anderen Stadt lag. Lara schätzte, dass es Venedig sein musste. Gondeln fuhren auf einem Kanal unter dem Balkon entlang. Gegenüber lagen kalkverputzte Fassaden.

»Das ist seltsam«, murmelte Tom.

»Was ist seltsam?«, hakte Lee nach.

»Dass hier die Sonne scheint.«

»Wieso, überall scheint mal die Sonne.«

Tom ging wortlos zur Tür am gegenüberliegenden Ende des Raumes und öffnete sie. Dahinter lag ein Raum, der zu einer Wohnung in einer Plattenbausiedlung in Osteuropa zu gehören schien. Aus dem breiten Fenster waren die Betonwände des gegenüberliegenden Hochhauses zu sehen.

»Seltsam«, nuschelte Tom noch einmal nachdenklich zu sich selbst und ging weiter in den nächsten Raum, ein Hotelzimmer mit Blick auf das Meer.

»Was ist das hier?«, fragte Lara schließlich.

»Der Mondpalast«, sagte Tom, dann ließ er sich auf eine Bettkante nieder und fuhr sich mit dem Zeigefinger nachdenklich über die Lippen.

»Dieses Konstrukt«, begann er, »verbindet sämtliche Anwesen von Meister St. James auf der ganzen Welt. Er war immer schon sehr betucht und unterhält überall auf der Welt kleinere Wohnungen. Die Aufgabe seiner Diener – das ist in diesem Fall wohl Potifar – ist es, immer nur die Räumlichkeiten zugänglich zu machen, in denen es gerade Nacht ist.

St. James hasst das Tageslicht. Das ist ein Tick, den er sich zugelegt hat, als Ma'Haraz ihn so bitter verraten hat.

Aber wie gesagt, *normalerweise* scheint hier immer nur der Mond. Deshalb heißt dieser Ort auch Mondpalast.«

Lee und Lara nickten.

»Woher weißt du das?«, fragte der junge Amerikaner.

»Ich habe die Schlösser und Schlüssel gefertigt«, antwortete Tom. »Es war mein Gesellenstück. St. James hatte Baltasar für die Umsetzung seines Projektes angefragt und der hat es auf mich übertragen.«

Lara war beeindruckt. Ob sie wohl jemals in der Lage sein würde, etwas Ähnliches zu vollbringen?

»Wie lange ist das her?«, fragte Lee weiter.

»Zwölf Jahre müssten es jetzt sein. Es war auch das letzte Mal, dass ich hier war. St. James ist ein in Selbstmitleid ertrinkender Spinner.«

Er stand auf und ging zur nächsten Tür, die sich ebenfalls problemlos öffnen ließ.

»Es gibt zweiundfünfzig Räume. Ich fürchte, wir brauchen noch ein wenig, bis wir jemanden finden.«

Jules Verne hatte einmal eine Vision von einer Reise gehabt, die in achtzig Tagen um die ganze Welt führen sollte.

Tom, Lee und Lara schafften das in zwanzig Minuten, während denen sie weite Teile des Erdenrunds betraten. Sie waren in Kanada, Brasilien, Südafrika, Australien, China, Japan und in einer Handvoll europäischer Länder gewesen.

Schließlich stießen sie die Tür zu einer Suite eines Wolkenkratzers in Dubai auf und wurden fündig.

»Mist!«, sagte Lee, während Tom schon zu dem umgestürzten, mit weißem Leder bezogenen Sofa eilte, über dessen Lehne der zerschmetterte Körper eines teiggesichtigen, furchtbar dicken Mannes hing.

Der Raum sah aus, als hätte man hier eine LSD-süchtige Rockband aus den Siebzigerjahren in der Nacht ihres größten Erfolges einquartiert. Die Möbel waren zerschlagen und wahllos durcheinandergewirbelt. Es war alles zerstört, aber nichts durchwühlt. Nur die Fensterscheiben waren unzerstört, und so musste das Apartment von außen einen wunderbar intakten Eindruck vermitteln.

»Ist er tot?«, fragte Lara unsicher.

Tom nickte bloß.

»Und es ist wirklich dieser Milton St. James?«, vergewisserte Lee sich.

Wieder ein Nicken.

»Eindeutig.«

Lara schauderte. Sie hatte noch nie eine Leiche gesehen, umso mehr erstaunte es sie, dass sie weder in Panik ausbrach, noch dass ihr übel wurde, obwohl das Gesicht des Toten eine von Entsetzen geplagte Grimasse bildete. Blut war anscheinend nicht geflossen, aber die Arme des dicken Mannes standen in derart grotesken Winkeln ab, dass sich Lara bereits denken konnte, unter welch extremer Gewalteinwirkung er gestorben sein musste. Die massige Brust war eingedellt – sie musste richtiggehend zertrümmert worden sein. Unwillkürlich schüttelte sie sich bei dem Gedanken.

Tom stand auf und blickte durch die breite Fensterfront in die Wüstenstadt hinab.

Lange sagte er nichts, während die Klimaanlage eine Temperatur im Raum erzeugte, die nichts, aber auch gar nichts mit den gleißenden Wetterverhältnissen draußen gemein hatte. Völlig in Gedanken versunken starrte er hinab auf die Metropole in der Wüste, aus deren Sandboden die Wolkenkratzer wie Gras aus dem Boden zu wachsen schienen oder sich zumindest schon als halb fertige Stahlgerüste darum bemühten.

»Waren das wieder die Sturmbringer?«, fragte Lee schließlich in die Stille des Raumes hinein.

Tom drehte sich vom Fenster weg und schüttelte den Kopf.

»Wieso sollten sie so etwas tun? Was hätten sie davon?«

Lee zuckte die Achseln und hob eine Dattel auf, die aus einer umgestoßenen Schüssel herausgerollt war.

»Ich überlege gerade etwas anderes, aber das will mir nicht gefallen«, fuhr Tom fort. »Zugegeben, Milton St. James war ein Mistkerl, aber wieso sollte ihn jemand umbringen wollen? Er hat nichts verbrochen, sein Geld ist ganz bestimmt irgendwo auf gut behüteten Nummernkonten sicher untergebracht.

Auch Ma'Haraz kann nicht hier gewesen sein, sonst würden zerstörte Kristallkugeln herumliegen.«

»Die könnte er weggeräumt haben«, schlug Lee vor.

»Dann hätte er aber auch gleich aufräumen und die Leiche beseitigen können.«

Lee zuckte mit den Schultern.

Was Tom da sagte, schien Hand und Fuß zu haben. So langsam formte sich in Laras Kopf ebenfalls eine Idee, wer der Mörder von Milton St. James sein könnte.

»Es war Winter, stimmt's?«, fragte sie.

Tom blickte sie unverwandt an.

»Dafür haben wir keine Beweise, Lara. Aber ich würde genau dasselbe vermuten. Winter könnte hier Rache an Milton geübt haben.«

»Aber«, meinte Lee, »das hieße ja, dass Winter schon längst einen Weg gefunden hat, sich wiederherzustellen, und wir die ganze Zeit nicht nur im Dunkeln, sondern auf der völlig falschen Fährte getappt sind.«

Ein Seufzen entrang sich Toms Kehle, während er sich zu dem Toten hinunterbeugte und dessen zerschmetterten Brustkorb betastete.

»Das wäre zumindest zu vermuten«, sagte er.

Er stand wieder auf und sah sich in dem verwüsteten Raum um.

»Allerdings«, schlussfolgerte er weiter, »hieße das auch, dass die Sturmbringer die ganze Zeit über einen Plan hatten. Dass sie damit gerechnet hatten, Winter in einer äußerst schlechten Verfassung anzutreffen. Dass sie vorgesorgt hatten *und* dass sie auch tatsächlich eine Möglichkeit gefunden haben, an den Jungbrunnen heranzukommen. Die Möglichkeit, die wir so verzweifelt suchen.«

Betreten und verunsichert blickten die beiden Teenager einander an.

»Was tut Roland Winter eigentlich mit einem?«, fragte Lee schließlich.

Tom wandte sich ab und schritt den Raum ab.

»Es heißt, er sei der Herr über Wind und Staub. Mehr weiß ich auch nicht. Ihr vergesst, dass ich zu dieser Zeit auch noch nicht in Ravinia war. Ich habe im Januar bei Baltasar angefangen. Kurz vor dem Jahreswechsel hatten sie Winter in ihre Falle gelockt.«

»Du weißt es also nicht?«

»Nein, ich habe aber auch nie danach gefragt. Es war einfach nicht wichtig, er war ja weg.«

Plötzlich wirbelte er auf der Stelle herum und schaute Lara und Lee an. Erkenntnis lag auf Toms Gesicht.

»Wenn er aber *hier* war, um sich zu rächen«, stammelte er und kramte in seinen Manteltaschen nach dem Schlüsselbund, »dann könnte das heißen, dass …«

Weiter kam er nicht, denn schon hatte er den Raum mit einigen langen Schritten durchquert und die nächste Tür erreicht.

Er schloss auf und scheuchte die beiden verdutzten Teenager hinaus auf die Gasse, die dahinterlag.

Lara schaute sich um, während Tom die Tür hinter ihnen geräuschvoll zuzog und sich eilenden Schrittes in Bewegung setzte. Sie war schon einmal hier gewesen, beinahe ganz am Anfang des Jahres, ebenfalls mit Tom. Amsterdam. Dies war Amsterdam. Dieselbe Gasse, dieselben schmalen Häuser, dieselben Grachten. Nur die Wolken hatten ein tieferes Grau angenommen als das blasse, schmutzige Grau des Januars. Nicht nur Ravinia, auch die Niederlande schienen unter dem schweren Mantel bleigrauer Regenwolken zu liegen, doch noch waren die Steine des Kopfsteinpflasters trocken, während die Luft bedrohlich grollte.

Sie verloren keine Zeit und hetzten mit langen Schritten zum Münzturm, dorthin, wo sie auch zuvor schon gewesen waren. Langsam braute sich in Laras Kopf ein Unwetter der Erkenntnis zusammen, das dem bevorstehenden Gewitter über der Stadt mit den Wasserstraßen in nichts nachstand. Erneut klopfte Tom den unscheinbaren Rhythmus an die Tür und wartete unruhig, bis sie endlich aufsprang. Drinnen hetzten sie die verstaubte Treppe hinauf in das Atelier des finsteren Seelenzeichners. Tom sprang als Erstes durch die Tür und blieb abrupt stehen.

Das Chaos in diesem Geschoss des Turms konnte sich mit demjenigen in der Suite in Dubai durchaus messen. Doch es schien beinahe noch schlimmer zu sein. Alles Papier, das hier einst gestapelt war, all die finsteren, abgründigen Zeichnungen, alle Arbeitsmaterialien waren zerfetzt und bedeckten in winzigen Schnipseln den Boden, dessen uralter Staub aufgewirbelt war und Lara husten ließ.

Am anderen Ende des Raumes lag die Tischplatte des Zeichentisches entzweigebrochen über der Leiche des grausigen Malers Nicolaes.

Die unheimliche Leinwand lag auf einer zerknickten Staffelei daneben und war schwarz, wie ein ausgeschalteter Bildschirm.

Langsam, beinahe bedächtig durchquerte Tom den Raum, wobei er Papierfetzen aufwirbelte wie Herbstlaub.

Er beugte sich über den dürren buckligen Körper, betrachtete ihn einige Sekunden, dann wandte er sich ab und schüttelte den Kopf. Als Lee ihm durch das papierne Chaos folgen wollte, kam Tom schon wieder zu ihnen zurück.

»Er bringt sie alle um, oder?«, hauchte Lara von Entsetzen gepackt. Ihr wurde kalt, und sie wunderte sich, dass ihr Atem nicht zu Nebel kondensierte.

Tom nickte nur, bevor er sich an ihr vorbeidrängelte, die Tür zuzog und dann einen weiteren Schlüssel ins Schloss steckte und ihn klackend drehte. Als er wieder aufmachte und den Schlüssel aus der offenen Tür herauszog, lag davor eine Gasse in Ravinia. Sanft schob er Lara hindurch, Lee folgte schweigend und schließlich auch Tom selbst.

In manchen Momenten scheint die gesamte Welt zu rasen. Sie scheint sich schneller und schneller zu drehen, und die Zeit, die man eigentlich sowieso nicht hat, scheint wie ein reißender Strom viel zu schnell vorbeizurauschen, ohne dass man etwas dagegen tun könnte.

»Die Gobelingasse. Ist das dort, wo auch der Glasbläser seine Werkstatt hat?«, fragte Lara, während sie durch die Straßen und Gassen von Ravinia eilten.

»Ja«, sagte Tom. »Macht es dir etwas aus, das Nachdenken über deine Vergangenheit ein wenig zurückzustellen und dich ein wenig mehr mit der Gegenwart zu beschäftigen?«

»Hm«, machte Lara und überlegte, ob sie eingeschnappt sein oder Tom zugestehen sollte, dass er recht hatte.

Ein Rabe flatterte krächzend über sie hinweg.

»Corax!«, rief Tom in die Luft und blieb stehen, während der Rabe eine Schleife flog, um kurze Zeit später über ihnen auf dem Rand einer Regenrinne zu landen.

»Hat einer von euch beiden ein Stück Papier dabei?«, fragte Tom, woraufhin Lee ihm einen Kassenbon, den er in seiner Geldbörse fand, reichte.

Tom zog einen Kugelschreiber aus einer Innentasche seines Mantels und kritzelte hastig einige Zeilen auf das Papier. Dann holte er seine eigene Geldbörse heraus und zückte eine Fünf-Pfund-Note.

»Na komm schon runter!«, forderte er den Raben auf, der sich daraufhin mit den mächtigen Schwingen flatternd auf einem Fenstersims neben Tom niederließ. Erst jetzt bemerkte Lara, dass der Rabe ein winziges Täschchen an seinem Bein befestigt hatte. Doch bevor sie sich wundern konnte, da die Raben ihre Post doch sonst in den Krallen transportierten, bekam sie die Antwort auf die Frage, wozu die kleine Tasche dienen mochte.

»Das hier«, Tom hielt den zusammengerollten Kassenbon in der Hand, »muss *so schnell es irgendwie möglich ist* zu Keiko Ito in die botanischen Gärten.«

»Krah, ich bin ja nicht blöd, Mann«, krächzte der Rabe und schnappte sich mit einem Fuß die dargebotene Nachricht.

»*Das hier*«, fuhr Tom fort, indem er diesmal das Geld präsentierte, »ist quasi dein Trinkgeld. Sieh bloß zu, dass der Zettel schnell und zuverlässig ankommt.«

»Sie sind der Boss, Mann«, antwortete der Rabe, ließ sich das Geld in die kleine Börse an seinem Bein stopfen und schwang sich mit einem lauten »Krah« auf und davon.

Als der Rabe über den Dächern mit den alten Schindeln verschwunden war, donnerte es am Himmel gewaltig und Unheil verheißend.

Unter dem Grollen sahen Tom, Lee und Lara zu, dass sie die Strecke zur Bibliothek schnell zurücklegten.

Die Welt selbst konnte ein Grollen werden.

Dann, wenn sich die Ereignisse überschlugen, zu viele wurden, um sie alle auf einmal in den Blick zu bekommen. Dann, wenn der bittere Tropfen der Realität zu groß ist, als dass man ihn einfach hinunterschlucken könnte.

»Was?«, fuhr Lara aus ihrem halb in Gedanken versunkenen Zustand hoch.

»Ich bitte dich, beruhige dich!«, redete Baltasar auf sie ein.

»Was?«, fauchte Lara nur erneut.

»Krieg dich ein. Es ist notwendig, weil ...«

»*Warum?* Warum haltet ihr – verflucht noch mal – *alles* geheim?«, schrie das junge Mädchen mit den bernsteinfarbenen Korkenzieherlocken, das zwar schon immer temperamentvoll gewesen war, aber dem niemand einen derartigen Wutausbruch – und noch dazu gegenüber dem alten Schlüsselmacher Baltasar Quibbes – zugetraut hätte.

Zuvor waren Tom und Lee mit ihr zusammen in der Bibliothek von Ravinia angelangt. Der Regen hatte sich auf den letzten Metern in ein widerliches tosendes Brausen verwandelt. Lara McLane, deren Leben eigentlich ein Herbstregen war, hatte gefroren und nach einem warmen Tee gefragt, den ihr der galante Christopher Davenport selbstverständlich sofort eingeschenkt hatte, während Tom versuchte, möglichst schnell alle an der Suche nach dem Jungbrunnen Beteiligten zusammenzutrommeln.

Lee hingegen war seit dem Abstecher nach Amsterdam erstaunlich schweigsam. Beinahe wirkte er ein wenig in sich gekehrt, was überhaupt nicht typisch für ihn war. Vielleicht hielt er sich einfach nur bedeckt, weil er den Ernst der Lage geschluckt hatte?

Schließlich waren diejenigen ihres Forschungsteams bei Christopher Davenport eingetrudelt, die sich gerade sowieso in der Bibliothek aufgehalten hatten. Neben dem Bibliothekar selbst waren dies nur Baltasar, Geneva und überraschenderweise Hermann Falter. Leider war Lord Hester nicht zugegen, er hätte bei Tom sicherlich für etwas mehr Zuversicht gesorgt, denn der musste nun den anderen mitteilen, was er und die beiden Teenager innerhalb der letzten Stunde herausbekommen hatten.

Nachdem er geendet hatte, tauschten die Anwesenden ratlose und besorgte Blicke aus.

»Ich denke«, stellte Mr Falter klar, »wir sollten Sie vorerst in Sicherheit bringen, werter Mr Quibbes.«

»Ach, papperlapapp«, winkte dieser ab. »Wichtiger ist es, dass wir die verbleibenden Personen warnen.«

»Verbleibenden?«, vergewisserte sich Mr Falter ungläubig. »Wenn Sie mir diese kurze Bemerkung erlauben, sind Sie der *einzige* Verbleibende neben Meisterin Ito, die ja von Ihrem halbwegs umsichtigen Gesellen immerhin schon gewarnt wurde. Der Maler und der Wahrsager haben eine Warnung seit heute nicht mehr nötig, der Uhrmacher – Mr Evans – sogar schon seit vielen Jahren nicht mehr, wenn ich richtig informiert bin. *Wen* sollten wir also bitte schön noch warnen?«

»Elisabeth Joel«, verkündete Baltasar kurz und knapp.

Daraufhin machte sich jener Wutausbruch des fassungslosen Herbstregenmädchens Lara McLane Luft, der – auch wenn es einige später vielleicht nicht mehr zugegeben hätten – alle Anwesenden zutiefst berührte.

Lee war es, der Lara festhielt, sonst wäre sie aller Wahrscheinlichkeit nach zornentbrannt auf Baltasar losgegangen – nachdem sie schon die halb volle Teetasse nach ihm geworfen hatte.

»Ich hab es satt!«, spie sie aus. Mehr als einmal.

Bis sie sich langsam beruhigte.

»Satt, satt, satt«, murmelte sie wie ein Mantra, als es Lee endlich gelang, sie dazu zu bewegen, sich auf den Stuhl zu setzen.

Sie fasste Baltasar Quibbes scharf ins Auge.

»Baltasar«, begann sie. »Ich habe die ganze Heimlichtuerei satt. Wenn du mir nichts zu sagen hast, quittiere ich mit sofortiger Wirkung die Lehrstelle bei dir.«

Erschrocken sog Geneva die Luft ein.

Baltasar wurde blass, und er ließ sich ebenfalls auf einen Stuhl sinken.

Lara hatte ihn getroffen. Endlich einmal, nachdem er offenbar ihr halbes Leben kannte und es vor ihr geheim hielt.

Sie stand wieder auf.

»Ich werde schon jemanden finden, der mich weiter ausbildet«, tönte sie und zeigte mit dem Finger drohend auf Baltasars Brust. »Immerhin haben meine Eltern dankenswerterweise mit ihrer Arbeit dafür gesorgt, dass man mich überall nehmen wird. Mir reicht's.«

Der alte Schlüsselmacher wirkte auf einmal tatsächlich alt. Unheimlich alt.

»Und jetzt«, fuhr Lara fort, »will ich wissen, wo ich sie finden kann.«

Baltasar sagte nichts, sondern starrte nur traurig ins Leere.

»Sofort!«, bekräftigte Lara ihre Forderung, und in ihren Augen blitzte dabei der Zorn aus viel zu vielen Waisenjahren auf. Sollte der alte Geheimniskrämer an seinen Heimlichkeiten doch ersticken. Sie brauchte ihn nicht. Sie brauchte jemanden, der sie in dieser Welt, in der sie sich gerade einzuleben versuchte, an die Hand nahm, jemand der ehrlich und aufrichtig war. Und auch wenn Baltasar Quibbes der beste Schlüsselmachermeister der letzten tausend Jahre war, es war genug. Endgültig.

»Ich denke«, sagte Tom betont ruhig zu Baltasar, »das Mädchen hat ein Recht darauf, zu erfahren, was du weißt.«

»Was weißt du denn schon?«, fuhr Baltasar von seinem Stuhl hoch, doch Tom gab ihm einen leichten Schubs, sodass der alte Schlüsselmachermeister wieder auf seinen Hosenboden zurückfiel.

»Was?«, fragte Tom. »Ich weiß genug, glaub mir! Die Welt hat zu viel falschen Stolz, und jetzt, hier und heute, ist *verdammt noch mal* der falsche Zeitpunkt dafür.«

Diesmal schaffte Baltasar es, aufzustehen. Er drängelte sich an Tom vorbei und murmelte: »Gut, *ich* werde sie warnen.«

Tom jedoch griff nach seinem Arm und riss den alten Mann herum.

»Gar nichts wirst du«, stellte er klar. »Du mit Laras Großmutter alleine da draußen, wo auch immer? Wie einfach wollen wir es Roland Winter denn machen?«

»Lass mich!«, lamentierte Baltasar.

»Nein!«

»Uns läuft die Zeit davon!«

»Weil du dich so anstellst. Sag mir, wo du hinwillst!«

Baltasar funkelte seinen einstigen Lehrling an, und in seinem Blick war zu lesen, dass die beiden ihren Konflikt um die ganze Geheimniskrämerei, die Baltasar betrieb und die Tom so verabscheute, zum allerersten Mal in dieser Form ausfochten.

Er schüttelte den Kopf.

»Ich werde Lara auf keinen Fall dieser Gefahr aussetzen.«

»Das ist mir egal«, mischte Lara sich ein.

»Ich denke, sie hat ein Recht darauf«, beharrte Tom. »Ist es dir jemals in den Sinn gekommen, dass jemandem sein Leben weniger bedeuten könnte, als … sagen wir, zu wissen, woher er stammt, wohin er gehört, wer ihn liebt und wer nicht? Ist es dir jemals in den Sinn gekommen, dass deine junge Schülerin vielleicht ein schwarzes Loch aus Unwissenheit in ihrer Seele stopfen will?«

Er ließ Baltasars Arm los.

»Deine gespielte Selbstlosigkeit widert mich an«, sagte Tom bloß, bevor er sich umdrehte und in Richtung Tür marschierte.

»Wo willst du hin?«, rief Geneva ihm hinterher.

»*Ich* werde mich um Keiko Ito kümmern, ihr helfen, wenn ich kann.«

Er rauschte an den alten Garderobenhaken vorbei, blieb stehen und fischte geschwind Baltasars großen Schlüsselbund aus dessen Mantel.

»Hey«, rief der alte Mann empört.

»Du«, meinte Tom, drehte sich um und klimperte mit den Schlüsseln in der Hand, »gehst nirgendwohin, Meister. Zur Abwechslung bleibst *du* diesmal in Sicherheit.«

Die Schlüssel verschwanden in Toms Manteltasche, während Geneva und Lara schon dabei waren, hinter Tom herzueilen.

»Highgate«, mehr sagte Baltasar nicht, und das auch erst im letzten Moment.

Tom blieb stehen und blickte über die Schulter.

»Elisabeth wohnt in Highgate«, wiederholte Baltasar ein zweites Mal, jedoch viel matter. Er gab sich geschlagen.

Jetzt drehte Tom sich wieder um.

»Na also.«

Er schloss die Tür wieder und begann, an seinem Schlüsselbund einen Schlüssel zu suchen.

»London, ja?«, vergewisserte er sich.

»Kennst du noch ein anderes?«

»Nein. Hast du einen Schlüssel direkt dorthin?«

Baltasar verneinte.

»Also Underground?«

Ein Nicken.

»Okay«, meinte Tom. »Lee, du bleibst hier. Du suchst Lord Hester und erzählst ihm alles.«

»Hey, warum das?«, protestierte Lee heftig.

»Keine Widerrede. Ich mache einfach die Tür vor dir zu. Lara dahingegen kann ich nicht zwingen, sie hat ein Recht darauf mitzukommen, auch wenn ich es lieber sähe, wenn sie hierbliebe. Geneva und Mr Falter brauche ich, denn wenn es tatsächlich Roland Winter ist, dem wir zuvorkommen wollen, wird es höllisch gefährlich. Und Baltasar«, dabei wanderte sein Blick zu seinem geschlagenen und äußerst missmutigen alten Meister, »kennt den Weg.«

Er schloss auf. Hinter der Bibliothekstür lag die U-Bahn-Station *South Kensington*, durch die Tom und Lara bereits von Valerius verfolgt worden waren, und nacheinander scheuchte

Tom die Beteiligten hindurch. Lee probierte es natürlich auch, doch Tom hielt ihn auf und zog die Tür hinter sich zu.

Wütend wirbelte Lee herum und starrte Christopher Davenport zornig an, der hinter seinem Schreibtisch ehrfurchtsvoll das Geschehen verfolgt, aber sich nicht eingemischt hatte.

»Krah«, kam es von hoch über ihnen.

Erschrocken wandten sie beide die Köpfe nach oben, nur um zu sehen, wie aus den obersten Bücherregalreihen ein großer, schwarzer Kolkrabe ungestüm zu ihnen hinuntersegelte.

Die tiefgrauen Wolken, die vor dem Einsetzen des Regens am Himmel vorüberfegten, waren eigentlich immer ein wohltuendes Schauspiel für Lara gewesen. Erst recht im Sommer, wenn nach einem dieser verschwitzten Tage, an deren Ende man nur noch Durst verspürte, sich ein Sommergewitter am Himmel zusammenbraute. Man konnte in Cafés oder unter Vordächern sitzen und sich in Sicherheit wiegen.

Doch das Gewittergrollen, das diesen heraufziehenden Sturm ankündigte, wirkte wie der grausige Vorbote eines Unheils. Es konnte einem in keiner Weise Geborgenheit verschaffen.

Der aufkommende Wind schnitt scharf in die Gesichter der kleinen Gruppe, die unter der Führung von einem furchtbar übel gelaunten Baltasar Quibbes die Southwood Lane in Richtung Hampstead Heath hinunterging, nachdem sie sich lange durch den Londoner Underground bis nach Highgate vorgearbeitet hatte. Niemand sagte ein Wort zuviel, alle schlangen die Mäntel fest um den Körper und wünschten sich, sie hätten auch noch ihre winterlichen Schals dabei, die einem wenigstens einen kleinen Schutz vor dem Wind geboten hätten.

Genevas grün gefärbte Locke tanzte vor Lara her, während der Köcher mit dem schlanken Schwert an ihrem Rücken auf- und abwippte. Lara bildete das Schlusslicht der Gruppe.

Links und rechts von ihnen wuchteten sich mächtige Villen

aus allen Epochen der letzten Jahrhunderte aus dem Boden, umwachsen von alten Bäumen und verschlungenen Hecken, die noch nicht um das erste Laub des Jahres kämpfen wollten. Die riesige Hauptstadt Großbritanniens wirkte stellenweise wie das viktorianische London aus den Büchern von Charles Dickens.

Hier sollte ihre Großmutter leben?

Hier lebten doch eher Leute mit viel Geld, sehr guten Beziehungen oder sehr alten Stammbäumen. Und da Lara noch nie davon gehört hatte, dass ihre Großmutter überhaupt noch am Leben war, konnte sie es sich nicht vorstellen, sie ausgerechnet hier zu finden.

Sie überholte die anderen im Laufschritt und ging neben Baltasar her.

»Warum?«, fragte sie den Schlüsselmachermeister noch einmal, doch diesmal ruhig und beherrscht, anders als noch vor einer Stunde in der Bibliothek.

»Was heißt, *warum*?«, knurrte Baltasar, ohne den Blick zu heben.

»Warum hat mir niemand gesagt, dass sie noch lebt?«

Jetzt sah er sie doch an.

»Weil sie dich nicht sehen will«, meinte er schließlich. Einfach so.

Das konnte nicht sein. Wieso sollte ihre eigene Großmutter sie nicht sehen wollen? Das ergab keinen Sinn.

»Und wieso will sie mich nicht sehen?«

»Weil sie niemanden sehen will«, antwortete Baltasar knapp. »Sie ist fertig, völlig durch. Sie hat abgeschlossen mit der Welt. Vor vielen Jahren schon. Sie will niemanden mehr sehen. Nach dem Warum musst du sie selber fragen, die Antwort darauf gibt entweder *sie* dir oder niemand.«

Dabei musste Lara es offenbar bewenden lassen, denn Baltasar Quibbes machte keine Anstalten, ihr weiterhin Rede und Antwort zu stehen. Stattdessen nahm er eine seiner schwarzen, ägyptischen Zigaretten aus ihrer blechernen Zigarettenschachtel und fing missmutig an, sie zu rauchen.

»Das ist nicht fair«, murrte Lara vor sich hin.

Von hinten legte sich eine Hand auf ihre Schulter. Sie wandte den Kopf und sah Tom.

»Die Wahrheit ist nicht immer fair«, meinte er. Es klang, als hätte sich seine Stimme irgendwo zwischen Bedauern und Resignation verhakt. »Manche Menschen sind nicht dafür geboren, dass die Wahrheiten ihres Lebens angenehm auf sie herabscheinen.«

Seine Hand glitt ab, aber Lara war schon dankbar genug dafür, dass Tom sich überhaupt dazu hatte hinreißen lassen, ihren Ausflug nach London in Gang zu setzen. Vielleicht war es auch für ihn eine Art Befreiungsschlag gewesen. Die alte Generation verlor das Sagen in Ravinia, oder sie hörte einfach auf zu sein und übertrug die Verantwortung automatisch auf die Jüngeren, von denen es so wenige gab in diesen Zeiten.

Baltasar bog paffend von der Southwood Lane in eine kleinere Straße ab, die anderen folgten ihm. Schließlich blieb er vor einem großen Eckhaus stehen.

Nach einer Weile des Wartens blaffte er ungeduldig: »Nun mach schon irgendwer! Ich werde jedenfalls nicht klingeln.«

Tom zögerte nicht und drückte auf ein von langen Regengüssen rostiges Klingelschild, auf dem klein und in geschwungener Schrift der Name *Joel* stand. Sie hörten das Klingelgeräusch bis nach draußen, und Laras Herz schlug ihr bis zum Hals, denn gleich würde sie ihrem ersten leiblichen Verwandten gegenübertreten – abgesehen von Henry McLane.

Doch nichts geschah.

Auch nach erneutem Klingeln nicht. Niemand öffnete die Tür.

Tom warf einen Blick in die Runde.

»Sollen wir reingehen und nachsehen?«

Alle nickten stumm, also förderte Tom seine Dietriche zutage und öffnete das Schloss der schweren Eichentür im Handumdrehen.

»Möchtest du mit reinkommen?«, fragte er Lara, doch die

schüttelte nur den Kopf. Nein, wenn es zu spät war, dann wollte sie ihre Großmutter nicht beim ersten Treffen als Leiche sehen, denn zu diesem Zeitpunkt wusste sie noch nicht, dass ihr das vielleicht am Ende lieber gewesen wäre.

Geneva und Kommissar Falter gingen an Tom vorbei ins Haus, Tom folgte ihnen. Die Nachtwächterin hatte ihren Köcher von der Schulter gleiten lassen und hielt ihn nun in der Hand, bereit, jederzeit die Waffe zu ziehen.

Doch nach einigen Augenblicken traten sie wieder vor die Tür.

»Nichts«, meldete Geneva. »Keine Verwüstung, keine Zeichen von Fremdeinwirkung.«

»Die Frage ist also«, sagte Tom und sah dabei ganz unverwandt seinen Meister und Arbeitgeber Baltasar an, »wo Mrs Joel sonst sein könnte.«

Baltasar blickte zu Boden.

»Auf dem Friedhof.«

»Auf *dem* Friedhof? Highgate Cemetery?«, vergewisserte sich Tom.

»Ja. Dort verbringt sie beinahe ihr ganzes Leben.«

Der alte Friedhof von Highgate lag einige Straßen weiter südlich, und so machten sie sich auf den Weg dorthin, mitten durch das Viertel voller uralter, wispernder Villen und ebenso uralter Bäume.

Der Himmel über ihnen schien sich für einen Moment ein wenig zu entspannen, das Grau war nicht mehr ganz so düster.

Doch niemand bemerkte den Raben, der still und leise über ihnen seine Kreise zog und mit wachsamen Rabenaugen jeden ihrer Schritte verfolgte.

Manchmal ist die Welt verwunschen.

Sie betraten das westliche Friedhofsgelände durch das große Gatter, das Tom – wie heute schon andere Türen –

mühelos zu öffnen imstande war. Baltasar hatte die Vermutung geäußert, Laras Großmutter sei wohl am ehesten auf dem Westfriedhof anzutreffen, da dieser für Touristen geschlossen sei.

Hinter dem Friedhofstor wartete eine andere Welt, während das Wetter innezuhalten schien. Stille legte sich für einen Moment über die Wege, die sich vor der eigenartigen Gruppe auftaten, mit der Lara McLane unterwegs war. Die Aufgabe war klar. Sie mussten Elisabeth Joel finden, bevor Roland Winter es gelang.

Während ihrer Fahrt mit der Underground von South Kensington nach Highgate hatte Tom gemeinsam mit Hermann Falter Überlegungen angestellt, wie Winter die alten Meister hatte ausfindig machen können. Im Falle von Nicolaes war die Sache einfach. Der alte Maler hatte schon so unzählige Jahre in seinem Turm verbracht, dass sein Aufenthaltsort Winter noch vor dessen Fall bekannt gewesen sein konnte. Wie er in den Mondpalast hatte gelangen können, war etwas anderes. Kommissar Falter vermutete, dass Ma'Haraz oder jemand anderes aus den Reihen der Sturmbringer Recherchen angestellt haben könnte, wohin die verschiedenen Türen des Mondpalastes führten. Im Fall von Baltasar Quibbes war die Lage klar. Der Schlüsselladen in der Victoria Street in Edinburgh bestand schon lange Zeit, bevor Tom dort seine Ausbildung angefangen hatte. Somit musste auch er Winter ein Begriff sein. Die Rückkehr für Baltasar nach Edinburgh kam also nicht mehr infrage.

Ob Winter von Elisabeth Joels Aufenthaltsort wusste, darüber konnte niemand etwas sagen. Schließlich fragten sie Baltasar, doch der konnte nur bestätigen, dass Roland Winter einige äußerst unheimliche Methoden und Möglichkeiten offenstünden und dass er selbst diese Frage deshalb nicht beantworten könne.

Vielleicht, so spekulierten sie, konnte Winter das Gedicht, das ihn in das Bild gelesen hatte, benutzen, um Elisabeth Joel zu lokalisieren. Immerhin war er auch ein Schreiber. Ob dies jedoch überhaupt möglich war, wusste niemand.

Hier auf dem Highgate Friedhof war die Welt eine andere. Lara konnte noch nicht einmal sagen, warum sie sich dessen so sicher war. Es fühlte sich an, als sei man von einem warmen in einen kalten Raum gegangen, oder von einem bläulich erleuchteten Zimmer in eines, in dem grüne Lichter brannten. Etwas schien sich zu verschieben, als sie das schwere schmiedeeiserne Gatter durchquerten. Beinahe war es, als würde man durch eine Tür nach Ravinia gehen.

Vor ihnen lag eine Parkanlage, die sich das Prädikat *verwunschen* redlich verdient hatte.

Ja, es gab auch Grabsteine hier auf dem Friedhof von Highgate. Richtige Monumente von Grabsteinen. Stelen, die kennzeichneten, wo eine Person begraben lag, die entweder der Welt oder ihren Verwandten eine Menge bedeutet hatte. Pflanzen jedoch gab es hier weitaus mehr als Gräber.

Die Grabdenkmäler fochten einen ständigen Kampf mit dem Wald aus, der seine hölzernen Schwingen über den Friedhof ausbreitete. Obwohl noch kein Blatt die knorrigen Äste bedeckte, wirkten sie auf schauerliche Weise lebendig, ja beinahe pulsierend. Sie wanden sich um jedes Grab, drängten Inschriften zurück, zerbrachen Grabsteine, hoben Steinplatten an. Teilweise schienen die Wurzeln der Bäume sich zu eigenen Monumenten, eigenen Denkmälern zu verbinden und aufzutürmen. Nur der Efeu und das Gras waren grün wie immer und tuschelten. Die Pflanzenwelt schien hier ihren eigenen Willen zu besitzen. Lara erinnerte sich mit Unbehagen an ihre Begegnung mit der schwarzen Rebe in den botanischen Gärten von Ravinia. So furchtbar abwegig schien ihr der Gedanke einer lebendigen, flüsternden, lauernden Pflanzenwelt seitdem nicht mehr.

Laras Augen folgten einem der verschlungenen Pfade, die ins Herz des Friedhofs hineinführten.

Da saß ein Tier auf dem Weg. Im allerersten Moment hätte

Lara es für ein Eichhörnchen gehalten. Aber schnell erkannte sie, dass dem nicht so war. Vielmehr sah es aus wie eine Mischung aus einer Ratte, einem Eichhörnchen und einem kleinen Känguru.

Lara ging unwillkürlich einen Schritt auf das eigenartige Tier zu, um es besser erkennen zu können, als es aufsah und Lara für den Bruchteil einer Sekunde in die Augen blickte. Dann schimpfte es etwas und verschwand wuselig schnell im Efeu neben dem Weg.

Lara schüttelte den Kopf. Nein, dass konnte nicht sein. Hatte das Tier gerade tatsächlich ein Schimpfwort gerufen? Wahrscheinlich träumte sie.

»Ein Nimmerchen«, sagte Geneva hinter ihr.

Erschrocken fuhr Lara herum und wurde der Nachtwächterin gewahr.

»Entschuldige, ich wollte dich nicht erschrecken, aber ich dachte, du kommst vielleicht mit«, erklärte sie, während sie auf die anderen deutete, die sich auf einen der flüsternden Pfade ins Friedhofsinnere begeben hatten.

Nickend folgte Lara der Nachtwächterin, um die anderen einzuholen.

»Ich dachte, Nimmerchen gibt es nur in Ravinia«, sagte sie.

»Nein«, meinte Geneva bloß. »Nimmerchen gibt es überall an …«, sie suchte nach einem Wort, »Orten, die anders sind.«

»Anders?«

»Ja. Orte, denen etwas Besonderes innewohnt, wie dieser Friedhof. Wusstest du übrigens, dass er im neunzehnten Jahrhundert angelegt wurde? Zusammen mit sechs weiteren Friedhöfen, weil London mittlerweile viel zu viele Einwohner und dementsprechend auch viel zu viele Tote hatte. Deshalb musste man neue Friedhöfe anlegen. Seitdem scheint sich der Friedhof irgendwie verselbstständigt zu haben.«

Lara blickte sich um. Ja, das Chaos, mit dem die Gräber und alle weiteren Bauten den Friedhof bedeckten, schien ein gruseliges Eigenleben zu führen.

Trying to get my mansions green after I've Grey Gardens seen, erklang leise die Stimme von Rufus Wainwright in Laras Kopf.

»Woher weißt du das alles?«, wollte sie wissen.

Geneva musste grinsen.

»Ich war früher einmal sehr gerne Touristin in den großen Städten der Welt, weißt du. Dann wurde ich zu gut in meinem Job und irgendwie ein Workaholic. Tja, so ist das.«

Vor ihnen tat sich ein gewaltiges Grabmal auf, die sogenannte Egyptian Avenue. Sie erinnerte stark an den Eingang zu einem alten Pharaonengrab. Links und rechts gab es mehrere etwa drei Meter hohe Säulen, die zur Zierde in die Mauern gemeißelt waren. Der Durchgang, den die Avenue bildete, hatte einen eigenen Torbogen, obwohl dahinter die Überdachung aussetzte.

Langsam gingen sie den leicht ansteigenden Weg zwischen den Mauern des Grabmals hinauf, in das links und rechts von ihnen immer wieder steinerne Türen zu den Grabstätten eingelassen waren. So viele steinerne Gräber und Gruften ... Lara schauderte. Sie wollte sich freuen, als sie das obere Ende des aufsteigenden Gräberpfades erreicht hatten, jedoch musste sie feststellen, dass der Gräbergang jetzt einen Kreis um eine gewaltige Mitte beschrieb, den Circle of Lebanon, in den weitere Gräber hinter mächtigen steinernen Türen eingelassen waren.

Plötzlich blieb Tom stehen und hob den Blick. Dort oben am Rand des Circle of Lebanon, oben auf dem mächtigen steinernen Kranz, der die Mausoleen in der Mitte umgab, kniete eine alte Frau in Gärtnerkleidung und hantierte an einem Strauch herum. Offenbar hatte sie die Ankommenden nicht gehört, denn sie zeigte keinerlei Reaktion.

Jetzt war es Baltasar, der die Führung übernahm und sie durch das Tor auf der gegenüberliegenden Seite aus dem unheimlichen Totenkreis hinausbrachte, wo eine Treppe sie nach oben führte.

Von dort war der Anblick beinahe noch grotesker, als er von unten gewesen war. Der Circle wirkte von hier aus eher wie ein in den Boden eingelassener Ring als ein Gräbermonument; so hatte er nur von der anderen Seite gewirkt.

Hunderte Grabsteine waren in einem Kreis von vielleicht zwanzig Metern auf eine Mitte hin ausgerichtet. Der Circle of Lebanon verlief wie ein Graben um das riesige, runde Mausoleum im Zentrum, das oben flach und mit Gras überwuchert war. In der Mitte des Mausoleumsdachs stand eine einzelne, mächtige Zeder.

Beinahe wirkte es wie ein abstruses Amphitheater, in dem Hunderte von Grabsteinen als Zuschauer dem breiten Baum in ihrer Mitte huldigten.

Und dann war dort noch die alte Frau, die in aller Seelenruhe einem überwuchernden Busch mit einer Heckenschere zu Leibe rückte. Sie hatte die Gruppe immer noch nicht bemerkt, als ihr auf einmal eine Windböe den Strohhut vom Kopf wehte und diesen direkt vor Baltasars Füßen landen ließ. Er bückte sich und hob ihn auf.

Die Blicke der Frau waren ihrem Hut gefolgt, und ihre Augen weiteten sich, als sie sah, wer den Hut in den Händen hielt.

»Du?«, fragte sie erstaunt, aber offensichtlich wenig erfreut. »Was suchst du hier?«

Sie stand auf und klopfte sich den Schmutz von der Hose.

»Ich …«, offenbar wusste Baltasar nicht so richtig, was er sagen sollte.

Lara kam ihm zuvor.

»Bist du wirklich meine Großmutter?«, fragte sie mit heftig klopfendem Herzen.

Stirnrunzelnd sah die alte Frau ihr ins Gesicht. Da war keine Wärme, keine Wiedersehensfreude, nichts, was einer Großmutter ins Gesicht geschrieben stehen sollte. Dabei war es ein Gesicht, das einer Großmutter sicherlich gut hätte stehen können. Zwar waren die Falten des Alters nicht an ihr vorübergegangen, jedoch konnte man mühelos erahnen, dass auch sie einmal eine blendende Schönheit gewesen war.

»Lara McLane, ja?«, vergewisserte sich die alte Frau.

Lara nickte.

Die alte Frau in der Gärtnergarderobe sagte daraufhin nur: »Nein, ich bin nicht deine Großmutter. Bekomme ich jetzt bitte meinen Hut wieder, Baltasar?«

Sie überwand die drei Schritte, die sie trennten, und riss ihm in einer fließenden Bewegung den Hut aus den Händen.

»Wenn du dich hier als Tourist auf dem Friedhof umschauen willst, bitte schön, mir ist es einerlei«, sagte sie seufzend, während sie den Hut wieder auf ihrem Kopf platzierte. »Ansonsten sieh zu, dass du wieder verschwindest!«

Damit wandte sie sich von ihnen ab und wieder ihrer Heckenschere zu.

»Elisabeth Joel!«, begann Tom.

Wieder blickte die alte Frau auf.

»Sie sind Tom, oder? Schön, dass Sie ihre Lehrzeit gut überstanden haben. Ich hoffe, Sie kommen mit Ihrem Leben zurecht. Wenn nicht, ist es schade, aber lassen Sie *mich* bitte mit *meinem* Leben zurechtkommen. Allein!«

So leicht ließ Tom sich allerdings nicht irritieren, während es Lara längst die Sprache verschlagen hatte. Was konnte einem Menschen widerfahren sein, dass er seine eigene Enkelin verleugnete? Was? Was um alles in der Welt konnte Menschen derart verändern?

Der Himmel ließ erneut ein tiefes, drohendes Grollen vernehmen, und einige Regentropfen spritzten vereinzelt ihre nassen Spuren auf Haar und Hände der Anwesenden.

»Mrs Joel, ich bitte Sie«, fuhr Tom eindringlich fort. »Wir sind hier, um Sie zu warnen. Sie in Sicherheit zu bringen.«

Da begann die alte Frau – die eigentlich Lara McLanes Großmutter hätte sein sollen, jedoch vergessen hatte, wie es gewesen war, sein eigenes Enkelkind auf dem Arm zu spüren – zu lachen. Sie lachte und lachte, während der Himmel über ihr donnerte und ihr Lachen auf schaurige Weise verstärkte. Vielleicht klang es in ihren eigenen Ohren wie das Lachen einer Belustigten. In den Ohren aller anderen Anwesenden klang es wie das irre Lachen einer Wahnsinnigen, das verzweifelte Lachen eines Menschen, den man beinahe zu Tode gequält hatte.

Lara schüttelte sich. Sie ekelte sich auf einmal vor der Frau, von der sie sich Minuten zuvor noch erhofft hatte, sie könne ein weiteres Puzzlestück zu ihrer Vergangenheit sein.

War das der Preis für ihre Tat vor fünfzehn Jahren? War das der Preis für alle Zwickmühlen, für alle Verzweiflungstaten?

Vor Laras geistigem Auge zog auf einmal vorbei, mit wem sie es zu tun hatte. Baltasar hatte angefangen, Geheimnisse wie Briefmarken zu sammeln. Milton St. James hatte sich vom Tageslicht zurückgezogen. Nicolaes' Leben war eine grausige Farce. Der alte Howard Evans hatte es ohnehin nicht lange überlebt. Lediglich Keiko Ito schien ohne einen größeren Schaden, aber dennoch mit deutlichen Skrupeln, davongekommen zu sein.

Und ihre eigene Großmutter war irrsinnig darüber geworden, was man ihr angetan hatte? Was sie hatte tun müssen?

Schließlich beruhigte sich die alte Frau wieder und fokussierte Tom streng mit ihren müden Augen.

»Sie wollen mich retten, Tom? Vor *wem* oder *was* wollen *Sie* mich noch retten, junger Mann?«, fragte sie schneidend.

Im selben Moment kam eine weitere Windböe und fegte ihr erneut den Strohhut vom Kopf. Diesmal jedoch schien der Luftstrom ihn zu tragen. Der Hut änderte die Richtung und flog über den Circle of Lebanon, bis er auf der anderen Seite von einer Hand aufgefangen wurde. Sie drehte und wendete den Hut, und der Mann, dem die Hand gehörte, betrachtete ihn interessiert. Schließlich ließ er ihn fallen und blickte zu ihnen hinüber.

»Ja, Tom Truska«, sagte er mit einer Stimme, die Lara noch Jahre später das Blut in den Adern gefrieren lassen sollte. »Vor *wem* wollen *Sie* eigentlich *irgendjemanden* retten?«

Manchmal ist es, als würde die Dunkelheit den Himmel dazu einladen, zu regnen.

Doch nicht die Dunkelheit der Nacht, wenn der Regen leise und sanft gegen das schräge Dachfenster trommelt und die Kinder darunter besser schlafen lässt, zugedeckt mit ihren warmen Decken aus Zuversicht. Nein, es ist die Dunkelheit der Seelen, es sind die Grausamkeiten, welche die menschlichen Abgründe hervorbringen, die letztlich selbst den Himmel verzweifelt über sich weinen lassen.

Ein Donnern durchzuckte den ganzen Norden von London, insbesondere die Stadtteile Hampstead und Highgate. Dann begann es zu regnen, leise, kontinuierlich, bis auf die Knochen erweichend.

Da stand er.

Roland Winter.

Er war überraschend jung, dachte Lara. Zumindest in seiner derzeitigen Verfassung. Vielleicht eine Handvoll Jahre älter als Tom. Vielleicht auch vierzig, aber wen kümmerte das im Moment?

Er trug einen langen Mantel aus schwarzem Loden, länger noch als Toms Mantel. Auch seine Haare waren schwarz wie die Nacht, aber nicht zerzaust, sondern lagen mit einem ordentlichen Scheitel an. Dicke, etwas zu buschige Augenbrauen zogen sich über das Gesicht, auf dem sich ein Lächeln zeigte, das jenseits aller Süffisanz oder Selbstzufriedenheit lag. Es war die Kälte und Grausamkeit in Person.

Um seinen Hals lag eine feingliedrige silberne Kette, an der ein schimmernder Stein hing, direkt über einem schlichten, aber eleganten dunklen Anzug.

Hinter ihm traten zwei weitere düstere Männer hervor. Meister Ma'Haraz und Valerius Julianus, der diesmal besser vorgesorgt hatte als bei ihrer letzten Begegnung auf dem alten Fabrikgelände, denn über seinem Rücken hing ein Köcher, der demjenigen von Geneva auf erschreckende Weise glich.

»Nein, nein! Das kann nicht – das darf nicht …«, Elisabeth

Joel fing völlig unkontrolliert an zu schreien und zu wimmern. Sie sank auf die Knie und fuhr sich mit den Händen wirr über Gesicht und Haar.

Lara schluckte. Sie hatte sich Roland Winter älter vorgestellt, aber das lag vielleicht an der Methode, die ihm die Regeneration ermöglicht hatte. Aber eines war gewiss. So gewiss, dass Lara es beinahe am eigenen Leib spüren konnte. Winter verströmte seelische Dunkelheit wie ein schlechtes Parfüm.

»Du widerlicher Bastard. Was willst du denn noch? Hat es dir nicht gereicht, sie in den Wahnsinn zu quälen?«, schrie Baltasar über den Regen hinweg, der angefangen hatte, in spindeldürren, seidenen Bindfäden vom Himmel zu fallen.

Winter hob eine Augenbraue.

»Baltasar Quibbes«, sagte er mit einer Stimme, die tiefer und wärmer klang, als es einer erkalteten Seele wie der Winters zugestanden hätte.

»Zugegeben, ich habe euch alle das letzte Mal erheblich unterschätzt«, sinnierte er leise, und trotzdem reichte allein die Präsenz seiner Stimme, um sie über den Circle of Lebanon und durch den Regen zu ihnen hinüberzutragen.

»Irgendjemand wird dir immer einen Strich durch die Rechnung machen«, rief Baltasar.

Winter schüttelte den Kopf.

»Das ist jetzt vorbei, alter Mann«, sagte er, hob den Arm und machte eine wegwischende Handbewegung.

Augenblicklich wurde Baltasar von einer immensen Böe ergriffen und mit einem markerschütternden Schrei gegen ein marmornes Kreuz geschleudert. Das Geräusch seines Körpers, der gegen den kalten Stein klatschte, fuhr Lara durch Mark und Bein, während sie vor Schreck die Hände vor den Mund schlug. Der Schrei des alten Mannes verstummte augenblicklich, als der Windstoß ihn von dem Grabstein abprallen ließ und er schließlich leblos in den Circle of Lebanon hinabfiel.

»Nein!«, schrie Tom, stürzte zum steinernen Rand des Monumentes und blickte fassungslos in den Circle hinab, dorthin, wo Baltasar Quibbes' Körper verrenkt im Schlamm lag. »Nein!«

Entsetzen spiegelte sich auf seinem Gesicht wider, während er durch den Regen, der in seine Augen lief, zu Winter hinüberblinzelte.

Schließlich war es Lara, die sich ein Herz fasste.

»Was wollen Sie?«, rief sie zu Winter hinüber und wurde sich erst viel zu spät dessen bewusst, dass dies durchaus ihre letzten Worte hätten sein können.

Roland Winter hingegen hatte sich in Bewegung gesetzt und schlenderte gemächlich in ihre Richtung. Dabei stieg er ohne jeden Respekt über die alten Gräber hinweg und beschrieb mit beiden Armen einige rudernde Bewegungen vor sich.

Augenblicklich geriet um den Circle of Lebanon herum die Luft in Bewegung. Erst langsam, dann sehr viel schneller, und ehe Lara sich's versah, toste eine riesige Windhose um den Circle herum.

Roland Winter streckte die Arme aus, als würde er im Wind fliegen können, und lachte boshaft in den Sturm hinein, den er heraufbeschworen hatte.

»Lara McLane!«, er lachte wieder. »Ich bin dir zu Dank verpflichtet, junge Schlüsselmacherin. Ohne dich würde ich immer noch in einem Bild vor mich hin faulen.«

Elisabeth Joel ließ den Blick ruckartig zu Lara wandern.

»Nein!«, fuhr sie das Mädchen an. »Nein, sag, dass du das nicht getan hast!«

Winter machte eine Handbewegung, und die alte Frau fiel rückwärts in das schlammige Gras.

»Doch, meine Liebe. Doch, das hat sie«, lachte Winter. »Und deshalb werde ich auch ihre Frage beantworten.«

Er wandte sich wieder Lara zu, die Übelkeit verspürte, sobald sie in das irre Funkeln blickte, das in seinen Augen tanzte.

»Was ich will, ist ganz einfach. Gerechtigkeit, liebe Lara. Nur Gerechtigkeit. Fünfzehn Jahre lang habe ich vegetiert, habe lediglich existiert. Deine Großmutter und ihre feinen Freunde haben mich zu einer Hölle auf Erden verdammt. Und jetzt erfahren sie Gerechtigkeit. Zwar könnte ich sie ebenfalls einer unendlich andauernden Qual ausliefern, aber sieh es als eine Art Gnade von mir an, dass ich sie auf der Stelle töte.«

»Sie sind ein Feigling, Winter!«, warf Lara ihm entgegen. »Sie töten sie nur, weil Sie sich vor ihnen fürchten.«

»Ah«, machte Winter. »Du bist nicht dumm, liebe Lara. Aber ich habe keine Angst. Nein. Nach dem, was sie mir angetan haben, gibt es nichts mehr, wovor *ich mich* zu fürchten brauche. Sagen wir einfach, ich möchte nicht, dass sie mir im Weg stehen.«

»Pah. Spätestens Lord Hester wird Ihnen Einhalt gebieten.«

Roland Winter streckte die Hand aus, als würde er nach etwas greifen. Ein Luftstrom erfasste Lara, umwirbelte ihre Hände und Füße und hob sie in die Luft, sodass sie aufrecht in der Luft hing, als Winter endlich direkt vor ihr stand.

Der Sturm um sie tobte, als hätte er entschieden, die Welt besser heute als morgen untergehen zu lassen.

»Du bist ganz schön frech, Lara McLane, das gefällt mir«, stellte er fest, während er Lara in ihrem Gefängnis aus Luft betrachtete. »Aber sei versichert, auch Lord Hester wird mich nicht aufhalten. Ich kenne Geheimnisse, die selbst dem Rabenlord Magenkrämpfe und Albträume bescheren würden, wüsste er, dass sie mir bekannt sind.«

Das Brausen um sie herum schien eine unendliche Lautstärke anzunehmen.

»Ich biete euch allen folgenden Handel an«, sagte Roland Winter schließlich, und es hörte sich tatsächlich so an, als würde er endlich auf den Punkt kommen. »Ihr habt die Ehre, in Zukunft für mich arbeiten zu dürfen. Ihr hättet alle einen gesicherten Stand und einige Privilegien.«

»Und was ist, wenn wir ablehnen?«, fragte Geneva forsch.

»Dann werdet ihr alle noch heute Nachmittag sterben«, verkündete Winter.

Was Lara den vielleicht größten aller Schrecken an diesem Tag in die Glieder jagte, war die Tatsache, dass dies im Plauderton aus Winters Mund kam. Er sprach über das Töten wie über das Wetter oder über das Essen. Nein, das konnte nicht sein. Die alten Meister hatten in all ihren guten Absichten ein Monster erschaffen, ein Ungetüm, in dessen Rachen eine ganze Welt zu versinken drohte.

»Gut, dann bin ich bereit«, sagte Geneva schlicht und zog ihr Schwert aus dem Köcher.

Winter verdrehte genervt die Augen zum Himmel. Offenbar hatte er schon viel zu viel sinnloses Heldentum zu sehen bekommen.

»Was wollen Sie denn mit dem Schwert gegen *mich* ausrichten?«, fragte Winter, wandte aber im gleichen Moment den Kopf zu Valerius, dem Verräter, der den Circle gemeinsam mit Ma' Haraz ebenfalls umrundet hatte.

»Valerius«, sagte er. »Sie gehört dir!«

»Ich –«, begann Valerius.

»Wolltest du etwas sagen?«, forschte Winter nach.

Valerius schüttelte den Kopf und zog sein Schwert. Offenbar hatte auch er sich diesen Nachmittag anders vorgestellt.

»Das hier«, meinte er – und Lara war erstaunt, wie wenig Entschlossenheit in der Stimme ihres Entführers und Peinigers mitschwang –, »tue ich nicht gerne.«

Die Klingen blitzten auf und kreuzten sich, während Wasser von ihnen in alle Richtungen spritzte. Die beiden Nachtwächter wirbelten in einer Geschwindigkeit und mit einer Grazie umeinander, dass einem schwindelig werden konnte. Geneva, mit nur einem Auge, war klar im Nachteil. Und obwohl es nicht einfach war, den Kampf der beiden Waffenkünstler zu verfolgen, war jedem Beobachter schnell klar, wer hier den Kürzeren ziehen musste.

Winter wandte den Blick wieder Lara zu.

»Also?«, fuhr er fort, ohne weiter auf die beiden Kämpfenden zu achten. »Wie sieht es aus? Ich habe nicht den ganzen

Tag Zeit, obwohl es mir sehr in den Zeitplan passt, dass ich nun nicht mehr nach Edinburgh muss.«

»Sie Monster!«, fauchte Tom. Seine Stimme wankte, suchte die Balance auf dem Drahtseil über dem gähnenden Abgrund der Unbeherrschtheit. Doch weiter kam er nicht, denn Winter hob auch die zweite Hand und ließ Tom kurz darauf ebenso in der Luft schweben wie vorher Lara.

»Wie heißen Sie eigentlich wirklich? Tom ist doch nicht Ihr Geburtsname, oder?«

»Ich denke, auf der Liste der Leute, die mir für dieses Wissen vertrauenswürdig genug erscheinen, stehen Sie an allerletzter Stelle«, presste Tom zwischen den Zähnen hervor.

»Auch gut, dann sterben Sie als Namenloser, denn wie wäre es, wenn ich mit Ihnen anfange?«, schlug Roland Winter mit sadistischer Freude in der Stimme vor.

Er bewegte den Arm, als steuere er Tom, und tatsächlich schwebte dieser einen kurzen Moment später direkt über dem Rundgang, dort, wo auch schon Baltasar hinuntergefallen war.

»Es wäre doch ein Jammer, wenn ich den besten Schlüsselmacher der Welt aus dem Weg räumen müsste«, befand Winter. »Also?«

»Nein!«, schrie Lara. »Lassen Sie ihn, ich –«

In diesem Moment fiel Tom hinunter, während Lara gleichzeitig zurück auf den Boden fallen gelassen wurde.

Ein lautes Krächzen rauschte an ihrem Ohr vorbei, und als sie die Augen aufschlug, begriff sie, dass es ein Rabe war, der über sie hinwegfegte. Im Schnabel hatte er etwas silbrig Glänzendes.

»Argh«, fluchte Winter und streckte seine Hand aus, doch Lara trat ihm gegen das Schienbein. Der Rabe geriet ins Schlingern, konnte sich aber in der Luft halten.

Der Wirbelsturm um sie herum schien plötzlich an Kraft zu verlieren.

»Überraschung«, rief da plötzlich eine Stimme hinter Roland Winter.

Marcion stand dort mit wehendem Flickenmantel und hieb Ma'Haraz ohne Vorwarnung die Faust ins Gesicht. Der geriet ins Torkeln und fiel überrascht hin.

Ärgerlich wischte Winter mit der Hand durch die Luft. Doch der Windstoß war lange nicht so kräftig wie derjenige, der Baltasar umgebracht hatte. So fiel Marcion auf die Seite und rollte über den Rand des Circle, nur um sich im letzten Moment an dessen oberem Rand festzuhalten.

So hing er nun direkt neben Tom, der sich verzweifelt an der Kante festklammerte.

»Die Kette!«, brüllte Winter hinter dem Raben her. »Ma'Haraz, ich brauche die Kette.«

Lara merkte, wie das Haar von Winter seinen schwarzen Glanz verlor und langsam ergraute. Plötzlich konnte sie sich denken, was an der Kette hing, die der Rabe im Auge des Sturms mit sich herumtrug, sie wusste nur noch nicht, wie sie in Winters Besitz gekommen sein konnte. Aber das war auch nicht wichtig.

Ma'Haraz warf eine Kristallkugel auf den Boden, und ein Lichtgeist entstieg ihr und feuerte direkt auf den Raben zu, der zwar mit einer hastigen Rolle auswich, aber dennoch gestreift wurde.

»Gut gemacht«, lobte Winter, aber es klang schon leicht verzerrt. »Valerius, hol mir die Kette!«

Die beiden Klingen der Nachtwächter kreuzten sich ein weiteres Mal, dann verpasste Valerius Geneva einen Tritt, der sie in den nächsten Busch katapultierte, und rannte los, dorthin, wo der Vogel abzustürzen drohte.

Doch war auf der anderen Seite des Circle jemand ganz anderes zur Stelle, und er fing den trudelnden Raben sanft mit beiden Armen auf, legte ihn schnell ab und nahm die Kette mit dem schillernden Anhänger an sich. Ein Zippo-Feuerzeug blitzte auf, als es aus seiner Jackentasche in seine Finger wirbelte, und die Benzinflamme fraß an der gefrorenen Melodie, die an der Kette befestigt war.

Roland Winter schrie auf, als er in Windeseile zerfiel, dann legte sich der Wirbelsturm um den Circle of Lebanon schlagartig.

Doch seine beiden Begleiter waren professionell genug, um die Situation in Sekundenschnelle zu erfassen.

Valerius drehte auf der Stelle ab, zurück zum zusammenbrechenden Roland Winter.

Lee Crooks hingegen atmete erleichtert auf, während die letzten Reste des durch die Verbindung mit der Melodie steif gewordenen Synästhesins mit dem Regen auf den Boden tropften.

Ma'Haraz entließ einen weiteren Lichtgeist mit einem blendenden Blitz aus seinem Gefängnis. Valerius packte den erbärmlich schwachen Roland Winter und hastete mit ihm und Ma'Haraz zusammen die Treppe hinunter.

Doch Geneva, Hermann Falter und Lara hatten sich aufgerappelt und verfolgten sie, so schnell ihre Füße sie trugen.

Bevor sie die Egyptian Avenue erreichten, übergab Valerius den dahinsiechenden Roland Winter an Ma'Haraz.

Valerius selbst nahm sein Schwert und versperrte den Eingang in die Gräberallee vor ihren Verfolgern.

Ohne zu zögern und mit einem wilden Schrei stürzte sich Geneva auf ihn. Die Wut verlieh ihr neue Kraft, und sie drängte Valerius zurück zwischen die Pharaonengräber. Ihre Schwerter schlugen Funken, wenn sie die steinernen Wände zu ihren Seiten streiften, aber Valerius hielt mit der Kraft der Verzweiflung stand, sodass Hermann Falter und Lara gezwungen waren, vor der Egyptian Avenue innezuhalten, während Ma'Haraz mit Roland Winter Zeit genug hatte, um zu verschwinden.

»Dann muss es wohl sein«, sagte Hermann Falter und zog einen Revolver. Er war größer als derjenige, den er in Rubens Villa bei sich gehabt hatte, und Lara erkannte auf den ersten Blick, dass es sich um eine besondere Waffe handelte. Der Griff war groß und aus Sandelholz, und der Lauf glänzte wie Chrom.

Falter zielte auf die beiden Kämpfenden.

»Halt, was machen Sie denn da!«, rief Lara und riss seinen Arm herunter. Doch Falter stieß sie fort.

»Vertrauen Sie mir!«, sagte er und drückte ab.

Der Knall war ohrenbetäubend und hinterließ eine verdächtige Stille.

Valerius sackte auf dem durchweichten Boden der Avenue zusammen mit vor Schreck aufgerissenen Augen.

»Das war die allerletzte Kugel«, sagte Falter. »Die letzte todsichere Kugel der Welt.«

Dann warf er Lara den Revolver zu und rannte zusammen mit Geneva die Avenue entlang, in der Hoffnung, Ma'Haraz doch noch einzuholen.

»Was ist das?«, fragte hinter ihr Tom gehetzt, bevor er zu Valerius sprintete, nur um festzustellen, dass nichts mehr zu machen war.

Lara drehte stumm die Waffe in ihrer Hand und las im Griff eingebrannt den Namen seines früheren Besitzers: *Samuel Colt.*

»Oh«, staunte Marcion, der ebenfalls neben Lara aufgetaucht war. »Ein echter Colt'scher Revolver. Einer, den Mr Colt noch selbst gebaut hat. Eine Rarität. Angeblich treffen die ihr Ziel immer – natürlich nur mit original Colt'schen Kugeln.«

Er nahm Lara die Pistole aus den nassen Händen und klappte die Patronentrommel auf, nur um festzustellen, dass lediglich die leeren Hülsen der Patronen darin übrig waren.

»Aber der hat nun wohl auch ausgedient«, stellte er nüchtern fest und reichte Lara die Waffe wieder. Sie lehnte ab, und so verschwand der Revolver in einer großen Innentasche von Marcions Flickenmantel.

Tom griff Valerius unter die Arme und hievte ihn hoch, um ihn im Circle of Lebanon neben den toten Baltasar Quibbes zu legen.

»Wir müssen bald fort«, meinte er. »Sonst bekommen wir noch Probleme.«

Dann ging er stumm auf die Knie und starrte neben Baltasar Quibbes ins Leere.

Niemand hätte in diesem Moment sagen können, ob das, was an Tom Truskas Gesicht hinunterlief, tatsächlich nur der Regen war. Niemand, außer Tom allein.

– Szenenwechsel.

Verzweiflung ist vielleicht der größte Feind jedes Menschen. Man verzweifelt aus Sorge. Aus Sorge um die Freunde, aus Sorge um die Welt, aus Sorge um sich selbst.

Doch Sorgen sind nur allzu menschlich. Und manchmal bringt Menschlichkeit die seltsamsten Früchte hervor, und das Schicksal zieht doch noch ein Ass aus dem Ärmel.

»Haben Sie einen Schlüssel nach London?«, fragte der Rabe den Bibliothekar, nachdem er etwas ungeschickt auf dessen Schreibtisch gelandet war.

Lee riss erstaunt die Augen auf. Der Rabe ließ einen Flügel etwas hängen, während er nach dem Schlüssel fragte.

»Dexter!«, rief Lee. »Was um alles in der Welt tust du hier? Du bist verletzt!«

»Krah«, machte der Rabe. »Und du bist vorlaut.«

Lee grunzte.

Die Tür hatte sich gerade hinter Tom geschlossen, der ihn nicht hatte mitnehmen wollen. Dabei konnte jede helfende Hand so nützlich sein, wenn man sich tatsächlich in Gefahr begab. Dass Tom ihn vielleicht nur aus der Schusslinie haben wollte, war für Lee ein zu absurder Gedanke.

Christopher Davenport schüttelte entsetzt den Kopf, die Augen geweitet und auf den Raben gerichtet, der es doch tatsächlich wagte, sich zwischen seinen Büchern herumzutreiben. »Bloß … bloß nach Tooting.«

»Krah, das muss reichen. Geben Sie ihn dem Jungen!«, forderte der schwarze Vogel ihn auf.

Jetzt erwachte Christopher Davenport aus seiner Lethargie.

»Wieso?«

»Fragen Sie nicht so dumm! Krah.«

»Tue ich aber. Wieso?«

Die Tür wurde aufgestoßen und herein kam mit wehendem Flickenmantel Marcion.

»Wir müssen nach London!«, sagte er nur.

Lee konnte es nicht fassen.

»Du!«, schrie er.

»Krah«, machte der Rabe, bevor sich Lee auf Marcion stürzen konnte. Mit einem Hechtsprung warf er den verräterischen Niederländer zu Boden. Marcion trat im Fallen nach Lee, und dieser rutschte einige Meter weit über den polierten Holzfußboden.

»Lass mich das erklären!«, versuchte Marcion sich zu rechtfertigen und hielt sich die Seite, die noch vom Kampf mit Francesco lädiert war. Lee rappelte sich auf. Nichts würde Marcion ihm erklären, höchstens, dass er sich wünschte, nie geboren worden zu sein.

»Krah, er hat recht!«, lamentierte der Rabe, und Lee stutzte endlich.

»Lord Hester schickt mich«, rief Marcion, während er die Hände hob, um Lees Schlag zu parieren.

Da hielt Lee inne.

»Warum sollte er das tun?«, fragte Lee. »Du bist ein Verräter.«

»Ich weiß«, stöhnte Marcion. »Und ich werde die Konsequenzen tragen, versprochen. Aber zuerst geht es darum, deinen Freunden zu helfen. Bevor Roland Winter sie alle umbringt.«

»Krah, er hat tatsächlich recht«, unterstrich der Rabe Marcions Worte.

Lee knurrte.

»Also gut«, meinte er. »Erzähl, worum es geht! Aber beeil dich!«

Marcion rappelte seinen Oberkörper auf und stützte sich auf die Hände.

»Noch während Ma'Haraz' Befreiungsaktion habe ich eingesehen, dass ich einen riesigen Fehler gemacht habe«, begann er. »Ich habe meine Ideale verraten. Roland Winter und seine Gefolgsleute sind machthungrige, besessene Verrückte. Ma'Haraz hatte mir versichert, Roland Winter stünde später in meiner Schuld und die Situation der Stadtvaganten würde sich bessern.

Aber ich habe zu spät begriffen, dass das alles nur eine Lüge war, um mich mit ins Boot zu holen. Roland Winter ist es vollkommen egal, wie er sein Ziel erreicht. Ich weiß nicht, was ihn antreibt. Er ist nicht schlecht um des Schlechtseins willen, aber er ist kompromiss- und skrupellos.«

»Das ist ja schön, dass du das gemerkt hast«, stellte Lee sarkastisch fest.

»Halt, das ist noch nicht alles. Ich weiß, wie Ma'Haraz Winter regenerieren konnte. Ich kenne die Schwachstelle des Plans.«

Lee hob die Augenbrauen.

»Bitte, du musst mir glauben!«, bettelte Marcion. »Selbst Lord Hester hat mir geglaubt. Er hat mir den Raben zur Seite gestellt. Aber er ist gerade in Cardiff und nicht hier. Wenn ich richtig gehört habe, gebietet uns die Zeit höchste Eile!«

»Krah!«

»Wohin führt Ihr Schlüssel?«, fragte Marcion den völlig perplexen Christopher Davenport.

»Tooting«, sagte dieser.

Marcion stand langsam und offenbar unter den schmerzhaften Nachwirkungen diverser blauer Flecken und anderer Verletzungen auf.

»Mist, das ist ein ganzes Stück weg von Highgate«, fluchte er und sagte zu Lee gewandt: »Wenn du etwas zur Rettung deiner Freunde beitragen willst, dann stell keine Fragen und komm mit, wir haben keine Zeit mehr zu verlieren!«

Lee kratzte sich am Kopf. Anscheinend blieb ihm keine andere Wahl, wenn er hier nicht versauern wollte, während er anderswo vielleicht gebraucht wurde. Und was sollte ihm der Holländer schon antun?

Epilog

The regrets are useless in my mind

Billie Joe Armstrong

Es sind die Belanglosigkeiten, nicht die großen Momente eines Lebens, die das Herz leichter machen.

Frei nach diesem Motto hatten Tom und Lara am Morgen nach Baltasars Beerdigung ein üppiges britisches Frühstück zubereitet mit allem, was dazugehörte. Gegrillte Tomaten und Pilze, Würstchen, Spiegeleier, Black Pudding, Toast und viel Kaffee.

Den ganzen Vormittag lang saßen sie mit Lee, Geneva, Henry McLane, Hermann Falter, Robert Garbow und dem Raben Dexter am Frühstückstisch und plauderten über dies und das, während Spot sich unter dem Tisch an einigen Speckresten gütlich tat. Zwar waren weder Tom noch Mr Falter die geborenen Stimmungsmacher und außerdem war allen auch zu viel Schlimmes widerfahren in den letzten Tagen, aber trotzdem genossen sie sichtlich die – endlich einmal – friedliche Atmosphäre. Sie sprachen über die Welt und das Leben und darüber, was aus zwei jungen Menschen noch werden mochte – aus einer jungen Schlüsselmacherin und einem jungen Wahrsager.

Darüber hinaus gab es allerdings auch einen wirklichen Grund zum Feiern.

Sie hatten in den letzten Tagen viel Zeit mit Vernehmungen durch das Kommissariat und den Stadtrat von Ravinia verbracht. Letztlich hatte sich auch Lord Hester den Fragen des Stadtrates gestellt. Er war äußerst erleichtert über den Ausgang der Geschichte gewesen, auch wenn er sich gegrämt hatte, ausgerechnet am Tage der unheimlichen Vorgänge auf dem Highgate Friedhof nach Cardiff verschwunden zu sein. Auf der Suche nach Antworten, woher Roland Winters Macht rührte, hatte er ein ehemaliges Anwesen der Familie Winter besucht und durchsucht. Jedoch erfolglos.

Schließlich war auch Baltasar Quibbes' Testament verlesen worden, und sämtlicher Besitz war auf Tom Truska übergegangen, der sich sprachlos seiner letzten gemeinsamen Momente mit Baltasar schämte, die in völliger Respektlosigkeit untergegangen waren. Das Einzige, was er noch hatte tun können, war, das Grab seines Meisters auszusuchen. Und so lag die Grabstätte des großen Schlüsselmachermeisters Baltasar Quibbes etwas abseits des Friedhofs, nahe dem Eichenhain, hinter dem der dunkle Fluss rauschte. Es war eine wundervolle Stelle für ein Grab. Umgeben von raschelnden Hagebuttensträuchern, ragte dort ein schlichter Grabstein aus grünem Marmor empor. Baltasars Name war darauf eingraviert sowie ein großer, wunderschöner Schlüssel. Die halbe Stadt, so schien es, war zu seinem Begräbnis erschienen, um Abschied von einem der berühmtesten Gesichter der Stadt zu nehmen. Und allerorts war sein Tod Thema der Stadtgespräche, hatte er doch im Laufe der Zeit so vielen Leuten einen Schlüssel nach Ravinia angefertigt.

Am Ende hatte der Stadtrat Tom Truska vorstellig werden lassen und ihm aufgrund seiner Verdienste um das Wohl der Stadt und seiner außerordentlichen Begabungen die Meisterwürde verliehen. Ohne ihn ein weiteres Mal um die Ausstellung und Begutachtung seiner Uhr zu bitten.

So gehörte Tom Truska nun endlich offiziell zu den Meistern von Ravinia, deren Können er nach Meinung vieler schon längst in den Schatten gestellt hatte.

Später hatte er Lara für ein Gespräch auf die Hafenmauer von Lissabon eingeladen und ihr die Fortsetzung ihrer Lehre angeboten, die sie bei Baltasar Quibbes im Eifer des Gefechtes beendet hatte.

Lara McLane hatte unter einer Bedingung akzeptiert, der

Tom zähneknirschend zugestimmt hatte: Der Rabe Dexter durfte von nun an in Toms und Laras Wohnung ein- und ausgehen, wie er es für richtig erachtete. Lara hatte mit dem Vogel Freundschaft geschlossen, und außerdem hatte er sich mehr als verdient um die Gesellschaft der Menschen gemacht, die er so dringend derjenigen seiner gefiederten Artgenossen vorzog.

So war auch beschlossen worden, dass Lara McLane ihr Zimmer in der Burg Ravinia weiter bewohnen durfte, während Henry McLane sich nach einer neuen Arbeit und einer neuen Wohnung umsehen musste. Doch Laras Auszug hatte er wie immer mit einem Schmunzeln zur Kenntnis genommen und angemerkt, dass mit manchen Wahrheiten auch das Erwachsenwerden unhaltbar Einzug in das eigene Leben halten musste.

Was die Wahrheiten betraf, so gab es deren einige zu schlucken für Lara McLane. Doch sie war zuversichtlich, dass ihr Leben wieder ein Herbstregen werden würde, denn sie hatte Freunde. Seltsame, aber gute Freunde. Und mit den Freundschaftsbanden, die das Leben spinnt, lässt sich Zuversicht schöpfen und in große Waagschalen gießen, um damit alle Unsicherheiten auszugleichen und letztlich zu überwiegen.

Bitter war die Erkenntnis gewesen, dass Elisabeth Joels Seele einen derartigen Schaden genommen hatte, sodass sie letztlich nur noch in stumme Apathie versank. In einen rettenden Strom aus wabernder Stille, die den Schmerz, aber auch die Überreste aller anderen Empfindungen mit sich fortriss. Ob sie nie wieder zu reden imstande war oder es schlichtweg nicht wollte, war am Ende gleichgültig, und so hatte man der gequälten Frau ohne ihre Gegenwehr ein neues Zuhause in der psychiatrischen Abteilung des Hospitals von Ravinia geschaffen. Die Finanzierung hatte der Stadtrat zugesichert.

Dort im Hospital hatte schließlich auch Geneva die Wahrheit begreifen müssen – ihr Auge war verloren. So trug sie zum ersten Mal keinen Verband mehr, sondern eine schwarze Augenklappe, über der eine grüne Strähne hing. Im wirbelnden Duell mit Valerius hatten die grün gefärbten Haare nach dem Kontakt mit Valerius' Klinge deutlich an Länge eingebüßt. In einem stillen Moment hatte Tom ihr sein Angebot unterbreitet, und die schöne Nachtwächterin mit der tiefen Wunde in Gesicht und Seele hatte schließlich dankbar das Angebot angenommen, fortan eines von Morinhos sonderbaren Glasaugen zu tragen. Doch erst dann, wenn die körperlichen Schäden geheilt waren.

Es war viel, was diese seltsame Gemeinschaft hatte begreifen müssen auf ihrer Reise durch diese wirren Tage. Es war viel, was ihnen anhaften würde. Eine ganze Weile noch oder auch ein Leben lang.

Manchmal trägt die Welt einen unerwartet sanft auf den Wogen, die sie soeben noch aufgewühlt hat.

Lara McLane war zusammen mit Tom Truska unterwegs zu einer eigenartigen Verabredung. Was sie sich davon versprachen, wussten sie beide nicht so genau. Sie waren einfach unterwegs dorthin. Einen langen Kai entlang, zwischen Containern, rostigen Schienen und Ölflecken, stapften sie durch den noch rauen Frühling Europas. Genauer gesagt, durch den Hafen von Rotterdam, unterwegs zu einem Frachter, der bald schon ablegen würde.

»Glaubst du, dass wir unsere Ruhe haben werden vor den Sturmbringern?«, fragte Lara nachdenklich, während sie, ohne richtig hinzusehen, das Gewirr der kleinen Containerstadt durchquerten.

Tom verstand, was sie meinte.

»Ohne Roland Winter sind die Sturmbringer nichts«, sagte er. »Sie werden sich weiter bemühen, ihn zu regenerieren. Doch wir haben ein Zeichen gesetzt. Oder vielmehr hat Winter es selbst an uns getan. Die Stadt ist alarmiert. Jeder, dem auch nur die kleinste Möglichkeit durch den Kopf gehen wird, wie eine Rückkehr des Herrn über Wind und Staub zu bewerkstelligen sei, wird dies melden und es wird mit aller Kraft unterbunden werden. Falls Winter dafür überhaupt noch lange genug lebt.«

»Du meinst, wir sind aus der Sache raus?«

»Ich hoffe es.«

Schweigend gingen sie ein Stückchen weiter. Denn schweigen konnten sie gut zusammen, und sie genossen es. In der Ferne ertönten dröhnende Schiffssirenen.

Schließlich stellte Lara eine weitere Frage.

»Was wird aus dem Schlüsselladen in der Victoria Street?«

Tom sah sie überrascht an.

»Was soll schon daraus werden? Es bleibt natürlich bei *Schlüssel, Uhren, Feinmechanik*. Ich fürchte bloß, der Name des Inhabers wird sich ändern.«

»Hm«, machte Lara.

»Was ist daran nicht in Ordnung?«

»Ich dachte, wir könnten vielleicht eine Werkstatt in Ravinia aufmachen. Das Haus meiner Eltern steht frei, und ich erbe es ja.«

Tom verstand.

»Ja. Aber es ist nicht *mein* Laden.«

Dann blieb er stehen. Als Lara sich zu ihm umdrehte, legte er ihr die Hände auf die Schultern und sah sie ernst an.

»Lass es los, Lara! Wenn du ehrlich bist, ist die Werkstatt deiner Eltern nicht *deine* Werkstatt. Du hast dort eine kurze Zeit gewohnt, aber du kannst dich nicht einmal daran erinnern. Du hast dort nie *gelebt*. Es ist ein Schatten aus der Vergangenheit.«

Und Lara McLane begriff, dass sich manche Dinge einfach nicht ändern ließen, egal wie sehr man es sich auch wünschte. Schicksale wurden geschrieben, doch sein Schicksal zu akzeptieren, hieß nicht, die Gegenwehr verebben zu lassen.

»Ich werde das Haus verkaufen«, meinte sie schließlich und setzte ihren Weg fort.

»Eine gute Entscheidung. Und was machst du mit dem Geld?«

Lara überlegte.

»Zunächst helfe ich Großvater über die Runden, bis er wieder Arbeit hat. Und außerdem könnte Lee etwas Neues zum Anziehen gebrauchen.«

Ein Schmunzeln huschte über Toms Gesicht und wurde in Laras Miene von einem hellen Lachen reflektiert. Auch Tom hatte etwas gelernt in den letzten Tagen. Er verschenkte von Zeit zu Zeit ein Lächeln. Es war, als sei die Eisschicht eines bitterkalten Winters im Begriff zu tauen.

»Damit tust du sicherlich ein gutes Werk«, bestätigte er ihr. »Ich denke, ich werde ihn in der Victoria Street wohnen lassen. Ich brauche die Wohnung ja nicht. Die Miete und den Strom müssen wir ohnehin für den Schlüsselladen erwirtschaften, da fällt das auch nicht ins Gewicht.

Hast du eigentlich noch mehr Fragen? Ich bin gerade erstaunlich redselig.«

Lara dachte kurz nach.

»Wie lautet dein richtiger Name?«

Toms Seufzen hallte von den Containerwänden wider.

»Tom«, sagte er schließlich.

»Tatsächlich einfach nur Tom?«

Dieser zuckte mit den Achseln.

»Kommt es nicht darauf an, welcher Name das eigene Herz einem gibt?«

Und Lara McLane erkannte, dass Tom es schon lange auf eine Stufe der Weisheit gebracht hatte, die ihr selbst vermutlich immer verwehrt bleiben würde. Auch wenn selbst Tom noch vieles zu lernen hatte.

So steuerten sie aus der Containerstadt hinaus auf einen Platz unter einem riesigen Kran zu, auf dem zwei Gestalten in der Abendsonne standen.

»Tomek«, sagte Tom nach einer Weile.

»Tomek?«

Tom nickte. »Tomek Leonard Truska. So steht es in der Geburtsurkunde.«

»Das ist ein schöner Name«, sagte Lara.

»Danke«, quittierte Tom dies. »Und ab nun belassen wir es wieder bei Tom, ja?«

Lara grinste.

»Schicksal«, meinte sie nur.

Sie erreichten den Mann mit dem Mantel aus Lederflicken, der im seichten Wind um seine Beine flatterte.

»Du hast ihn nicht umgebracht, oder?«, fragte Lara unvermittelt.

Die anderen schauten sie fragend an. Tom, Marcion und Lee, der schon früher eingetroffen war.

»Krah«, machte es von oben, und Dexter landete in ihrer Mitte. Dank seines beinahe völlig genesenen Flügels gelang die Landung perfekt.

Schließlich fiel der Groschen bei Marcion.

»Nein«, meinte er, und in seinen Augen schimmerte ein tiefer See aus Reue und Ehrlichkeit.

»Ich habe Bails nicht vorsätzlich vom Balkon gestoßen«, erklärte er, und man hörte, wie sehr ihn das Vergangene und das Zukünftige schmerzten. »Er ist während unserer Rangelei vom Balkon gefallen. Es ist einfach passiert. Ich bin froh, dass mich der Stadtrat einfach hat gehen lassen.

Der Musiker in Wien hingegen war bereits tot, als ich dort eingetroffen bin. Die Nachbarn haben mir gesagt, er habe es selbst getan.«

Betretenes Schweigen.

Schließlich setzte Marcion noch einmal an.

»Ich bin euch wirklich dankbar, dass ihr hier seid. Ihr wisst wahrscheinlich gar nicht, wie sehr. Ich habe alles verraten, was mir lieb und teuer war. Und trotzdem seid ihr hier. Ihr habt wahrhaft gute Herzen.«

»Wo geht es hin?«, wich Tom aus.

»Nach Indien«, erwiderte Marcion. »Ravinia ist nun ein

abgeschlossenes Kapitel für mich. Aber es gibt zu jedem Topf mehr als einen Deckel. Gute Zeiten kommen und gehen. Das Leben besteht immer aus all den erbarmungslosen Hochs und Tiefs.«

Er fingerte seinen Schlüsselbund aus einer Manteltasche hervor und gab ihn Lara.

»Die Schlüssel könnt ihr behalten«, meinte er. »Einer ist der Schlüssel zu einer Wohnung in Amsterdam. Die Adresse hat Lord Hester. Die Philosophiebücher in den Regalen dort gehen an Lee.«

Schließlich hievte Marcion einen Seesack auf die Schultern und betrat den ausgelegten Metallsteg zum Schiff.

In der Mitte drehte er sich noch einmal um.

»Danke«, sagte er. »Ihr habt mich eine Menge gelehrt. Danke!«

»Halt!«, rief Tom. »Du schuldest mir noch zwei Antworten!«

Die beiden Männer hielten eine Weile dem Blick des anderen stand.

Schließlich zuckte ein Grinsen über Marcions Gesicht.

»Die Antwort lautet in beiden Fällen: *Vielleicht*. Ganz egal, was du fragst.«

Und so verschwand er im Bauch des Kolosses aus Stahl, der seine Fracht über die Weltmeere bis ins weit entfernte Indien bringen würde.

Manchmal erscheint den Menschen der Alltag wie eine der größten und außergewöhnlichsten Gaben überhaupt, aber wie mit allen Gaben ist es auch mit dem Alltag so, dass man ihn nicht als selbstverständlich hinnehmen darf. Denn sonst verliert man sich in ihm.

»Hallo, Tom«, rief Lara, als sie den Schlüsselladen durch die Vordertür betrat. Tom sah von seiner Arbeit auf, die er wie üblich schon Stunden vor Lara begonnen hatte.

Es war schon immer so gewesen. Morgens war Tom schon da, bevor Lara überhaupt von einem Wecker aus dem Bett gequält wurde, und wenn Lara am Nachmittag oder am Abend Feierabend machte, war Tom meistens noch lange nicht fertig.

»Hallo, Lara«, begrüßte er sie.

Es war gut, wie es war.

Tom hatte eines von Laras *Counting Crows*-Alben in die Stereoanlage eingelegt, die seit Kurzem die Werkstatt bereicherte.

Well, it's a lifetime's decision, klang es aus den Boxen.

Die Welt schien mit dem wilden Wirbeln aufgehört und einen ruhigeren, versöhnlicheren Ton angeschlagen zu haben. Auch wenn es noch so viele offene Fragen gab im Leben der Lara McLane, so war das Wichtigste doch, dass der Regen seit einiger Zeit wieder anfing, auf Laras Herz zu fallen. Leiser Regen aus Geborgenheit, der wunderbare Träume wie Blüten wachsen lässt.

And all anybody really knows for sure is
That you're gonna come down.

Nachwort

Das Wetter ist ein Verräter.
Zumindest in diesem Moment, da ich diese Worte schreibe.

Ich freue mich, über all die Leser, die es tatsächlich bis hierhin geschafft haben und die sich auf eine hoffentlich spannende Reise in eine düstergoldene Stadt und um die halbe Welt eingelassen haben. Der erste Dank geht daher an sie! Was wäre ein Geschichtenerzähler ohne Zuhörer? Was ein Schreiber ohne Leser? Was wäre ein Schlüssel ohne Tür?

Dass es meine Geschichte jedoch überhaupt zwischen zwei Buchdeckel geschafft hat – und das auch noch bei einem Verlag wie diesem und in dieser famosen Aufmachung –, fühlt sich atemberaubend an. Doch bin ich ehrlich und gestehe sehr gerne ein, dass das natürlich nicht allein mein Verdienst ist, sondern auch und vor allem das einer ganzen Reihe lieber und gut meinender Menschen (und Tiere), die ich oft genug zum richtigen Zeitpunkt traf. Schicksal?

Jeder von ihnen verdient meinen aufrichtigen und tiefen Dank. Und der geht insbesondere an:

Oscar – der mich unter schamlosen Gebrauchs seines Dackelblicks so lange anquengelte, bis ich von meinem Schreibtisch aufstand und mit ihm in den wolkenverhangenen Wald ging. Im Laufe dieses langen Spazierganges schlich sich dann ein magischer Schlüssel in meine Gedanken. Und als ich nach Hause kam, war dort ein ganzes Universum entstanden. So steht gewissermaßen eine treue Hundeseele am Anfang von Ravinia – wie bezeichnend für unsere verrückte Welt …

Die vielen Autoren, deren wunderbare Bücher ich verschlang, die mich begeisterten und anregten. Zu nennen sind hier Christoph Marzi, aber auch Oliver Plaschka, der mir bewies, dass man auch mit einer romantisierten Sprache und unorthodoxen Plots phantastisch sein kann. Cornelia Funke, Ralf Isau und Neil Gaiman für all die Magie in ihren Worten und Geschichten. Ich hoffe, sie verstehen die Verbeugungen vor ihnen, die im Text versteckt sind.

Die vielen Musiker, die den Soundtrack zu Ravinia geschrieben haben – insbesondere Yann Tiersen und Dota Kehr, die Kleingeldprinzessin.

Die vielen Buchhändler und Bibliothekare, deren Geduld ich durch das ständige Rumstreunen zwischen ihren Regalen bei meinen Recherchen sicherlich ab und an strapaziert habe.

Meine Agentinnen Julia Abrahams und Natalja Schmidt, die mich ohne Umschweife in ihr Portfolio aufnahmen und ohne die ich bei der Verlagssuche verloren gewesen wäre. In diesem Zuge natürlich auch Lionne Hinz für ein so positives Urteil und ein für mich sehr wichtiges Telefonat.

Meine wunderbare Lektorin Michelle Gyo, die sofort an Ravinia geglaubt hat und die der düstergoldenen Stadt zusammen mit Carsten Polzin ein wunderbares, rabenhaftes Zuhause geboten hat.

Meine Mutter Brigitte für ein langes Gespräch über die Nachtwächter, Kritik-Üben und Mutmachen.

Meinen Vater Rolf fürs Rückenstärken und für seine Korrekturen.

Uwe Reckzeh und Bruder Josef van Scharrel OSB für den einen oder anderen Trip in die Stadt der Treppen (und natürlich für so vieles mehr).

Nico Lühmann fürs Testlesen, seine schonungslose Offenheit und Kritik und das viele Fabulieren beim Döner-Mann am Hamburger Grindel.

Susann Perlow für ihre Begeisterung.

All jene, die ich an dieser Stelle vielleicht (aber hoffentlich nicht) vergessen habe.

Und zu guter Letzt – denn das Beste kommt wie so oft zum Schluss – geht mein tiefster Dank an Anne. Dafür, mich jahrelang und allezeit auszuhalten, wenn ich einmal mehr zu träumen und zu schwärmen anfange …